Amy Baxter

Never Before You
JAKE & CARRIE

Über die Autorin

Amy Baxter ist das Pseudonym der erfolgreichen Liebes-
roman- und Fantasyautorin Andrea Bielfeldt. Mit einer
Fantasy-Saga begann sie 2012 ihre Karriere als Selfpublis-
herin und hat sich, dank ihres Erfolgs, mittlerweile ganz
dem Schreiben gewidmet. Zusammen mit ihrer Familie lebt
und arbeitet sie in einem kleinen Ort in Schleswig-Holstein.

Weitere Infos findest du unter http://amybaxter.de/,
http://andrea-bielfeldt.de/ und über Facebook.

Amy Baxter

Never Before You

JAKE & CARRIE

beHEARTBEAT

Vollständige ePub-to-Print-Ausgabe des in der Bastei Lübbe AG
erschienenen eBooks »Never before you – Jake und Carrie«
von Amy Baxter

beHEARTBEAT by Bastei Entertainment in der Bastei Lübbe AG

Copyright © 2016 by Bastei Lübbe AG, Köln

Textredaktion: Clarissa Czöppan
Lektorat/Projektmanagement: Eileen Sprenger
Covergestaltung: Manuela Städele-Monverde unter Verwendung von
Motiven © iStock.com/fmbackx
Satz: 3w+p GmbH, Ochsenfurt
Druck: Books on Demand GmbH, Norderstedt

ISBN 978-3-7413-0032-5

www.be-ebooks.de

MIX
Papier aus verantwortungsvollen Quellen
Paper from responsible sources
FSC® C105338

I tried so hard
And got so far
But in the end
It doesn't even matter
I had to fall
To lose it all
But in the end
It doesn't even matter.

Linkin Park – *In the End*

Playlist von Jake & Carrie

In the End – Linkin Park
Beggin' – Madcon
Revolution – Diplo (feat. Faustix & Imanos and Kai)
Wild Things – Alessia Cara
Serve the Servants – Nirvana
Sex on Fire – Kings of Leon
Because of You – Kelly Clarkson
Don't be so shy – Imany
I hate you, I love you – Gnash (feat. Olivia O'Brien)
Heathens – Twenty One Pilots
The Diary of Jane – Breaking Benjamin

Die Playlist von Jake & Carrie findest du auch auf YouTube:

https://www.youtube.com/playlist?list=PLp0AExZP6bVH
Z98ixeh2y0qVDKJ_A9acs

Carrie

»Verdammt, Phil! Warum hast du mir das denn nicht früher erzählt?« Ich saß auf dem Beifahrersitz des schwarzen Maserati, kniff meine Augenbrauen zusammen und verzog enttäuscht das Gesicht. Wieso war dieser Mann nur so stur? Phil sah mit angestrengtem Blick auf die Straße. Man hätte meinen können, er vermied es, mich anzusehen. Was ich an seiner Stelle auch getan hätte.

»Das ist mein Problem. Ich wollte nicht, dass du davon erfährst.« Anstatt wieder in den Verkehr einzufädeln, legte er seine Hände unschlüssig auf das Lenkrad, bevor er den Motor zum Schweigen brachte. Wie es aussah, stellte er sich auf eine längere Diskussion mit mir ein. Gut so.

»Dann kann ich ja froh sein, dass Melissa geplaudert hat. Verdammt, Phil, wir sind doch ein Team.« Kopfschüttelnd sah ich ihn an und atmete tief durch. »Lass dir doch einmal von mir helfen.«

Seine Bardame hatte mir im Vertrauen erzählt, dass Phil in Schwierigkeiten steckte, weil er seit mehreren Wochen keine neue Tänzerin für seinen Nachtclub fand. Zwei Tänzerinnen waren ihm abgesprungen. Die verbliebenen Mädchen wurden seitdem stärker als sonst eingespannt, aber mehr als arbeiten konnten sie auch nicht. Das Angebot an Shows war somit auf ein Mindestmaß geschrumpft, und der Blue String Club geriet durch ausbleibende Gäste langsam in finanzielle Nöte. Ich verstand zwar nicht, warum er so lange dafür brauchte, jemand Neues zu finden, aber bei der Hingabe, mit der Phil seinen Laden führte, sollte es mich eigentlich nicht überraschen, dass er auf die perfekte Kandidatin wartete. Allerdings brachte er dabei den Club und die anderen Mädchen in Schwierigkeiten, und das konnte ich nicht zulassen. Umso wichtiger war es, dass er meine Hilfe annahm. Auch wenn mich die Vorstellung, halbnackt vor gaffenden Männern mit dem Hintern zu wackeln, eher verunsicherte als begeisterte. Aber ich würde mir lieber die Zunge abbeißen als das zuzugeben, sonst würde Phil mich nie tanzen lassen.

Phil setzte seine Brille ab und rieb sich die Augen. Erst jetzt fiel mir auf, wie blass er war. Und das, obwohl sich schon seit einigen Tagen die Sonne durch die Dunstglocke schob, die üblicherweise über San Francisco hing. Melissa hatte recht gehabt, als sie gesagt hatte, es ginge Phil nicht gut. Das schlechte Gewissen in mir wuchs. Ich war in den letzten Wochen so sehr mit meinem Training und den Kursen im Tanzstudio beschäftigt gewesen, dass ich Phil kaum gesehen hatte. Kein Wunder, dass er sich mit dem Problem nicht an mich gewandt hatte. Wann auch?

Er musste sich seit Tagen nicht rasiert haben, dunkle Bartstoppeln waren auf seinem Gesicht zu sehen. Zudem hatte er abgenommen. Das Jackett spannte nicht wie gewohnt über seiner massigen Brust, und auch der Kragen seines Hemdes saß lockerer, sodass ich gut einen Finger zwischen Stoff und Hals hätte schieben können. Wann hatte er das letzte Mal etwas Vernünftiges gegessen?

»Ach, Carrie, versteh doch … Ich wollte nicht, dass du dir meinen Kopf zerbrichst.«

Ich lachte trocken auf. »Aber du steckst in der Klemme und hier sitzt die Lösung. Du hättest mich doch nur zu fragen brauchen.«

Er atmete schwer aus und setzte seine Brille wieder auf. Dann schüttelte er fast unmerklich den Kopf. »Ich wollte dich da einfach nicht mit reinziehen.« Er wirkte müde und resigniert, wie ein geprügelter Hund sah er mich an.

9

Trotz meiner Wut musste ich mir ein Schmunzeln verkneifen. Der ach so coole und immer über alles erhabene Phil duckte sich unter meinem Blick. Diesen Tag sollte ich mir rot im Kalender anstreichen. »Als wäre ich das nicht schon längst. Ich gehe seit Jahren im Club ein und aus. Es gibt nichts, das ich nicht schon gesehen hätte. Und ich kann tanzen. Das mit der Stange – nun, das werde ich auch hinkriegen.«

»Du würdest es wirklich machen?«

Der zweifelnde Unterton in seiner Stimme entsetzte mich ein wenig. Was glaubte er denn? »Natürlich! Du hast so viel für mich getan. Endlich kann ich dir mal was zurückgeben.«

Mit einem zögernden Lächeln nahm er meine Hand in seine. »Du weißt, dass mir der Gedanke nicht gefällt und es mir widerstrebt, dich darum zu bitten.«

Ich nickte. Das wusste ich nur zu gut. Phil wollte, dass ich mich von dem Milieu fernhielt. Und hätte Melissa nicht gequatscht, würden wir dieses Gespräch auch nicht führen. Ich bemühte mich um ein Lächeln. »Und trotzdem werde ich mich nicht davon abhalten lassen, im Club einzuspringen.«

»Aber nur übergangsweise.«

»Klar.«

»Sobald ich passenden Ersatz gefunden habe, bist du wieder raus.«

»Auch klar.«

»Und ich werde dich nicht aus den Augen lassen und -«

»Phil!«, unterbrach ich ihn. »Ich bin kein kleines Mädchen mehr. Ich bin erwachsen! Du musst mich nicht beschützen. Ich kann gut auf mich selbst aufpassen.«

»Ich weiß. Trotzdem ist das Tanzen im Club nicht mit dem im Tanzstudio zu vergleichen. Vor allem nicht das Publikum.« Seine braunen Augen ruhten so eindringlich auf mir, dass mir unter seinem Blick unbehaglich zumute wurde. Ich wusste, was er mir damit sagen wollte und auch, dass es ein letzter halbherziger Versuch war, mich umzustimmen. Doch ich hatte mich entschieden.

»Mach dir keinen Kopf, das kriege ich hin. Und jetzt sag endlich Ja.« Ich setzte mein Sonntagslächeln auf. Mein Tanzlehrer und Chef Nolan würde nicht begeistert sein, wenn ich meine Stunden etwas herunterschraubte, aber ich würde es irgendwie schon schaffen, beiden Jobs gerecht zu werden. Zur Not tanzte ich eben in meiner Freizeit weniger. Der Tanz an der Stange würde sicher Ausdauersport genug sein. Phil war nun wichtiger.

Er seufzte. »Aber nur unter einer Bedingung.« Er klang vollkommen ernst. »Es wird nur getanzt. Sonst nichts. Sonst bist du sofort wieder raus. Und wir zwei bekommen richtig Ärger. Verstanden?« Der strenge Blick, den er mir über den Rand seiner schwarzen Brille hinweg zuwarf, verlieh seinen Worten Nachdruck.

»Natürlich! Du weißt ja wohl, dass ich die Letzte bin, die Bock auf so was hat«, schnaubte ich verächtlich.

»Hey! Red nicht so über die Mädchen. Sie machen auch nur ihren Job. Und das freiwillig«, belehrte er mich.

»Entschuldige. Du hast recht.« Ich widerstand dem Drang, die Augen zu verdrehen. Auch wenn ich dem ganzen Milieu nichts abgewinnen konnte, Phil war ein fairer Boss, und die Mädchen hatten es gut bei ihm. Er kümmerte sich um sie und tat alles, um ihnen nicht das Gefühl zu geben, sich in seinem Nachtclub zu prostituieren, auch wenn sie im Grunde genau das taten. »Ich werde nur tanzen. Sonst nichts«, fügte ich beschwichtigend hinzu.

Er grinste mich hilflos an und zwinkerte mir zu. »Na gut, aber vergiss nicht: Mein Baby gehört zu mir.«

Ich kicherte. Phil und seine Schwäche für *Dirty Dancing*. Ich sah ihn mit einem filmreifen Augenaufschlag an und legte ihm sanft meine Hand auf den Oberarm. »Hey, Johnny. Dein Baby wird immer zu dir gehören.« Und das meinte ich auch so.

Er brummte noch etwas Unverständliches, bevor er den Zündschlüssel umdrehte und den Motor startete. »Aber das Büro schmeißt du trotzdem weiter, oder?«

»Ehrensache.« Weil ich Phil unterstützen wollte und die Buchhaltung mir leichter fiel als ihm, nahm ich ihm den Papierkram im Club ab. Phil hasste alles, was mit Zahlen zu tun hatte. Außer dem Tagesumsatz, der ihm zeigte, dass sein Laden immer noch ganz gut lief.

Die Schule hatte mich nie wirklich interessiert. Lernen war für mich ein lästiges Übel gewesen. Wie seitenlange Aufsätze über Literatur oder das Wissen über tote Philosophen mich auf das spätere Leben vorbereiten sollten, ging mir nicht in den Kopf. Ich wollte doch keine Schriftstellerin oder Philosophin werden. Aber es hatte mir schon immer Spaß gemacht, mit Zahlen zu jonglieren. Und so erledigte ich seit Jahren die Buchführung für den Club. Merkwürdig eigentlich, dass mir die angeblichen roten Zahlen, die Melissa erwähnt hatte, nicht aufgefallen waren. Es waren ab und an kleine Einbrüche in den Einnahmen zu erkennen, wie derzeit wegen der deutlich reduzierten Anzahl an Shows, aber es war noch nichts Dramatisches. Vermutlich hatte Melissa in der Hinsicht etwas übertrieben. Ich würde mit meinem Einsatz dafür sorgen, dass die Zahlen weiterhin schwarz blieben.

»Danke, Baby.« Phil lächelte, legte die Hände ans Lenkrad und fädelte Sekunden später in den fließenden Verkehr ein. »Hast du noch Zeit für eine Clam Chowder?«

»Das ist die beste Idee, die du heute hattest«, gab ich mit einem breiten Lächeln zurück. Ich liebte die Fischsuppe aus Muscheln und anderen Meeresfrüchten, die in einer Schale aus ausgehöhltem Brot serviert wurde.

»Du wirst immer frecher, kleine Lady.« Er versuchte, eine gewisse Ernsthaftigkeit in seine Stimme zu legen, versagte dabei aber kläglich.

* * *

Während er den Wagen durch die verstopften Straßen am Ocean Beach in Richtung Fisherman's Wharf lenkte, sah ich durch die dunklen Gläser meiner Sonnenbrille aus dem offenen Fenster und ließ mir den Wind der Westküste um die Nase wehen.

Ich lebte gerne in San Francisco, mich begeisterte, dass hier so viele unterschiedliche Kulturen auf engstem Raum so harmonisch miteinander lebten. Diese Stadt bezauberte durch ihre optische Vielfalt, war mitreißend und voller Leben. Besonders Chinatown faszinierte mich. Ich liebte das kantonesische Essen, das man dort an jeder Straßenecke frisch aus dem Topf bekam. Manchmal setzte ich mich an den Ocean Beach, um am Ende eines langen Tages hinter der Golden Gate Bridge die Sonne im Meer versinken zu sehen. Dann roch ich den Duft des Meeres und schmeckte das Salz auf meinen Lippen. Wenn ich Lust hatte, feierte ich in den Clubs und Bars rund um die Castrostreet die Nächte durch, bis die Sonne wieder aufging. Oder tankte im Morgengrauen mit einem Lauf am einsamen South Beach Kraft für den Tag, während die Nebelschwaden vom Wasser über die Hügel ins Landesinnere zogen und die Stadt wieder unter sich vergruben. Wer das sonnige Kalifornien suchte, der musste in der Regel über die Bay fahren.

Von den Twin Peaks aus, den Zwillingsgipfeln, genoss ich, wenn ich Zeit dazu fand, den schönsten Ausblick über die Stadt oder ließ mich in einer der Cable Cars wie ein Tourist durch den Osten San Franciscos treiben. Ich konnte mir keinen schöneren Platz zum Leben vorstellen als hier, wo ich endlich ein Zuhause gefunden hatte, das mir als Kind verwehrt geblieben war, und wo ich meine Leidenschaft zum Beruf machen durfte.

Ich war vierzehn gewesen, als ich in San Francisco gelandet und gleich zu Beginn in Schwierigkeiten geraten war, weil ich mich in der verkehrten Ecke der Stadt herumgetrieben hatte. Phil hatte mich vor zwei dunklen Gestalten beschützt, die mich – wie ich erst viel später erfuhr – für das horizontale Gewerbe anwerben wollten. Er kümmerte sich um mich und nahm mich irgendwann ganz bei sich auf. Er hat dafür gesorgt, dass ich wieder regelmäßig zur Schule ging. Er hat sogar meine Leidenschaft fürs Tanzen entdeckt und mir ermöglicht, Unterricht in einem professionellen Studio zu nehmen. Wie er unseren recht luxuriösen Lebensstil finanzierte, hatte ich anfangs nicht gewusst und auch nie danach gefragt. Erst gute zwei Jahre, nachdem ich bei ihm eingezogen war, erfuhr ich, dass er einen der exklusivsten Nachtclubs von San Francisco betrieb.

Obwohl Geld dadurch nie ein Problem war, war es mir immer unangenehm gewesen, dass ich auf Phils Kosten lebte – besonders, was die teuren Tanzstunden betraf. Als er mich an meinem achtzehnten Geburtstag endlich mit in den Club nahm – in dieser Hinsicht hatte er sich wie ein spießiger Vater benommen – und ich das Chaos in seinem Büro sah, kam mir die Idee, wie ich mich endlich revanchieren konnte. So schwer ich mich auch in der Schule tat, in Rechnungswesen war ich immer ganz gut gewesen, es hatte mir sogar Spaß gemacht, dass einmal etwas berechenbar, logisch und systematisch war – so ganz anders als mein eigenes Leben.

Sobald ich meinen Schulabschluss in der Tasche hatte, versuchte ich mich als Kellnerin in verschiedenen Cafés, um Phil nicht länger auf der Tasche zu liegen. Ich wollte mein eigenes Geld verdienen. Doch meine Leidenschaft, das, was ich wirklich konnte, war tanzen, und deshalb musste ich nicht lange überlegen, als mein damaliger Trainer Nolan mir wenige Zeit später einen Job als Tanzlehrerin in seinem Studio anbot. Ich wurde endlich für das Tanzen bezahlt, anstatt dafür Geld auszugeben.

Phil hatte immer gut für mich gesorgt, und wenn ich ihm nun im Club aushelfen konnte, machten sich all das Training und sein Investment wenigstens bezahlt.

Phil und ich lebten nun seit mittlerweile zehn Jahren miteinander, und er war in dieser Zeit viel mehr für mich geworden als nur ein Freund und Ziehvater. Nie drängte er mich, über die Zeit *vor ihm* zu reden, und ließ mir meine Privatsphäre, wenn ich mich mal wieder in meiner eigenen kleinen Welt abschottete, die nur aus Tanzen und Musik bestand. Es gab eben Erinnerungen, die besser vergraben blieben.

Jake

Meine Haut kribbelte beim Betreten des alten Shops, und die Bilder aus meiner Kindheit überrollten mich wie eine Dampflok. Ich schloss die Augen und fand mich sofort wieder inmitten des geschäftigen Treibens, das vor Jahren diese Räume mit Leben erfüllt hatte. Ich hörte das Surren der kleinen Maschine, spürte sie zwischen meinen Fingern und war mit einem Schlag aufgeregt wie ein Junge zu Weihnachten. Ich erinnerte mich an den vertrauten Geruch von Tinte, Schweiß und Farbe. Ich spürte die Nervosität und Vorfreude, hörte das Schnalzen beim Überziehen von Gummihandschuhen, das Rattern der Maschinen und die raue Stimme meines Vaters, wenn er sich mit den Kunden über ihre Tattoos unterhielt. Ich sah mich als kleinen Jungen bei ihm auf dem Schoß sitzen, eine Maschine zwischen den Fingern, deren Nadel hundertfach pro Sekunde in seinen Arm stach. Natürlich ohne Tinte. Es war sein Geschenk zu meinem achten Geburtstag.

»Du machst das großartig, Jake«, sagte er ruhig und mit Stolz in der Stimme. »Aus dir wird mal der beste Tätowierer der Stadt.«

»Aber das bist doch du.«

Er lachte. »Noch, aber irgendwann wirst du all das erben.«

Als ich die Augen wieder öffnete – jetzt, 18 Jahre später –, verflog die Erinnerung so schnell, wie sie gekommen war. Leider war dieser friedliche Moment zwischen mir und meinem Vater nicht der letzte, an den ich mich erinnerte. Meine Brust zog sich mit einem Stich zusammen, als ich an die

Worte dachte, die er hier zu mir gesprochen hatte. Danach hatte ich nie wieder von ihm gehört. Es war eine Ewigkeit her, doch der Anblick seines verlassenen Studios ließ die Erinnerungen schmerzhaft wieder aufleben.

Ich schmeckte den dreckigen Staub der Vergangenheit auf meiner Zunge und roch den Mief des verlassenen Gebäudes. Ich sah auf die vergilbten Wände, den verschlissenen Fußboden und die verdreckten Fenster, die nur wenig Tageslicht hineinließen.

Die Möbel waren alt und müssten ausgetauscht werden, die Einrichtung trug noch die Handschrift meines Vaters. Ich hätte nicht gedacht, dass ich jemals wieder hier stehen würde.

»Es tut mir wirklich sehr leid, Jake«, sagte Olivia, die hinter mir den Laden betreten hatte.

Was antwortete man auf so eine Floskel? Sie hatte keine Ahnung, was in mir vorging. Hatte keine Ahnung, was für ein Scheißgefühl es war, an einem Ort zu stehen, an den man geschworen hatte, nie wieder zurückzukommen; was ich dabei empfand, vom Lebenswerk meines verstorbenen Vaters umgeben zu sein. Oder besser gesagt von dem, was davon übrig war.

Niemand konnte nachvollziehen, wie ich mich fühlte. Und das war auch gut so. Ich brauchte kein Mitleid. Sollte sie ruhig denken, dass ich um meinen Vater trauerte. Das wäre ja auch normal gewesen, richtig?

Langsam drehte ich mich zu Olivia um. Sie war die Nachlassverwalterin meines Vaters und seit meiner Ankunft kaum von meiner Seite gewichen. Nun drückte sie mir die Schlüssel sowie einen weiteren Stapel Papiere zum Unterschreiben in die Hand. Ich dachte eigentlich, ich hätte in der Kanzlei schon alles erledigt, aber vermutlich nahm der Mist hier nie ein Ende.

Ich blickte auf ihren rot geschminkten Mund. Ich mochte keine Frauen mit rotem Lippenstift. Ob ich bei ihr eine Ausnahme machen würde? Ihre Nägel leuchteten in derselben Farbe, wirkten unecht. Sie war wirklich ein Püppchen, nicht die Art Frau, die ich mir sonst ins Bett holte. Zu angemalt, zu künstlich. Aber vielleicht war es einfach an der Zeit, neue Wege zu beschreiten. Schließlich war ich zurück in San Francisco, der *Stadt der Träume*. Und Olivia war offen, witzig, charmant, offensichtlich vom Erfolg verwöhnt und trug ihre beeindruckenden Vorzüge selbstbewusst zur Schau. Mein Blick wanderte von ihren schwarzen Stöckelschuhen über ihre langen Beine, die unter einem kurzen Rock verschwanden, über ihre Hüften hoch zum Ausschnitt ihrer Bluse. Als meine Augen eine Sekunde länger bei ihren prallen Brüsten Halt machten, als es höflich gewesen wäre, räusperte sie sich leise.

»Hast du einen Kugelschreiber?«, lenkte ich ab. Sie drückte mir ohne ein Wort einen Füllfederhalter in die Hand.

Vor einer Woche hatte Olivia mich angerufen, und ich war ohne zu überlegen aufgebrochen. Nach den beschissensten Monaten meines Lebens schien dieser Anruf fast wie ein Zeichen. Die Nachricht über den Tod meines Vaters hätte mich traurig machen sollen, aber stattdessen war ich erleichtert, endlich verschwinden zu können. Endlich weg aus dieser ganzen Scheiße. Meine Heimatstadt hatte sich verändert. Als das Taxi mich vom Flughafen durch die Straßen von San Francisco zum Hotel brachte, merkte ich jedoch, wie verbunden ich mich noch immer mit dieser Stadt fühlte. Sie war noch genauso bunt, laut und schrill, wie ich sie in Erinnerung hatte. Der perfekte Ort, um unterzutauchen und noch einmal neu anzufangen.

Gestern war die Beerdigung gewesen. Olivia hatte mich nach einer schlaflosen Nacht im Hotel abgeholt und zum Friedhof gefahren. Mein Vater hatte ihr vor seinem Tod genaue Anweisungen gegeben, wie sie mir erzählt hatte, sodass es für mich nichts zu tun gab. Ich wäre ohnehin keine Hilfe gewesen. Mein Kopf war voll mit Fragen, die mich seit ihrem Anruf umtrieben, auf die ich jedoch keine Antwort fand. Warum hatte mein Vater mich in seinem Testament bedacht? Nach all den Jahren? Auf wen würde ich hier treffen? Würde meine Mutter auch hier sein?

Die letzte Frage hätte ich mir sparen können. Sie hatte sich weder bei mir gemeldet, noch war sie auf seiner Beerdigung erschienen. Nachdem wir schon Jahre keinen Kontakt mehr hatten, hätte ich mir das auch denken können. Vielleicht wusste sie nicht einmal, dass ihr Exmann tot war.

Mein Vater hatte ein einfaches Rasengrab auf einem Friedhof in Colma bekommen. Nur wenige Trauergäste waren erschienen. Auf den ersten Blick kam mir niemand bekannt vor. Doch nach und nach sickerten die Erinnerungen in mein Gehirn, und ich erkannte einige von der alten Crew wieder.

Ich war noch klein gewesen, als ich sie alle das letzte Mal gesehen hatte, und die Wilden von damals waren inzwischen zu liebenden Familien- oder sogar Großvätern geworden. Ihre langen Bärte waren gestutzt oder ganz dem Rasierer zum Opfer gefallen. Die zahlreichen Tattoos versteckten sie unter schwarzen Anzügen, und ihre anteilnehmenden Blicke lagen hinter verspiegelten Sonnenbrillen verborgen. Statt schwerer Harleys lenkten viele von ihnen mittlerweile Familienkutschen mit sieben Sitzen durch die Stadt und lebten mit Frau und Kindern in Vororten in ganz Kalifornien verteilt. Sie alle sprachen mir ihr Beileid aus, das ich schweigend entgegennahm.

Ich hörte nur mit halbem Ohr zu, als sie über alte Zeiten sprachen und mir ihre Unterstützung anboten. Aber ich wollte keine Hilfe von ihnen. Ich hatte nichts mit meinem Vater gemeinsam, außer, dass wir beide Tätowierer waren, und wollte möglichst wenig von ihm wissen und hören. Wir hatten keinen Kontakt mehr gehabt, seit er Mom und mich verlassen hatte.

Heute Morgen hatte Olivia das Testament verlesen und mir eröffnet, dass ich der einzige eingetragene Erbe war. Es hatte keine neue Frau im Leben meines Vaters gegeben und auch keine weiteren Kinder. Somit hatte ich das Anrecht auf die Immobilie und auf alles andere, was er hinterlassen hatte.

Perfektes Timing. Wenigstens einmal bist du hilfreich, alter Herr.

Ich schluckte und drehte mich zu Olivia um. »Hast du fähige Bauarbeiter an der Hand, die du mir empfehlen kannst?«

Olivia zog die Augenbrauen in die Höhe, sodass sie unter ihrem Pony verschwanden, und schürzte die Lippen. »Du willst *das hier* renovieren?« Ihre Hand beschrieb einen Halbkreis durch den Raum, und ihre braunen Augen warfen mir einen ungläubigen Blick zu.

Ich nickte knapp und sah mich erneut in dem verlassenen Studio um. Meine Entschlossenheit überraschte mich selbst. Doch noch nie war mir eine Entscheidung leichter gefallen: Ich würde hier neu anfangen, mir ein eigenes Studio einrichten und einen Kundenstamm aufbauen. Es war die perfekte Gelegenheit und vielleicht die einzige Chance auf einen Neuanfang, die ich bekommen würde.

Olivias Blick wurde weicher, dann nickte sie verständnisvoll. Wahrscheinlich dachte sie, ich wollte das Vermächtnis meines Vaters fortführen. Sollte sie ruhig …

»Ich glaube, das hätte deinen Vater sehr gefreut.« Was wusste sie schon? Sie hatte weder ihn gekannt, noch kannte sie mich. Aber klar – sie wollte nur höflich sein.

Sie kramte in ihrer koffergroßen Handtasche nach ihrem Handy und tippte sekundenlang konzentriert darauf herum. Bis sie einen Namen samt einer Nummer auf einem Notizblock notierte und mir hinhielt. »Pete hat für meinen Dad schon viel gemacht. Ich habe bisher nur Gutes gehört. Ruf ihn an und richte ihm Grüße von mir aus. Ich bin sicher, er wird aus dieser Bruchbude wieder einen vorzeigbaren Shop machen.« Mit einem aufreizenden Lächeln berührte sie wie zufällig meine Finger, als ich den Zettel entgegennahm. Ich ignorierte es.

Gleich morgen würde ich Pete anrufen. Es gab viel zu tun, ich scheute die Arbeit nicht, die auf mich zukam. Was hatte ich zu verlieren? Es konnte nur besser werden. »Und falls du noch Tätowierer suchst … Ich kenne so einige Leute und höre mich gerne mal um.«

Ich bezweifelte, dass sie die richtigen Leute kannte, aber es konnte ja nicht schaden, wenn sie mal ihre Fühler ausstreckte. Ein Studio war keine One-Man-Show, und auch wenn ich mir über die Jahre hinweg verschiedene Stile angeeignet hatte, würde ich Unterstützung brauchen. »Klar, hör dich ruhig um. Vor allem, wenn du wen kennst, der japanisch, Buena Vista oder Maori draufhat, wäre das nicht schlecht für den Anfang. Damit wäre der Shop schnell in aller Munde.« Ich sah ihr an, dass ich sie mit meinem Fachchinesisch überforderte, doch sie lächelte tapfer und machte sich tatsächlich Notizen auf ihrem Block. Ich schmunzelte. Wenn sie unbedingt wollte, sollte sie doch mal zeigen, was sie konnte.

Sie fuhr sich mit der Zunge über die Lippen. »Das mache ich gern.«

»Und könntest du dich um ein Apartment für mich kümmern? Ich will erst alles sanieren, bevor ich endgültig hier einziehe. Und ich kenne in San Francisco kaum mehr jemanden.« Über dem Shop lag die alte Wohnung meines Vaters, die irgendwann meine werden würde. Auch wenn mir jetzt noch nicht der Sinn danach stand, ich würde nicht darum herumkommen, in seinem Leben herumzuwühlen.

21

Erste Priorität aber war, dass ich die Sanierung des Shops vorantrieb. Glücklicherweise musste ich mir um Geld keine Gedanken mehr machen. Er hatte mir eine stolze Summe hinterlassen, von der ich einen großen Teil in meinen Neuanfang investieren konnte. Der Rest würde mir ein entspanntes Leben sichern, wenn ich erst mal Fuß gefasst hatte.

»Gerne, Jake. Ich gehe morgen im Büro mal meine Kontakte durch. Wir werden schon was Passendes für dich finden«, versprach sie und legte ihre schmale Hand aufmunternd auf meinen Oberarm. Ich verkniff es mir zurückzuweichen. Keine Ahnung warum, aber ich konnte das gerade gar nicht ab. Genervt strich ich mir meine Haare aus dem Gesicht.

»Ich muss wieder zurück in die Kanzlei, soll ich dich mitnehmen, oder kommst du allein zurecht?« Olivia lächelte mich erneut auf eine Art an, die für eine Nachlassverwalterin ihrem Klienten gegenüber fast schon unprofessionell war.

Mir ist schon klar, was du willst. Aber heute nicht, Süße. »Ich bleibe noch und nehme später ein Taxi.«

»Okay. Dann ruf ich dich an, wenn ich ein paar Wohnungsangebote rausgesucht habe. Wenn du magst, können wir die morgen Abend durchgehen. Vielleicht bei einem Drink?«

Hmm, sehr subtil. Ich nickte unverbindlich. Sie hauchte mir einen Kuss auf die Wange, der gefährlich nahe an meinem Mund platziert war. Sie roch gut, ohne dass ihr Parfum aufdringlich war. Ihr Blick war eindeutig, ihr Lächeln einladend, doch ich wollte sie nur noch loswerden und wandte mich von ihr ab. »Bis dann, Olivia.«

Carrie

»Hey, No! Wie war dein Wochenende?« Schwungvoll betrat ich den Spiegelsaal des Tanzstudios durch die große Flügeltür und warf meinem Trainer Nolan einen Gruß zu. Es waren gerade die letzten Töne der Musik verklungen, als die Tür hinter mir mit einem Klacken ins Schloss fiel. Wie es aussah, hatte er schon eine Weile trainiert. Die Luft roch verbraucht, sein schwarzes Shirt klebte ihm am Leib, und sein braungebranntes Gesicht glänzte verschwitzt. Ich riss das Fenster auf und ließ erst mal frische Luft herein. Nolan stand neben der Anlage und freute sich offensichtlich, mich zu sehen. Er grinste erwartungsvoll. Doch als ich mich vor den Spiegel an die Stange stellte, verging ihm das Grinsen augenblicklich.

Seine Mundwinkel zuckten, ein untrügliches Zeichen dafür, dass er verwirrt war. »Was machst du denn schon hier?« Ich unterdrückte ein Schmunzeln. Das klappte ja prima.

»Ich bin etwas früher gekommen, weil ich ein paar neue Schritte üben will«, antwortete ich. Ich tat so, als würde ich mich auf meine Aufwärmübungen konzentrieren, und ignorierte seine Anspannung. Hatte ich es doch gewusst! Er hatte seit Wochen alle Nachfragen bezüglich seines Geburtstags abgeblockt und so getan, als würde er nicht feiern wollen. Irgendwann seien Geburtstage nicht mehr so wichtig, hatte er gesagt. Aber ich kannte No gut genug und wusste, dass er nichts mehr liebte, als im Mittelpunkt zu stehen und eine gute Zeit zu haben. Entsprechend erwartete er Kuchen oder zumindest ein Ständchen von mir. Aber da musste er noch ein bisschen länger warten. Zu sehr genoss ich es, ihn zappeln zu lassen.

Schweigend begann ich, mich aufzuwärmen. Den Schmerz in meinem linken Oberschenkel versuchte ich zu ignorieren. Vor einigen Tagen hatte ich mir beim Tanzen einen Muskel überdehnt, der mich drei Tage lang daran gehindert hatte, meine Kurse vernünftig abzuhalten. Für mich gab es nichts Schlimmeres, als pausieren zu müssen. Ich liebte das Geräusch der vielen Füße auf dem federnden Holzfußboden, die Konzentration in den Gesichtern der Tänzer und das Glücksgefühl, wenn eine Choreo fehlerfrei geklappt hatte. Aber am besten war es, das Gemeinschaftsgefühl zu spüren, wenn man in einer Gruppe tanzte und sich aufeinander verlassen musste. Einer für alle – alle für einen.

Nolan hielt es noch einige Augenblicke aus, dann rollte er mit den Augen und stieß einen Seufzer aus, bevor er sich mit in die Hüften gestemmten Händen hinter mir aufbaute. »Sugar ... Hast du wirklich vergessen, was für ein Tag heute ist?«

»Ähm ... Ich habe gleich wieder die zwei Anfängerkurse. Aber keine Sorge, mit denen komme ich gut klar.« Ich zwinkerte ihm im Spiegel zu.

»Du hast es nicht ernsthaft vergessen«, stieß Nolan fast atemlos aus. »Nicht wirklich, oder?«

Es fiel mir immer schwerer, nicht laut aufzulachen und meine Maske fallen zu lassen. »Habe ich was verpasst? Würdest du mich bitte aufklären?« Innerlich amüsierte ich mich prächtig, blieb äußerlich aber ruhig und beobachtete ihn mit undurchsichtiger Miene über die Spiegelwand.

Im Gegensatz zu Nolan, der jetzt im Saal umherlief wie ein aufgescheuchtes Huhn. Als er erneut hinter mir stehenblieb und mich im Spiegel mit seinem typischen Dackelblick ansah, der mein Herz jedes Mal zum Schmelzen brachte, konnte ich mich nicht mehr beherrschen. Ich prustete los, löste mich von der Stange und fiel ihm in die Arme. »Happy Birthday, No. Alles, alles Liebe zu deinem Geburtstag«, murmelte ich in sein verschwitztes T-Shirt, während ich mich an seine stahlharte Brust schmiegte. Ich umarmte ihn fest und merkte, wie seine Anspannung sich schlagartig auflöste. Trotz des Schweißes roch ich einen Hauch von Jean Paul Gaultier – seinem Lieblingsparfüm, seit ich es ihm letztes Jahr zum Geburtstag geschenkt hatte.

Dieses Jahr hatte ich ein Geschenk für ihn gefunden, das man nicht in jedem beliebigen Laden kaufen konnte. Ich war verdammt gespannt, wie es ihm gefallen würde. Nach einem Kuss auf seine glattrasierte Wange ließ ich ihn los und lachte. »Du hast nicht ernsthaft geglaubt, dass ich deinen Geburtstag vergesse, oder?«

Er senkte den Kopf und grinste verlegen. »Fast hättest du mich gehabt, du kleines Biest. Du hast echt eine gute Show abgeliefert.«

»Das war meine Absicht. Warte.« Ich lief zur Bank und zog ein kleines Päckchen aus meiner Tasche, das ich ihm mit einem gespielt theatralischen Hofknicks überreichte. »Hier, König No. Eine Kleinigkeit für Euch.«

Seine Augen glänzten vor Freude, während er die Schleife löste und das silberne Geschenkpapier achtlos aufriss. Als er den Karton öffnete und das Seidenpapier zur Seite schlug, weiteten sich seine Augen.

»Oh mein Gott! Carrie!« Er schlug eine Hand gegen seinen Mund. Mit zitternden Fingern holte er die schwarzen Ballettschläppchen heraus. »Du bist verrückt. Du bist eindeutig verrückt!« Er ließ den Karton einfach fallen und umarmte mich so fest, dass ich kaum noch Luft bekam. »Woher hast du die?«, nuschelte er in meine Haare, und ich war glücklich über seine Freude und die gelungene Überraschung.

»Du musst nicht alles wissen«, antwortete ich. Wochenlang hatte ich online die Shops durchforstet, bis ich ein einigermaßen bezahlbares Exemplar der Designerschlappen ergattern konnte. Es war das neueste Modell, das es auf dem Markt zu kaufen gab, und hatte immer noch ein kleines Vermögen gekostet, das ich mir eisern zusammengespart hatte.

»Süße, du bist unglaublich. Danke.«

»Sehr gerne. Zum Dank kannst du mir beim Aufwärmen helfen. Ich wollte noch einmal die Choreo durchgehen.«

»Nichts lieber als das.«

Nolan hatte in jungen Jahren mit dem Ballett angefangen, sich allerdings mittlerweile dem Streetdance zugewandt. *Ballet meets Street* war sein Motto, und ich liebte es, ihm zuzuschauen und mit ihm gemeinsam zu tanzen. Er war ein wahrer Gott auf dem Parkett und der beste Lehrer, den man sich vorstellen konnte.

Nolan legte sein Geschenk zur Seite und stellte sich neben mir auf. Barfuß, in seiner locker auf den Hüften sitzenden Trainingshose, dem schwarzen Shirt, das wie eine zweite Haut an seinem Sixpack klebte, und den dunklen Haaren, die wie immer zu einem Dutt auf dem Oberkopf gewickelt waren, sah er aus wie der fleischgewordene Traum aller Frauen. Nur leider machte er sich aus dieser Auszeichnung nichts. Er stand eindeutig auf Männer. Was für ein Verlust für die Frauenwelt!

»Ach, bevor wir loslegen ...«, sagte No. »Es gibt Neuigkeiten aus der großen, weiten Welt. Habe ich dir von Leroy erzählt? Meinem alten Freund aus der Ballet Academy?«

»Du meinst deinen Tanzkollegen aus New York?«

»Genau den. Leroy will in ein paar Wochen nach San Francisco kommen. Er besucht gerade mehrere große Schulen im Land, um neue Tänzer zu akquirieren.« Unsere Blicke trafen sich im Spiegel. Natürlich kannte ich Leroy, zumindest vom Hörensagen, und ich wusste, worauf Nolan hinauswollte. Mit ihm zusammen hatte er vor sechs Jahren die Juilliard School in New York besucht. Nolan hatte sich mit dem Big Apple nie wirklich verbunden gefühlt und war nach seinem Abschluss nach San Francisco zurückgekommen, um seinen Traum vom eigenen Tanzstudio hier wahrzumachen. Sein Freund war mittlerweile einer der angesagtesten Choreografen mit eigenem Studio in New York City und arbeitete mit den ganz Großen zusammen. Er bildete Tänzer für Shows auf dem Broadway aus und bereitete Schauspieler für die Tanzeinlagen in ihren Filmen vor. Einfach irre, wozu er es in der kurzen Zeit gebracht hatte.

»Vielleicht wäre das deine Chance, Schnecke.«

»No …« Ich unterbrach meine Dehnübungen und schüttelte energisch den Kopf.

»Warum denn nicht? Was hast du zu verlieren?«

»No, das ist wirklich lieb von dir, aber …«

»Was aber? Sei nicht immer so feige.«

Autsch, das saß. Ich wusste, dass er es nicht böse meinte und es keinen Zweck hatte, mit ihm zu diskutieren. Seit Jahren schon versuchte er, mich zum Vortanzen zu überreden oder dazu, seine guten Kontakte zu nutzen. Er war überzeugt, ich vergeudete mein ›Talent‹ in seinem Studio. Sicher, ich war nicht schlecht, hatte möglicherweise auch den Ehrgeiz und das nötige Rhythmusgefühl, aber – ich war nicht gut genug für die Bühne. Punkt.

Außerdem wollte ich hier nicht weg. Hier war ich zu Hause, hier lebten meine Freunde. Und Phil würde ich zu diesem Zeitpunkt schon mal gar nicht alleinlassen.

Weil ich wusste, dass Nolan keine Ruhe geben würde, versprach ich ihm, darüber nachzudenken. Auch wenn ich die Antwort schon kannte.

»Aber nun lass uns endlich loslegen. Der Kurs beginnt bald, und ich will noch einmal die Schritte durchgehen.« Ich

27

band meine Haare zu einem festen Zopf zusammen und ging zur Musikanlage, um meine Playlist abzuspielen. Als die ersten Töne von *Beggin'* von Madcon den Saal erfüllten, schloss ich kurz die Augen und begann mit meiner Choreografie. Nolan kannte die Schritte, machte allerdings keine Anstalten einzusteigen, sondern musterte jede meiner Bewegungen mit Argusaugen. Ich versuchte, ihn auszublenden. Die Musik tropfte Takt für Takt in mein Blut und verursachte das vertraute, wohlige Kribbeln in meinem Bauch, welches ich so nur beim Tanzen spürte. Ich gab mich dem Beat hin und zog meine Beine möglichst leichtfüßig über das glatte Parkett. Der Bass bewegte meine Füße, meine Arme, Kopf und Hüften, und wie immer, wenn ich tanzte, lächelte ich.

Als die Melodie verklang und ich den Kopf hob, fand ich sofort Nolans Blick. »Nicht schlecht«, sagte er mit einem anerkennenden Lächeln.

Ich grinste. Fehler hätte er sofort angesprochen oder Verbesserungsvorschläge gemacht. Also war ›nicht schlecht‹ das größte Kompliment. »Hab ja auch den besten Lehrer.«

Die Playlist lief weiter, er kam im Beat des nächsten Songs auf mich zu und hob und senkte spielerisch die Augenbrauen. »Wie wahr, my Dear. Aber besser als ich bist du noch lange nicht. Battle?«

Ich strecke meine Daumen nach oben. »Aber immer doch, *Balletboy*.«

Ich fühlte mich erneut in die Musik ein. *Revolution* von Diplo erschall aus den Lautsprechern. Ich kannte jedes Lied meiner Playlist in- und auswendig. Hätte man mich gebeten, einen Gegenstand zu nennen, der mich ständig begleitete, so hätte ich mein Handy genannt, auf dem ich meine Playlist gespeichert hatte und ständig um neue Songs erweiterte. Ich trug es immer bei mir und konnte damit auch unterwegs auf die verschiedenen Musik-Plattformen zugreifen, auf denen immer neue Stücke liefen.

Nach nur wenigen Minuten waren wir beide schweißgebadet. Nolan und ich bewegten uns geschmeidig umeinander herum. Mein Herz pumpte, mein Oberschenkel schmerzte, doch ich behielt die Konzentration und die Nerven, um mit meinem Lehrer mitzuhalten. Wir lachten uns an, klatschten uns ab, wenn eine Drehung besonders gut gelungen war. Wir gaben uns gegenseitig Raum, um Breaking- oder Ballett-Elemente einzubauen, und kamen immer wieder zu den gleichen Schritten zurück, die wir spiegelverkehrt zueinander ausführten. Die Musik ging mir unter die Haut, ich fühlte sie mit jeder Faser meines Körpers, gab mich ihr hin, als hätte ich nie etwas anderes getan. So vergingen einige Songs, bis wir schwer atmend zu unseren Wasserflaschen griffen.

»Das haben wir schon viel zu lange nicht mehr gemacht.« Nolan grinste mich an wie ein Schuljunge, kleine Lachfältchen umrahmten seine blauen Augen. Er war so niedlich und neben Phil zu einem der wichtigsten Menschen in meinem Leben geworden. Ich liebte ihn abgöttisch.

Ich stimmte zu und stürzte eine weitere Ladung Wasser meine ausgedörrte Kehle hinunter. Mein Blick fiel auf die Uhr. Ich hatte noch eine Viertelstunde Zeit. Jetzt oder nie.

»No, würdest du mir einen Gefallen tun?«

»Klar, Sugar. Jeden. Was hast du auf dem Herzen?« Er ließ sich zu mir auf den Boden fallen und legte seinen Arm um meine Schultern.

»Ich brauche einen Crashkurs an der Stange.«

Er sah mich erschrocken an, aber seine Mundwinkel zuckten. »Schätzchen, ich weiß zwar, dass du schon 'ne ganze Weile Single bist, aber dass du so verzweifelt bist, hätte ich wirklich nicht gedacht. Süße, meine Stange ist wirklich nicht die Lösung …«

Er konnte ein Grinsen nicht mehr unterdrücken, und ich boxte ihn spielerisch gegen die Schulter. »Ich meine Poledance, du Spinner.«

»Warum? Das ist doch gar nicht dein Stil. Eher meiner.«
Seine Hände fuhren lasziv an seinem Körper entlang.

Ich schüttelte grinsend den Kopf und biss mir auf die
Lippen, um nicht wieder in Gelächter auszubrechen. »Phil
braucht Hilfe im Club«, sagte ich und hoffte, dass diese Erklärung ihm genügte.

Nolan runzelte die Stirn und warf mir einen kritischen
Blick zu. Doch er hakte nicht weiter nach, wofür ich wirklich
dankbar war. »Ich hab heute Abend noch etwas Zeit. Wie
sieht es bei dir aus?«

»Gleich heute? Aber du hast Geburtstag!«, widersprach
ich.

»Na und? Ich bin erst später mit Darren verabredet.«
Dankend nahm ich sein Angebot an. »Gut, dann um sieben,
nach dem letzten Kurs«, sagte er. »Und zieh dir hohe Schuhe an. Du sollst gleich das richtige Gefühl bekommen. Poledance ist etwas anderes als Hip-Hop oder Ballett. Etwas ganz
anderes.«

Carrie

»Und eins, zwei, drei und vier! Fünf, sechs, sieben, acht ...«
Mit kritischem Auge ging ich wenig später durch die Reihen
und beobachtete die fünfzehn Kids aus meinem Kurs. Sie
waren alle um die zehn, elf Jahre alt und hatten erst vor
Kurzem mit dem Tanzen angefangen. Auch wenn nicht immer alles auf Anhieb klappte, hatten sie dennoch ihren
Spaß. Und das war das Wichtigste. David hatte die Zunge
zwischen die Lippen geklemmt und lachte, als er aus dem
Schritt kam. Toby hinkte wie immer dem Takt hinterher,
und Jenna bewegte ihre Hüften geschmeidiger als alle anderen – aus ihr würde etwas werden.

Ich wusste aus eigener Erfahrung, wie schwer es anfangs
war, die Koordination der Bewegungen hinzukriegen, die
richtige Reihenfolge der Schritte, gleichzeitig Körperspan-
nung zu bewahren und dabei locker zu wirken. Ich übte nun
schon seit ich laufen konnte, und hatte noch immer so viel
zu lernen. Als ich nach San Francisco kam, hatte ich noch
nie ein Tanzstudio von innen gesehen. Sam, ein Junge aus
dem Heim, in dem ich aufgewachsen war, hatte so viel
Rhythmus im Blut gehabt und mich damit angesteckt. Wir
hatten auf den Straßen zwischen Müll und Autowracks getanzt, wollten mit den Großen mithalten, die wirklich gut
waren. Ich hatte abends im Licht der Straßenlaterne vor den
großen Schaufenstern geübt, um die Bewegungen zu beobachten, die ich mir beim Street Dance abgeguckt hatte. Auf-
geschürfte Handflächen, zerschrammte Knie oder Verstau-
chungen der Knöchel waren an der Tagesordnung. Das
Leben auf der Straße war rau, aber ich war fest entschlossen

gewesen, mich nicht unterkriegen zu lassen. Die Musik und das Tanzen halfen mir dabei. Umso glücklicher war ich, dass diese Kinder die Möglichkeit bekamen, hier zu trainieren, und ich gab mein Bestes, um ihnen alles mit möglichst viel Spaß zu vermitteln.

»So, und jetzt geben wir noch mal richtig Gas!« *Wild Things* von Alessia Cara erklang, unser Abschlusssong. Ich stellte mich vor die Gruppe und zählte den Einsatz an. Ich hatte aus einfachen Schritten eine kleine Choreo gebastelt, die leicht zu tanzen war und den Kids das Gefühl gab, etwas zu beherrschen. Nach einigen Wochen des Übens lief die Abfolge schon ganz gut. Ich war zufrieden.

Ich klatschte in die Hände, als die Musik verstummte, und beendete die Stunde. »Danke, ihr wart klasse!« Sie stimmten ein und bejubelten sich gegenseitig für ihre Performance. Ich grinste und schlug bei jedem einzeln ein, bevor er den Saal verließ.

Im Anschluss riss ich die Fenster auf und entließ den Mief nach draußen. Der Tag war lang gewesen. Der Battle mit Nolan steckte mir noch in den Knochen. Er hatte mich ordentlich gefordert, aber es hatte wahnsinnig Spaß gemacht. Nun fürchtete ich die Einheit, die an der Stange auf mich wartete. So wie ich Nolan als Trainer kannte, würde er nicht zimperlich sein.

Nachdem ich mir wie befohlen hohe Schuhe angezogen hatte, die ich zwischen zwei Kursen von zu Hause geholt hatte, gab Nolan auch gleich Vollgas. »Füße an die Stange, eng zusammen.« Nolan warf nur so mit Kommandos um sich, und ich versuchte, ihm zu folgen. »Rechten Arm nach oben … Hüfte nach außen … gerade bleiben! Bein strecken … Kinn hoch … Komm schon, Süße, etwas lockerer. Du bist doch sonst nicht so verkrampft. Du musst sexy sein. Als wolltest du den Gaffer im Sessel wie ein Eis am Stiel im Hochsommer ablecken.« So ging es tatsächlich eine Stunde lang, bis er endlich ein Einsehen hatte und die erste Übungseinheit für beendet erklärte.

Meine Füße schmerzten von den Stilettos, meine Handgelenke zitterten vor Anstrengung, meine Kniekehlen waren aufgeschürft, und ich spürte bereits mehrere blaue Flecke an Beinen und Hüfte. Nolan hatte nicht zu viel versprochen, als er sagte, ich solle mich auf etwas gefasst machen. Hip-Hop war konditionell schon schweißtreibend, aber Poledance forderte Muskelgruppen, die scheinbar die letzten vierundzwanzig Jahre nicht von mir beansprucht worden waren. Oder die ich schlicht und ergreifend nicht besaß. Ich schaffte es kaum die Stufen runter zum Ausgang, ohne Nolan bei jedem Schritt zu verfluchen.

Trotzdem hatte die Stunde erstaunlich viel Spaß gemacht. Jetzt sehnte ich mich nur noch nach Entspannung und einem eiskalten Drink.

Nolan wartete frisch geduscht mit einem breiten Grinsen an der Ausgangstür auf mich. »Na, Sexy, Lust auf einen kleinen Absacker? Oder bist du zu fertig?«

»Du meinst, weil du mich kaputtgekriegt hast? Keine Chance. Mir geht's gut. Was hast du vor?«

»Darren arbeitet heute im Beach Rocks, und wir wollten danach noch –«

»Keine Details, bitte!«, schnitt ich ihm das Wort ab.

Er zwinkerte mir zu und verlor sich in einem schmachtenden Blick. Ich schüttelte lachend den Kopf, dass mir die nassen Haarsträhnen ins Gesicht klatschten.

»Du bist unverbesserlich.«

***

Der Abend war schwül, die Hitze des Tages hatte sich wie eine Decke über die Stadt gelegt. Ich konnte die frische Brise am Meer kaum erwarten. Wir drehten die Musik auf und fuhren in Nolans Cabrio laut singend die kurze Strecke zum Strand.

Der Parkplatz des Beachclubs war zur Hälfte belegt. Es war Montag, ein ruhiger Abend, wenngleich der ein oder andere Touri sich mit einer Kamera bewaffnet an den Strand gestellt hatte und auf den ultimativen Schnappschuss beim Sonnenuntergang wartete.

»Hey, ihr zwei!« Phoebe begrüßte uns mit einem Lächeln und blieb für einen kleinen Plausch an der Tür zur großen Sonnenterrasse stehen. Nolan und ich waren seit der Eröffnung vor zwei Jahren regelmäßig hier und hatten uns mittlerweile mit der kleinen, aber toughen Blondine angefreundet. Ich bewunderte Phoebe, denn sie hatte sich mit dieser Bar ihren ganz großen Traum erfüllt. Mit wenig Geld war sie aus Sacramento nach San Francisco gekommen und hatte aus einer leerstehenden Surfschule eine angesagte Strandbar gemacht, die sich bereits im ersten Jahr zum absoluten Renner entwickelt hatte – das Beach Rocks. Im Innenbereich war mit Sand und gemütlichen Holzmöbeln, gigantischen Sitzsäcken und vielen exotischen Pflanzen ein karibisches Strandfeeling geschaffen worden, in dem man sich auch bei dem für die Stadt so typischen Nebel wohlfühlen konnte. Die weitläufige Terrasse mit Blick aufs Meer bot mit ihren Sesseln und Sofas, den großen Palmen und bunten Sonnenschirmen viel Platz für die beliebten After-Work-Partys. Auch hier war der Boden mit Sand bedeckt. Phoebe öffnete mittags, bot Snacks und Softdrinks hauptsächlich für die Touristen an, und abends, wenn das Schauspiel des Sonnenuntergangs vorbei war, kehrten diese in die Bar ein, um noch einen Absacker zu trinken.

Wir bestellten zwei alkoholfreie Cocktails, und sie zwinkerte Nolan verschwörerisch zu. »Ich schicke euch Darren, er wird sich um euch kümmern.«

Ich grinste, als Nolan tatsächlich rot wurde, und ließ meinen Blick über die Terrasse schweifen. Nur wenige Gäste hatten sich an diesem Abend in der Bar eingefunden, und wir ergatterten einen der begehrten Plätze auf der großen Sonnenterrasse. Die meisten von ihnen trugen noch ihr Business-Outfit, kamen vermutlich gerade aus ihren Büros, um hier am Meer nach einem harten Tag zu entspannen. Ich war froh, dass ich mich nie in solch steife Klamotten zwängen musste, und grinste, als ich unter den Tischen ihre nackten Füße im Sand entdeckte.

Ich ließ mich in einen der gemütlichen Loungesessel fallen, streifte meine Sneakers ab und bohrte meine Zehen ebenfalls in den kühlen Sand. Hmm, das tat gut. Das Salz der Meeresluft legte sich bereits nach kurzer Zeit auf meine Lippen, der Geschmack von Freiheit und Urlaub. Ich war jeden Tag froh, das Meer nicht allzu weit von meinem Zuhause zu wissen.

»Hi, Carrie, hey, Schatz.« Darren stand mit einem Tablett beladen an unserem Tisch und stellte die Cocktails vor uns ab. Ich hatte ihn gar nicht kommen hören, so versunken war ich in meine Gedanken gewesen. Nolan stand auf, und sie umarmten sich. Ein kurzer, aber inniger Kuss war alles, was ich zu sehen bekam.

Darren bedauerte, dass er noch zu tun hatte, und verschwand schon wieder zu den nächsten Gästen. Somit lehnten wir uns mit unseren Gläsern in den Händen zurück und ließen unsere Blicke schweifen. Ich über die anderen Gäste, Nolan über Darrens Hintern.

»Ist dir bewusst, dass du ihn gerade mit deinen Blicken ausziehst?«, fragte ich ihn leise, damit Darren es nicht hörte.

Nolan nickte und schnurrte. »Ja … Er ist aber auch ein Augenschmaus.«

Ich konnte ihm nur recht geben. Darren überragte Nolan um einen halben Kopf, seine Brust war noch einen Tick breiter und sein Hintern – soweit ich das in den engen Jeans, die er trug, beurteilen konnte – ebenso knackig. Seinen dunklen Teint hatte er dem Segeln zu verdanken. Laut Nolan verbrachte er jede freie Minute auf seiner kleinen Yacht und hatte ihn bereits auf einen Törn eingeladen. Er hätte ebenso wie Nolan einem Modemagazin entsprungen sein können. Als Model für Unterwäsche oder Sportmode wohlgemerkt. Die beiden waren erst seit wenigen Wochen ein Paar, und alles war noch neu und frisch. Ich wünschte ihnen von Herzen, dass sie glücklich miteinander würden. Nolan hatte es mehr als verdient.

»Ein Verlust für uns Frauen. Ihr alle beide«, beteuerte ich und blickte Darren ebenso schmachtend hinterher wie Nolan. Als er mich ertappte, lachte er laut auf.

»Vielleicht solltest du dich auch mal wieder verabreden.«

»Mit wem denn, bitte schön?« Ich strich mir meine langen, windzerzausten Haare aus dem Gesicht und verfluchte, dass ich mein Haargummi im Waschraum hatte liegenlassen. Kurzerhand zwirbelte ich sie mir zum Zopf und steckte das Ende unter einen Träger meines Tops. Wie oft hatte ich mir schon vorgenommen, mal wieder zum Friseur zu gehen, um meinen glatten, langweilig braunen Haaren einen neuen Schnitt verpassen zu lassen. Vielleicht einen Bob wie meine Freundin Olivia ihn trug. Aber irgendwie war ich doch zu bequem und band sie lieber zu einem Zopf, damit sie mir nicht im Weg waren. Beim Tanzen störte mich ohnehin jedes einzelne Haar, das lose umherflatterte. Und wenn ich ehrlich war – ich verbrachte ungern länger vor dem Spiegel als unbedingt nötig.

»Keine Ahnung. Geh mal wieder aus, flirte und lerne jemanden kennen. Das ist doch nicht so schwer.« Er sah mich mitfühlend an, ich rollte mit den Augen. Ich war schon so lange mit keinem Mann mehr zusammen gewesen, dass ich gar nicht mehr wusste, wie das ging: flirten. »Ich hab's doch auch geschafft. Ich meine – wäre ich nicht auf Darren zugegangen ...«

Diese Leier hörte ich nicht zum ersten Mal. Die beiden passten wie Topf und Deckel zusammen, und ich war die Erste, die sich mit ihnen freute, aber das bedeutete nicht, dass ich mir auf einmal auch einen Partner suchen musste. Seit Kurzem lag er mir sogar mit möglichen Viererdates in den Ohren.

Ich seufzte. »Ja, ich weiß. Aber ich bin nun mal nicht du. Nach Jordan hab ich erst mal die Nase voll. Ich brauche keinen Mann, um glücklich zu sein. Das krieg ich auch ganz gut alleine hin.« Bevor ich eine Pleite nach der anderen erlebte, blieb ich lieber allein. »Mein Liebesleben steht hier auch gar nicht zur Debatte.«

»Welches Liebesleben?«, konterte er. »Du bist hübsch und du bist jung. Hab doch einfach mal Spaß!« Ich wollte zu einer schnippischen Erwiderung ansetzen, da gesellte sich Darren zu uns.

»Wenn ich den Tresen fertig habe, mache ich Feierabend. Dann komme ich zu euch, okay?«

»Ich freu mich, Süßer«, raunte Nolan ihm zu, allerdings so laut, dass ich es auch hören konnte. Ich verdrehte die Augen. Mir war klar, dass ich – sobald Darren sich zu uns setzte – abgeschrieben sein würde. Nach einem letzten Blick auf Darrens Knackarsch wandte Nolan sich wieder mir zu.

»Hey, hör mal, Sugar. Ich möchte am Samstag eine Party schmeißen. Man wird ja schließlich nicht alle Tage dreißig. Kommst du auch?«

»Ich dachte, Geburtstage werden mit dem Alter nicht mehr so wichtig?«, foppte ich ihn. *Hab ich's doch gewusst!*

»Na ja … Die dreißig kann ich ja nicht einfach so unter den Tisch fallen lassen. Auch, wenn ich das gerne würde.«

»Nun tu nicht so, als wäre das Leben mit dreißg schon vorbei.« Nolan hatte ein Problem mit dem Älterwerden. Was für ein Quatsch. Dank seines täglichen Trainings war er top in Form und würde jedem Zwanzigjährigen den Rang ablaufen. Aber er machte das Alter an einer Zahl fest, statt daran, wie er sich fühlte.

»Lässt sich ja eh nicht ändern. Also, was ist? Bist du dabei?«

»Was für eine Frage! Na logo. Das lasse ich mir auf gar keinen Fall entgehen.« Nolans Partys waren legendär. Es gab Cocktails in rauen Mengen, ein befreundeter DJ legte auf, und es wurde getanzt bis zum Sonnenaufgang. Da ließ er sich nicht lumpen, genoss er es doch, an solchen Tagen im Mittelpunkt zu stehen.

»Klasse. Wir feiern im Studio, da ist am meisten Platz. Hilfst du mir bei den Vorbereitungen?«

»Jederzeit.«

»Bring Phil mit. Und Liv, wenn sie Zeit hat. Ich hab ihr schon auf die Mailbox gequatscht. Ich hab einige alte Freunde aus New York eingeladen, da sind einige Schnittchen für euch dabei«, spielte er sogleich wieder auf mein Single-Dasein an und ließ seine Augenbrauen auf und ab zucken. Ich prustete los.

»Wenn du willst, dass ich weiterhin für dich arbeite, hörst du jetzt besser damit auf, mich verkuppeln zu wollen«, warnte ich ihn lachend, aber mit erhobenem Zeigefinger.

»Ja, ja, wer nicht will, der hat schon. Aber beschwere dich später nicht, wenn Liv dir die coolen Typen vor der Nase wegschnappt.«

»Das kann sie meinetwegen gerne tun. Wenn diese Typen ihre Kragenweite haben, dann sind sie sowieso nichts für mich.« Ich erinnerte mich mit Grauen an die Bettgeschichten meiner Freundin Olivia. Sie selbst war eine toughe Businessfrau, die wusste, was sie wollte, und holte sich fast wöchentlich einen anderen Typen in ihr Bett, um Spaß zu haben. Wenn sie die Nase voll hatte, tauschte sie ihn gegen einen neuen aus. So einfach war das für sie. Liv würde auf Nolans Party bestimmt eine Menge Spaß haben, da war ich mir sicher.

»Okay, dann halt ich jetzt meine Klappe, und du bleibst mir erhalten. Obwohl – wenn du im Club einspringen sollst, wie sieht es dann überhaupt mit deiner Zeit aus?« Er schien erst jetzt zu begreifen, was mein zweiter Job für ihn bedeuten könnte, denn seine Miene wurde plötzlich ernst.

»Hey, keine Panik. Ich hab alles im Griff, No. Du kannst dich weiterhin im Studio auf mich verlassen. Ich werde die nächsten Wochen zwar mit meinen eigenen Trainingseinheiten etwas kürzer treten müssen, aber trotzdem meine Kursstunden einhalten.«

»Ich habe nichts anderes erwartet.«

Trotz seiner Worte konnte ich ihm seine Erleichterung ansehen. Wahrscheinlich waren seine Gedanken deswegen gerade Karussell gefahren. Nolan und ich kannten uns nun schon eine ganze Weile, neun Jahre, um genau zu sein. Und in all den Jahren war er weit mehr für mich geworden als nur ein Tanztrainer. Er war mir ans Herz gewachsen und zu meinem Freund geworden – meinem besten Freund, neben Phil und Olivia.

Zwischen Liv und mir bestand seit drei Jahren eine innige Freundschaft. Wir hatten uns über Phil kennengelernt, als sie irgendwelche notariellen Dinge für ihn erledigt hatte. Zwar waren wir grundverschieden, sie zwei Jahre älter als ich, aber vielleicht harmonierten wir deswegen so gut. Sie war die Schöne, ich die Sportliche. Liv ging gerne aus, um sich zu betrinken und Männer abzuschleppen, ich um zu tanzen. Kerle brauchten für sie nicht viel in der Birne, sondern nur was in der Hose zu haben. Sie wollte niemanden, der sich in ihr Leben einmischte. Das regelte sie allein. Zumindest wussten wir beide, dass wir uns niemals wegen eines Mannes in die Haare kriegen würden. Dafür waren unsere Ansprüche viel zu verschieden. Beruhigend irgendwie.

Neben Phil, Nolan und Liv gab es kaum wichtige Menschen in meinem Leben. Doch selbst die drei wussten längst nicht alles über mich, über meine Zeit vor Phil. Und ich wusste nicht, ob ich jemals bereit sein würde, ihnen davon zu erzählen.

»Ich setze mich demnächst an einen neuen Trainingsplan. Vielleicht könnten wir das zusammen machen, dann kann ich dich so einplanen, dass du noch genügend Luft für den Club hast.«

Ich nickte dankbar. »Das wäre super, No. Ich habe morgen die Teenies im Streetdance, danach wäre ich frei.«

»Perfekt. Dann besprechen wir hinterher alles Weitere.« Er legte seine Finger auf meine und drückte sie kurz.

»So, da bin ich.« Darren. Wie ertappt zuckte ich zusammen. Schon wieder tauchte er einfach aus heiterem Himmel neben uns auf. Ich musste unwillkürlich auflachen.

»Ich habe endlich Feierabend. Ist es okay, wenn ich mich jetzt zu euch setze?« Nolan schmachtete ihn an und klopfte auf den Sessel neben seinem. Kaum hatte Darren Platz genommen, waren die beiden in ein tiefes Gespräch versunken, mit noch tieferen Blicken. Der Anblick der beiden versetzte mir einen kleinen Stich in der Brust. Zu sehen, wie jemand vor deiner Nase glücklich war, während du selbst nicht wusstest, wie ein solches Glück sich anfühlte, war schwer.

»Hey, wisst ihr was?« Ich sprang auf und schnappte mir meinen Sweater, den ich mir zur Sicherheit aus dem Auto mitgenommen hatte. »Ich lasse euch zwei mal alleine und gehe eine Weile an den Strand. Nolan, rufst du mich, wenn wir loswollen?«

»Hey, du kannst meinen Wagen nehmen. Ich laufe dann einfach zurück. Die Nacht ist schön warm.« Ich sah ihn fragend an. Nolan wollte freiwillig laufen? Weil die Nacht so schön warm war? Seine Augen wanderten in Darrens Richtung, und endlich kapierte ich, worauf er hinauswollte.

»Ich kann dich mitnehmen«, platzte Darren dazwischen und warf Nolan einen zaghaften Blick zu. »Ich muss eh in deine Richtung.«

Nolan lächelte dankbar und zog den Wagenschlüssel aus seiner Hosentasche. »Ist das okay für dich?«

Ich starrte entgeistert auf den Schlüssel zu seinem Heiligtum. Er vertraute mir seinen Wagen an? Wow, es hatte ihn wirklich erwischt. »Ja, klar. Ich verspreche auch, vorsichtig zu fahren«, fügte ich hastig hinzu, aber die beiden waren schon wieder miteinander beschäftigt und hörten mich gar nicht mehr.

* * *

Am Strand grub ich meine nackten Zehen in den kühlen Sand. Sofort hatte ich das Gefühl, geerdet zu sein. Der feine Sand massierte meine schmerzenden Fußsohlen, während ich zum Wasser lief. Der Wind hatte das Meer aufgewühlt, die Wellen drangen weit ans Ufer vor. Das Ende des Tages war am Wasser immer ein unglaublicher Anblick. So viele Tage endeten, ohne dass man es sich bewusst machte. Dabei veranstaltete die Natur bestimmt nicht ohne Grund so ein Spektakel. »Feiert jeden Tag«, schien sie zu rufen. Man sollte öfter hinhören.

Ich ließ mich auf den Boden sinken und hörte dem Rauschen der Wellen zu. Hier konnte ich am besten meinen Gedanken nachhängen und alle Sorgen dem Meer übergeben.

Was hast du zu verlieren? Nolans Frage echote in meinem Kopf. Ja, vermutlich wäre ein Vortanzen bei Leroy eine tolle Chance. Ein nächster Schritt in die Richtung des Traums, der mich bis vor ein paar Jahren begleitet hatte. Aber wollte ich wirklich noch einmal hören, dass ich nicht gut genug war? Ich hatte mich bei mehr als einem Dutzend Companies beworben und es nie geschafft. Meistens wurde ich gar nicht erst zum Vortanzen eingeladen, weil ich keine klassische Ausbildung hatte. Die drei, zu denen ich tatsächlich hatte erscheinen dürfen, waren schon nach der ersten

Runde zu Ende gewesen. Meist ohne Kommentar. Man wurde nur mit einem Fingerzeig oder einer Kopfbewegung aussortiert.

Allein einer der Choreografen, ein drahtiger älterer Mann mit Glatze, hatte sich im Anschluss dazu herabgelassen, mir eine Begründung zu geben: Mein Stil sei zu ungewöhnlich für kommerziellen Tanz. Ich würde nicht in ihr Konzept passen und er bezweifele, dass ich auf dem harten Markt eine Chance hätte.

Diese Erfahrungen hatten mir gereicht.

Nolan wusste von meinen Alleingängen nichts. Er mochte an mich glauben, überzeugt sein, dass ich Leroy umhauen konnte. Aber was hatte ein Vortanzen für einen Sinn, wenn ich selbst nicht an mich glaubte?

Mal davon abgesehen, dass ich im Moment keine Zeit für Traumtänzereien hatte. Und nichts anderes war es. Ich war hier glücklich. Es reichte mir, mit dem Tanzen meinen Lebensunterhalt zu verdienen. Mehr brauchte ich nicht. Außerdem würde Leroy vermutlich nicht einmal ein Wimpernzucken für mich übrighaben. Er arbeitete in New York mit den Besten der Besten zusammen. Warum sollte ausgerechnet *ich* ihn begeistern können?

Und ich war keine kleine Tanzmaus mehr, die er formen konnte, wie er es gerne wollte. Die Jahre auf der Straße hatten mich geprägt, mir meinen eigenen Stil eingebrannt. Ich war zu alt, um mich und meine Art zu tanzen noch zu ändern. Und selbst wenn – wollte ich das überhaupt noch? Mich in eine Form pressen lassen, die nicht meine eigene war?

Seit Wochen arbeitete ich an meiner neuen, ziemlich extravaganten Choreografie, die ich gerne irgendwann mit meinen Kids tanzen wollte. Und sie war das Gegenteil von dem, was Lehrer bei einem Vortanzen erwarteten. Leroy würde die Hände über dem Kopf zusammenschlagen und

Nolan mir die Freundschaft kündigen. Nolan hatte die Choreo zwar gefallen, aber seine Zeit in New York lag einige Jahre zurück und seine Meinung war sicher nicht die eines Star-Choreografen.

Zudem wollte ich Phil mit dem Dilemma im Club nicht alleinlassen. Er brauchte mich jetzt. Und was ich nicht brauchte, war, einem längst geträumten Traum hinterherzulaufen. Egal, wie ich es drehte und wendete – das Kapitel Vortanzen war für mich abgeschlossen. Da würde auch ein Nolan Louis Cardwell nichts dran ändern können!

Ich konzentrierte mich auf das Rauschen der Wellen. Mächtig und kämpferisch sangen sie ihr ganz eigenes Lied. Es war diese Mischung aus kräftigen Bässen und weichen Höhen, die mich unweigerlich wieder aufstehen ließ. Ich ging weiter in Richtung Ufer, wo der Sand fester war, zog mein Handy aus der Hosentasche und stöpselte mir die Kopfhörer in die Ohren. Als die ersten Klänge meines Lieblingssongs ertönten, schloss ich die Augen und begann zu tanzen.

Jake

Das Licht war zu grell, die Musik zu laut und die Frauen definitiv in der Überzahl. Und alle hatten scheinbar nur eines im Sinn: mich anzubaggern. Hatte sich herumgesprochen, dass Frischfleisch in der Stadt war? Ich hatte auf ein, zwei Gläser Whisky allein am Tresen gehofft. Den bitteren Geschmack runterspülen, der mir seit der Beerdigung meines Vaters auf der Zunge lag. Aber die Weiber hier gaben mir keine Gelegenheit dazu.

Genervt wehrte ich den Flirtversuch der Blondine links neben mir ab. Ihre Lippen waren zu rot, ihre Augen zu stark geschminkt. Es gab nichts an ihr, was mich auch nur ansatzweise anmachte. War es so schwer, an meinem Blick abzulesen, dass ich kein Interesse hatte?

Kopfschüttelnd griff ich nach meinem Whisky und stürzte den letzten Rest hinunter, bevor ich einige Scheine aus meinem Portemonnaie herauszog und auf den Tresen legte.

»Du willst dich doch nicht einfach so davonschleichen?« Blondie rutschte mit einer geschmeidigen Bewegung von ihrem Barhocker und stellte sich mir in den Weg. Ihr Atem strich über mein Gesicht, er roch nach einem Joint, den sie vermutlich eben noch geraucht hatte. Ihre Augen waren rot, die Pupillen geweitet.

Sie hob die Hand und fixierte mit ihrem Blick mein Tattoo, das sich von meinem rechten Handgelenk über den Oberarm bis zum Hals hinauf zog. Ein Relikt meiner Zeit im Motorradclub, mit dem ich dem Chapter lebenslange Treue geschworen hatte. Tja, so konnte man sich irren.

Bevor ihre langen roten Fingernägel meine Haut berühren konnten, packte ich ihr schmales Handgelenk und schob sie von mir fort. »Warum sollte ich bleiben?«

»Ich wüsste da schon was«, entgegnete sie lächelnd. Ihr rot geschminkter Mund erinnerte mich an die Lippen von Olivia. Wobei sie nicht ansatzweise so billig gewirkt hatte wie dieses männermordende Exemplar vor mir.

Ich schüttelte den Kopf. »Heute nicht.«

Ihr Schmollmund sollte mich wohl zum Bleiben auffordern, doch ich hatte keinen Bock darauf, mit ihr auf der Toilette eine schnelle Nummer zu schieben, geschweige denn, ihren Lippenstift auf meinen Klamotten wiederzufinden.

Ich schob mich an ihr vorbei und verließ die Bar. Ihr Fluchen war zu hören, bis die Tür hinter mir zufiel.

***

Ich hatte Durst und strich ziellos durch die Straßen von Haight-Ashbury. Der Verkehr war hier genauso zähflüssig wie in Brooklyn, ständig jaulten die Sirenen der Cops auf. Irgendwo wurde immer jemand zum Opfer, egal in welcher Stadt.

Das Dröhnen eines Motorrads durchbrach mit seinem unverwechselbaren Sound den Lärm der Nacht. Ich erkannte die Maschine am Geräusch, bevor ich sie sah: eine Harley-Davidson Street Bob. Von 0 auf 100 in 5,1 Sekunden. Sie schoss an mir vorbei, und mein Puls beschleunigte sich mit ihr. Ich liebte diesen satten Klang und erinnerte mich daran, wie sich die 105 PS unter mir anfühlten, wie sie abging, wenn ich den Gashahn zurückzog …

Das Dröhnen riss rücksichtslos die Wunde wieder auf, die ich in den vergangenen Monaten versucht hatte zu schließen. Das letzte Jahr zog in Bildern an mir vorbei. Ich schloss die Augen, atmete den Schmerz fort und schickte die

Erinnerungen in die Hölle, wo sie hingehörten. Ich hatte dem Motorradfahren und allem, was dazugehörte, abgeschworen.

Im nächsten Drugstore kaufte ich mir eine Flasche Whisky, setzte mich ins Taxi und ließ mich zum Strand fahren. Ich wollte allein sein, aber die stickige Enge meines Hotelzimmers konnte ich nicht ertragen. Ich brauchte Luft. Ich musste atmen. Einfach die Grübeleien mit den Wellen wegrauschen lassen und dabei eine Flasche Whisky vernichten.

Ich nahm einen großen Schluck und starrte auf das dunkle Wasser hinaus. Ich merkte, wie die Wirkung des Alkohols einsetzte und ganz allmählich meine Gedanken vernebelte. Mit den Schuhen in der einen und der Flasche in der anderen Hand schlenderte ich am Ufer entlang. Die Schatten einiger Abendspaziergänger, die gerade den Strand verließen, waren noch zu erkennen. Wenige Meter entfernt lag ein Restaurant oder eine Bar oberhalb in den Dünen. Mit dem Wind wehten leise Musikfetzen zu mir herüber. Ansonsten war es still, die Stadt kaum zu hören.

Etwas am Ufer ließ mich innehalten. Eine dunkle Gestalt machte merkwürdige Bewegungen. Es dauerte ein paar Herzschläge, bis ich erkannte, dass dort jemand tanzte. Allein. Die Sonne war gerade untergegangen, aber das wenige Licht reichte aus, um die Silhouette einer Frau zu erkennen. Langsam näherte ich mich. Ihre langen Haare wehten im Wind und peitschten ihr ins Gesicht, als sie sich drehte und streckte. Sie schien ihre Umgebung völlig vergessen zu haben und tanzte zu einem Takt, den nur sie hören konnte.

Normalerweise hätte ich ein derart auffälliges Verhalten in der Öffentlichkeit ignoriert oder zumindest sehr seltsam gefunden. In New York liefen genug Verrückte rum. Doch bei ihr … Ich kam nicht umhin, sie anzustarren. Vielleicht lag es am Alkohol, dass mich ihr Tanz berührte. Oder einfach an ihrer leichtfüßigen Art, sich zu bewegen.

Sie schien nicht viel älter oder jünger zu sein als ich, Mitte zwanzig vielleicht. Sie war schlank und perfekt proportioniert, das enge Trägertop ließ ihren flachen Bauch und die schmalen Hüften erahnen; ihre Beine steckten in knappen Jeansshorts ... hmm, durchtrainiert und schier endlos lang.

Mir fiel das Kabel auf, das von ihrer Hosentasche zu ihren Ohren führte, und sie hatte die Augen geschlossen – kein Wunder, dass sie mich noch nicht bemerkt hatte.

Als sie schließlich in einer zusammengekauerten Stellung verharrte, ahnte ich, dass die Show vorbei war. Ich hielt die Luft an.

Langsam erhob sie sich, ihr Atem ging schwer. Sie strich sich die dunklen, wirren Haare aus dem Gesicht, und ich sah, dass sie lächelte; versonnen und in dem Glauben, allein zu sein. Als sie sich die Stöpsel aus den Ohren zog, klatschte ich sanft Applaus.

Erschrocken fuhr ihr Kopf herum, und das gedankenverlorene Lächeln wich einem leicht panischen Ausdruck. Sofort ging sie ein paar Schritte zurück und ließ mich nicht aus den Augen.

»Ich wusste nicht, dass ich Publikum habe.« Ihr Gesicht wurde zur Hälfte durch die Lichter der Bar erleuchtet, und ich bemerkte, wie ihre Augen von meinem Kopf hinab bis zu meinen Füßen huschten. Checkte sie mich ab? Ich musste mir ein wissendes Grinsen verkneifen. »Wie lange stehst du schon da?«

»Nicht lange genug.«

Sie runzelte die Stirn. Es sah aus, als wollte sie etwas erwidern, doch dann hob sie ihren Sweater und ein Paar Schuhe vom Boden auf und wandte sich ab.

»Bist du öfter hier?«, fragte ich schnell. Was für eine bescheuerte Frage, aber etwas anderes fiel mir auf die Schnelle nicht ein, und irgendetwas in mir wollte sie nicht gehen lassen.

Sie schaute über ihre Schulter, entfernte sich aber weiter. »Manchmal.«

»Wo hast du so tanzen gelernt?« Endlich blieb sie stehen, drehte sich jedoch nicht um. Ihre Schultern hoben und senkten sich ruckartig, als würde sie tief ein- und ausatmen.

»Verdammt, was willst du von mir?«

»Nichts. Ich …« Was war los mit mir? Ich war doch extra an den Strand gefahren, um allein zu sein. Und jetzt wollte ich sie aufhalten? Ein fremdes Mädchen? Das offensichtlich Angst vor mir hatte? *Lass sie in Ruhe, Jake.* Ich schüttelte den Kopf, atmete durch und ließ mich ohne ein weiteres Wort in den Sand fallen. Dann reckte ich den Kopf in den Himmel und schloss die Augen.

Ich war sicher, sie wäre längst gegangen, bis ich nach einigen Minuten ihre Stimme direkt hinter mir hörte. Tiefer und weicher als ich es von Frauen gewohnt war, irgendwie ernst. »Ich komme gerne her, wenn ich nachdenken will.«

Ich drehte den Kopf zu ihr herum und sah sie an. Sie schien nicht mit mir, sondern mit der dunklen See zu sprechen. »Und worüber denkst du heute nach?«, fragte ich.

»Ach, über dies und das«, wich sie aus. Schließlich wandte sie mir den Blick zu und lächelte unsicher. Bereute sie ihre Offenheit?

»Dies und das? Ja, das kenne ich …« Ich nahm einen erneuten Schluck aus der Flasche. Dann besann ich mich und hielt sie ihr mit einem entschuldigenden Blick entgegen. Sie schüttelte den Kopf.

»Nein. Ich … Ich glaube, ich geh dann mal …«

Es verwunderte mich, dass sie geblieben war, aber es ließ mich noch mehr stutzen, dass sie erst eine Unterhaltung begann, nur um dann doch fortzulaufen. Das war irgendwie widersprüchlich. »Wovor hast du Angst? Etwa vor mir?«

»Was?« Mit offenem Mund starrte sie mich an. »Ich … nein.«

»Wovor dann?«

»Was geht dich das an?«

»Nichts.«

»Eben.«

»Aber hat nicht jeder Mensch etwas, vor dem er Angst hat?« *Halt die Klappe, Jake!*

»Ich weiß nicht. Ist das so?«

»Bestimmt.«

»Okay. Dann erzähl mir doch, wovor *du* Angst hast.« Herausfordernd sah sie auf mich herunter. Sie stand keinen Meter von mir entfernt im Sand und funkelte mich an. Ihr Brustkorb hob und senkte sich während ihrer tiefen Atemzüge. Ob noch vom Tanzen oder wegen unserer Konfrontation, konnte ich nicht sagen. Der Anblick ließ mich nicht los, ebensowenig wie ihre dunklen Augen, die ich nicht zu deuten vermochte.

Was sollte ich antworten? Schließlich kannten wir uns nicht. Wir waren Fremde. Aber vielleicht war es genau das, was ich jetzt brauchte. »Ich habe Angst vor dem, der ich einmal war.« Meine Stimme war kaum mehr als ein Flüstern, und sofort bereute ich meine Worte. Was war nur in mich gefahren? Sie hielt mich sicher für verrückt. In diesem Moment wollte ich einfach nur allein sein, damit ich mein altes Leben mit Whisky aus meinem Gedächtnis spülen konnte.

Sie tat mir den Gefallen. Nach Sekunden, die mir erschienen wie eine Ewigkeit und in denen sie mich ungläubig ansah – oder war es Traurigkeit in ihren Augen? –, drehte sie sich abrupt um und lief zu den Treppen, die hinauf zum Restaurant führten.

Nun, das ist ja glanzvoll gelaufen. Fantastischer Start, Jake, einfach fantastisch.

Carrie

Nachdenklich stapfte ich durch den Sand, am Beach Rocks vorbei zurück zum Parkplatz. Was war das bitte für ein merkwürdiger Typ gewesen? Ein unangenehmes Kribbeln im Nacken ließ mich noch mehrfach über die Schulter schauen, doch hinter mir war niemand.

Mit einem Seufzer stieg ich in Nolans Wagen und fuhr durch die niemals leeren Straßen in Richtung Nob Hill zu dem Haus, das Phil und ich zusammen bewohnten. Als ich eintrat, empfing mich die übliche Stille. Phil war um diese Zeit im Club und kümmerte sich um seine Mädchen.

Ich stieg die geschwungene Marmortreppe hinauf. Unsere Schlafzimmer lagen im Obergeschoss der restaurierten viktorianischen Villa. Phil hatte im Laufe der Jahre viel Geld in den Umbau des Hauses gesteckt. Er wollte, dass wir es so schön wie nur irgend möglich hatten. Jeder Raum war bis ins letzte Detail durchgestylt. Vom Fußboden bis zur Decke – alles folgte einem einheitlichen Farbmuster. Und es war urgemütlich geworden. Ich fühlte mich in jedem Zimmer wohl, aber besonders liebte ich das Badezimmer, das von einer große Badewanne auf Löwenfüßen dominiert wurde. Ein schwarz-weiß gefliester Boden und mit Mosaik verzierte Wände machten die Wohlfühloase perfekt. Oft vergaß ich mich stundenlang in der Wanne, las ein Buch und schaltete ab, bis das Wasser kalt wurde.

Technikbegeistert wie Phil war, brachte er ständig neue Spielereien mit nach Hause. Mal waren es Lautsprecher mit integrierten Lampen, die je nach Sound das Licht wechselten, letztes Jahr hatte er ein kleines Kino in das Kellergeschoss einbauen lassen; mit Leinwand, Kinosesseln und Popcorn-Maschine. Viele Abende hatten wir uns dorthin zurückgezogen und uns Schnulzen oder Actionfilme angesehen. Phil hatte eine Schwäche für große Leinwandgefühle. Seine weiche Seite zeigte der Hundertzwanzig-Kilo-Mann nie in der Öffentlichkeit, aber wenn wir zu zweit waren, konnte er auch mal ein Tränchen verdrücken, wenn sich Allie und Noah in *Wie ein einziger Tag* das letzte Mal gute Nacht sagten, Edward in *Pretty Woman* seiner Vivian hinterherfuhr, um sie aus ihrem Turm zu befreien, oder Johnny in *Dirty Dancing* Frances' Vater klarmachte, dass sein Baby zu ihm gehörte. Und zwar nur zu ihm. In diesen Stunden konnte man fast meinen, dass wir Vater und Tochter waren. So vertraut waren wir miteinander, und so wohl und sicher fühlte ich mich. Etwas, das ich in meiner Kindheit nie hatte erleben dürfen.

Das ungewohnte Training an der Stange, der Battle mit Nolan, die zwei Kurse und die Session am Strand steckten mir in den Knochen, und ich glaubte, sofort einschlafen zu können. Doch kaum hatte ich meinen Kopf auf das Kissen gelegt und die Augen geschlossen, erschienen die Umrisse des einsamen Whiskytrinkers in der Dunkelheit.

Mein Puls beschleunigte sich für wenige Schläge, und ich kuschelte mich unter meine Decke. Seine Augen hatten tiefschwarz ausgesehen, was wohl an der Dunkelheit und den diffusen Lichtern um uns herum gelegen hatte. Wo die Ärmel seines schwarzen T-Shirts endeten, waren die Tattoos auf seinen Unterarmen zu sehen gewesen. Keine modernen Tribals, sondern irgendwie unordentlich und altmodisch hatten sie ausgesehen. Ich fragte mich, wo er noch überall gezeichnet war. Hatten die Tattoos eine besondere Bedeutung für ihn? Oder war er nur ein Hipster, der dazugehören wollte? Ein unglücklicher Junge, der sein Umfeld provozieren wollte?

Er schien nicht viel älter zu sein als ich, aber seine Worte hatten geklungen, als erzählten sie von einem früheren Leben. Mr. Tattoo hatte Angst vor dem, der er einmal gewesen war? Da ging es ihm wie mir. Seine Worte hatten meinen dunkelsten Punkt getroffen: mein eigenes früheres Leben, über das ich niemals sprach. Ich geriet nur noch selten in den Gedankenstrudel, aus dem mich niemand retten konnte, weil keiner von den Untiefen in mir wusste. Doch die Frage von Mr. Tattoo, wovor ich Angst hätte, hatte mich gefährlich nahe an den Abgrund geschubst und mir gezeigt, wie hoch ich bereits wieder geklettert war. Und das ohne Netz und doppelten Boden. Innerhalb von Sekunden war mir bewusst geworden, für wie selbstverständlich ich mein neues Leben bisher erachtet hatte. Ja, natürlich war ich dankbar für das, was ich hatte, was Phil mir gab. Für meine Freunde, auf die ich mich immer verlassen konnte, und dafür, gesund zu sein und ein Leben zu führen, das ich mir nur ansatzweise selbst aufgebaut hatte. Und ich begriff, dass genau das schnell wieder vorbei sein konnte, wenn die Zeit *davor* mich wieder einholte. Es war schon viele Jahre gut gegangen, und ich durfte nicht zulassen, dass ein Typ, den ich nicht einmal kannte, das alles wieder zum Vorschein brachte.

Aber vermutlich würde ich ihn sowieso nie wiedersehen. Ich hatte einen leichten Ostküstenakzent herausgehört. Vielleicht war er New Yorker? Bestimmt war er ein Tourist und nur wenige Tage in der Stadt.

Das leichte Kribbeln in meinem Bauch machte mir klar, dass ich nicht nur froh darüber war.

***

Als ich am nächsten Tag aufwachte, war es bereits so spät, dass ich Phil gar nicht mehr zu Gesicht bekam.

Barfuß und in Shorts und T-Shirt tappte ich nach einer erfrischenden Dusche die Treppe hinunter und schmiss die Kaffeemaschine an. Mit meinem Becher Kaffee und einer Schüssel frischen Obstsalats setzte ich mich an den großen gläsernen Esstisch, um gemütlich in den Tag zu starten. Heute hatte ich nur einen Kurs, und der begann erst am späten Nachmittag. So hatte ich die nächsten Stunden nur für mich allein. Etwas, das nicht sehr oft vorkam. Entweder trainierte ich im Studio, gab Unterricht, saß im Club hinter Phils Schreibtisch oder traf mich mit Liv, um mit ihr über ihre neueste Eroberung zu tratschen. Oder ich hing mit Phil in unserem privaten Kino ab, um Filme zu schauen und Popcorn zu verdrücken. Ich vermisste die gemeinsamen Abende vor der Leinwand und freute mich daher umso mehr darauf, ihn nun wieder öfter zu sehen. Je schneller der Club wieder genügend zahlende Gäste anzog und Phil endlich eine passende Tänzerin fand, umso besser war es für uns beide. Aber ich musste mir nicht ernsthaft Sorgen um Phil machen. Er würde schon wissen, was zu tun war, und ich vertraute darauf, dass alles wieder ins Lot kam. Schwierige Zeiten gab es überall – warum also sollten ausgerechnet wir davon verschont bleiben?

Nach dem Essen schnappte ich mir den Thriller, der schon seit Wochen ungelesen auf dem Couchtisch lag und mit Sicherheit Staub angesetzt hätte, wenn Juanita, die Perle des Hauses, ihn nicht regelmäßig abgewischt hätte. Mit einer Flasche Wasser ließ ich mich auf eine der geräumigen Sonneninseln am Pool sinken. Für meine gestressten Muskeln war ein bisschen Entspannung die reinste Wohltat. Mein Oberschenkel schmerzte glücklicherweise kaum noch, trotzdem ermahnte ich mich stumm, heute nicht so auf den Putz zu hauen wie gestern. Ich klappte das Buch auf und konzentrierte mich auf die Geschichte. Oder versuchte es zumindest. Allerdings musste ich immer wieder an einen gewissen Whisky trinkenden Mann denken.

Mein Handy vibrierte auf dem kleinen Ablagetisch und wanderte munter über die Glasfläche. Kurz bevor es drohte, über den Rand zu fallen, nahm ich es in die Hand und den Anruf an.

»Hey, Sugar. Wo bleibst du? Ich dachte, du holst mich zu Hause ab!«, vernahm ich Nolans leicht gestresste Stimme an meinem Ohr.

»Äh, was ist?«

»Du hast mein Auto ...«, brachte er leicht genervt hervor.

Stimmte ja. Das hatte ich völlig vergessen. Ich versprach ihm, mich gleich auf den Weg zu machen.

»C'est la vie, mein freier Nachmittag«, bedauerte ich, während ich mich wehmütig von meinem Platz erhob und Sekunden später nach oben in mein Zimmer sprintete, um meine Trainingsklamotten zu holen. Es wäre schön gewesen, einfach mal nichts zu tun, aber wenn ich schon früher bei Nolan aufschlagen musste, dann konnte ich auch die Zeit bis zum Kurs nutzen und ein wenig trainieren.

* * *

»Ärger im Paradies?«, fragte ich Nolan, während er sein Baby mit sturem Blick auf die Straße zum Studio lenkte. Er hatte mir bei meiner Ankunft sofort die Autoschlüssel aus der Hand genommen und war mit kritischem Blick um sein Cabrio stolziert. »Falls du Kratzer oder Beulen suchst – die hab ich schon letzte Nacht beseitigen lassen. Nachdem die Cops den Wagen aus dem Golden Gate gezogen haben, war das dringend nötig ...«

Als ich auf meine Stichelei lediglich ein Knurren erhielt, ahnte ich, dass die letzte Nacht mit Darren anscheinend nicht nach seinen Vorstellungen verlaufen war.

»Frag nicht«, grummelte Nolan, setzte den Blinker und bog auf den Parkplatz des Studios ein.

Als er den Motor abstellte und sofort aussteigen wollte, hielt ich ihn dennoch zurück. »Hey, No. Was ist los?« Noch nie hatte ich Nolan mit so einer miesen Laune erlebt. Er war in der Regel der Strahlemann vom Dienst, die Stimmungskanone auf jeder Party, der Clown, der alle zum Lachen brachte. Wenn ich mal schlecht drauf war, schaffte er es immer, mich abzulenken, und es ärgerte mich, dass mir das bei ihm nicht gelang.

Er sah mich nicht an, sondern hielt seinen Blick starr auf die Fassade des Gebäudes gerichtet, die auch mal wieder einen neuen Anstrich vertragen hätte. Aber Nolan war nur Mieter des Studios, das Haus gehörte irgendeiner Immobilienfirma, die sich um die Instandhaltung nicht kümmerte. Oft genug musste ein befreundeter Klempner einspringen, weil die Duschen mal wieder nicht funktionierten. Aber die Lage war nicht zu toppen, und deswegen nahm Nolan das alles stillschweigend in Kauf. Er war einfach zu gut für diese grausame Welt.

»Darren hat einen Sohn«, presste er heraus.

Geschockt sah ich ihn an. Erst jetzt fiel mir auf, wie schlecht er aussah, kalkweiß und mit Flecken im Gesicht, wie die Wand vor ihm. »Woher? Wie …?«

»Er war verheiratet. Nur wenige Wochen lang. Und nur, weil er sich nicht getraut hat, sich vor seinem Vater zu outen.« Nach und nach brach die ganze Geschichte aus ihm heraus. Er erzählte mir, dass Darren mit etwa fünfzehn Jahren begriffen hatte, das er sich mehr zu Jungs als zu Mädchen hingezogen fühlte. Für ihn wäre es kein Problem gewesen, sich zu outen, wenn seine Eltern nicht so verklemmt gewesen wären. Die gehörten irgendeiner religiösen Verbindung an, die Schwulsein auf das Schärfste verurteilte. Aus Panik, seine Neigung könnte auffliegen, hatte er seine Jugendfreundin geheiratet, um dem entgegenzuwirken. Er liebte Nadja, aber eher wie eine Schwester. In der Hochzeitsnacht hatte er mit ihr geschlafen. »Wie er überhaupt einen hochgekriegt hat, ist ihm heute noch ein Rätsel. Kurz

55

darauf hat er Nadja reinen Wein eingeschenkt, sie haben sich scheiden lassen. Aber Fakt ist, dass sie da schon schwanger war und ein Kind bekommen hat. Und sie sagte, es sei sein Sohn. Darren hat ihr immer finanziell unter die Arme gegriffen, aber jetzt reicht ihr das nicht mehr. Sie will mehr Geld und droht damit, seinen Eltern alles zu erzählen.«

»Shit. Und davon hast du nichts geahnt?«

»Nein. Er hat es immer vermieden, über seine Vergangenheit zu sprechen. Ich wollte ihm Zeit lassen, weil ich daran glaubte, dass er sich mir irgendwann aus freien Stücken anvertrauen würde.«

»Hm ... Und nun?«

Nolan zuckte mit den Schultern.

»Ich habe gerade keinen blassen Schimmer. Ich will jetzt tanzen, den Kopf frei kriegen und das erst mal sacken lassen.« Entschieden öffnete er die Autotür, stieg aus und war schneller um die Ecke zum Studio verschwunden, als ich aussteigen konnte. Mehr oder weniger beruhigt trottete ich hinterher. Beruhigt, weil Nolan nichts davon gesagt hatte, dass er Darren Geld geben wollte. Beunruhigt, weil ich befürchtete, dass das noch kommen würde ...

Jake

Die Anlage funktionierte noch. Ich vermutete, dass es sich um ein Original aus den 70ern handelte. Beim Stöbern im Regal hinter dem Tresen stieß ich auf eine umfangreiche Plattensammlung und entdeckte zwischen The Doors, The Hooters und den Rolling Stones auch eine Scheibe von Nirvana. Ich zog das Album *In Utero* heraus und legte die LP auf den Plattenspieler. Die Nadel kratzte über das Vinyl, in den Lautsprechern knisterte es. Vage konnte ich mich an diese Geräusche erinnern. Ich hatte das letzte Mal als kleiner Junge hier im Shop Platten gehört.

Bevor die ersten Töne von *Serve the Servants* erklangen, setzte ich mich hinter den Tresen auf den staubigen Fußboden. Ich schloss die Augen, als Kurt Cobains unverwechselbare Stimme mich abholte.

I tried hard to have a father, but instead I had a dad. I just want you to know that I don't hate you anymore. Ich schluckte. Fuck! Das war doch keine so gute Idee gewesen. Ausgerechnet das Album, auf dem Kurt dem schlechten Verhältnis zu seinem Vater einen Song widmete, musste ich herausziehen. Ich sprang auf, riss den Arm vom Plattenteller und pfefferte die Schallplatte in die Ecke. Dann schnappte ich mir die Rolle Mülltüten und machte mich an die Arbeit.

Ich zog die erste Schranktür auf und holte mit einer Armbewegung allen Inhalt raus, sodass sich Farbflaschen, Nadeln, Matrizen und Einweghandschuhe auf dem Fußboden ausbreiteten. In anderen Schränken entdeckte ich diverse Tapes, Tupfer und Kompressen. Alles, was noch steril verpackt war, legte ich zum weiteren Gebrauch beiseite. Die eingetrockneten Farben, angebrochenen Verpackungen und alles, wo das Verfallsdatum längst überschritten war, schmiss ich in den schwarzen Müllsack. Er fühlte sich an wie ein Leichensack, in dem ich die Reste des Lebens meines Vaters entsorgte.

Olivia hatte mir schon am Telefon erzählt gehabt, dass der Krebs ihn eiskalt erwischt hatte. Seine Lungen waren bereits von Metastasen befallen, als er endlich zum Arzt gegangen war. Heilungschancen gleich null. Nach der Diagnose hatte er nur noch wenige Wochen zu leben gehabt und sofort sein Testament aufgesetzt. Er hatte sich darum gekümmert, dass seine zwei Tätowierer neue Arbeit fanden, und sich dann zurückgezogen. So wie der Laden aussah, hatte mein Vater ihn im laufenden Betrieb geschlossen. Für ihn war es eine Flucht ohne Wiederkehr gewesen. In der Tat …

Seitdem er meine Mutter und mich damals verlassen hatte, hatte ich ihn aus meinem Leben gestrichen. Jetzt in seinem Nachlass herumzuwühlen, schien mir immer noch falsch. Die Vorstellung, ihn nie wieder zu sehen, verursachte mir wider Erwarten einen Stich in der Brust, aber ich rief mir ins Gedächtnis, dass ich ihm nicht wichtig gewesen sein konnte – sonst hätte er sich wenigstens an meinen Geburtstagen bei mir gemeldet. Oder mich aus Brooklyn weggeholt. Ihm schien es – zumindest finanziell – besser gegangen zu sein als Mom und mir. Aber niemals hatte mich auch nur eine kurze Nachricht von ihm erreicht. Keine Karte, kein Brief, keine Fotos oder Geschenke, mit denen Väter von Trennungskindern sonst ihr schlechtes Gewissen bekämpften. Er hatte es nicht verdient, dass ich auch nur eine Träne um ihn vergoss.

Die kurze Zeit, die ich nun in San Francisco war, kam mir bereits vor wie eine halbe Ewigkeit. Es fühlte sich so vertraut an. So, als wäre ich nie weg gewesen. Ich war froh um die Aufgabe hier, die mich von allem anderen ablenkte. Nach den letzten Monaten in Brooklyn glich diese Herausforderung einem Kinderspiel.

Mein Telefon klingelte in meiner Hosentasche. In den letzten Tagen hatte es kaum stillgestanden. Doch ich hatte alle Anrufe ignoriert.

Ich sah aufs Display und zog die Augenbrauen zusammen angesichts der unbekannten Nummer. Ich erwartete einen Rückruf von Pete, dem Bauleiter, den Olivia mir empfohlen hatte, also nahm ich den Anruf an.

»Endlich! Alter, wo steckst du?«

Tommy. Scheiße! Auf ihn war ich gar nicht vorbereitet.

Ich räusperte mich. »Tommy, alles klar?«

»Nein, verdammter Mist! Nichts ist klar. Wo zum Teufel hast du dich vergraben? Wieso gehst du nicht an dein scheiß Telefon?«, fluchte er mir ins Ohr. Seine Stimme klang wie immer: nach mindestens zwei Päckchen Kippen, einer halben Flasche Whisky und ziemlich angepisst. Seit seine Kleine ihn hatte sitzenlassen, war er nicht mehr der Alte.

»Entspann dich mal.« Ich konnte mir vorstellen, wie angefressen er war. Ich hatte ihn hängen lassen, war von einem Tag auf den anderen abgehauen. Es war nicht so, dass wir beste Freunde waren, aber ich hätte ihm zumindest Bescheid geben können.

»Jake! Wenn du nicht sofort deinen Arsch hierher schwingst und deinen Job machst, dann -«

»Ich kann nicht«, unterbrach ich ihn.

»Hör auf zu heulen, Mann! Komm mal wieder runter. Das Ganze ist fast ein Jahr her. Langsam musst du dich mal zusammenreißen.«

347 Tage, um genau zu sein.

Da war sie wieder – die Faust, die sich mit voller Wucht in meinen Magen rammte und mir für einige Sekunden die Luft zum Atmen nahm.

»Was geht dich das an? Ich brauche Abstand, sorry, dass ich dich nicht angerufen habe. Es hat sich eine Möglichkeit aufgetan, die ich nicht erwartet hatte. Ich hoffe, du findest bald Ersatz.«

»Ersatz? Was soll das heißen?«

»Ich bin nicht mehr in New York. Ich habe Freitag die Stadt verlassen.«

»Was? Spinnst du? Das kannst du nicht machen! Ey, wo bist du?« Tommy fluchte ins Telefon, aber auch das konnte mich nicht umstimmen. Er war mein Boss gewesen. Ich hatte lange Zeit in seinem Shop in Brooklyn tätowiert. Jetzt musste er ohne mich klarkommen.

»Du willst deinen Job nicht mehr? Die Leute stehen Schlange, um hier zu tätowieren. Überleg dir genau, was du tust.«

»Ich hab es mir überlegt. Du wirst sicher keine Schwierigkeiten haben, jemand anderen zu finden. Sorry, Tommy, aber ich komm nicht mehr zurück.«

»Mann, was ist nur los mit dir? Bist du in Schwierigkeiten?«

»Tommy, ich muss Schluss machen.« Ich hatte keine Nerven mehr, länger mit ihm zu diskutieren. Morgen würde ich mir eine neue Nummer zulegen.

Er schwieg einige Herzschläge, dann hörte ich, wie er scharf ausatmete. »Alles klar, wie du meinst. Lass von dir hören. Und wenn du Hilfe brauchst – du weißt, wo du mich findest, okay?« Ich wusste ebenso gut wie er, dass ich sein Angebot niemals annehmen würde.

***

Das Bier aus der Minibar war zu warm, und die New York Yankees verloren gerade das zweite Spiel der Saison. Was für ein Scheißabend. Auf dem mickrigen Fernseher in meinem Hotelzimmer kam kaum Baseballfeeling rüber. Es wurde Zeit, dass Olivia eine andere Unterkunft für mich fand, sonst würde ich noch vor der Sanierung in die alte Wohnung über dem Shop ziehen müssen. Das Hotel war auf Dauer nichts für mich. Mir gingen die Spießer hier ziemlich auf den Sack. Und die Essenszeiten schaffte ich auch nie einzuhalten. Wie heute.

Ich war lange im Shop geblieben, zu lang für die Touristenküche hier im Hotel. Wenigstens hatte ich einiges geschafft. Die Schränke waren leer und für den Müllcontainer zerlegt, alles noch Brauchbare staubgeschützt in Plastikboxen verstaut. Nebenbei hatte ich mir den Bestand und alles, was neu besorgt werden musste, notiert. Außerdem hatte ich versucht, mich im Büro durch den Papierkram zu wühlen. Aussichtslos. Olivia hatte mir zwar die aktuellen Rechnungen vorsortiert und kurze Notizen dazu gemacht, aber für mich sah alles gleich aus.

Vielleicht kannte Olivia eine versierte Sekretärin oder Assistentin, die mir den ganzen Kram abnehmen konnte. Ein paar Stunden die Woche würden ja reichen. Ich konnte mich unmöglich um ein neues Team und die Umbaumaßnahmen kümmern und gleichzeitig den Papierkram erledigen, der mir ohnehin ein Rätsel war. Mein Vater war offensichtlich auch kein guter Buchhalter gewesen. Mit Pete hatte ich ebenfalls gesprochen. Diese Woche noch wollte er vorbeikommen, um sich den Laden anzuschauen. Ich war gespannt, ob er Olivias Einschätzung teilte, dass aus diesem Laden nichts mehr herauszuholen war. Ich für meinen Teil war überzeugt davon, aus diesen vier Wänden wieder den angesagtesten Tattooshop der Stadt machen zu können.

Mein Magen knurrte. Ich bestellte mir ein paar Snacks aufs Zimmer und ging zwischen dem fünften und sechsten Inning unter die Dusche.

Während mir das heiße Wasser auf den Schädel prasselte, schob sich erneut das Bild der unbekannten Tänzerin vor meine Augen. Das war schon das vierte Mal seit unserer Begegnung, dass sie einfach in meinem Kopf auftauchte. Die Erinnerung an unser kleines Wortgefecht ließ mich grinsen. Ich hatte sie offenkundig erschreckt, doch sie war nicht geflüchtet, obwohl ich sie provoziert hatte. Und dann dieser Blick – ein Blick, der mich dazu bewegt hatte, ihr die Wahrheit zu sagen. Gedanken auszusprechen, die ich normalerweise für mich behielt. Was war nur mit mir los?

Ich stellte das Wasser ab und rubbelte mir mit dem Handtuch so lange den Kopf, bis ich auch Mrs. Hotpants daraus verbannt hatte.

Als es klopfte, öffnete ich die Tür und verzog verwundert mein Gesicht, als ich Olivia vor mir stehen sah. Sie hielt eine Flasche Schampus in der Hand und grinste mich an. Ihr Blick wanderte über meinen nackten Oberkörper, hinunter zu dem Handtuch, das ich mir um die Hüften geschlungen hatte, und verweilte dort. Es lag auf der Hand, worauf der Besuch hinauslaufen sollte. Eigentlich hatte ich den Abend anders geplant und wollte nicht Gefahr laufen, dass Olivia mir bezüglich des Shops irgendwelche Steine in den Weg legte oder ich nicht mehr von ihren guten Kontakten profitieren konnte, nur weil sie Sex und Gefühle nicht auseinanderhalten konnte. Allerdings sah sie schon echt scharf aus.

Ich hatte sie nicht für eine Frau gehalten, die Männern hinterherlief. Bei mir schien sie eine Ausnahme zu machen. *Lucky me!* Vielleicht war es genau das, was ich jetzt brauchte.

»Gibt es einen Grund zu feiern?«, fragte ich sie statt einer Begrüßung.

»Es gibt immer einen Grund zu feiern«, konterte sie mit einem selbstbewussten Lächeln.

Mein Blick glitt an ihr hinab. Der Rock war kurz, die Stilettos hoch. Ihre Brüste fielen fast aus dem Ausschnitt des engen Shirts, dessen Stoff so dünn war, dass ich ohne Mühe ihre aufgestellten Nippel erkennen konnte. Von Unterwäsche hielt sie offensichtlich nichts.

Mein Schwanz regte sich unter dem Handtuch, und ich trat zur Seite, um sie hereinzulassen. »Was verschafft mir die Ehre deines Besuchs?«

Sie antwortete nicht, zuckte nur leichtfertig mit den Schultern und drückte mir den Schampus in die Hand. »Ich habe Durst. Und du?«

»Ich habe Hunger.« Ich stellte die Flasche auf dem Tisch ab und kam näher.

Olivia lächelte weiter und zog sich lasziv ihren Blazer von den Schultern, bevor sie sich mit leicht geöffneten Schenkeln auf mein zerwühltes Bett setzte. »Es ist angerichtet.« Sie beugte sich nach hinten, stützte sich mit dem Armen auf der Matratze ab und schüttelte ihr Haar.

»Heilige Scheiße!« Die Frau war ohne jeden Zweifel heiß.

»Du fluchst zu viel.«

»Nur, wenn es Grund dazu gibt.«

»So schlimm?« Ihr Blick wirkte wie einstudiert, aber er verfehlte seine Wirkung nicht. Ich schüttelte den Kopf und leckte mir über die Unterlippe. Zwei Sekunden später kniete ich zwischen ihren gespreizten Schenkeln.

»Nimm dir, worauf du Hunger hast«, raunte sie mir zu, als ich mich zu ihr beugte. Ihre roten Lippen glänzten.

Meine Hand strich von ihrem Hals hinunter zwischen ihren Brüsten entlang bis zum Bauch. Ich zupfte ihr das Shirt aus dem Rockbund und zog es über ihren Kopf. Achtlos landete es auf dem Boden.

Ihre Finger fuhren über den Rand des Handtuchs, folgten den Härchen, passierten meinen Bauchnabel, meine Brust und verharrten unter meinem linken Schlüsselbein.

»Wer ist ... *Charlotte*?«

»Niemand.«

»Ihr Name ist auf deine Haut tätowiert. Wie kann sie dann -«

»Das geht dich nichts an! Verstanden?« Eisig starrte ich sie an. Das hier war ein Fehler gewesen. Normalerweise ließ ich das T-Shirt an, um genau solche Fragen zu umgehen.

Sie schien meinen Stimmungswandel zu bemerken und nickte zaghaft. Ihr Blick senkte sich, und ihre rot lackierten Nägel lösten langsam das Handtuch von meinen Hüften. Sie beugte sich hinunter und ehe ich mich's versah, nahm sie ihn in ihren Mund. Fuck! Ich schloss die Augen, sog zischend die Luft ein. Und dann blitzte ein Gesicht in der Dunkelheit auf. *Nein! Nicht jetzt!*

Ich riss die Augen auf und blickte auf Olivias rote Lippen, wie sie meinen Schwanz lutschten. Meine Hände griffen in ihr Haar, und ich löste mich aus ihrem Mund. Ich nahm mir eines der Kondome, die ich immer in meinem Waschbeutel hatte, stülpte es mir über und drückte sie auf die Matratze.

Dann fickte ich Olivia, bis die Erinnerung an Charlotte nur noch ein Schatten auf meiner wunden Seele war.

Carrie

Ich stand in der kleinen Garderobe des Clubs, nahm die rote Perücke zwischen zwei Finger und hielt sie Phil ungläubig unter die Nase. Ich wusste nicht, ob ich lachen oder weinen sollte.

»Ist das dein Ernst?«

»Mein voller Ernst.«

»Warum?« Ich rümpfte die Nase.

»Weil ich nicht will, dass Gäste dich auf der Straße erkennen. Du ahnst nicht, wie viele kranke Typen hier tagtäglich ein und aus gehen.«

»So schlimm?« Ein Anflug von Unsicherheit kroch mir den Nacken hoch. Zwar kannte ich den Club und genügend seiner Kunden, um mir ein Bild von der Klientel zu machen, doch wenn ich plötzlich da oben auf der Bühne stand, würde es vielleicht noch etwas anderes sein. War das doch keine so gute Idee gewesen? Ich liebte Herausforderungen, aber ich hasste es, wenn etwas unberechenbar war.

»Schlimmer.« Phil nahm die Brille ab und rieb sich mit Daumen und Zeigefinger die Nasenwurzel, wie er es immer tat, wenn er unter Stress stand. Mittlerweile hatte er sich rasiert und trug auch wieder einen seiner Maßanzüge. In einen Anzug von der Stange hätte er auch gar nicht hineingepasst, dafür war er einfach zu groß und zu breit. Ich wusste nicht, welche Schuhgröße er hatte, aber im Gegensatz zu seinen Doc Martens wirkten meine kleinen Sneakers wie Puppenschuhe. Der Vergleich brachte mich zum Kichern, was mir sofort wieder einen strengen Blick von Papa Bär einbrachte. Er war wieder ganz der Boss. Ich gab mich geschlagen.

Selbstverständlich würde ich die Perücke aufsetzen, wenn es ihm so wichtig war. Phil machte sich tatsächlich Sorgen. Mit der Verkleidung würde mich niemand als Carrie erkennen, außer vielleicht ein paar der Mädchen, doch um die machte ich mir keine Gedanken. Phil vermutlich umso mehr. Ich sah ihm an der Nasenspitze an, wie sehr er es verabscheute, mich da rausgehen zu lassen. Deswegen die Perücke. Die Gäste allerdings würden mich vermutlich für die Neue halten. Das war mir ganz recht.

»Mach dich in Ruhe fertig, und zwar so, dass man dich nicht mehr erkennt. Von jetzt an heißt du … Vivian.«

»Vivian?« Ich prustete los, weil ich natürlich gleich an *Pretty Woman* dachte. Phil rang sich ein Lächeln ab.

»Hast du damit ein Problem?« Ich sah ihm an, wie viel Nerven ihn das hier kostete. Er war immer noch nicht einhundertprozentig von meinem Angebot überzeugt, aber da er noch keinen passenden Ersatz hatte, musste er wohl oder übel mit mir vorliebnehmen.

»Nein, kein Problem. ›Alles cool. Vivian. Klar.« Ich hob die Perücke hoch und schüttelte das künstliche Haar. »Passt prima zu ihr.«

Phil lachte freudlos. Dann trat er einen Schritt näher und gab mir einen Kuss auf die Wange. »Ich weiß, ich bin viel zu besorgt. Aber du wirst mir dafür noch dankbar sein.«

Nach diesen Worten zog er sich aus der kleinen Kammer zurück, die als Garderobe diente. Ich starrte auf die geschlossene, schwarz gestrichene Tür, dann auf die roten Haare in meiner Hand.

»Vivian. Nun gut. Dann hoffen wir mal, dass wir beide gut miteinander klarkommen. Und wer weiß – vielleicht treffen wir ja auf einen Edward.« Ich setzte das Haarknäuel auf den Puppenkopf, der auf dem Tisch vor dem Spiegel stand, und bearbeitete es mit einer Bürste. Wenn ich schon als Erdbeermütze durchgehen musste, dann wenigstens mit Stil.

Als ich mit meiner neuen Frisur halbwegs zufrieden war, zog ich den Reißverschluss des fahrbaren Kleiderständers auf und besah mir die üppige Auswahl an Kostümen, die sorgsam aufgereiht auf der Stange hingen. Gold, Glitzer und diverse Federboas sprangen mir ins Auge.

»Uff.« Ich stöhnte gequält auf, als ich einen Bügel herauszog, auf dem ein goldener Hauch von Nichts befestigt war. In meiner Euphorie, für Phil im Club zu tanzen und damit auch ein Mitglied seiner zweiten Familie zu werden, hatte ich über das Outfit kaum nachgedacht. Meine bequemen Leggins und Tanktops waren beim Tabledance nun mal genauso fehl am Platz wie einer dieser Glitzerfummel im Tanzstudio – wenn man nicht gerade an der Stange übte. Nolan hatte mich zwar schon bei den Proben mit solchen Stoff-Fähnchen ausgestattet, aber da waren wir unter uns gewesen. Die knappen und überaus sexy Kostüme erschreckten mich ein wenig. Ich mochte meinen Körper – mein Bauch und meine Beine waren vom Tanzen gut trainiert, und an meinem Hintern war auch nichts auszusetzen –, dennoch bekam ich schwitzige Hände bei dem Gedanken an all die Augenpaare, die in wenigen Minuten auf mir ruhen würden. Würden sie mich attraktiv finden? Was, wenn sie einen Kommentar zu meinen Brüsten machten oder mich antatschen wollten … Wie sollte ich damit umgehen? Man würde fast *alles* sehen können, aber jetzt war es unmöglich, noch einen Rückzieher zu machen. Ich würde schon damit klarkommen. Schließlich war ich nicht auf den Mund gefallen. Und sollte es wider Erwarten hart auf hart kommen, wären Phil, Carlos oder Balu ja auch noch da.

Seufzend ließ ich mich auf den Stuhl vor dem großen Schminktisch fallen. Das Licht der Strahler mit gefühlten tausend Watt kitzelte jede kleinste Falte zum Vorschein. Mutmachend streckte ich meinem Spiegelbild die Zunge heraus. Früher, im Heim, hatten meine Freundin Bella und ich ein Spiel gespielt. Immer, wenn eine von uns ängstlich war, streckten wir uns gegenseitig die Zunge heraus. Das brachte uns zum Lachen und wischte die Angst beiseite, die tief in uns wohnte. Danach waren wir mutiger denn je. Ich dachte an Bella und hoffte, dass es ihr gut ging.

Doch der Mut wollte sich nicht so recht einstellen. Ich starrte mir selbst in die Augen und ballte meine Hände zu Fäusten, um letzte Anzeichen von Unentschlossenheit zu vertreiben. *Nein, Carrie. Diesmal reißt du dich zusammen. Verdammt. Du kannst nicht immer kneifen, wenn es darauf ankommt. Phil verlässt sich auf dich.* Ich nickte entschlossen und wandte mich von meinem Spiegelbild ab.

Ich zog mein Handy aus der Tasche und stellte die Playlist an. Musik würde mir helfen, mich in die richtige Stimmung zu versetzen und abzutauchen. So war es immer. Sogar am Strand, zumindest bevor mich Mr. Tattoo beobachtet hatte …

Stumm schimpfte ich mit mir. Es hatte überhaupt keinen Sinn, an ihn zu denken – an diesen Typen mit dem Tattoo, der mir nicht mehr aus dem Kopf ging, der mich erschreckt und provoziert, aber vor allem neugierig gemacht hatte. Selbst wenn er kein Tourist gewesen war, waren die Chancen, ihm in dieser großen Stadt zufällig zu begegnen, gleich null. *Also vergiss ihn endlich, Carrie!*

In meinem Kopf war außerdem kein Platz für sowas, er war voll genug mit anderen Dingen. Und auf genau die sollte ich mich jetzt konzentrieren.

Ich wiegte meinen Kopf hin und her, schüttelte die Arme aus und ließ die Schultern kreisen. Anschließend machte ich mich sorgfältig warm und dehnte meine Beine, Hüften und den Rücken.

Ich biss die Zähne zusammen und zog den erstbesten Glitzerfummel von der Stange. Ein klitzekleiner Tanga, der durch goldene Schnüre mit einem Hauch von Oberteil verbunden war, das gerade einmal das Nötigste verdeckte. Umständlich schlüpfte ich in den goldenen Stoff-Fetzen und schnappte mir ein passendes Paar kniehoher Stiefel mit Absätzen, die als Mordwaffe durchgegangen wären. Dann griff ich zu Puder und Pinsel und legte mir ein verruchtes Show-Make-up auf, unter dem mich nicht mal Phil auf offener Straße erkannt hätte. Zumal ich mich sonst wirklich kaum schminkte.

»Komm, *Vivian*«, alberte ich mit einem Augenaufschlag, als ich die Perücke vom Ständer nahm. »Sei ein braves Mädchen und lass mich in deinem Glanz erstrahlen.« Mit Klammern steckte ich meine dunklen Haare zusammen und setzte mir *Vivian* auf den Kopf.

»Gar nicht mal so übel.« Mit kritischem Blick überprüfte ich mein komplettes Outfit im Spiegel. Vivian war geboren. Und bereit für ihren ersten Auftritt im Blue String Club.

Jake

Das Licht in der Bar war gedimmt, und Clubmusik wummerte im Hintergrund. Leicht bekleidete Mädchen tanzten für
einsame Männer und ließen sich Dollarscheine in ihre Slips
stecken. Der Geruch von Sex lag in der Luft. Ein Freund von
Olivia hatte mir diese Adresse genannt und gesagt, ich solle
ihn hier um 21 Uhr treffen. Ich war gespannt, ob der Typ –
Glenn hieß er – in meinen neuen Laden passte. Er hatte in
diversen Studios gearbeitet, zuletzt bei Mike Leery, einem
der besten Künstler für Maori-Tattoos an der Westküste. Es
gab nur wenige, die sich die Mühe machten, diese aufwendi-
ge Technik zu lernen. Umso begeisterter war ich, dass Olivia
mir den Kontakt vermittelt hatte. Dass er sich ausgerechnet
diesen Club als Treffpunkt ausgesucht hatte, machte mich allerdings stutzig. Es war eine stylische Tabledance-Bar und als
solche für ein Bewerbungsgespräch völlig ungeeignet.

Hinter dem blau beleuchteten, glänzenden Tresen lächelte
mir eine Blondine in einem knappen Korsett entgegen. Ich
ließ mich auf einen der lederbezogenen Barhocker fallen.

»Hallo, mein Süßer. Herzlich willkommen im Blue String
Club. Ich bin Melissa. Was kann ich für dich tun?«, begrüßte
sie mich und beugte sich weit genug herüber, dass ich ihr fast
bis zum Bauchnabel sehen konnte.

Ich zog eine Augenbraue hoch. »Scotch.«

»Kommt sofort.« Ihre dunkel geschminkten Lippen verzogen sich noch mehr, als sie mir einen Single Malt ein-
schenkte und vor mir auf den Tresen stellte.

Ich hob das Glas und nahm einen kräftigen Schluck. Der
Whisky brannte mir in der Kehle.

»Harten Tag gehabt?« *Eher ein beschissenes Jahr.* Ich lockerte meinen Nacken, bevor ich nickte.

»Ärger?« Sie warf mir einen mitfühlenden Blick zu. Ich verkniff mir ein Auflachen. Was für eine Untertreibung.

Gleichmütig zuckte ich mit den Schultern.

Ich hatte mich die letzten Tage weiter mit dem Entrümpeln des Shops beschäftigt und war heute Nachmittag endlich so weit gewesen, dass alles für den Abtransport der restlichen Möbel vorbereitet war. Pete hatte heute kommen wollen, aber den Termin kurzfristig auf Montag verschoben. Was mich ziemlich ankotzte, aber nicht zu ändern war. Olivia hatte mir zwei Wohnungen vermittelt, die aber beide nicht infrage kamen. In der einen kam mir schon beim Eintreten die Decke entgegen, bei der zweiten passte mir die Entfernung zum Shop nicht. Da konnte ich ja gleich im Hotel bleiben. Somit war die erste Woche in Kalifornien fast rum, ohne dass es schon konkrete Pläne für den Umbau oder einen vorläufigen Wohnsitz gab. Das hatte ich mir anders vorgestellt.

Ich kippte den Rest des Whiskys in einem Zug herunter und bestellte einen zweiten. Dann sah ich mich um. Für einen Freitagabend war es in einer solchen Bar recht ruhig. Nur drei ältere Männer saßen an den Tabledance-Tischen und gafften die Mädchen an, die sich halbnackt zur Musik an der Stange räkelten. Eine Blondine verließ den Club mit einem Gast durch eine Tür neben der Bar, hinter der ich die Zimmer der Nutten vermutete. Ich konnte nicht nachvollziehen, wie man sich daran aufgeilen konnte. Die Männer, die sich Sex kauften, taten mir leid. Von den Mädchen ganz zu schweigen.

»Ein einsamer Cowboy mit traurigem Blick … Kann ich vielleicht sonst noch etwas für dich tun?« Die Blondine machte keine Anstalten, ihre Aufmerksamkeit von mir abzuwenden. Hatte sie nichts zu tun?

»Ich komme zurecht.«

»Solltest du deine Meinung ändern …« Ich drehte mich demonstrativ von ihr weg. Fünf Tabledance-Tische standen den Gästen hier zur Verfügung, von denen nur zwei besetzt waren. Zwischen ihnen und der Bar dominierte eine runde Sofaecke den Raum. Dahinter befanden sich zwei durch Vorhänge abgetrennte Separees mit Tanztischen und Sitzecken, die momentan allerdings nicht belegt waren. In Brooklyn hatten wir in einem ähnlichen Club vor zwei Jahren den Junggesellenabschied eines Freundes gefeiert. Ich erinnerte mich noch gut an den Abend, denn so wie es da zur Sache gegangen war, hätte es mich sehr gewundert, wenn Braut und Bräutigam am Tag darauf noch geheiratet hätten. Billy hatte die Nutte noch auf dem Tisch vernascht. Die Hochzeit war geplatzt, aber die Show war geil gewesen.

Charlotte war damals von unseren Plänen für den Junggesellenabschied überhaupt nicht begeistert gewesen. Aber ich hatte ihr wiederholt versichert, dass ich solche Weiber nicht anfasste – und das wusste sie eigentlich auch. Charlotte hatte stets Ruhe in mein turbulentes Leben gebracht, war witzig und liebevoll. Doch sie konnte auch eifersüchtig sein, und so war jener Abend nicht der erste gewesen, an dem ihre Unsicherheit einen Keil zwischen uns getrieben hatte.

Ich sah erneut zur Tür, doch immer noch betrat niemand den Club, der nach Tätowierer aussah. Stattdessen blickte ich direkt in das Gesicht einer hübschen Rothaarigen, die mit eisigem Blick in meine Richtung stürmte. Ihr auf den Fersen ein älterer Kerl, dessen Verärgerung ihm ebenfalls deutlich ins Gesicht geschrieben stand.

»Hey, wo willst du hin?« Er packte sie am Arm und riss sie unsanft zu sich herum.

Sie zischte etwas, das ich nicht verstehen konnte, doch ihr Ton hörte sich alles andere als freundlich an.

»Erst heiß machen und dann abhauen? Kommt gar nicht in Frage!« Sie versuchte zurückzuweichen, doch seine Pranken hielten ihr Handgelenk fest umklammert. Ich richtete mich auf und stellte den Drink zur Seite. Wo war die Security, wenn man sie brauchte?

»Ich gehe mit niemandem aufs Zimmer.« Ihre Stimme wurde etwas lauter, doch sie wirkte noch immer erstaunlich ruhig, wenn man bedachte, dass ein 1,90 m großer Kerl an ihr herumzerrte.

»Ich nehme dich auch gleich hier auf dem Hocker, wenn dir das lieber ist.« Mit einem schmierigen Grinsen zog er sie grob an sich und presste seine Lippen auf ihren Hals.

»Lass mich los!«

»Sag mir deinen Preis.«

»Fick dich«, zischte sie und versuchte, sich loszureißen.

»Oh nein … Ich ficke *dich*. Und wie ich das tun werde. Ich -«

Ohne zu bemerken, was ich tat, war ich aufgestanden und hatte einen Schritt auf sie zu gemacht. Tatsächlich kümmerte sich sonst niemand um das Mädchen, das ganz offensichtlich in Bedrängnis geraten war. Doch bevor ich einschreiten konnte, krümmte der Typ sich schon und jaulte schmerzhaft auf. Mein Blick folgte seinem, und ich erkannte, wie der mörderische Stöckel einer ihrer Stiefel sich in die Spitze seines Schuhs bohrte. *Aua!*

Es dauerte keine zwei Sekunden, bis er sie losließ und scheinbar fassungslos anstarrte. Sie stieß ihn von sich, und er taumelte ein paar Schritte zurück. »Und jetzt sieh zu, dass du verschwindest. Bevor ich dich rauswerfen lasse.«

Ihr Blick war undurchdringlich, als sie sich umwandte und schnurstracks auf mich zukam. Zu meiner Überraschung zog der Typ tatsächlich ab. Fluchend zwar, aber er schien begriffen zu haben, dass er den Kürzeren gezogen hatte. Ich sah ihm hinterher, bis er durch die Tür nach draußen verschwunden war.

Ich zog meinen imaginären Hut vor dem Rotschopf. Ohne dass ich es beabsichtigt hatte, musste ich lächeln, was sie erwiderte. Fast schüchtern senkte sie den Blick, bevor sie sich ihrer Kollegin zuwandte.

»Melissa, wo ist Phil?«

»Ich habe nicht die geringste Ahnung, Vivian.« *Vivian? Passt zu ihr.*

»Verdammt. Gibst du mir bitte ein Wasser?« Ihre weiche Stimme jagte mir einen Schauder durch den Körper. Sie klang bestimmt und doch irgendwie sanft. Sie erinnerte mich an jemanden, mir fiel nur nicht ein, an wen. Ich griff nach meinem Glas und drehte es unschlüssig in meinen Händen. Verstohlen streifte mein Blick über ihren Körper. Angefangen bei ihren goldenen Stiefeln, deren Absatz sie dem Kerl zwischen die Zehen gerammt hatte, über ihre langen Beine, die unter einem kurzen weißen Satinmantel verschwanden. Sie trug einen Gürtel um ihre schmale Taille, unter dem leicht auseinanderklaffenden Ausschnitt konnte ich den Ansatz ihrer Brüste erahnen, auf der linken befand sich ein herzförmiges Muttermal. Volle Lippen hatte sie, und große grüne Augen, umrahmt von schwarzen Wimpern und dunklem Lidschatten, funkelten mich an.

»Ist was?«, fragte sie und sah mich unsicher an. *Erwischt!* Ich musterte sie, und sie hatte mich voll ertappt.

Ich schüttelte den Kopf. »Ich habe mich nur gefragt, ob ihr Frauen deswegen solche mörderischen Absätze tragt.« Ein Stirnrunzeln begleitete ihren Blick, als sie mich weiterhin fixierte.

»Manchmal muss man Männern eben Grenzen setzen.«

Ich nickte zustimmend. Sie legte den Kopf schief, bevor ihre Lippen langsam ein Lächeln formten.

»Beeindruckende Vorstellung. Kann ich dich auf den Schreck zu einem Drink überreden?«, hörte ich eine Stimme fragen, die offensichtlich mir gehörte. War ich eigentlich bescheuert? Ich war erleichtert, als sie verneinte.

»Ich trinke nicht.« Ein leichtes Nicken in Richtung ihres Wasserglases sollte ihre Antwort wohl unterstreichen.

»Schade.« Wieso konnte ich nicht einfach meine Klappe halten?

»Hier gibt es viele Mädchen, die sicher gerne mit dir etwas trinken würden.« Ich starrte auf die bernsteinfarbene Flüssigkeit in meinem Glas.

»Ich bin hier verabredet.«

»Natürlich …«, antwortete sie kühl und sah an mir vorbei durch den Raum.

»Nicht so …«, widersprach ich steif. Warum zickte ich hier eigentlich so rum? Es war doch völlig egal, was sie von mir dachte.

»Klar, du bist gar nicht wegen der Show hier. Und als Nächstes kommt bestimmt: ›Ich bin nicht so wie die anderen Typen‹, oder?«

Ich wusste selbst, wie abgedroschen das klang. Ich saß hier allein an der Bar und baggerte das erstbeste Mädchen an, das sich in meine Nähe wagte – ich hätte mir selbst nicht geglaubt. Also zuckte ich nur resigniert mit den Schultern.

»Du bist nicht sehr gesprächig.«

»Muss man denn immer reden?«

Sie lächelte und trank einen Schluck von ihrem Wasser. »Ich meine ja nur. Dies ist sicher auch nicht der richtige Ort für tiefschürfende Gespräche, aber warum bist du dann hier? Du kommst in einen Stripclub und sitzt einsam mit einem Whisky an der Bar, anstatt dir die Shows anzusehen. Was stimmt mit dir nicht?«, fragte sie mich mit einem Augenzwinkern.

»Was stimmt mit *dir* nicht?« Sie war frech, keine Frage. Irgendwie niedlich.

»Alles«, konterte sie und brachte mich damit zum Grinsen.

»Das hier ist nicht so mein Ding«, gab ich etwas sanfter zu. Was konnte sie für meine schlechte Laune? Glenn war noch immer nicht gekommen. Mittlerweile saß ich seit über einer halben Stunde hier. Ich checkte ein letztes Mal mein Handy, ob ich eine Nachricht bekommen hatte, und beschloss zu gehen. Wenn er nicht auftauchte, dann wollte er den Job auch nicht wirklich – keine guten Voraussetzungen für eine Zusammenarbeit.

»Was ist dann dein Ding?«, unterbrach sie meine Überlegungen. Sie neigte ihren Kopf erneut leicht zur Seite und sah mich forschend an, so, als könnte sie hinter meiner Stirn erkennen, was ich wirklich dachte. Ich schüttelte langsam den Kopf. So nett es auch war, sich mit ihr einen Schlagabtausch zu liefern – es wurde Zeit zu gehen. Ich zog mein Portemonnaie hervor und legte ein paar Scheine auf den Tresen, bevor ich mich erhob.

»Du willst schon gehen?«

»Sieht so aus.«

»Hmm.« Ihre Reaktion war ein kehliges Brummen.

»Was?«

Sie zuckte mit den Schultern und lächelte sanft. Ich konnte ihren Blick nicht deuten, aber es schien fast, als wollte sie, dass ich noch blieb. »Dann wünsche ich dir einen schönen Abend. Mach's gut. Du scheinst ein netter Kerl zu sein.«

Ich lachte trocken auf. »Wenn du dich da mal nicht täuschst …« Ich drehte mich um und ging. Bis ich vor die Tür trat und die erfrischende Nachtluft einatmete, spürte ich den Blick ihrer grünen Augen in meinem Rücken.

Carrie

Ich muss mit dir reden. Kannst du vorbeikommen?

Nolans Nachricht sprang mich förmlich an, als ich morgens auf mein Handy sah. Er hatte mir mitten in der Nacht eine WhatsApp geschickt. Ich war völlig ahnungslos und fuhr noch vor meiner morgendlichen Joggingrunde am South Beach ins Studio. Doch als ich das Häufchen Elend sah, das mir mit blassem, traurigen Gesicht von seinem Bürostuhl entgegenblickte, verstärkte sich mein schlechtes Gefühl. Es war wohl kein läppischer Hilferuf wegen der Vorbereitungen für die Party am Abend.

»Hey, No. Was ist los?«

»Carrie ... setz dich. Bitte.« Er wich meinem Blick aus, als er mich ansprach. Meine Alarmglocken schrillten. Er nannte mich so gut wie nie bei meinem richtigen Namen. Und wenn er es doch tat, dann war er sauer auf mich. Der Versuch, etwas aus seiner Mimik herauszulesen, ging daneben. Sein Gesicht war eine einzige starre Maske. Irgendetwas stank hier zum Himmel. Und mein Gefühl sagte mir, dass ich ein Teil davon war. Angespannt hockte ich mich auf die Kante des Clubsessels vor seinem Schreibtisch.

»Ich muss mit dir reden.« Sein Tonfall war förmlich. Fast geschäftlich. Was zum Teufel hatte ich mir zu Schulden kommen lassen? War er sauer, weil ich nicht für Leroy tanzen wollte? Nein, das konnte ich mir nicht vorstellen.

»Verdammt, red schon. Komm zum Punkt.«

Nolan schluckte und knetete seine Hände im Schoß. Die Lockerheit, die sonst alle Welt so an ihm liebte, hatte sich komplett in Luft aufgelöst. »Wie du ja weißt, läuft es in letzter Zeit nicht so rund hier im Studio. Die Mitglieder bleiben weg –«

»Wie bitte? Das ist doch Unsinn!«, unterbrach ich ihn. Ich kannte zwar die genauen Zahlen nicht, aber wir hatten erst vor wenigen Wochen einen neuen Kurs ins Leben gerufen. Und jetzt auf einmal sollte es ›nicht so rund laufen‹?

»Nein … Ich habe zwar das Angebot vergrößert, aber nur damit nicht noch mehr Schüler in die anderen Studios abwandern, die hier an jeder Straßenecke ihre Kurse zu Dumpingpreisen oder gleich in einer Flatrate anbieten.« Er hörte sich verzweifelt an. Dennoch konnte ich seine Begründung kaum glauben.

»Wie schlimm ist es?«

»Schlimm.« Er sah angestrengt auf seine Fingernägel.

»Musst du das Studio schließen?«, fragte ich.

»Nein, das nicht. Noch nicht …«

»Was willst du mir damit sagen?«

»Ich … Ich kann dich nicht länger beschäftigen, Sugar. Es tut mir so leid.«

»Du kündigst mir?« Ich musste nachhaken. Vielleicht hatte ich es ja auch nur falsch verstanden. Aber Nolan nickte langsam. Er hatte Tränen in den Augen. Ich konnte es nicht fassen.

Natürlich gab es viel Konkurrenz, trotzdem war Nolan als Lehrer bekannt und bei seinen Schülern beliebt. Eigentlich müssten wir ausbauen, noch mehr Kurse geben. Gerade seine Stunden waren immer voll, es gab sogar eine Warteliste. Ich konnte mir beim besten Willen nicht vorstellen, dass der Laden nun kurz vor dem Bankrott stand. Die anderen Studios, die hier im Umkreis aus dem Boden schossen wie Pilze, bereiteten mir Sorge, aber in den letzten Monaten hatte ich nicht den Eindruck gehabt, dass sich das auf Nolans Studio auswirkte. Ich wurde das Gefühl nicht los, dass hier etwas ganz anderes das Problem war.

Nolan war blass, wirkte steif und sah mich immer noch nicht an. Ich kannte ihn. Er log.

»Sorry, No, aber das stinkt doch zum Himmel. Ich glaube dir kein Wort.«

Sein Kopf schnellte hoch. »Was? Wieso …?« Seine Stimme zitterte.

»Du lügst mich an. Ich frage mich nur, warum?« Ich hatte die Frage noch nicht ganz ausgesprochen, da fiel es mir wie Schuppen von den Augen.

Ich sprang auf und stemmte mich mit beiden Armen vor ihm auf dem Schreibtisch auf. »Verdammt, Nolan Louis Cardwell! Warum lügst du mich an? Ich dachte, wir wären Freunde?« Mit weit aufgerissenen Augen und bebenden Lippen sah er mich an. Wie konnte er nur glauben, dass ich ihn nicht durchschaute? »Es ist Darren, richtig? Du hast ihm die Kohle gegeben. Wie viel?«

»Nein, ich -«

»Ach, hör auf jetzt, No! Ich bin doch nicht blöd. Also? Wie viel?«

Betroffen sah er zu mir auf. Tränen glitzerten in seinen Augen, dann schienen seine im Schoß vergrabenen Finger wieder interessanter zu sein. »Zwanzigtausend«, murmelte er. Ich verstand ihn trotzdem.

»Ach du Kacke.« Mit so viel Geld hatte ich nicht gerechnet. Ich war von ein paar Tausend Dollar ausgegangen. »Und jetzt ist er weg?«, folgerte ich in etwas sanfterem Ton und setzte mich wieder auf den Sessel. Nolan nickte betreten.

»Ich habe schon Phoebe angerufen, aber auch im Club ist er nicht mehr aufgetaucht. Sein Handy ist tot, und seine Adresse stimmt anscheinend nicht. Zumindest nicht, wenn er nicht in einem zerfallenen Fabrikgebäude vor der Stadt lebt.« Das hörte sich übel an. *Jetzt bloß nicht heulen, Carrie. Denk nach. Sei rational!*

Nolan war dem Anschein nach auf ein Arschloch, einen Schwindler hereingefallen. Mir blutete das Herz für meinen Freund, aber die Situation war jetzt nicht mehr zu ändern.

Nachdem ich schweigend meine Gedanken geordnet hatte, reckte ich mein Kinn und sah ihm fest in die Augen. Diesmal ließ er es zu. »Okay. Also du kannst mein Gehalt nicht mehr bezahlen, klar. Aber – wie um Himmels willen willst du die ganzen Kurse ohne mich geben?« Er zuckte hilflos mit den Schultern. Er musste wirklich verzweifelt sein, wenn er über die Folgen seines bescheuerten Handelns noch nicht nachgedacht hatte. Kein Wunder. Gefühle vernebelten einfach das Gehirn. Konnte passieren. Aber deswegen brachte man doch nicht gleich seine Existenz in Gefahr. »Alles klar, ich mache dir einen Vorschlag. Ich unterrichte weiter, ohne Bezahlung. Nein, hör mir zu!«, wehrte ich ab, als er etwas entgegnen wollte. Er schloss den Mund wieder und nickte.

»Ich unterrichte kostenlos, bis du wieder ein paar Rücklagen gebildet hast. Wie du weißt, nagen wir nicht gerade am Hungertuch. Ich … *wir* kriegen das schon wieder hin. Im Gegenzug darf ich das Studio weiterhin für meine Zwecke nutzen. Du wirst dein Studio nicht verlieren, No, das ist dein Traum, dein Leben. Natürlich bin ich an deiner Seite und für dich da. Und versuche gar nicht erst, mich umzustimmen. Das funktioniert nämlich nicht. Und jetzt erzählst du mir in Ruhe, was eigentlich passiert ist.«

Er stand langsam auf, kam um den Schreibtisch herum und zog mich in seine Arme. »Sugar, du bist …«

»Nett?«, versuchte ich, die Stimmung aufzulockern. Ich litt mit Nolan. Es tat mir in der Seele weh, ihn leiden zu sehen. Das konnte ich kaum ertragen.

»Nett ist die kleine Schwester von Scheiße.« Er kicherte nun tatsächlich.

»Dann vielleicht wunderbar?«

»Du bist die Beste. Und ich liebe dich.« Ich grinste und kuschelte mich in seine Arme.

»Ich liebe dich auch, No. Und heute Abend werden wir das gebührend feiern. Oder hast du die Party abgesagt?« Ich hätte es nachvollziehen können.

»Ich hatte mit dem Gedanken gespielt, aber – nein. Ich konnte den Jungs aus New York doch so kurzfristig nicht absagen. Geschweige denn dem Catering. *The show must go on.*«

∗ ∗ ∗

»Ich brauche einen neuen Job.« Mit diesen Worten stürmte ich zwei Stunden später in Olivias Flur, kaum, dass sie mir die Tür geöffnet hatte. Irritiert sah sie mich an.

»Wieso? Was ist passiert?«

»Nolan hat Mist gebaut.« Ihr verwirrter Gesichtsausdruck war Beweis genug, wie falsch sich das anhörte. Im Schnelldurchlauf gab ich das Gespräch mit meinem Freund wieder, während ich mir von ihr einen Kaffee einschenken ließ.

»Er hat diesem Typen tatsächlich die Geschichte mit dem Kind abgekauft und ihm die Kohle gegeben. Ich habe gleich gerochen, dass da was zum Himmel stinkt, aber wie hätte ich ihm das sagen sollen, ohne dass er mich gelyncht hätte?«

»Liebe macht blind. Er hätte dir nicht geglaubt, stimmt. Also mach dir bloß keine Vorwürfe. Du kannst ja nun wirklich nichts dafür.« Aufmunternd strich sie mir über den Rücken.

»Ja, ich weiß. Aber trotzdem … Und weißt du, was mich am meisten ärgert? Dass ich Darren sowas überhaupt nicht zugetraut hätte. Er war mir total sympathisch. Die beiden waren so süß miteinander. Total verknallt und … ach, Mann! Das macht mich so wütend. Dieser Mistkerl hat seine Rolle wirklich überzeugend gespielt.«

»Ich hab Darren ja nie kennengelernt, aber No tut mir trotzdem wahnsinnig leid. Das Herz gebrochen zu bekommen ist schlimm genug … Aber dann auch noch aus solch niederen Beweggründen … Scheiße!«

»Das kannst du laut sagen.«

»Und warum brauchst du jetzt einen neuen Job?«, griff meine Freundin das Thema wieder auf.

»Weil ich meinen verloren habe. Sag mal, hörst du mir überhaupt zu? Ich muss mir mein Luxusleben ja auch irgendwie finanzieren.« Ich zwinkerte Liv zu.

»Genau. Du brauchst Geld für das dreihundertste Paar Manolos, den neuesten Designerfummel von Dolce und Gabbana und das nächste Kilo Schminke. Du und Luxusleben. Niedlich, Schatz. Echt süß.« Klar, dass sie darauf herumritt. Ich war – im Gegensatz zu ihr – wirklich die Letzte, die viel Geld für Luxus ausgab. Wenn ich das Limit meiner Karte mal überschritt, dann nur, weil es wieder ein paar überteuerte Sportklamotten zu kaufen gab und ich einfach nicht daran vorbeigehen konnte. Von Sportschuhen, Tops und Trainingshosen konnte ich einfach nicht genug bekommen. Und von Musik auch nicht. Deswegen ging auch jeden Monat einiges für die Download-Portale drauf, bei denen ich meine Musik herunterlud. Ich konnte nicht verstehen, warum Leute nicht bereit waren, ein paar Dollars für Songs oder Bücher auszugeben, sondern sie sich illegal beschafften, und dann aber das gesparte Geld für Kaffee oder Zigaretten auf den Kopf hauten. Künstler mussten doch auch von etwas leben. Da war ich konsequent.

»Das ist wirklich alles ziemlich übel. Aber wie willst du bitte schön noch einen Job annehmen? Du gibst die Stunden im Studio doch trotzdem. Und – wolltest du jetzt nicht auch noch im Club tanzen? Gestern war doch dein erster Auftritt, oder?« Ich stöhnte auf und setzte mich in Livs Küche an den Tisch, zwischen Hochglanzschränke und hochwertige Elektrogeräte, die niemand benutzte. Gekocht wurde in dieser Wohnung eher selten. Liv ging in der Regel essen und wenn nicht, dann bestellte sie sich den Lieferservice. Das Einzige, das in diesem Raum heißlief, war der Kaffeevollautomat. Liv war schwer kaffeesüchtig und hatte immer die besten Sorten im Haus. Daher lud ich mich gerne auf einen frisch gebrühten Espresso bei ihr ein.

»Ja, aber da verdiene ich kein Geld, sondern helfe Phil nur aus, bis er eine passende Tänzerin gefunden hat. Ich hoffe, das dauert nicht mehr allzu lang. Auf Dauer ist das echt nichts für mich. Nach meiner ersten Show hatte ich doch tatsächlich schon ein kleines Handgemenge mit so einem Schleimbolzen, der meinte, ich wäre Freiwild, nur weil ich halbnackt auf dem Tisch tanze. So ein Penner.«

»Ist nicht wahr? Und? Erzähl?« Neugierig beäugte Liv mich. Ihre Sensationslust war mal wieder typisch, aber ich konnte ihr nicht böse sein. So war sie nun mal.

»Ich hab ihm den Absatz meines Stiefels zwischen die Zehen gerammt. So schnell konnte ich gar nicht gucken, wie er danach das Weite gesucht hat.« Mittlerweile konnte ich bei der Erinnerung an die Szene schmunzeln. Gestern hatte sie mir noch eine Heidenangst eingejagt.

»Au weia. Und was hat Phil dazu gesagt?«

»Der weiß nichts davon. Er war gestern nicht da, als es passierte. Komisch. Eigentlich hatte er damit *gedroht*, ›ein Auge auf mich zu haben‹, aber … keine Ahnung, wo er wieder gesteckt hat. Du weißt ja, wie er ist. Immer busy. Aber jetzt mal im Ernst … Ein entspannter Job, bei dem ich mir nicht die Knochen kaputt mache, mir keine Blasen in mörderischen Absätzen tanze und mich nicht von irgendwelchen beschissenen Typen anmachen lassen muss, wäre wirklich hilfreich.«

»Ach, hör auf zu jammern. Du bist doch sonst immer so tough. Ich wette, du stehst drauf, die Kerle heißzumachen und sie dann abblitzen zu lassen. Das muss ein ziemlich erhabenes Gefühl sein.«

»Wenn du meinst, dann probier es doch selbst mal aus«, konterte ich.

»Never ever!«

Liv grinste mich an, während sie im Stehen an ihrem Kaffee nippte. Vermutlich wollte sie keine Sitzfalten in ihrem Designerrock. Ich schmunzelte über diese Marotte, fläzte mich deshalb extra lässig in meinen Joggingklamotten auf den Stuhl und konnte ein Gähnen nicht unterdrücken. Nach der Schicht im Blue String Club hatte ich kaum schlafen können, weil mir der ganze Abend im Kopf herumspukte. Mir grauste es davor, mich bald wieder an die Stange zu stellen und den lüsternden Männerblicken auszusetzen. Soweit ich Phil verstanden hatte, sollte ich in der nächsten Woche ein paar Shows mehr tanzen. Ich konnte nur hoffen, dass der Typ von gestern ein Einzelfall blieb.

»Und wie war es sonst so? Bestimmt anders, als nur im Büro die Buchhalterin zu mimen, oder? Wissen die anderen Mädels, dass du einspringst? Hat dich niemand erkannt?«

Ich nickte. »Doch, sie wissen es jetzt. Das können wir auf Dauer einfach nicht verheimlichen. Aber es stimmt schon – es ist etwas völlig anderes, so im Rampenlicht zu stehen«, bestätigte ich und versuchte, Liv den Abend so lebendig wie möglich zu schildern.

»Gestern Abend wurde Vivian geboren: In dem Moment, in dem ich die Garderobe verließ, kam in mir wirklich eine zweite Persönlichkeit zum Vorschein. Ich bewegte mich anders als im Studio. Selbst beim Pole-Training mit Nolan war es mir nicht gelungen, mich so lasziv zu geben. Aber in meiner Verkleidung habe ich mich sicher gefühlt. Und irgendwie verruchter.« Liv kicherte. Ich konnte es ja selbst kaum glauben, aber so war Vivian eben. »Ich tanzte die ersten Songs brav an meiner Stange. Monica und Sandra, die beiden kenne ich schon seit meinem ersten Besuch im Club, besetzten zwei weitere Stangen, und wir lieferten uns zu dritt einen kleinen Battle. Bis Sandra mit einem der Typen, die uns zusahen, nach oben in die Privaträume verschwand. Witzigerweise erkannten mich die beiden anfangs tatsächlich nicht. Sie dachten, dass sie der ›Neuen‹ ja mal zeigen könnten, wie hier im Club *richtig* getanzt wurde.«

»Nee, echt? Und? Hast du's ihnen gezeigt?«

»Klar.« Ich schmunzelte, stand auf, wackelte mit der Brust und fuhr mit den Händen übertrieben anzüglich über meine Hüften, bis wir beide uns vor Lachen bogen.

»Da muss es ja Dollerscheine nur so geregnet haben«, japste Liv nach einer Weile.

»Schön wär's. An meinem Tisch saßen zwei Typen, die waren ganz relaxed. So sehr, dass es ihnen zu anstrengend war, sich zu bewegen, um mir die Scheine in den Slip zu stecken. Na ja, aber alles in allem war es wider Erwarten echt cool, und ich hatte richtig Spaß dabei. Bis einer der Kerle mir nach meiner Show hinterherlief.« Ich verzog mein Gesicht bei der Erinnerung an die brenzlige Situation. »Er dachte wohl, ich sei ebenfalls für Geld zu kaufen, und wollte mit mir aufs Zimmer. Das hat mich echt schockiert, glaub mir. Ich war froh, dass ich die Situation selbst unter Kontrolle bekam, aber es war verdammt knapp. Und dann stand *er* plötzlich vor mir: Mr. Tattoo. Der Typ vom Strand.«

»Stopp! Wer ist Mr. Tattoo?«, hakte Liv sofort nach, beugte sich vor und sah mich voller Neugier an. »Los, spuck's aus. Ich warte.« Stimmt, sie wusste davon ja noch gar nichts, also erzählte ich ihr in kurzen Worten von der Szene am Strand vor ein paar Abenden. »Wow, Mr. Tattoo … hört sich nach einem heißen Typen an.«

Ich nickte nachdenklich. »Irgendwie war er schon … interessant, aber … Ich habe ihn im Club gleich wiedererkannt und innerlich zitternd gebetet, dass es andersherum

85

nicht genauso sein würde. Mein Herz hämmerte gegen meine Rippen, und ich war sicher, dass er meine Maskerade sofort durchschauen würde. Aber er kaufte mir meine Rolle vollends ab. Vivian sei Dank.«

»Also doch kein Touri aus New York. Vielleicht siehst du ihn bald wieder?«

»Nein, das glaub ich nicht.«

»Aber du würdest gerne ...« Forschend sah sie mich an. Ich errötete tatsächlich.

»Nein. Ja. Irgendwie schon«, gab ich zu. »Die halbe Nacht hat sich immer wieder sein Bild in meinen Kopf geschlichen. Wie schon am Strand war er auch im Club irgendwie ... anders. Er sieht vielleicht aus wie ein Kerl, der regelmäßig diese Sorte von Clubs besucht, aber er hat sich nicht wie der typische Strip-Club-Besucher verhalten. Erst war er freundlich, dann plötzlich wirkte er wieder unnahbar. So, als würde er mich für das verurteilen, was ich da tat. Seinen Worten nach war das ja auch ›nicht sein Ding‹. Schade eigentlich. Er war ziemlich heiß, aber Männer, die sich – aus welchen Gründen auch immer – in einschlägigen Bars herumtreiben, sind nicht *mein* Ding.«

»Ach, Süße. Du wirst auch noch den passenden Deckel zu deinem Topf finden.« Liv kicherte erneut, ich rollte nur mit den Augen.

»Herzlichen Dank.«

»*By the way.* Du siehst nicht wirklich frisch aus heute. So wird das eher nichts mit dem Traummann«, kommentierte Olivia mein Äußeres an diesem Morgen und rümpfte die Nase.

»Hallo? Ich habe eine harte Nacht hinter mir, eine Hiobsbotschaft meines besten Freundes und einen Zehn-Kilometer-Lauf am Ocean Beach. Wie frisch sollte ich denn deiner Meinung nach aussehen?«

»Keine Ahnung, aber so wirst du jedenfalls keinen Mann abschleppen.«

Ich grinste schief. Ich wusste, ich sah schrecklich aus. Meine schokobraunen, ungewaschenen Haare waren zum obligatorischen Zopf gebunden und fielen mir durch die Aussparung meiner Cap auf die Schultern. Der Rest meines Outfits bestand aus einer Jogginghose, einem weißen Tanktop über meinem Sport-BH und einer dünnen Jacke, die ich um meine Hüften gebunden hatte. Ich war mir sicher, dass sich die Anstrengung der letzten Nacht und der fehlende Schlaf unter meinen Augen abzeichneten. Die beiden dicken Blasen an meinen kleinen Zehen pochten in meinen Sportschuhen, und der fiese Kratzer an meinem Oberschenkel von einem Glassplitter, der auf der Bühne gelegen hatte, machte sich auf meiner schwitzigen Haut schmerzhaft bemerkbar. Alles in allem sah ich scheiße aus und fühlte mich auch so. Aber – es war mir in diesem Moment herzlich egal.

»Ich will überhaupt keinen Mann abschleppen«, entgegnete ich. Ich musterte sie eingehend. Wie immer trug meine Freundin ein maßgeschneidertes Kostüm. Anstelle der obligatorischen Bluse trug sie heute ein tief ausgeschnittenes, hautenges Shirt und passend dazu ein Paar elegante Stilettos, auf denen ich bis vor Kurzem nicht mal unfallfrei vom Tisch zur Tür hätte laufen können. Außerdem war ihr Rock kürzer als sonst. Und – trug sie überhaupt einen BH? Ich kniff die Augen zusammen und sah noch mal hin. Nein, sie trug tatsächlich keinen. »Im Gegensatz zu dir. Wen willst du mit deinem Styling heute beeidrucken?«

»So offensichtlich?«

Ich nickte.

Sie seufzte theatralisch. »Ich hoffe, Jake heute wieder zu treffen.«

»Du bist echt auf Entzug, oder?«

»Frag nicht«, winkte sie ab. »Jake ist … Hach, er ist einfach hinreißend. Und verdammt heiß. Und vor allem ist er so ganz anders als die Männer, die ich sonst im Bett habe. Ich glaube, mit ihm wird es nicht langweilig werden.«

»*Bang*, dich hat es aber erwischt …« Ich hörte sie das erste Mal so von einem Typen schwärmen.

»Das stimmt. Er hat etwas an sich, das mich schier verrückt macht. Und einen Körper … Süße, du glaubst es nicht. Dieser Typ ist einfach hot, hotter, am hottesten! Er wirkt so selbstsicher, irgendwie arrogant, als würde etwas in ihm schlummern. Und es reizt mich wahnsinnig herauszufinden, was genau das ist. Ich hoffe nur, dass er sich dann nicht als Softie herausstellt. Aber egal – dank ihm bin ich noch mal um einige sexuelle Erfahrungen reicher. Das will ich heute auf jeden Fall wiederholen.«

Ich riss die Augen auf und verschluckte mich fast an meinem Kaffee. »Du hast mit ihm *geschlafen*?«

»Nicht nur einmal …«

»Ich glaub's ja nicht. Ich weiß ja, dass du jeder gut bestückten Hose hinterherläufst, aber … Ich dachte immer, deine Klienten seien tabu?« Mit Liv konnte ich so reden, sie nahm es mir nicht übel. Und andersherum genauso. Das schätzte ich an unserer Freundschaft sehr.

»Ja, ach … Regeln sind dazu da, gebrochen zu werden. Er ist nun mal verdammt heiß.« Sie zog amüsiert die Augenbrauen hoch.

»Du schaffst es immer wieder, mich zu überraschen, Liv. Ich habe zumindest eine Perücke getragen, als ich mich in die Nähe *meiner Klienten* gewagt habe.« Dass die Verkleidung Phils Idee war, verschwieg ich. »Dieser Jake könnte ein Psychopath sein, ein Vergewaltiger, ein Massenmörder oder Schlimmeres. Er kommt schließlich von der Ostküste und ist damit ein Yankee«, witzelte ich. Liv war immer diejenige gewesen, die gesagt hatte, ein Yankee würde ihr nie ins Bett kommen. Schließlich war sie eingefleischter Giants-Fan.

»Ach, da mache ich bei ihm gerne eine Ausnahme. Und Schlimmeres? Was bitte schön kann es Schlimmeres geben als einen Massenmörder? Da fällt mir nur eins ein.«

»Was?« Jetzt sah ich sie fragend an.

»Schwul. Es wäre schlimm, wenn er schwul wäre.«

Ich schloss die Augen, prustete los und schüttelte den Kopf. Gegen Livs Logik kam ich einfach nicht an. »Dir ist echt nicht mehr zu helfen.«

»Doch! Wenn er mich heute noch mal flachlegt und wieder bis zur Besinnungslosigkeit -«

»Stopp! Es reicht!« Auch wenn wir immer offen reden konnten – über ihre Sexeskapaden wollte ich wirklich keine Details wissen.

Aber wenigstens gab es bei ihr welche. »Wo war Phil denn nun eigentlich, als dir der Kerl im Club zu nah gekommen ist?«

Ich legte meine Stirn in Falten. Das hatte ich mich auch schon gefragt. Das letzte Mal hatte ich in der Garderobe mit ihm gesprochen, als er Vivian erschaffen hatte. Nach meinem Auftritt hatte ich ihn gesucht, aber ohne Erfolg.

»Ich habe keinen blassen Schimmer. In seinem Büro war er nicht. Da saß nur Carlos, der auch nichts wusste. Und zu Hause war er auch nicht. Zumindest war sein Bett heute Morgen noch unberührt. Langsam mache ich mir Sorgen«, gab ich zu.

»Ach, quatsch. Es ist doch nicht das erste Mal, dass Phil über Nacht wegbleibt, oder? Schon mal auf dem Handy versucht?«

»Klar. Mailbox.«

»Dann war er sicher gerade bei einer Schnecke im Bett.« Liv hatte wahrscheinlich recht. Sicher gab es keinen Grund, mir Sorgen zu machen. Es kam tatsächlich öfter vor, dass er

89

mal für ein paar Stunden oder auch Tage verschwand. Manchmal lag es an einer Frau, manchmal waren es die Geschäfte, die ihn außer Haus oder sogar eine Zeit lang aus der Stadt trieben. »Phil ist doch auch kein Kostverächter. Und er ist schon groß. Mach dir keinen Kopf.«

»Du hast ja recht.«

»Ganz bestimmt. Mach dir lieber einen Kopf um dein Outfit für heute Abend.«

Ich stöhnte resigniert auf. »Verdammt. Daran hab ich bei all dem Trubel gar nicht mehr gedacht. Was ziehst du an?«

»Ich denke mal, das kleine Schwarze. Damit liegt man doch immer richtig, oder? Und du?« Ich zuckte mit den Schultern. Vermutlich würde ich Jeans anziehen. Oder ein paar Shorts. Irgendwas Bequemes eben. Liv sah mich forschend an und hob mahnend den Zeigefinger. »Wag es ja nicht. Denk nicht einmal daran, im Sportdress bei Nolans Party aufzutauchen. Er wird dreißig, und wenn du dich schon nicht für dich selbst in Schale schmeißt – dann tu es wenigstens für ihn. Zur Not leih ich dir was aus meinem Schrank.«

Ich hob abwehrend die Hände. »Bloß nicht! Das wird doch keine Kostümparty. In deinen Klamotten würde ich mich nur verkleidet fühlen. Ich find schon was. Versprochen«, setzte ich hinterher, als sie mich weiterhin hartnäckig mit ihrem Blick fixierte.

»Wehe nicht. Sonst komme ich vorher bei dir vorbei und checke dein Outfit. Dann gehen wir zusammen hin.« Liv konnte sehr konsequent sein.

»Nein, alles gut. Ich verspreche es.« Ich hob die Finger zu einem Schwur.

»Gut. Sonst müsste ich nämlich Jake alleine auf die Party schicken, und das wäre äußerst ungünstig.«

»Jake kommt auch?«

»Klar. Wenn ich schon mal die Chance auf eine Begleitung habe, dann werde ich sie auch nutzen. Den werde ich schon überreden.« Liv grinste und brühte sich dann einen zweiten Kaffee auf.

»Aber mit einem schönen Outfit ist mein Jobproblem auch noch nicht aus der Welt geschafft«, kam ich wieder auf mein eigentliches Problem zurück.

»Mensch! Ich Depp! Klar, das ist doch *die* Idee!«, riss Olivia mich aus meinen Erinnerungen. Sie klatschte sich mit der flachen Hand auf die Stirn, sodass ich vor Schreck zusammenzuckte.

»Was ist dir jetzt schon wieder eingefallen?« Skeptisch beäugte ich meine Freundin.

»Jake sucht Mitarbeiter für seinen Tattooshop. Er will den Laden seines verstorbenen Vaters wieder aufbauen. Ein unmögliches Unterfangen, wenn du mich fragst. So wie der Shop aussieht, wird Pete alle Hände voll zu tun haben, aber gut – nicht mein Problem. Und eigentlich ja auch super für mich, denn so bleibt Jake mir noch eine Weile erhalten.«

»Tattooshop? Ich hoffe, du hast mich nicht als Tattookünstlerin angepriesen?«

»Angepriesen habe ich dich überhaupt nicht. Schließlich wusste ich bis eben nicht mal, dass du einen neuen Job brauchst. Natürlich sucht er noch Tätowierer, aber auch jemanden, der seinen Papierkram macht. Darin ist er laut seiner Aussage eine absolute Niete. Gott sei Dank nur darin.« Sie grinste erneut anzüglich, ich rollte mal wieder mit den Augen. »Aber Glück für dich. Das könnte ich mir für dich gut vorstellen. Du kannst doch gut mit Zahlen. Und dann könntest du in einer coolen Location arbeiten – vorausgesetzt, er kriegt den Laden wirklich wieder hin – und neue Leute kennenlernen. Und vielleicht endlich Mr. Right finden. Aber Finger weg von Jake. Der gehört mir.«

Jake

Das Taxi bog auf den Parkplatz des Tanzstudios ein. Die Einfahrt war mit bunten Lampions geschmückt, die in der Dämmerung leuchteten. Noch mehr Lichter säumten den Weg zum Gebäude, unzählige Luftballons hingen in den Bäumen und am Zaun. Bereits vor der Tür sammelten sich kleine Grüppchen, ausgestattet mit Cocktails voller Obst und bunten Schirmchen. Fuck. Ich hatte auf ein eiskaltes Bier gehofft, nicht auf Schickimicki-Drinks. Aber was hatte ich erwartet bei Olivias Freunden? Ich kam mir vor wie auf einem Kindergeburtstag.

Bevor wir durch die doppelte Flügeltür nach drinnen traten, hängte sie sich an meinen Arm.

Zähneknirschend löste ich mich aus ihrem Klammergriff. Ihr Lächeln entglitt ihr für den Bruchteil einer Sekunde, aber sie hatte sich schnell wieder im Griff und stöckelte stumm neben mir her.

Sie hatte sich für diesen Abend echt in Schale geworfen. Statt ihres üblichen Kostüms trug sie ein schwarzes Kleid, das so verboten eng und tief ausgeschnitten war, dass es fast alles zeigte, was ich bereits angefasst hatte. Ihre dunklen Haare hatte sie auf dem Kopf aufgetürmt, ihre Ohren mit glitzernden Ohrringen behängt. Und natürlich fehlte auch der knallrote Lippenstift nicht.

Als sie mein Outfit mit hochgezogenen Augenbrauen gemustert hatte, war ich kurz davor gewesen, das ›Date‹ sausen zu lassen. Aber ich hatte keine Lust, schon wieder allein in meinem Hotelzimmer zu hocken.

Sie hatte mir versprochen, mich einigen Leuten vorzustellen, die mir nützlich sein konnten. Da das Treffen mit Glenn in die Hose gegangen war, blieb ich skeptisch, ob sie es doch noch schaffen würde, einen Trumpf aus dem Ärmel zu ziehen. Und bereits beim ersten Blick auf die Location wurde mir klar, dass ich hier absolut fehl am Platz war.

Im Flur hingen noch mehr kitschige bunte Lampen, Luftballons klebten unter der Decke, und theatralisches Kerzenlicht flackerte an den Wänden. Laute Popmusik gemischt mit Gekicher dröhnte aus dem Saal am Ende des Ganges.

Da wo ich herkam, wurde anders gefeiert. Kaltes Bier, Fleisch vom Grill, laute, harte Musik aus der Anlage oder live. *That's it.* Ich bereute es, mitgefahren zu sein, und würde mich so schnell es ging wieder verpissen.

Ein Typ in Jeans und T-Shirt mit langen Haaren kam mit einem breiten Grinsen auf uns zu. »Ah, Nolan! Alles Gute noch mal zu deinem Geburtstag!« Mit einer Umarmung und zwei Schickeria-Küsschen auf die Wange begrüßte er Olivia. Er trug ein albernes Partyhütchen auf dem Kopf, auf dem eine glitzernde Dreißig prangte. Offensichtlich war er der Grund für diese Party.

»Liv, Schätzchen! Wie schön, dich zu sehen. Danke. Ah … wen hast du denn da mitgebracht?« Er musterte mich einmal rauf und runter. Dann grinste er mich frech an und trat zwei Schritte auf mich zu. Ich zog eine Augenbraue nach oben.

Der Typ ist doch schwul, oder? Davon hatte Olivia nichts gesagt. Ich rührte mich nicht und taxierte ihn mit skeptischem Blick, bereit, ihn abzuwehren, falls es nötig sein sollte.

»No, das ist Jake, ein Freund.« *No?* Wie albern wurde es noch? No streckte mir die Hand entgegen. Ich zögerte einen Moment, bevor ich kräftiger als sonst zudrückte. Respekt, er verzog keine Miene.

»Keine Angst, Jake. Ich beiße nicht. Und nur, weil du ein *echter Kerl* bist, heißt es nicht, dass ich hemmungslos über

93

dich herfalle. Du bist schließlich in Begleitung hier.« Er zwinkerte mir zu, Olivia kicherte hinter vorgehaltener Hand. *Wollen die mich hier verarschen, oder was?* Bevor ich unhöflich werden konnte, zog Olivia mich zur Seite, und Nolan packte begeistert ihr Geschenk aus.

»Glückwunsch …«, murmelte ich in seine Richtung. Er nickte und warf mir einen amüsierten Blick zu, bevor er sich überschwänglich für ein paar Konzertkarten bei Olivia bedankte.

Als er sich den nächsten Gästen zuwandte, hakte sie sich wieder bei mir ein. Unwirsch schüttelte ich ihren Arm ab. Wann begriff sie endlich, dass ich nicht ihr Hündchen war?

»Komm, ich bringe dich in Sicherheit«, sagte sie und schob mich weiter. Das schlechte Gewissen, das wegen meiner Vorurteile gegenüber *No* in mir hochkroch, wischte ich genauso energisch beiseite wie ihre Hand. Ich brauchte unbedingt etwas zu trinken. Gab es hier nirgends ein anständiges Bier? »No ist cool. Und keine Angst – er baggert wirklich nicht alles an, was einen Schwanz in der Hose hat. Da passe ich schon auf.« Sie lächelte vielsagend.

Ich blieb abrupt stehen. »Pass mal auf, Olivia. Nur weil wir beide nett miteinander gevögelt haben und ich heute hierher mitgekommen bin, bin ich noch lange nicht dein … Freund oder sowas. Klar?« Neben uns giggelten ein paar Hühner und wechselten eindeutige Blicke miteinander, während Olivia mich erschrocken ansah. Ihre Unterlippe begann zu zittern. Scheiße.

Ich wollte keine Szene, deshalb legte ich ihr versöhnlich die Hand auf die Schulter. »Ich will nicht, dass wir uns falsch verstehen, okay? Das mit uns macht Spaß, aber mehr wird daraus nicht.«

Sie schluckte und nickte dann tapfer. »Klar. Lass uns was trinken gehen«, sagte sie mit erhobenem Kinn. Bevor ich etwas erwidern konnte, ließ sie mich stehen und stolzierte in den bereits überfüllten Saal.

Ich atmete tief durch. Das war der Moment, in dem ich hätte gehen sollen. Stattdessen folgte ich Olivia zur provisorischen Bar am Rande der Tanzfläche.

Sie wippte auf ihren Absätzen im Takt der Beats mit. Lauter Hip-Hop dröhnte aus den Lautsprechern und bereitete mir Kopfschmerzen. Eine Discokugel an der Decke wurde von allen Ecken angestrahlt, sodass sich ihr Licht millionenfach im Raum brach. Und darunter tanzten die Verrückten. Sie stampften mit den Füßen, verrenkten Arme und Beine, warfen sich auf den Boden, sprangen mit Saltos wieder auf die Füße und hüpften weiter über die Tanzfläche. Dabei lachten und kreischten sie wie Kinder.

»Gute Party, oder?« Olivia drückte mir ein Glas in die Hand. Erdbeeren schwammen in einer orangefarbenen Flüssigkeit, Ananas- und Melonenscheiben waren auf den Rand gesteckt, und ein pinkfarbener Strohhalm setzte dem Ganzen die Krone auf. Ich wandte mich mit gerunzelter Stirn zu Olivia um, doch sie unterhielt sich mit einer kleinen Blondine, lachte und schien sich prächtig zu amüsieren. Mir reichte es.

Ich drehte mich zum Gehen um und bemerkte ein Mädchen direkt vor mir auf der Tanzfläche, das aufreizend in knappen Hotpants mit seinem knackigen Hintern wackelte. Als sie herumwirbelte, zeichneten sich unter dem engen schwarzen Top mit Glitzeraufdruck kleine, feste Brüste ab. Endlos lange, braungebrannte Beine steckten in pinken Nikes. Ich erkannte sie sofort. Das Mädchen vom Strand.

Mit klopfendem Herzen starrte ich sie an. Die Leute bildeten einen großen Kreis um sie, in dem sie hüpfend verschwand. Ich reckte meinen Hals, um besser sehen zu können. Ich überragte die meisten von ihnen um einige Zentimeter und hatte einen guten Blick auf die Mitte. Mrs. Hotpants lachte, wirbelte herum, schüttelte ihre dunklen Haare und bewegte sich so geschmeidig, dass mir die Spucke

95

wegblieb. Die Tänzer um sie herum feuerten sie an, und trotz der Enge legte sie einen Backflip aufs Parkett. Was für eine Show!

Ein farbiger Bulle in Baggypants und Basecap stieg mit ein. Sie hoben ihre Arme und forderten die Umstehenden auf, mit einzufallen. Die Menge tobte. Und schon verschwand meine Tänzerin in ihr.

Ich blieb mit rasendem Puls zurück. Das war nicht das Mädchen, das ich am Strand beobachtet hatte und das in den letzten Tagen fast dauerhaft durch meine Gedanken getanzt war. Die Tänzerin hatte anders gewirkt: bescheiden, attraktiv und doch unsicher, schlagfertig und reserviert. Ich hatte das Gefühl gehabt, als würde sie nur einen Bruchteil dessen aussprechen, was sie dachte. Dieses Mädchen hier hatte nichts von ihrer inneren Zerrissenheit. Die Kleine wirkte aufgedreht und laut, genoss die Aufmerksamkeit und firtete ungeniert mit den Typen auf der Tanzfläche. Vermutlich war sie eine dieser Gören aus gutem Hause, die mit Papas Geld um sich schmissen und nichts weiter kannten als Party, Party, Party.

Wütend stieß ich mich von der Wand ab und verließ unter Olivias erstauntem Blick den Saal.

Carrie

Atemlos bahnte ich mir einen Weg zur Bar. Die Party war in vollem Gange, Nolan hatte seinen Frust über Darren in unzähligen Cocktails ertränkt und lenkte sich mit einem bärtigen Hipster ab, den ich hier noch nie zuvor gesehen hatte. Vermutlich war es einer seiner alten New Yorker Freunde. In diesem Moment tat ihm die Ablenkung gut – morgen würde er vermutlich Katerstimmung verbreiten.

Ich war mittlerweile völlig durchgeschwitzt, weil ich die letzten Stunden nur auf der Tanzfläche verbracht hatte. Es war gigantisch, mit so vielen Leuten zusammen den Beat zu spüren. Es war fast wie früher auf der Straße. In solchen Momenten roch ich wieder den Rauch der Feuertonnen in den dunklen Gassen, fühlte den rauen Asphalt unter meinen Füßen, und die Anfeuerungsrufe der Umstehenden echoten in meinen Ohren. Dann fehlten mir die Jungs und Mädchen von der Straße entsetzlich.

Glücklich ließ ich mir vom Barkeeper des Partyservice, den Nolan eigens engagiert hatte, einen Car Driver mixen. Auch wenn ich nicht fahren musste, vermied ich es, Alkohol zu trinken. Ich wusste – schon wenige Drinks würden mich im Training zurückwerfen. Das konnte ich mir bei meinem Pensum im Moment nicht leisten. Außerdem hatte ich auch so meinen Spaß. Solange ich nur tanzen konnte, war alles im grünen Bereich.

»Bitte sehr, schöne Lady.« Der Barkeeper, dessen auf sein Hemd gestickter Name ihn als Brian auswies, überreichte mir mit einer charmanten Geste meinen Drink. Er hatte ein wirklich hübsches Lächeln und mit seinen dunklen

Haaren eine leichte Ähnlichkeit mit dem jungen Tom Cruise in *Cocktail,* der darin ebenfalls Brian hieß. Ich schmunzelte, als ich ihm beim Mixen eines weiteren Drinks zusah. Ähnlich wie im Film wirbelte er den Shaker herum und machte aus einem einfachen Cocktail eine kleine Show. Die Bewunderung der Dunkelhaarigen am anderen Ende des Tresens war ihm sicher. Doch anstatt auf ihren Flirtversuch einzugehen, als sie ihren Drink in Empfang nahm, wandte er sich mit einem Augenzwinkern wieder mir zu.

»Schmeckt er dir?« Ich folgte seinem Blick auf mein Glas, das ich noch unberührt in meinen Händen hielt. Flirtete er etwa mit mir? Ob ich es noch konnte? Einen Versuch wäre es wert. Dann würde Liv vielleicht endlich Ruhe geben.

Ich saugte mit gespitzten Lippen an meinem Strohhalm. »Lecker«, lobte ich ihn, nachdem ich gekostet hatte.

»Ich tue mein Bestes.«

»Was machst du sonst so? Also, wenn du nicht gerade Cocktails mixt?« *Klasse Einstieg, Carrie. Echt super.* Ich war eingerostet wie eine alte Lok auf dem Abstellgleis.

Ihm schien meine Unsicherheit nicht aufzufallen, oder sie war ihm egal. »Ich studiere an der State University Ingenieurwissenschaften.«

»Das hört sich spannend an.« Ich war ein bisschen enttäuscht, dass er keine Bar am Strand von Jamaika besaß.

»Ist es auch. Und ein guter Anfang, um Karriere zu machen. Und du?«

Na toll. Brian verfolgte mit seinem Studium offensichtlich ein klares Ziel. Mit meinen schwammigen Plänen für die Zukunft konnte ich ihn wohl kaum beeindrucken. »Ich tanze«, gab ich vage zurück.

Er nickte anerkennend. »Ja, ich habe dir zugesehen. Echt krass, was du so draufhast.«

»Findest du? Danke. Dafür hast du hinter der Bar so einiges drauf. Du heißt aber nicht wirklich Brian, oder?«

»So steht es in meinem Pass.«

Ich musste unwillkürlich lachen. »Kennst du den Film *Cocktail*?«

»Na klar. Brian Flanagan. Herzlich willkommen im Cocktails and Dreams.«

Während Brian diverse Cocktails zubereitete, tauschten wir uns über die verschiedensten Filme aus. Brian war wie ich ein Filmjunkie und kannte sich gut aus.

»Hey, was hältst du davon, wenn wir mal zusammen ins Kino gehen?«, fragte er mich.

»Bittest du mich gerade um ein Date?« Ich zog grinsend die Augenbrauen nach oben. Dafür, dass ich mich nicht besonders clever beim Flirten anstellte, lief es ziemlich gut. Liv würde ausflippen vor Begeisterung. Vielleicht sollte ich ihr ein Doppeldate vorschlagen.

»Hey, hier steckst du also.«

Wenn man an den Teufel dachte. Bevor ich Brian begeistert zusagen konnte, drängte sich Liv an meine Seite und erforderte meine ganze Aufmerksamkeit. Entschuldigend zuckte ich mit den Schultern und wandte mich von ihm ab. Ich drehte mich zu Liv herum und erstarrte innerhalb eines Wimpernschlags zur Salzsäule.

An Livs Seite stand Mr. Tattoo und sah mich mit einem unergründlichen Blick aus seinen dunklen Augen an. Sofort richteten sich alle Härchen meines Körpers auf, ein Kribbeln vom Kopf bis zu den Zehen raste über meine Haut, und mein Herzschlag wummerte mit den harten Beats aus den Lautsprechern schmerzhaft unter meinen Rippen um die Wette.

Obwohl ich ihm bereits zweimal begegnet war, war er für mich mehr Fantasie als real gewesen. Zu surreal waren unsere Begegnungen gewesen. Doch jetzt stand er wieder vor mir. Live und in Farbe. Er war sehr groß. Größer, als ich ihn in Erinnerung hatte. Er überragte mich locker um einen

Kopf. Über die Schulter hatte er sich eine Lederjacke geworfen, das schwarze T-Shirt schmiegte sich an seinen breiten Brustkorb und fiel dann locker bis zu seinen ebenfalls schwarzen Jeans. Jetzt, aus der Nähe, konnte ich endlich seine Tattoos genauer sehen. Eine schwarz-grau gestochene Schlange wandte sich um seinen rechten Oberarm und kroch unter dem Kragen seines Shirts wieder hervor, ein düsterer Totenschädel, auf schwarze und graue Rosen gebettet, zog sich über seinen linken Unterarm. Ich war versucht, mit meinen Fingern die Muskeln nachzufahren, die sich unter seiner gebräunten Haut spannten und schrien: *Fass mich an! Berühr mich!* Doch ich blieb stocksteif stehen, konnte aber nicht aufhören, ihn anzustarren.

»Das ist Jake. Ich habe dir ja schon von ihm erzählt«, plapperte meine Freundin nahe an meinem Ohr und riss mich damit endlich aus meiner Schockstarre. Ich schnappte nach Luft, senkte meinen Kopf und presste den Atem geräuschlos wieder aus meinen Lungen. Mein Tattootyp war nicht nur kein Tourist, er war Olivias Jake. Der Typ, von dem sie seit Tagen schwärmte, mit dem sie in der Kiste gewesen war!

Wenn in meinem Leben etwas schieflief, dann aber auch richtig.

Vorsichtig hob ich den Kopf. Hatte er mich auch erkannt? Am Strand war es dunkel gewesen, im Club hatte ich eine Perücke getragen und ein Pfund Schminke im Gesicht gehabt. Ich vermied es, ihn anzusehen, lächelte stattdessen krampfhaft meine Freundin an.

»Jake, das ist Carrie. Ich hab dir ja schon von ihr erzählt. Sie kann gut mit Zahlen.« *Oh nein!* Jetzt fiel mir das Gespräch mit Liv ein. Wie kam ich aus der Nummer nur wieder raus?

»Hey, Carrie.« Seine dunkle, leicht kratzige Stimme jagte mir einen erneuten Schauer über den Rücken. Ich betete, dass keiner von beiden meine Anspannung bemerkte, und räusperte mich. Ich sah ihn an und zwang mich zu einem unverbindlichen Lächeln.

»Hey. Wie geht's?« Ich hoffte, dass er mir nicht die Hand geben würde. Eine Berührung war das Letzte, was ich jetzt verkraften konnte, und ich bemühte mich, mir mein Verlangen, mit den Fingern über seine Tattoos zu gleiten, nicht anmerken zu lassen. Er tat mir den Gefallen und ließ seine Hände, wo sie waren. An seinem Bier. Nichts an seinem Ausdruck deutete darauf hin, dass er mich wiedererkannte.

»Du suchst einen Job?«

Ich runzelte verwundert die Stirn. »Ja, aber … ich kann nicht tätowieren.«

Seine Mundwinkel zogen sich kaum merklich nach oben. »Das dachte ich mir.«

Stimmt ja, er brauchte jemanden für die Buchhaltung. Wie konnte ich nur so dämlich sein? »Äh … sorry. War ein Witz«, versuchte ich meinen Fauxpas zu überspielen.

Jake sah aus, als würde er meine Unsicherheit richtig genießen. Was war nur los mit mir? Ich war doch sonst nicht auf den Mund gefallen. Aber dieser Typ ließ mich keinen klaren Gedanken mehr fassen. Er ließ mein Hirn aussetzen und meinen Unterleib Samba tanzen. In seinen schwarzen Klamotten und der abgewetzten Lederjacke kam er fast ein bisschen rüber wie Ian Somerhalder in *Vampire Diaries*. Nur fehlte das breite, sexy Lächeln. Jake sah mich nämlich ziemlich überheblich an.

»Ich lass euch zwei mal eben allein. Näschen pudern und so.« Liv hauchte Jake einen Kuss auf den Mundwinkel, seine Augen jedoch fixierten weiterhin mich. Erst als Liv mit wackelnden Hüften abgerauscht war, erlaubte ich es mir durchzuatmen. Ich musste mir etwas einfallen lassen. Unter diesen Umständen konnte ich auf keinen Fall mit ihm zusammenarbeiten. *Finger weg von Jake. Der gehört mir!* Das waren Livs Worte gewesen.

»Du bist die einsame Tänzerin vom Strand, richtig?«, fragte er mich mit dunkler Stimme. Er nahm einen Schluck von seinem Bier, ohne mich aus den Augen zu lassen. Shit. Wenn ich noch einen Grund gebraucht hätte, um zu verschwinden, hatte ich ihn jetzt. Wenn er mich von unserer Begegnung am Strand wiedererkannte, war die Gefahr groß, dass er auch wusste, dass ich Vivian war. Das wollte ich auf keinen Fall zulassen!

Ich versuchte noch einmal, ein unverbindliches Lächeln aufzusetzen, und stieß mich vom Tresen ab. »Ja ... war nett, dich kennengelernt zu haben, Jake -«

»Wann kannst du anfangen?«

»Was meinst du?«

»Wann kannst du im Studio anfangen? Du suchst doch einen Job, oder?«

»Ja, aber ...«

»Gut. Ruf mich morgen an. Olivia hat meine Nummer.« *Verdammt!* Noch ein letzter undurchschaubarer Blick in meine Richtung. Dann drehte er sich um und verschwand in der Menge.

Verdammt!

Ich blieb mit zitternden Knien und einer gähnenden Leere in meinem Gehirn zurück.

Jake

Ein beharrliches Klingeln drang an mein Ohr. Es dauerte eine Weile, bis ich begriff, dass es mein Handy war, das mich aus dem Schlaf gerissen hatte. Mit geschlossenen Augen tastete ich den Nachttisch ab und öffnete träge ein Lid. Unbekannte Nummer. Ich drückte den Anrufer weg und ließ es neben mich auf die Matratze fallen.

Gerade war ich wieder eingedöst, da klingelte das scheiß Handy wieder. Ich nahm das Gespräch an und raunzte den Anrufer an: »Verfickte Scheiße! Wer stört?« Stille. »Hallo?« Wer besaß die Frechheit, mich um diese Uhrzeit aus dem Schlaf zu klingeln und sich dann nicht zu melden? Ich hielt das Telefon von meinem Ohr weg vor meine Augen, um die Nummer zu überprüfen. Es war der unbekannte Anrufer von eben – zumindest vermutete ich das. Shit, was, wenn es jemand aus Brooklyn war? Nein, das konnte nicht sein. Ich hatte mir vor drei Tagen eine neue Nummer zugelegt. Und die hatten nur zwei Leute. Olivia und Pete. Doch die würden sich mit Namen melden.

»Wer ist da, verdammt?«

Klick. Aufgelegt. Entgeistert blinzelte ich aufs Display. Ich seufzte und ließ mich zurück in die Kissen fallen. Ich hatte keine Ahnung, wie spät es gewesen war, als ich Olivia verabschiedet hatte. Der Müdigkeit nach muss es ziemlich spät gewesen sein. Olivia hatte mich nach der Party ins Hotel gefahren und wollte unbedingt noch auf einen *Kaffee* mit hochkommen. Ihrem Verhalten auf der Party nach zu urteilen, hatte ich Sorge, dass eine weitere Runde sie nur auf falsche Ideen bringen würde. Auch, wenn sie zwei schlagende

103

Argumente mit sich herumtrug, die um einiges größer waren als …

Ich knurrte wütend über meine eigenen Gedanken und rieb mir die Augen.

Als ich die Party hatte verlassen wollen, war Olivia mir nachgelaufen und hatte mich zurückgeschleift, weil sie mir unbedingt noch jemanden vorstellen wollte. Als ich am Tresen erkannt hatte, wen sie im Visier hatte, wollte ich schon wieder umdrehen. Zufall oder Schicksal, dass Olivia ausgerechnet meine Strandtänzerin kannte?

Carrie.

Sie war offensichtlich ebenso überrascht wie ich über die Begegnung gewesen und hatte wieder so unsicher und verletzlich gewirkt wie damals am Strand. Die aufgedrehte Partyqueen hatte ich in ihren intensiven dunkelgrünen Augen nicht erkennen können. Ich hatte eher das Gefühl, dass sie Angst vor mir hatte.

Wir hatten uns nicht die Hand gegeben, und doch hatte ich ihre Wärme fast körperlich spüren können. Bevor ich wusste, was ich tat, hatte ich ihr den Job angeboten. Hoffentlich würde ich das nicht bereuen.

Eine Dusche wäre jetzt angebracht, um wieder einen klaren Kopf zu bekommen. Langsam quälte ich mich aus dem Bett, durchsuchte meinen Koffer nach einer Aspirin und stolperte ins Bad, um mir die Spuren der letzten Nacht vom Körper zu waschen.

Nachdem ich einigermaßen wiederhergestellt war, gönnte ich mir an der Hotelbar noch einen Kaffee und ein Sandwich. Dann machte ich mich auf in Richtung Laden.

Ich holte die Post aus dem Briefkasten, der schon überquoll. Daran hatte ich die letzten Tage nicht gedacht. Zwischen all den Werbeprospekten und noch mehr Rechnungen steckte ein Kuvert, auf dem mit schwungvoller Schrift mein Name über der Adresse des Shops stand. Ich stutzte. Wer zum Teufel hatte mich hier ausfindig gemacht? Misstrauisch öffnete ich es und zog einen handgeschriebenen Brief heraus.

Jake, wenn du das hier liest, dann bist du tatsächlich zurückgekommen. Ich möchte dir als Erstes mein Beileid aussprechen. Dein Dad war ein guter Mann, der viel zu früh gegangen ist. Und er war mein Freund.
Ich möchte dich einladen, mich zu besuchen. Leider ist es mir nicht möglich, zu dir zu kommen, sonst hätte ich es getan. Ich habe einiges mit dir zu besprechen. Denk drüber nach.
Viele Grüße
Hank

Ich ließ mich gegen die Wand zurückfallen und sank langsam zu Boden. Es war das Eine, am Grab eines Mannes zu stehen, an den man kaum mehr Erinnerungen hatte. Doch diese Worte über ihn zu lesen machte seinen Tod so viel realer. Meine Brust zog sich schmerzhaft zusammen, als hätte jemand eine beschissene Eisenkette um meinen Oberkörper gelegt. Fuck.

Bilder aus Kindheitstagen flackerten wie ein alter Super-8-Film vor meinen Augen auf, rissen mich aus der Gegenwart und schmissen mich in einzelne Erinnerungsfetzen der Vergangenheit zurück.

Tattoos. Frauen. Schnelle Autos. Motorräder. Alkohol. Drogen. Alles, woran mein krankes Hirn sich noch erinnern konnte, wurde mir in diesen Sekunden vor Augen geführt. Doch bevor die Rückblicke mich überrollten, stoppte ich die Flut von Bildern.

Ich sprang auf und hieb mit der Faust gegen die Wand, knüllte den Brief zusammen und stopfte ihn in die Hintertasche meiner Jeans. Aber keine Minute später zog ich ihn wieder heraus und starrte ihn unschlüssig an. Blut tropfte von meinen aufgeschürften Fingerknöcheln auf das Blatt, aber ich merkte es kaum.

Ich erinnerte mich vage an Hank. Soweit ich wusste, war er einer der Tattookollegen meines Vaters gewesen. Was hatte er so Wichtiges mit mir zu bereden? Es gab nur eine Möglichkeit, es herauszufinden. Auf dem Briefkopf standen seine Adresse in Los Angeles sowie eine Telefonnummer. Mit dem Auto brauchte man von San Francisco knapp sechs Stunden, mit dem Flieger nur eine. Ich zückte mein Handy und tippte seine Nummer ein. Es wurde Zeit, gewisse Dinge endlich aufzuarbeiten.

Carrie

»Geht's eigentlich noch?!« Fassungslos starrte ich auf mein Handy. Ich konnte immer noch nicht glauben, wie dieser Typ mich gerade angeschnauzt hatte. Was bildete der sich ein?

Verärgert zerknüllte ich den Zettel mit Jakes Nummer und warf ihn in den Abfall. Selbst wenn er mich allein mit seiner Anwesenheit gestern Abend fast um den Verstand gebracht hatte und Olivias vorherige Beschreibungen von diesem – ach so faszinierenden – Typen stimmten ... wenn es seine Art war, Anrufer so zur Sau zu machen, dann konnte ich auf so einen Chef gut verzichten.

Es fiel mir generell nicht leicht, mich unterzuordnen. Zumindest nicht Menschen, die ich nicht respektierte. Selbstbewusstsein war das eine, Machogehabe das andere. Ich war ungeduldig, impulsiv und direkt – eine explosive Mischung, wenn ich auf unverschämte Typen traf. Jake und ich? Das würde irgendwann ein Blutbad geben.

Nachdem er mich gestern einfach am Tresen hatte stehen lassen, hatte ich mir eigentlich vorgenommen, ihn keinesfalls anzurufen. Seine Worte waren keine Bitte gewesen – sondern ein Befehl. *Ruf mich morgen an. Olivia hat meine Nummer.* Ich hatte keine Zweifel, dass Jake Ärger bedeutete. Für meine Freundschaft mit Oliva, für meinen Zweitjob im Club und nicht zuletzt für mein dummes kleines Herz.

Also hatte ich die Begegnung – ganz wortwörtlich – abgeschüttelt und war zu Nolan auf die Tanzfläche zurückgekehrt. Er hatte sich wacker geschlagen, sein Lächeln wirkte, totz des Dramas mit Darren, nach einigen Cocktails und einer Knutscherei mit dem schönen Fremden entspannt und ausgelassen. Ich hatte mich ganz auf ihn konzentriert und versucht, meine Gedanken an Jake durch die laute Musik zu übertönen.

Als Livs Anruf mich vorhin erreicht hatte und sie mir seine Nummer gab, hatte ich unser merkwürdiges Treffen schon fast verdrängt. Zumindest hatte ich mir das eingeredet.

Ich hatte den Zettel mit seiner Nummer angestarrt und jedes Mal, wenn ich ihn hatte weglegen wollen, schob sich die Begegnung am Strand vor mein inneres Auge. An jenem Abend war er ganz anders gewesen. Zwar verschlossen, ja, aber auch auf eine Art ehrlich, die mich bis ins Mark berührt hatte. Auch im Club hatte ich nicht den Eindruck gehabt, dass er wie die anderen Gäste war. Er hatte mich nicht als Ware betrachtet, als seinen Besitz, den er sich einfach kaufen konnte. Er sah zwar bedrohlich aus, aber irgendwie wurde ich das Gefühl nicht los, dass mehr dahinttersteckte.

Mit dem Gedanken an unsere erste Begegnung hatte ich also versucht, meine Vorurteile gegenüber Jake beiseitezuwischen und ihn angerufen. Und dann sowas!

Auch wenn ich einen neuen Job brauchte – ich würde dafür nicht durch die Hölle gehen. So dringend war es dann doch nicht. Ich war mir sicher, dass Phil mich weiterhin unterstützen würde, auch wenn es mir gegen den Strich ging, seine Hilfe schon wieder in Anspruch zu nehmen. Das Telefon klingelte. Liv. »Hey, Süße«, meldete ich mich.

»Hey. Und, erzähl! Hast du Jake angerufen?«

»Ja, habe ich. So ein Penner ...«, schnaubte ich entrüstet ins Telefon.

»Was? Wieso? Was hat er gesagt?«

»Ich zitiere: *Verfickte Scheiße! Wer stört?*«

»Nicht dein Ernst?«

»Leider doch.«

Olivia kicherte. »Er ist schon einzigartig.«

»Einzigartig bescheuert vielleicht. Ich werde ihn jedenfalls nicht noch mal anrufen. Job hin oder her.«

»Ach Quatsch, komm mal runter von deinem hohen Ross.«

»Das hat damit nichts zu tun. Ich lass mich nicht so anmachen!«

»Er wusste doch gar nicht, mit wem er es zu tun hat.«

»Eben!«

»Überleg es dir noch mal, Süße. Du, ich muss jetzt los. Wollte nur kurz hören, ob du Jake schon erreicht hast. Ich bin mit meiner Mutter zum Essen verabredet. Du weißt ja, wie sie ist, wenn ich nicht pünktlich bin.« Oh ja, das wusste ich nur zu gut. Ich mochte Livs Mutter Angie sehr. Sie war herzlich und hatte mich – wie Liv sagte – in ihr Herz geschlossen. Aber sie war eben auch eine sehr resolute Frau. Seit vor vielen Jahren ihr Mann und damit Livs Vater gestorben war, klammerte sie sich zunehmend an ihre Tochter. Liv war manchmal ganz schön genervt.

»Grüß sie lieb von mir. Und guten Hunger!«, verabschiedete ich mich von ihr.

»Ich könnte auch gut etwas zu essen vertragen.« Erschrocken wirbelte ich herum.

»Phil!« Er stand in meiner Zimmertür und lächelte mich erschöpft an. Ich warf das Handy auf mein Bett und mich in seine Arme.

»Hey, Baby. Alles klar hier?« Er hauchte mir einen Kuss aufs Haar, ich kuschelte mich an seine breite Brust. Er roch wie immer nach Hugo Boss, und ich sog den vertrauten Duft tief ein.

»Ja. Bei mir schon. Wo hast du gesteckt?«

»Ich musste geschäftlich nach L.A. Es hat leider länger gedauert als gedacht.«

»Du hättest mir wenigstens Bescheid sagen können«, schmollte ich.

»Hast du meinen Zettel nicht gefunden?« Ich hob meinen Kopf und runzelte die Stirn.

»Welchen Zettel?«

»Ich hatte dir … ach, was soll's. Lass uns was essen. Ich verhungere. Oder hast du schon …?«

Ich schüttelte den Kopf. »Burger?«

»Guter Plan!«

In der Küche brutzelte ich uns Fleisch, legte die Brötchen in den Ofen und schnippelte Tomaten, Zwiebeln und Salat und brachte Phil währenddessen auf den neuesten Stand. Ein paar Minuten später lümmelten wir uns auf das Sofa im Wohnzimmer und verdrückten die überdimensionalen Burger.

Die Zweisamkeit mit Phil tat mir gut und lenkte mich von meinen Gedanken an Jake ab.

Phil und ich waren von Anfang an gut miteinander ausgekommen. Nachdem er mich vor den Zuhältern des Viertels in Sicherheit gebracht hatte, waren wir uns immer wieder über den Weg gelaufen. Warum auch immer – er hatte ein Auge auf mich und passte auf mich auf. Bei einem Kaffee erzählte er mir mal, dass er selbst eine schwere Jugend gehabt hatte und es ihm deswegen immer ein Anliegen war, aufzupassen, dass die Kids auf der Straße nicht auf die schiefe Bahn gerieten. Ich weiß nicht, warum er ausgerechnet mich bei sich aufgenommen hat. Dieses Glück hatte ich eigentlich nicht verdient. Was genau in seiner Kindheit passiert war, hatte ich nie erfahren, aber das war auch nicht wichtig. Phil hatte das offenbar überwunden und etwas aus sich und seinem Leben gemacht. Und er half mir dabei, etwas aus meinem zu machen.

»Das ist echt ein dickes Ding«, staunte er über Darrens Dreistigkeit und versprach, ohne dass ich ihn darum bitten musste, seine finanzielle Hilfe.

»Wie war eigentlich deine erste Show? Tut mir leid, dass ich nicht dabei sein konnte. Es hat sich alles irgendwie überschnitten.«

Ich winkte ab. »Hey, kein Thema. Es war cool. Alles lief nach Plan. *Vivian* kommt gut an.« Den Zwischenfall danach erwähnte ich mit keiner Silbe. Phil sollte sich keine Sorgen um mich machen. Er hatte genug um die Ohren. Ich hatte nicht gefragt, was für Geschäfte ihn nach L.A. geführt hatten. Auf meine Frage, ob auch bei ihm alles gut gelaufen war, antwortete er nur mit einem einsilbigen Brummen.

Nach unserem verspäteten Mittagessen verkrümelten wir uns in unser kleines Kino. Ich schmiss die Popcornmaschine an, Phil machte uns zwei Säfte.

»Welchen Film wollen wir uns anschauen?«, fragte er mich und versteckte seine Nase hinter dem Laptop, auf dessen Festplatte alle Filme gespeichert waren.

Ich grinste. Es war schön, hier zu sitzen und zu wissen, dass wir uns aufeinander verlassen konnten. Mit Phil war auch die Beständigkeit zurückgekehrt, die ich genau jetzt brauchte. Glücklich schlang ich meine Arme um die Knie und lehnte mich in dem gepolsterten Kinosessel zurück. »Irgendwie hätte ich mal wieder Lust auf *Cocktail.*«

Jake

»Damit rettest du mir echt den Arsch.« Ich schüttelte Petes Pranke, auf deren Oberseite die Ausläufer eines Black-and-Grey-Tattoos endeten, das seinen Unterarm zierte.

»Ich fang gleich morgen an. Bis dahin habe ich mir ein Team zusammengestellt.«

Ich schätzte Pete auf Mitte vierzig. Er strahlte Ruhe aus, gleichzeitig wirkte er tatkräftig und wie jemand, der klare Ansagen machen konnte. Er war mir sofort sympathisch. Seine Erfahrung beim Umbau von Studios und Boutiquen sowie sein eindrucksvolles Fachwissen gaben mir ein gutes Gefühl. Doch vollends überzeugt hatte mich seine offensichtliche Liebe zu Tattoos. Er wusste genau, was ein guter Shop brauchte, und so hatten wir uns schnell über die Renovierung geeinigt.

»Bis Ende der Woche sollten wir die Räume entkernt haben«, erklärte er. »Dann ziehen wir im hinteren Bereich wie besprochen die Wand ein, verputzen alles, und zum Schluss wird der Boden verlegt. Ich würde sagen, in drei Wochen sollten wir mit allem durch sein.«

Wir besprachen weitere Details, Petes Ideen trafen allesamt meinen Geschmack. Meine anfängliche Sorge, dass es unmöglich sein würde, einem Fremden meine Vision zu erklären, verflüchtigte sich schnell. Pete schien genau mein Mann zu sein.

Er verabschiedete sich mit einem Block voller Notizen, und kaum war er aus der Tür, klingelte mein Handy.

»Ich habe gehört, du hattest gestern Mittag ein nettes Telefonat?«, kam Olivia gleich zur Sache.

»Dir auch einen guten Morgen«, brummte ich und runzelte die Stirn.

»Schon mal auf die Uhr geguckt? Es ist Mittag.«

»Hast du ein Problem?«

»Carrie hat dich angerufen. Aber deine etwas ... forsche Art hat sie wohl abgeschreckt.«

Ihr Tonfall spiegelte ihren Unmut wider. Carrie war also der unbekannte Anrufer gewesen. Schöne Scheiße. »Sie hat mich in keinem guten Moment erwischt. Kann ich sie irgendwie erreichen?«

Olivia gab mir Carries Nummer durch, und ich verabschiedete mich von ihr, nachdem ich versprochen hatte, die Sache wieder geradezubiegen. »Viel Erfolg.«

»Ja, ja.« Danach schloss ich den Shop ab und machte mich auf den Weg zu dem Steakhouse, das Olivia mir empfohlen hatte. Ich brauchte neue Energie.

Während ich das Rumpsteak medium rare genoss, haderte ich mit mir, ob ich Carrie anrufen sollte. Ihrem Freundeskreis nach zu urteilen, würde sie überhaupt nicht in mein Studio passen. So eine aufgedrehte Tussi konnte ich nicht gebrauchen. Dennoch musste ich zugeben, dass sie ziemlich heiß war und meine Neugier geweckt hatte. Denn nachdem ich sie am Strand beobachtet hatte, wusste ich inzwischen, dass sie auch eine andere Seite hatte. Obwohl ich bezweifelte, dass sie noch immer Interesse an dem Job hatte, wählte ich ihre Nummer.

»Hallo?« Ihre rauchige Stimme klang müde. Diesmal hatte ich sie anscheinend geweckt. Ich schmunzelte unweigerlich und rief mir den Satz in Erinnerung, den ich die letzten fünf Minuten wieder und wieder geübt hatte: *Hallo Carrie, hier ist Jake Burnett, und ich möchte mich für mein Verhalten heute Morgen bei dir ...* Mist! Irgendwie kamen mir die Worte nicht über die Lippen. »Hallo?«, fragte sie währenddessen erneut, und ich schluckte.

»Ja, hallo. Carrie?«

»Wenn du Carrie angerufen hast, wird sie wohl auch rangegangen sein. Wer ist denn da?« Der Klang ihrer Stimme wechselte von müde zu genervt. Nicht hilfreich.

»Ich bin's. Jake. Jake Burnett.«

»Verfickte Scheiße …«

»Äh … was?«

»Verfickte Scheiße«, wiederholte sie. »Das war es doch, was du heute Morgen zu mir gesagt hast, oder etwa nicht?«

Ich fuhr mir mit der Hand durch die Haare und unterdrückte ein Lachen. »Ja … Hör mal, das war nicht so gemeint. Ich-«

»Nein, jetzt hör du mir mal zu! Ich war bereit, dir aus deiner *verfickten Scheiße* herauszuhelfen, in der du nach Meinung meiner Freundin steckst. Aber ich bin nicht bereit, meine Zeit zu verschwenden, für Leute, die ihre Launen nicht unter Kontrolle haben.«

Ich war sprachlos. Und ich mochte ihre Stimme. »Ich hatte … Lass uns noch mal von vorne anfangen, okay?« Ich hielt die Luft an. Sie zögerte, also sprach ich einfach weiter: »Hey, weißt du was? Ich lad dich auf 'nen Kaffee ein. Oder ein Eis. Oder 'nen Burger? Als Wiedergutmachung quasi. Dann kann ich dir von dem Job erzählen, und du überlegst dir, ob er deine Zeit wert ist.« Was quatschte ich für einen Mist? Sie war doch kein kleines Mädchen, dass ich mit einem Eis besänftigen konnte. Oder doch?

Ich hörte ein leises Lachen. »Woher weißt du, dass ich Burger liebe?«

»Ich habe so meine Quellen.« *Äh, Zufall!*

»Dann weißt du sicher auch, dass ich mich ungern blöd anmachen lasse.« Das Lachen war aus ihrer Stimme verschwunden.

»Kommt nicht wieder vor.«

»Gut. Und dass ich mir die Zeiten in deinem Shop flexibel einteilen können muss?«

Noch nicht mal eingestellt und schon Forderungen. »Kriegen … wir hin«, sagte ich zähneknirschend.

»Prima. Nun noch das Wichtigste …« Ich hielt gespannt die Luft an. Was wollte sie jetzt noch? »Ich trinke meinen Kaffee schwarz und mag meine Burger gut durch. Schokoeis zum Nachtisch würde das Ganze perfekt machen.«

Ich grinste ins Telefon. »Gebongt. Soll ich dich gleich abholen?«

»Ich habe keine Zeit. Ich muss zum Training.«

»Was trainierst du?«

»Ich tanze.«

Mitdenken, Jake, mitdenken! »Auch am heiligen Sonntag?«

»Beim Tanzen gibt es kein Wochenende«, sagte sie mit einem Lachen in der Stimme.

»Wo tanzt du? Ich hole dich ab, wenn du Schluss machst.«

»Im Studio. Wo wir uns Samstag getroffen haben. Ich bin aber mit dem Auto da«, wandte sie ein.

»Das trifft sich gut. Ich habe nämlich noch kein Auto.« Wie wollte ich sie dann abholen? O Mann, wie schaffte sie es bloß, mich derart aus dem Konzept zu bringen?

Carrie

Ich sollte langsam mein Training beenden und mich dehnen, wenn ich Jake einigermaßen vorzeigbar gegenübertreten wollte. Der letzte Song hatte auch nicht gerade geholfen, um mich runterzukühlen: Kings of Leon, *Sex on Fire*. Vielleicht hatte ich das Lied auch wegen ihm ausgewählt. Unbewusst. Genau das war es, was mir seit Samstagnacht durch den Kopf ging.

Jake sah gut aus. Um nicht zu sagen heiß. So heiß, dass ich mir die Finger an ihm verbrennen würde, wenn ich es nicht schaffte, das aufgeregte Flattern in meinem Bauch endlich zum Schweigen zu bringen. Und doch hatte ich mich dem Song – ihm, Jake – ganz und gar hingegeben. Hatte insgeheim für ihn getanzt. Und ohrfeigte mich im Stillen dafür.

Als Kelly Clarksons *Because of You* begann, drehte ich mich zum Ausgang um und sah direkt in Jakes Augen.

Er stand hinter der Tür und sah durch die Glasscheibe in den Tanzsaal. Er wirkte überrascht, als hätte er mich nicht erwartet. Aber das konnte nicht sein, immerhin waren wir verabredet. Einen Augenblick standen wir wie angewurzelt da und sahen einander an, geblendet wie zwei Rehe im Scheinwerferlicht. Dann – urplötzlich – verengten sich seine Augen, und sein Blick wurde eisig. Bevor ich überhaupt reagieren, ehe ich blinzeln konnte – war er fort und der Platz hinter der Glasscheibe leer.

Ich schüttelte mich. Was war das gewesen? Hatte ich irgendwas falsch gemacht? Oder war das nur wieder eine seiner Launen, auf die ich nicht vorbereitet war? Ich fing an zu frösteln und rieb mir instinktiv die Arme. Ich fühlte mich, als hätte er mir einen Eimer Eiswasser über den Kopf gekippt.

Ich versuchte, meine Verwirrung in den Griff zu kriegen, stellte die Musik ab und verließ in Windeseile den Saal. Der leere Flur blickte mir entgegen. Kein Jake.

Ich beschloss, schnell unter die Dusche zu springen und mich fertig zu machen. Vielleicht wartete er draußen auf mich. Dabei ahnte ich bereits, dass ich ihn auch dort nicht finden würde.

Nachdenklich rubbelte ich meine Haare trocken und band mir einen Dutt. Nach seiner merkwürdigen Reaktion eben hatte ich wenig Lust, mich extra für ihn aufzuhübschen. Dann schlüpfte ich in Shorts, Top und Sneakers, schnappte meine Trainingstasche und verließ das Studio.

Als die Lichter hinter mir erloschen und die Tür ins Schloss fiel, atmete ich tief durch, straffte die Schultern und ging ums Gebäude herum zum Parkplatz. Phils Potenzschleuder, mit der ich heute gekommen war, war das einzige Auto auf dem Platz. Von Jake keine Spur.

Komisch. Sehr komisch das Ganze.

Ich zog das Handy aus der Tasche und wählte Jakes Nummer. Das Freizeichen erklang, dann sprang die Mailbox an. Sollte ich ihm eine Nachricht hinterlassen? Oder war das zu aufdringlich? Na ja – schließlich waren wir verabredet. Und so klaubte ich die Worte in meinem Hirn zusammen.

»Hey, Jake. Ich bin's, Carrie. Wir … wollten uns doch treffen. Vor dem Studio. Ich warte noch einen Moment auf dem Parkplatz. Also, wenn du das abhörst … Bis dann.«

Ich wartete tatsächlich noch eine halbe Stunde auf ihn. Aber weder meldete er sich telefonisch, noch tauchte er wie Phönix aus der Asche vor Phils Auto auf. Wütend schmiss ich schließlich das Handy auf den Beifahrersitz und fuhr mit quietschenden Reifen vom Hof.

Sollte er doch sehen, woher er eine Buchhaltungstante bekam. Ich würde ihm nicht noch einmal auf den Leim gehen.

Carrie

Das Blue String öffnete erst am Abend, deshalb lief ich die Seitengasse entlang und nahm die Hintertür, die nicht abgeschlossen war. Ich musste mich von meinem Frust über Jakes Dreistigkeit irgendwie ablenken und wollte mich in die Buchhaltung stürzen.

Seine kurze Nachricht war wirklich ein Witz gewesen. Hätte er sich entschuldigt, wäre ich vielleicht gewillt gewesen, mich noch mal mit ihm zu treffen. Aber nach einem lapidaren »*Musste weg. Melde mich wieder*« hatte ich ehrlich gesagt keine Lust mehr darauf. Er war nicht nur unhöflich, überheblich und arrogant, sondern auch noch unzuverlässig. Wie wollte er so ein Geschäft aufbauen? Na ja, mir sollte es egal sein. Ich würde mich damit nicht herumschlagen.

Im Flur brannte nur die Notbeleuchtung. Entweder hatte Phil vergessen, das Licht einzuschalten, oder er war gar nicht da. Aber warum zum Teufel war dann die Hintertür offen? Mit einem mulmigen Gefühl stieg ich die Treppen ins Souterrain hinunter und öffnete die Tür zu seinem Büro. Dunkelheit umfing mich, als ich eintrat. Ich knipste das Licht an und kniff im ersten Moment die Augen zusammen. Langsam gewöhnte ich mich an das grelle künstliche Licht und sah mich aufmerksam im Raum um. Mein Blick schweifte über die geschlossenen Aktenschränke an den Wänden. Ich griff nach einem der Bilderrahmen an der Wand, das Foto zeigte Phil und mich am Miami Beach. Die Reise hatte er mir zu meinem Schulabschluss geschenkt, und ich dachte gerne an die zwei Wochen zurück, die wir gemeinsam dort verbracht hatten. Während Phil das World Erotic Museum besucht hatte, hatte ich am Strand das Surfen gelernt und ein paar unglaubliche Stunden mit Matt, meinem Surflehrer, verbracht. Auch jetzt noch, sechs Jahre später, kribbelte mein Bauch bei dem Gedanken an seine Hände auf meinem Körper. Ich hatte Matt nie wieder gesehen.

Vorsichtig pustete ich den Staub von dem Rahmen und hängte ihn wieder zurück. Ich trat näher an den dunklen Schreibtisch heran. Phil war in der Regel nicht sehr ordnungsliebend, zumindest in seinem Büro. Ein Thema, wegen dem wir uns immer wieder in die Haare bekamen. Wenn ich schon den Papierkram machte, wollte ich auch eine geordnete Arbeitsumgebung. Wunschdenken.

Doch nun fehlte mir die gewohnte Unordnung. Sein Arbeitsplatz blickte mir viel zu aufgeräumt entgegen, fast so als hätte ich selbst ihn verlassen. Dabei war ich seit knapp einer Woche nicht mehr im Büro gewesen. Ein Fehler, wie ich kurz darauf feststellte.

Ich setzte mich hinter den Schreibtisch und schnappte mir den Ablagekorb. Ein Stapel Mahnungen ließ mich aufmerken. Ich war mir sicher, alle Rechnungen sofort beglichen zu haben. Wieso also wurden wir plötzlich gemahnt? Es gab zwei mögliche Gründe: Entweder, ich hatte die falschen Kontodaten angegeben, oder unser Konto war nicht gedeckt. Beides schien mir unwahrscheinlich, aber vielleicht war an Melissas Behauptung doch etwas dran, und Phil hatte die finanzielle Notlage des Clubs mir gegenüber heruntergespielt? Allerdings konnte ich mir nicht erklären, warum er in dem Fall die Mahnungen offen hatte liegenlassen.

Ich nahm Mahnung für Mahnung von dem Stapel und glich sie mit den abgehefteten Rechnungen in den jeweiligen Ordnern ab. Laut meiner Abzeichnungen war alles bezahlt. Ich öffnete das Onlinebanking-Konto, um die überwiesenen Beträge für Strom, Miete und Getränke zu überprüfen.

»Bitte was? Falsches Passwort? Was soll der Mist denn?« Ungläubig starrte ich auf das Fenster, das mir von dem Bildschirm entgegenleuchtete. Ich gab die Kombination aus Zahlen und Buchstaben erneut ein. Wieder wurde mir der Zugriff auf das Geschäftskonto verweigert. Ich versuchte, Phil über sein Handy zu erreichen, aber bekam nur die Mailbox ans Ohr. Merkwürdig. Er hatte mir am Morgen nichts davon gesagt, dass er wieder einen Termin hatte. Oder hatte ich nur nicht richtig zugehört?

Mist. Ich musste klären, was hier schiefgelaufen war. Entweder wartete ich damit, oder ich hakte mal bei Carlos nach, ob er mir weiterhelfen konnte.

Carlos war Phils rechte Hand und der Einzige, mit dem ich von Anfang an hatte Kontakt haben dürfen. Ich kannte ihn fast genauso lange wie Phil, aber das Problem war: Ich mochte ihn nicht. Schon immer hatte mich die Art, wie er die Mädchen und seit einiger Zeit auch mich mit Blicken auszog, angeekelt. Ich hatte bis heute nicht verstanden, wieso Phil in ihm seinen Vertrauten sah. Vermutlich war er einfach sein Gegenpol. Phil war zu lieb, als dass er in dem Milieu alleine hätte bestehen können. Ich drückte die Kurzwahltaste auf dem Bürotelefon und rief Carlos auf seinem Handy an. Doch auch nach mehrmaligem Läuten nahm er nicht ab. Normalerweise war er immer erreichbar.

Ich beschloss nachzusehen, ob Melissa vorne war. Sie war für die Bar zuständig, und außerdem sprang sie mit Carlos in die Kiste. Sie sollte wissen, wo er steckte. Und irgendwer musste den Club ja aufgeschlossen haben.

Im Flur brannte noch immer nur die Notbeleuchtung, als ich jedoch die Tür zum Clubraum öffnete, blendeten mich die Deckenstrahler.

»Melissa?«

»Ich bin hier!« Wenige Sekunden später hatte ich mich an das Licht gewöhnt. Melissa stand hinter ihrem Tresen und winkte mir zu. Auf dem Weg zu ihr ging ich an den Loungesesseln aus blauem Leder vorbei, die mittig im Raum standen. Dahinter verlief die Bar an einem Drittel der Wand entlang. Natürlich ebenfalls in glänzendem Blau gehalten. Die Barhocker mit Lehnen luden die meist männlichen Gäste zum Verweilen ein.

An den Seiten des Raumes lagen fünf Separees, die durch schwere Vorhänge abgetrennt werden konnten. Alle waren mit einem Sofa und einem Tabledancetisch ausgestattet – für die privaten Shows. Links von der Bar befand sich eine unscheinbare Flügeltür, durch die es nach oben zu den Räumen ging, in denen die Männer sich mit den Mädchen stundenweise vergnügen konnten.

Die Sohlen meiner Converse quietschten auf dem schwarzen Linoleum-Boden.

»Carrie, Schätzchen. Was kann ich für dich tun.« Ihre Augen weiteten sich, als sie mich erkannte, und ein gequältes Lächeln huschte über ihr Gesicht, als sie die Nase hochzog.

»Ich suche Phil. Weißt du, wo er steckt?«

»Phil? Nein, keine Ahnung.«

»Und Carlos?«

»Weiß ich nicht. Er meldet sich bei mir nicht ab«, erwiderte sie leicht patzig. Sie war blass. Ihre Wangen wiesen rote, hektische Flecken auf, ihre Augen waren glasig. »Ist alles in Ordnung, Melissa?« War sie auf Koks? Das würde ihre ständige Aufgedrehtheit erklären. Wischte sie sich nicht auch immer wieder über die Nase? Klar. Und sie schniefte ständig. Das würde Phil nicht gefallen.

»Geht's dir nicht gut?«, hakte ich nach, als sie sich eine Flasche Tequila schnappte und einen doppelten in ein Glas goss. Es war den Barmädchen strengstens verboten, sich an den Getränken selbst zu bedienen, aber ich sagte nichts. Ob sie Stress mit Carlos hatte?

»Du auch einen?« Schnell schüttelte ich den Kopf. Ich hasste das Zeug. Sie zuckte die Schultern und kippte den Drink herunter. »Ich muss mich jetzt um den Tresen kümmern. Auffüllen und so. Hab nachher noch was vor.« Sie warf mir ein halbherziges Lächeln zu, bevor sie mir den Rücken zukehrte. Sie verschwieg mir etwas, doch ich würde nichts aus ihr herauskriegen. Vielleicht war Carlos die Hand ausgerutscht. Wäre nicht das erste Mal gewesen.

»Wenn du Phil siehst, sag ihm bitte, er soll sich bei mir melden, ja?«

»Klar.«

»Falls du Carlos zuerst -«

»Sag ich ihm, er soll sich bei dir melden. Okay. Und jetzt muss ich arbeiten, Schätzchen. Es gibt noch einiges zu tun.« Damit war das Gespräch für sie erledigt.

»Danke«, sagte ich, machte auf dem Absatz kehrt und verließ hastig den Raum.

Die Buchhaltung konnte ich ohne das Passwort nicht überprüfen, also blieb bis zum Abend hier nichts mehr für mich zu tun. Meine Schicht fing erst um zehn Uhr an, und ich beschloss, noch mal nach Hause zu fahren und mich eine Stunde aufs Ohr zu legen. Vielleicht erwischte ich Phil ja dort.

Als ich meine Tasche aus dem Büro holen wollte, stellte ich überrascht fest, dass Carlos doch im Club war. Er hockte mit mürrischem Gesichtsausdruck hinter dem Schreibtisch. »Kannst du nicht anklopfen?«

Ich blieb erstaunt stehen und stutzte. Er hatte mehrere Ordner vor sich ausgebreitet und war offensichtlich nicht erfreut, mich zu sehen. »Hier bist du. Suchst du was Bestimmtes?«, fragte ich.

»Unterlagen.«

»Kann ich dir dabei helfen?«

»Nein, alles gut, Schätzchen. Was machst du hier? Du bist doch erst heute Abend wieder mit einer Show dran, oder?«

»Ich suche Phil und wollte mich um die Rechnungen kümmern.«

»Das brauchst du nicht mehr. Das mache ich ab sofort selbst.« Er klappte den aufgeschlagenen Ordner zu und lehnte sich lächelnd in dem Sessel zurück.

»Bitte?«

»Du hast schon verstanden. Ich übernehme ab sofort die Geschäfte. Du konzentrierst dich von nun an auf das Tanzen.« Sein Blick ließ mich frösteln.

»Wo ist Phil? Und wann kommt er wieder?« Es war, als würden ihm seine aufgesetzt freundlichen Gesichtszüge kurzzeitig entgleiten, aber vielleicht bildete ich mir das auch nur ein.

»Geschäftlich unterwegs. Wie so oft.«

»Davon hat er mir gar nichts gesagt.«

»Du musst ja auch nicht immer alles wissen.«

»Und wie lange diesmal?«

Er seufzte, dann sah er mich mitleidig an. »Phil ist raus.«

Einige Sekunden starrte ich ihn ungläubig an. »*Was?* Spinnst du? Was soll das heißen?«

»Du hast schon richtig gehört. Er hat die Biege gemacht, den Abgang. Hat uns hängen lassen, ist abgehauen.«

»Quatsch! Das würde Phil niemals tun. Warum auch?« Das konnte ich nicht glauben. Ich drehte mich um, sah den Flur hinunter, so, als erwartete ich, Phil um die Ecke kommen zu sehen. Aber der lange Gang blieb leer.

»Glaub mir besser, Schätzchen."

»Ich kann das nicht glauben. Nein! Niemals wäre Phil gegangen, ohne sich von mir zu verabschieden.«

»Dafür war keine Zeit mehr. Liviano Moretti ist hinter ihm her.«

»Moretti? Was hat der denn damit zu tun?« In mir klingelten die Alarmglocken. Liviano Moretti war der kleine untersetzte Italiener, der einige Nachtclubs in der Gegend besaß, und stets seine eigene Leibgarde um sich geschart hatte. Seine vier Söhne waren als brutale Schläger bekannt, die jedem das Geld aus dem Leib prügelten, der nicht zahlen wollte. Außerdem war es kein Geheimnis, dass er dealte und die halbe Westküste mit Drogen versorgte. Mit dem würde Phil sich niemals einlassen!

»Phil hat mit den Morettis irgendwelche krummen Geschäfte gemacht und sich damit gewaltig verhoben. Deswegen muss er für eine Weile untertauchen.«

Ich wollte ihm widersprechen. Verdammt, nein! Jeder, aber nicht Phil!, wollte ich ihn anbrüllen. Aber – ich blieb still. Kein Wort kam über meine Lippen.

»Ich wollt's ja auch nicht glauben, aber als Morettis Jungs plötzlich in der Tür standen und nach Phil gesucht haben, wusste ich, dass er mir nicht die ganze Wahrheit gesagt hatte. Sie sagten, dass Phil Drogen für sie vertickt, aber das Geld selber eingesackt hat. Geld, das den Morettis gehört. Laut Liviano schuldet Phil ihnen verdammt viel Kohle. Deswegen: *the show must go on*, der Club muss weiterlaufen, damit Phil die Mäuse zurückzahlen kann. Moretti hat uns eine Frist gesetzt, und ich muss nun sehen, wie ich das wieder geradebiegen kann.«

»Dann hat Phil das Passwort für das Banking geändert?«, hauchte ich. Carlos runzelte unmerklich die Stirn, dann nickte er.

»Ich nehm's mal an. Aber auch das kriegen wir wieder hin. Wir müssen jetzt zusammenhalten. Für Phil. Die Geschäfte übernehme von jetzt an ich, und du kannst dazu beitragen, indem du gute Shows ablieferst und brav mit dem Hintern wackelst.«

»Wie kannst du einfach zur Tagesordnung übergehen? Wir können Phil doch nicht alleinlassen! Wir müssen die Polizei rufen!« Ich konnte nicht verstehen, wie er einfach so weitermachen konnte. Fassungslos schüttelte ich den Kopf.

Ich glaubte ihm kein Wort, irgendwas an seiner Geschichte war faul. Er log. Aber wie sollte ich ihm das nachweisen, ohne mich mit ihm anzulegen? Und das war das Letzte, was ich mir im Moment erlauben konnte. Mit Carlos war nicht zu spaßen.

»Wir lassen ihn nicht allein. Und die Bullen zu rufen wäre die beschissenste Option. Wenn es stimmt, dass Phil – womöglich noch hier im Club – mit Drogen gehandelt hat, dann sind wir alle dran. Du zuerst. Du wohnst schließlich bei ihm. Was meinst du, was die Cops mit dir machen? Nein, Schätzchen. Deswegen war verschwinden das Beste, was er jetzt tun konnte. Wenn wir wollen, dass er schnell wieder aus der Versenkung auftauchen kann, dann dürfen wir uns nichts anmerken lassen. Die Moretti-Geier kreisen schon. Ich werde den Teufel tun, den Club den Bach runtergehen zu lassen, sondern dafür sorgen, dass hier alles weiterläuft. Für Phil.« Carlos war aufgestanden und baute sich mit seinem massigen Körper vor mir auf. Genau wie Phil kleidete auch er sich am liebsten in Designeranzüge. Heute trug er einen anthrazitfarbenen mit einem blassblauen Hemd, wodurch der Blick seiner eisblauen Augen noch stechender wirkte. Er war deutlich größer als ich, vom Kampfsport gestählt und in der ganzen Szene als Rausschmeißer gefürchtet. Doch die jahrelange Nachtarbeit sah man ihm ebenso wenig an wie den Stress, den die Arbeit im Club mit sich brachte.

»Aber wo ist er hin?«

»Vermutlich ins Ausland. Irgendwohin, wo man ihn nicht findet. Ich weiß es nicht. Und das ist auch besser so.«

»Du bist sicher, dass er wiederkommt?«

Carlos nickte. »Wenn sich die Lage beruhigt hat.«

»Wie lange wird das dauern?«

»Ein paar Wochen oder Monate. Es wird sich ergeben. Wir müssen jetzt zusammenhalten«, wiederholte er. »Nur so können wir Phil helfen.« Carlos trat an meine Seite, umfasste meine Schultern und sah mich abwartend an.

Ich nickte ebenfalls. »Ich kann nicht glauben, dass er gegangen ist, ohne mir Bescheid zu sagen.«

»Vielleicht hat er dir nichts gesagt, weil er wusste, wie du reagieren würdest. Und jetzt reg dich ab, Süße, finde dich damit ab und lass uns den Dienstplan machen und deine Schichten eintragen. Phil hatte dich für die nächsten zwei Wochen schon eingetragen, aber du musst mehr Shows übernehmen.«

»Noch mehr? Carlos, ich dachte, ich tanze ein paarmal mit, aber ich habe weder Zeit noch Lust, um regelmäßig hier zu arbeiten.«

»Finde dich damit ab, Schätzchen. Es ist niemand anders zu finden. Oder was glaubst du, warum Phil dich gefragt hat? Du musst tanzen – sonst haben wir ein weiteres Problem. Ich brauche dich hier, Carrie.« Er sah mich eindringlich an. Es dauerte eine Weile, bis die Worte zu mir durchdrangen, doch dann nickte ich mechanisch. »Ich trage dich an drei Abenden die Woche ein. Erst mal. Wir werden sehen, wie wir damit hinkommen. Ansonsten …«

Er musste den Satz nicht beenden, ich wusste auch so, was er meinte. Meine Tanzkarriere im Club war besiegelt. Von jetzt an würde ich ein fester Bestandteil des Blue String und dessen Abendprogramms sein. Und ich wusste nicht, ob ich traurig oder wütend sein sollte. Denn eines war klar – Nein sagen kam nicht infrage.

»Wo du schon mal hier bist – du musst Sonjas Junggesellenabschied heute Abend übernehmen.«

»Was? Wieso?«

Carlos warf mir einen genervten Blick zu.

»In Lounge fünf warten gleich bei Schichtbeginn vier Jungs auf dich. Sonja hat einen anderen Auftrag, sie kann die nicht übernehmen.« Mir war klar, was das bedeutete. Er stand erneut auf und kam um den Schreibtisch herum. Allein seine Anwesenheit füllte den zehn Quadratmeter großen Raum derart aus, dass ich mich plötzlich eingeengt fühlte.

»Das wäre nicht in Phils Sinn. Ich soll nur tanzen. Sonst nichts«, widersprach ich.

Carlos schüttelte den Kopf. »Phil ist nicht hier, und der Club braucht dich. Ich entscheide das jetzt.«

»Das verlangst du nicht ernsthaft?«

»Glaub mir, ich meine es ernst. Und du wirst einen guten Job machen.«

Ich starrte ihn an. Dann nickte ich mit zusammengepressten Lippen. Was hatte ich für eine Wahl?

Carrie

Wenn ich nicht gewusst hätte, dass Carlos mich über die versteckten Kameras im Separee mit Argusaugen beobachtete, hätte ich schon längst die Biege gemacht.

In meiner Schulmädchenuniform räkelte ich mich an der Stange. Der Ärger über die ganze Situation half mir, mich in meine Rolle zu flüchten. Ich war Vivian. Männermordend und egoistisch. Ich würde den Jungs einheizen. Auf meine Art.

Ich scannte die Runde ab. Die zwei Jungs rechts waren blond, Surfertypen, braungebrannt, weiße Zähne, enge Shirts, die trainierte Oberkörper erahnen ließen. Links außen hockte ein Nerd, dunkle Haare, Seitenscheitel, Brille. Ob Mutti sein Hemd so artig bis zum Hals zugeknöpft hatte? Der Rotgelockte neben ihm war eine Mischung aus den dreien, lässig in Jeans und offenem Hemd, unter dem ein rotes Shirt hervorblitzte, hatte er sich auf das Sofa gefläzt. Er trug Chucks, hatte ein spitzbübisches Grinsen auf den Lippen und erinnerte mich etwas an Jamie Fraser aus *Outlander*, was ihn mir sympathisch machte.

Der Nerd im gestreiften Hemd war der Bräutigam in spe. Noch war er so steif, dass man meinen könnte, er hätte einen Stock im Hintern. Es war mir kein Vergnügen, das zu ändern. Aber was blieb mir anderes übrig? Allen vier Jungs stand auf die Stirn geschrieben, dass Geld keine Rolle spielte. Entweder waren sie gut in ihren Jobs oder von Beruf Sohn. Mir sollte es egal sein. Carlos hatte mir unmissverständlich klargemacht, dass es an mir lag, ob die Jungs den Club zufrieden verließen oder sich demnächst bei der Konkurrenz – den Morettis – einfinden würden.

Also biss ich die Zähne zusammen und versuchte abzu-schalten, als ich mich auf die Knie sinken ließ, auf allen vie-ren wie eine Katze zum Rand des runden Tisches schlich und den Blick meines heutigen Opfers suchte. Carlos hatte mir eingeimpft, dass die Typen massenweise Kohle hierlas-sen sollten. Bereits jetzt zählte ich drei leere Schampusfla-schen, und es würde noch mindestens eine hinzukommen. Ich hoffte nur, dass ich auch glimpflich aus der Sache her-auskommen würde und keinem der Jungs meine Absätze in die Eier rammen musste, weil er seine Finger nicht bei sich behalten konnte. Nur der Heiratskandidat durfte anfassen. Dafür hatten seine Kumpel bezahlt. Aber hier machte ich die Regeln und würde schon dafür sorgen, dass er mich nicht betatschte.

Der Bräutigam war der größte von allen, und wenn er lachte, erschien ein Grübchen auf seiner rechten Wange. Wie bei Jake, nur dass sie sich in seinem Gesicht in beide Wangen eingruben. *Verdammt, Carrie, reiß dich zusammen und vergiss diesen Penner!*

Ich konzentrierte mich wieder auf meinen Gast. Seine Braut tat mir jetzt schon leid, und ich hoffte für sie, dass sie niemals erfahren würde, wohin seine Kumpels ihn ge-schleppt hatten. Sie würde bestimmt nicht begeistert sein. So wie ich, als ich Jake mit Olivia … *Stopp!*

Dieser Typ war nicht Jake. Nicht mal ansatzweise konnte ich die beiden vergleichen. Jake war … *Stopp!!*

Mein Magen verkrampfte sich vor Wut. Vielleicht konn-te ich das in positive Energie für meinem Job umwandeln. Ich musste diesem Typen nun eine Stunde bescheren, die er seine gesamte Ehe über nicht vergessen würde. Ich setzte ein breites Lächeln auf, packte ihn am Kragen und zog ihn zu mir auf den Tabledance-Tisch. Ohne Gegenwehr ließ er es geschehen und starrte mich mit großen Augen an, wäh-rend seine Freunde laut johlten und ihn anfeuerten.

»Bobby, ja! Gibs ihr!«, riefen sie und stießen sich gegenseitig lachend in die Rippen, während sie ihre Gläser leerten. Ich deutete ihm, sich rücklings auf den Tisch zu legen, und tanzte auf meinen hohen Stiefeln um ihn herum.

»Du heiratest also?« Er nickte stumm. Ich stellte den Absatz meines Stilettos auf seiner Brust ab und beugte mich wie in Zeitlupe zu ihm hinunter. »Gut. Dann wird das, was wir jetzt miteinander anstellen, unser kleines Geheimnis bleiben.« Ich gewährte ihm einen Einblick in meinen Schritt und in Sekundenschnelle beulte sich seine Hose merklich aus. Lasziv ließ ich meine Finger über seinen Oberschenkel gleiten. Wieder nickte er, und die Erregung, an der eindeutig ich oder eben mein knappes Outfit schuld war, ließ ihn fast schon sabbern. Bah, wie eklig das war. Was tat ich hier eigentlich? Am liebsten wäre ich rausgestürmt und hätte Carlos gesagt, was ich von seinem Plan hielt. Nämlich nichts. Aber ich tat, was er von mir verlangte. Für Phil, wie ich mir immer wieder ins Gedächtnis rufen musste.

Bobby stöhnte auf und schloss die Augen. »Oh ja, fass mich an.« Wie einfach Männer doch gestrickt waren. Sie waren doch alle gleich. Carlos voran, Jake hinterher und jetzt dieser Bobby.

Ich öffnete seinen Gürtel und zog ihn aus seinen Jeans. »Fass dich selbst an, mein Schöner«, raunte ich ihm zu.

Mit offenem Mund gafften seine Kumpels mich an, als ich mich von ihm entfernte und vom Tisch hinunterrutschte. Den Gürtel schlang ich Rotlöckchen um den Hals, er schien mir am wenigsten gefährlich. Doch als seine Finger es sich auf meinem Hintern bequem machen wollten, wehrte ich ihn mit erhobenem Zeigefinger und einem süffisanten Lächeln ab. »Anfassen ist nicht, Süßer. Du bist nicht der Bräutigam.«

»Und wenn ich es wäre?«

»Dann kommst du wieder.« Ich schwang mich gleich darauf zurück auf die kleine Bühne. Mit kreisenden Hüften tanzte ich um den mir zu Füßen liegenden Heiratskandidaten herum. Meinen Stiefel drückte ich leicht in seinen Schritt, er stöhnte auf, seine Augenlider flatterten, und es war nur noch eine Frage der Zeit, bis er kommen würde. Vermutlich stand er auf Schmerzen, und ich wollte mir gar nicht ausmalen, auf was noch alles. Phil hatte mich ja gewarnt und Melissa mir bereitwillig Auskunft gegeben, als ich sie nach dem Ablauf einer solchen Show gefragt hatte. Sie hatten beide Recht gehabt. Die Männer, die sich hier herumtrieben, wollten nur eines: Befriedigung. Und die würde ich diesen Würstchen jetzt verschaffen. Ich blendete alles aus. Auch Jake. Die Wut auf diese Männer trieb mich an. Und das Wissen, dass sie mich wollten, aber nicht haben durften, machte es mir leichter, auch wenn ich mich dabei ziemlich schmutzig fühlte.

Lächelnd löste ich den Verschluss meines BHs und ließ ihn fallen. Mit entblößten Brüsten schlang ich die Beine um die Stange und ließ mich kopfüber daran hinunterhängen, wobei ich mir selbst verheißungsvoll über den Körper strich. Damit brachte ich die Jungs so in Fahrt, dass sie es sich tatsächlich selbst besorgten. Ich sah ihre vor Erregung verzogenen Mienen, die halb geschlossenen Augen, hörte das verhaltene Stöhnen und roch die Körperflüssigkeiten, deren Geruch sich in dem kleinen Separee mehr und mehr ausbreitete.

Das war ja einfacher als gedacht. Nun musste ich mich nur noch um den Junggesellen kümmern, dann hatte ich meinen Job endlich erledigt.

Ohne Eile glitt ich an der Stange hinunter und setzte mich rittlings auf ihn, nahm seine Hände und legte sie auf meine Brüste. Er durfte anfassen – dafür hatten seine Kumpels bezahlt. Und mir war es mittlerweile egal. Wenn ich ehrlich war, machte es mir sogar Spaß, die Jungs so in der Hand zu haben. Und das allein mit meinem Körper.

Mit langsamen Bewegungen rutschte ich mit gespreizten Beinen auf ihm hin und her. Ich spürte seinen Ständer, der nur noch raus und sich in mir versenken wollte. Doch dazu würde es niemals kommen. Eher würde ich ihm sein Ding abhacken. Ich leckte mir mit meiner Zunge über die Lippen und strich wie zufällig über seinen Schritt. Er wimmerte, verzog das Gesicht und bog den Rücken durch, als ich seine Jeans öffnete. Meiner Aufforderung, sich selbst anzufassen, war er bisher nicht nachgekommen. Das wollte ich nun ändern. Nachdem ich seine Handgelenke auf den Boden gedrückt hatte, rutschte ich hinunter, beugte mich über ihn und tat so, als würde ich ihn in den Mund nehmen wollen. Ich hauchte über den Stoff seiner Shorts, dann ließ ich von ihm ab, beugte mich zurück und strich mir über die Brüste. Wie geplant schob er seine Hand in seine Unterwäsche und besorgte es sich selbst, bis er mit einem lauten Stöhnen in den Stoff abspritzte. Der nasse Fleck in seinem Schritt würde ihn die nächsten Stunden an mich erinnern. Ich erhob mich erleichtert. Geschafft.

Die Jungs sahen allesamt erschöpft aus, und nachdem ich mich von jedem von ihnen mit einem Küsschen verabschiedet hatte, ließ ich sie mit einer Packung Kleenex und Feuchttüchern im Separee allein. Mein Job hier war erledigt.

Jake

Pete und seine Jungs hatten den Shop fest im Griff. Bereits um acht Uhr waren sie zu fünft hier einmarschiert und hatten keine Zeit verloren. Die letzten Möbel segneten gerade das Zeitliche, wurden zerlegt und wanderten stückchenweise in den Container vor der Tür. Ich war der Truppe nur im Weg und hatte mich daher in das alte Büro verzogen, um es noch mal mit dem Papierkram aufzunehmen. Aber das hätte ich mir auch schenken können.

Genervt schmiss ich die Papiere zurück in den Pappkarton. Ich konnte damit nichts anfangen.

Unschlüssig nahm ich das Telefon in die Hand und rief zum gefühlt hundertsten Mal Carries Nummer auf. Mein Finger schwebte über dem Display, während ich an unsere letzte Begegnung dachte.

Ich war der Musik gefolgt, die mir durch die geschlossene Tür am Ende entgegengeschallt war. *Sex on Fire.* Kings of Leon. Ich kannte das Lied, mochte die raue Stimme des Sängers. Die Band war eine der wenigen, die in der Zeit von Hip-Hop und Pop noch handgemachten Rock produzierten. Im Leben hätte ich nicht vermutet, dass Carrie auf solche Musik abfuhr, und ich war neugierig an das Fenster der Flügeltür getreten, um zu sehen, was sie da trieb.

Ich hatte absolut keine Ahnung vom Tanzen, aber das musste ich auch nicht, um von ihrem Anblick fasziniert zu sein. Sie hatte mit geschlossenen Augen getanzt und schien sich in den rockigen Klängen zu verlieren. Als das Lied von Klaviermusik abgelöst worden war, hatte Carries Blick meinen sofort gefunden. Ich hatte mich wie ein Voyeur gefühlt, der beim Spannen ertappt wurde. Und ein bisschen war ich das auch. Ich hatte jede ihrer Bewegungen beobachtet, ihren Brustkorb, der sich mit ihrer Atmung hob und senkte; den dünnen Streifen nackter Haut über ihren Shorts, wo ihr Top hochgerutscht war; ihre schlanken Oberschenkel, die ich mir unweigerlich um meine Hüfte geschlungen vorstellte …

Dann hatte ich den nächsten Song erkannt, und es hatte sich angefühlt, als würde das Tattoo über meinem Herzen heiß aufglühen. Es war ihr Song gewesen. Charlotte hatte ihn rauf und runter gehört, ich hatte sie damit aufgezogen, weil mir das Lied schon zu den Ohren raushing. Heute würde ich alles dafür geben, um sie noch einmal mitsingen zu hören. Aber das war unmöglich. Es war vorbei, und kein Song der Welt würde etwas daran ändern.

Hals über Kopf war ich aus dem Tanzstudio gestürmt, hatte Carrie eine kryptische Nachricht geschrieben und war in den Shop zurückgekehrt, um mich abzulenken.

Mittlerweile bereute ich meine Reaktion und konnte mir gut vorstellen, dass ich es mir endgültig mit meiner kleinen Tänzerin versaut hatte. Ihre Mailboxnachricht hatte jedenfalls ziemlich verwirrt und enttäuscht geklungen. Hoffentlich hatte sie nicht zu lange auf mich gewartet.

Mein Finger landete auf dem grünen, leuchtenden Hörersymbol, und ich lauschte mit angehaltenem Atem dem Freizeichen. Es dauerte eine Ewigkeit, bis sie endlich dranging.

»Jake, was für eine Überraschung.« Ihre rauchige Stimme jagte mir einen Schauer über den Rücken.

»Hey, Carrie. Ich sitze gerade an der Buchhaltung und … Kannst du vorbeikommen und das für mich regeln?« Stille. Ich hörte durch die Leitung hindurch, wie ihr Atem sich beschleunigte.

»Was bin ich? Dein Spielzeug? Vergiss es, Jake. Such dir eine andere, die springt, wenn du mit den Fingern schnippst.«

»Nein, ich … Es ist etwas dazwischengekommen. Hast du meine Nachricht nicht bekommen?«

»Doch hab ich. Aber das entschuldigt nicht, dass du einfach abgehauen bist. Du hast mich doch gesehen! Und dann hattest du nicht einmal mehr Zeit, mir kurz Bescheid zu sagen? Was stimmt nicht mit dir?«

Ha! So einiges stimmt nicht mit mir. Aber diese Offenbarung war wohl nicht zielführend in diesem Gespräch. »Ich verstehe, dass du sauer bist. Aber ich musste wirklich weg. Was ist jetzt? Kann ich auf dich zählen?«

Wieder herrschte einige unangenehme Sekunden Stille, bevor sie fortfuhr: »Wie wäre es erst mal mit einem ›Tut mir leid, Carrie, dass ich dich habe stehenlassen‹?«

Ich schloss die Augen, und mein Kiefer knackte vor Anspannung. »Sorry.«

Sie atmete geräuschvoll aus und murmelte etwas, das ich nicht verstehen konnte, bevor sie antwortete: »Wo bist du gerade?«

»Im Shop.« Ich nannte ihr die Adresse.

»Ich bin in einer Stunde da.«

»Okay. Bis dann. Und danke!«

Ich schob die Rechnungen und Unterlagen beiseite und verließ das alte Büro meines Vaters. Mit dem Ausräumen dieses Raums hatte ich gestern den Rest des Tages verbracht. Es war kein Vergnügen, in alten Rechnungen und Briefen herumzuwühlen, aber der Gedanke an Charlotte war durch die stupide Arbeit nach und nach verblasst. Mittlerweile war er nicht mehr als ein leises, unregelmäßiges Anklopfen geworden. Damit konnte ich leben.

Während die Handwerker um mich herum ihrer Beschäftigung nachgingen, stimmte Pete seinen Zeitplan mit mir ab. Bevor der abgetretene Fußboden ausgetauscht wurde, mussten die alten Rohrleitungen neu verlegt werden. Laut Pete sollten diese Arbeiten gut zwei Wochen andauern.

In der Zeit würde ich mich um passendes Mobiliar kümmern. Modern wollte ich es haben, aber irgendwie auch retro.

Ich brauchte Liegen, Stühle, verschiedene Schränke, Hocker und definitiv einen abgefahrenen, alles in den Schatten stellenden Tresen für den Empfangsbereich. Ich plante eine funktionale Einrichtung gemixt mit Vintage-Stücken. Schaufensterpuppen, verschiedene Bilderrahmen, vielleicht eine Chaiselongue. Und ein großer Kühlschrank für kalte Getränke. Einzelstücke mussten es sein. Besonders. Ich wollte das Flair des hippen Künstlerviertels in mein Studio holen. Mit etwas Glück hatte mein Vater noch den ein oder anderen Schatz auf dem Dachboden versteckt.

»Die Maler kommen dann, bevor wir den neuen Fußboden verlegen. Hast du schon eine Vorstellung, wie die Wände gestaltet werden sollen?«, fragte Pete. Ich nickte.

»Weiß. Nur für die große Wand im Innenbereich dachte ich an Rot oder Grün. Bin mir aber noch nicht sicher.« Pete notierte sich Stichpunkte in seinem kleinen schwarzen Buch.

»Sag mir Bescheid, ich besorge dann alles.«

»Klar.«

Ich war gespannt, wie die Räume aussehen würden, wenn das *Skinneedles* fertig war. Ich hatte mich für einen neuen Namen entschieden, um mich und meine Arbeit von dem alten Studio meines Vaters abzugrenzen. Ich wollte es klar und einfach auf den Punkt bringen. *Haut und Nadeln – mein Leben.* Der allererste Eindruck, den der Shop auf seine Kunden machte, war wichtig. Ich musste mich von den anderen Studios hier in Frisco absetzen. Das gelang in erster Linie über den Style, in dem das *Skinneedles* sich präsentierte. Und dann natürlich über die Qualität unserer Arbeit.

Die Vorstellung, meinen eigenen Shop zu gestalten, von Grund auf aufzubauen und dann zu führen, überforderte mich etwas. Vermutlich würde ich eine Zeit brauchen, um mich damit anzufreunden, dass ich jetzt der Boss war und die Verantwortung für alles nun bei mir allein lag. Ich war froh, dass ich meine alte Spulenmaschine im Gepäck hatte. Mit ihr würde ich mich sicher fühlen, wenn ich in diesen Wänden die ersten Stiche auf fremde Haut bringen durfte.

In wenigen Tagen würde ich nach L.A. fliegen und Hank besuchen, den alten Freund meines Vaters. Vielleicht konnte ich tatsächlich an seine guten Kontakte in der Szene anknüpfen. Ich baute darauf. Doch bevor ich seiner Einladung folgen konnte, musste ich erst jemanden haben, der mir hier den Rücken freihielt.

Ich warf einen Blick auf die Uhr. Noch eine halbe Stunde bis Carrie eintreffen würde. Ich beschloss, im Café um die Ecke zwei Becher Kaffee zu besorgen. Vielleicht würde das ihre Laune etwas besänftigen.

Carrie

Der Sommer in Kalifornien hatte seit wenigen Tagen seinen Höhepunkt erreicht. Der Nebel zwischen den Hügeln hatte sich gelichtet, die Sonne brannte, untypisch für diese Stadt, unerbittlich vom strahlend blauen Himmel. Als ich aus dem Auto stieg, war mir trotz des luftigen Tanktops unglaublich heiß. Ich hoffte darauf, dass Jakes Shop eine Klimaanlage besaß, aber als ich bei der Adresse ankam, die er mir durchgegeben hatte, erkannte ich, dass es ein frommer Wunsch gewesen war. Dieser Laden glich eher einer Ruine als einer Baustelle. Damit hatte ich nicht gerechnet. Olivia hatte mir zwar erzählt, dass Jake erst seit wenigen Tagen in der Stadt war und den alten Shop seines Vaters übernehmen wollte, aber nicht, dass hier von Grund auf saniert werden musste. Wenn er mich zum Renovieren brauchte, würde er kein Glück haben. Handwerklich war ich absolut unbegabt.

Vor der Tür stand ein riesiger Container, in dem bereits ein Haufen alter Möbel und Liegen seine vorletzte Ruhestätte gefunden hatte. Hinter mir pfiffen ein paar Jungs aus einem Lieferwagen. Ohne mich umzudrehen, hob ich die Hand und zeigte ihnen, was ich davon hielt. Dann trat ich durch die offene Tür ein.

Der große Raum war leer. Bis auf den Staub, der im Sonnenlicht durch die Luft schwirrte. Nackte Wände mit verblichenen Flecken, wo einmal Bilder gehangen hatten, ein alter Tresen und ein abgetretener Fußboden empfingen mich.

»Hallo? Jake?« Ein unverständliches Gemurmel gefolgt von einem lauten Krachen ließ mich zusammenzucken.

Kurz darauf streckte er den Kopf aus einer Tür am hinteren Ende des Raums.

»Carrie, hey. Warte kurz.« Wenige Augenblicke später trat er mit zwei Kaffeebechern bewaffnet heraus. Er kam auf mich zu und hielt mir einen der Pappbecher entgegen. Sein Haar stand ungeordnet zu allen Seiten ab, als wäre er mehrfach mit den Fingern hindurchgefahren. Ein leichter Schweißfilm glänzte auf seiner Haut und ließ seine Augen noch dunkler funkeln. »Milch oder Zucker brauchst du ja nicht, richtig?«

Ich war überrascht. Er hatte es sich gemerkt. Ich nickte und bedankte mich. Mehr brachte ich nicht heraus. Für gewöhnlich war ich nicht schnell einzuschüchtern, aber seine Präsenz schien den Raum völlig auszufüllen. Als gäbe es nur ihn.

Vorsichtig nippte ich an meinem Becher. Trotz der Außentemperaturen, bei denen man eigentlich eher Lust auf einen eiskalten Drink verspürte, war ich froh um den Kaffee. Nicht nur, weil er meine Hände und meinen Mund beschäftigte, mir steckte auch die letzte Nacht noch in den Knochen. Nach der privaten Show für Bobby und seine Freunde hatte ich bis sechs Uhr morgens an der Stange getanzt. Ich spürte jeden Muskel, versuchte aber, nicht allzu gequält auszusehen. Jake hatte *Vivian* offenbar nicht erkannt, und ich wollte seinem Gedächtnis auf keinen Fall auf die Sprünge helfen. Keine Ahnung, wie lange Phil wegbleiben würde. Dass er mit Drogen gedealt haben sollte, ging mir immer noch nicht in den Kopf, und die Vermutung, dass Carlos mich angelogen und selbst etwas zu verbergen hatte, überwog mittlerweile. Sein Verhalten, das sich um 180 Grad gedreht hatte, war anders nicht zu erklären: vom Handlanger zum Clubchef.

Meine Ersparnisse reichten maximal noch bis Monatsende. Nachdem Phil – oder wer auch immer – die PINs für alle

Bankkonten geändert hatte – ich hatte es vom heimischen Laptop noch mal überprüft –, hatte ich nicht mal mehr Zugriff auf unser Privatkonto. Zudem wunderte es mich, dass er mir nicht einmal Bargeld dagelassen hatte, als er verschwand. Je mehr ich darüber nachdachte, umso mehr drängte sich mir der Verdacht auf, dass Carlos log.

Ich brauchte diesen Job bei Jake daher dringend und bezweifelte, dass er eine Stripperin – oder für was er mich halten würde – beschäftigen würde. Auf dem Weg hierher hatte ich mir immer wieder eingeredet, dass das der einzige Grund war, warum ich ihm verziehen und in das Treffen eingewilligt hatte. Doch das nervöse Ziehen in meinem Bauch strafte meine Gedanken Lügen. *Jetzt reiß dich zusammen, Carrie!*

»Soll ich dir den Laden zeigen?«

»Viel zu zeigen ist hier aber nicht, oder?«

Er lachte trocken auf. Rau und sexy. Gänsehaut kroch meine Arme hinab, was mit Sicherheit nicht daran lag, dass ich fror. »Los, komm, ich führ dich durch.« Er drehte sich um, und ich folgte ihm in den hinteren Teil des Raums.

Verstohlen musterte ich ihn, während er mir erklärte, wie der Shop in wenigen Wochen aussehen sollte. Wieder blieb mein Blick an den Tattoos hängen, die seine Arme zierten. Die Schlange hatte es mir besonders angetan, und ich fragte mich wiederholt, wofür sie wohl stand.

Als er sich unvermittelt zu mir umdrehte und mich dabei erwischte, wie ich ihn anstarrte, spürte ich das Blut durch meine Adern toben. Meine Wangen färbten sich knallrosa, und hastig wandte ich den Blick ab. Verdammt. Ich benahm mich wie ein pubertierender Teenager. Sein linker Mundwinkel zuckte, als wäre er kurz davor zu lächeln, aber er ging nicht darauf ein. »Kannst du dir ansatzweise vorstellen, wie es hier mal aussehen wird?«

»Ich glaube schon. Wird sicher toll. Ich bin sehr gespannt. Aber ... Wozu brauchst du mich hier? Was das Renovieren angeht, hab ich definitiv zwei linke Hände.« Ich hielt ihm wie zum Beweis meine Handgelenke vor die Nase.

»Hast du Angst, dass du dir einen Nagel abbrichst?«

Ich stieß genervt die Luft aus. »Mit Nägeln kenne ich mich aus, aber sobald es ums Bohren geht, bin ich überfordert.« Das hatte ich jetzt nicht wirklich gesagt, oder? *Fantastisch.*

Er grinste, doch im nächsten Moment drehte er sich weg, und seine Miene war wieder neutral, fast so, als widerstrebte es ihm, dass ich ihn mit meinem dummen Spruch dazu gebracht hatte. »Ich glaube, wir werden uns schon zusammenraufen.«

»Das befürchte ich auch«, erwiderte ich, woraufhin er mir tatsächlich ein weiteres, fast unmerkliches Grinsen zuwarf.

Er sollte öfters lächeln, es stand ihm gut. Ich musste nur aufpassen, dass ich seinem wohldosierten Charme nicht erlag. Diese Kostprobe schien für mich schon zu viel zu sein.

»Deine Aufgabe wäre es erst mal, die Papiere zu ordnen. Ich steige da wirklich nicht durch.«

»Was für Papiere sind das?«

»Keine Ahnung. Rechnungen, Steuern, Papierkram eben.« Er hatte wirklich keine Ahnung, und das brachte mich zum Schmunzeln.

»Klar, das krieg ich hin. Wie wären meine Arbeitszeiten?«

»Am besten wäre es anfangs in den Abendstunden. Dann herrscht hier Ruhe.« Ich schluckte.

»Abends? Hm, ich kann leider nur vormittags oder mittags. Wegen … des Trainigs.«

Er neigte den Kopf etwas und sah mich an. »Okay, von mir aus kannst du dir die Zeit einteilen, wie du möchtest. Hauptsache, die Arbeit wird gemacht. Ich kann dir achtzehn Dollar die Stunde zahlen.« Sein Tonfall hatte wieder in den geschäftlichen Modus gewechselt.

»Okay. Das passt. Sollte ich hinkriegen«, sagte ich und bemühte mich, ebenfalls sachlich zu klingen. Ich war mit einem miesen Gefühl in dieses Gespräch gegangen, doch mittlerweile wollte ich den Job – und nicht nur, weil er gut bezahlt war. Jake selbst wirkte wie eine Baustelle, in deren Fertigstellung mein Ego eine Herausforderung zu sehen schien.

Er sah mich forschend an, sodass sich tiefe Falten in seiner sonst glatten Stirn eingruben. »Sollte?«

»Du kannst dich auf mich verlassen. Wenn ich etwas mache, dann genau und zu hundert Prozent. Ist es das, was du hören wolltest?« Ich stellte mich selbstsicherer dar, als ich mich fühlte, und erwiderte seinen Blick stur. »Gut. Dann sind wir uns ja einig.« Unvermittelt drehte er sich weg und ließ seinen Blick durch den Laden schweifen.

»Lebst du schon immer hier?«, fragte er und auch, wenn es irgendwie desinteressiert rüberkam, war ich doch froh, dass sich die Stimmung zwischen uns etwas entspannte. Er brachte mich durcheinander.

»Schon ewig. Fast mein ganzes Leben.« Im nächsten Moment ohrfeigte ich mich innerlich für diese Aussage und hoffte, dass er nicht nachhakte. Deswegen lenkte ich schnell ab. »Und du? Hast du schon was von der Stadt gesehen?« Ich wusste von Olivia, dass sein Vater gestorben war. Allerdings war ich unschlüssig, ob ich ihn darauf ansprechen sollte. Das war bestimmt kein Thema, über das er jetzt reden wollte.

»Ich bin hier aufgewachsen«, antwortete er knapp, und kurz verschloss sich seine Miene, bevor er einen neutralen Ausdruck aufsetzte. Der Kerl machte mich wahnsinnig. Stimmungsschwankungen wie ein Mädchen!

»Das mit deinem Vater tut mir sehr leid«, platzte es nun doch aus mir heraus. Es war offensichtlich der Grund für seinen Umzug, also musste ihm sein alter Herr wichtig gewesen sein.

Jake erwiderte nichts, sondern nickte nur. Das Thema war also tabu.

»Und was machst *du* zurzeit?«, lenkte er dann wieder von sich ab. Während ich krampfhaft nach einer Antwort suchte, beobachtete ich ihn verstohlen. Die Sehnen seiner Unterarme traten hervor, als er einen Stapel Holzlatten beiseiteräumte, die ihm anscheinend gerade *jetzt* im Weg lagen. Es war wie ein Katz-und-Mausspiel. Ich hatte etwas zu verbergen – und er ganz offensichtlich ebenfalls. Wir beschnupperten uns neugierig, nur um uns gleich wieder zurückzuziehen und in den eigenen Sicherheitsbereich zu begeben. Ich kannte das Spiel schon zu gut, als dass er mir etwas hätte vormachen können.

»Ach, so dies und das«, wich ich aus und blieb hinter ihm stehen.

»Was ist ›dies und das‹?«

»Ich habe im Tanzstudio gejobbt, aber derzeit fehlt die Kohle, um mich weiterhin zu bezahlen«, gab ich schließlich zu.

»Bist du deswegen auf der Suche nach einem neuen Job?«

»Gut erkannt, Sherlock.« Ich versuchte es mit einem Lächeln. Er reagierte nicht darauf.

»Wie stehst du zu Tattoos?«

»Offen. Ich selbst habe keine, aber was nicht ist, kann ja noch werden.« Eigentlich hatte ich noch nie damit geliebäugelt, mir ein Tattoo stechen zu lassen. Mir fiel auch jetzt kein besonderer Grund ein für ein Bild, das mich für immer begleiten würde. Das Einzige, was mir einfiel, waren Noten oder irgendetwas, das mit dem Tanzen zu tun hatte. Aber das war nichts, was ich mir mit einer Nadel stechen lassen musste.

Jake stapelte die Latten an der Wand übereinander und klopfte sich den Staub von den Handflächen. Als ich ihm in seine dunklen Augen sah, zog sich mein Bauch zusammen. Ich war aufgeregt. Und das gefiel mir gar nicht. Als unsere Blicke sich erneut begegneten, wusste ich, dass ich zu kämpfen haben würde, ihm nicht doch zu verfallen.

Jake

Ich verstand diese Frau nicht. Mal offen und freundlich, dann wieder verschlossen und patzig. Trotz ihrer Antworten auf meine Fragen hatte sie nichts von sich preisgegeben. Aber sie wirkte verlässlich – und das war alles, was zählte.

Sie war zweifellos attraktiv, aber sie war hier, um für mich zu arbeiten, nicht, damit ich sie flachlegen konnte.

»Was ist dahinter?«, riss sie mich aus meinen Gedanken. Ich folgte mit meinem Blick ihrem Finger, der auf die zwei Türen am hinteren Ende des Raums zeigte.

»Büro, Teeküche und das WC.« Meine Stimme klang mürrisch, unfreundlich. Der beste Weg, sie zu vergraulen. Sie warf mir einen kurzen, skeptischen Blick zu. Ihre Augenbrauen zogen sich zusammen wie Gewitterwolken am dunklen Himmel.

»Darf ich?«, fragte sie kühl. Ich nickte stumm. Sie wandte sich um, öffnete die Tür zur Toilette und trat nach zwei Sekunden angewidert zurück. »Das muss komplett entkernt werden.«

Ach was ...

Carrie machte die nächste Tür auf und verschwand nach einem Zaudern durch die Teeküche im dahinterliegenden Büro. Nach einer kurzen Inspektion des Zimmers zog sie die verblichenen Gardinen zur Seite und öffnete die alte Holztür, die dahinter zum Vorschein kam. Knarrend gab sie ihren Bemühungen nach.

»Wow!«, hörte ich sie ausrufen und stutzte.

»Hast du einen Schatz entdeckt?«, fragte ich spöttisch und trat näher. Ich hatte die Tür nach draußen gar nicht mehr auf dem Schirm gehabt.

»Sowas Ähnliches.«

»Lass mal sehen.« Sie machte mir Platz. Auch wenn wir uns nicht berührten, spürte ich die Wärme ihres Körpers an meinem Rücken. Genauso gut hätte sie mich von hinten umarmen können. Schnell schob ich mich an ihr vorbei durch die Tür.

Vor uns lag ein kleiner Garten inmitten der Häuserwände. Eigentlich ein gepflasterter Innenhof, der durch eine große, immergrüne Platane in der Mitte und ein kleines Wasserloch darunter durchaus Charme hatte. Ich hatte ihn völlig vergessen.

»Daraus kann man richtig was machen«, sagte sie und trat an mir vorbei. Sie berührte Blätter von dem Grünzeug, das die Häuserwände berankte, und roch an den Blüten, die vereinzelt zu sehen waren. Fasziniert blieb sie vor dem Tümpel stehen und kniete nieder. Sie benahm sich wie Alice im Wunderland. Als sie den Kopf herumwarf und sich unsere Blicke begegneten, sah ich das aufgeregte Funkeln in ihren Augen. Ihre Lippen glänzten, ihre Wangen glühten – ob wegen der Sonne oder ihrer kindlichen Euphorie wusste ich nicht, aber mein Körper regte sich bei ihrem Anblick instinktiv. Ich stellte mir vor, wie ich sie gegen den Baumstamm presste und ihre bissigen Lippen mit meinen verschloss. Sie sah einfach heiß aus, und Chef oder nicht, das konnte ich nicht leugnen.

Schnell wandte ich den Blick von ihr ab und machte einen Schritt zurück. Wenn ich mich nicht sofort beruhigte, würde ich etwas tun, das ich bereuen würde: entweder Carrie aus dem Laden schmeißen oder erfahren, wie sich diese fantastischen Beine um mich geschlungen anfühlten.

Verstört von den plötzlich aufwallenden Emotionen fuhr ich mir mit der Hand über das unrasierte Kinn und konzentrierte mich auf den Hof. Ich hatte ihn gar nicht so groß in Erinnerung. Von der Straße aus sah man nur ein einfaches

Wohnhaus mit Ladenzeile. Der Block war nicht besonders groß, doch in der Mitte boten die umstehenden Häuser eine Fläche von bestimmt einhundert Quadratmetern. Neben der Tür zu meinem Shop führte am Gebäude vorbei noch eine schmale Holztür zur Straße hinaus. Am anderen Ende des Hofs war ein kleiner Holzschuppen. Vermutlich voller Gerümpel. Ich würde mich später damit beschäftigen.

»Ich hätte echt ein paar Ideen, um den Hof wieder auf Vordermann zu bringen«, beendete Carrie mit ihrer kindlichen Begeisterung mein Grübeln.

»Später bestimmt. Aber im Moment hat der Innenausbau ganz klar Priorität.« Bevor Pläne für die Außengestaltung gemacht wurden, musste der Shop fertig werden. Da gab es nichts zu diskutieren. Dennoch war ihre Begeisterung irgendwie niedlich, und ich wollte sie nicht demotivieren, also seufzte ich laut und sagte: »Okay, spuck's aus. Wie ich dich einschätze, lässt du ja doch nicht locker.« Sie stutzte, aber dann stand sie auf und tanzte durch den veröldeten Garten. Wie schon am Strand überraschte mich ihre Leichtfüßigkeit.

»Richtig«, antwortete sie schließlich und warf mir in geschäftsmäßigem Ton tausendundeine Idee entgegen, die ich mir unmöglich alle merken konnte. Und auch gar nicht wollte.

»Irgendwann könnte man das in Angriff nehmen«, winkte ich erneut ab. Ich meinte fast, Enttäuschung in ihren Augen zu sehen. Aber ich war hier der Chef und würde mir von ihr mit Sicherheit nicht diktieren lassen, was zu tun war. Auch wenn sie noch so süß war.

Meine Zähne knirschten, als ich meinen Kiefer anspannte.

Sie schürzte die Lippen, drehte sich ohne ein weiteres Wort um, trat wieder ins Büro und von da aus in den Shopbereich. Ich schloss mit lautem Knarzen die Tür und ging ihr hinterher.

»Wie unschwer zu erkennen ist, haben wir hier drin erst mal genug zu tun«, beharrte ich wiederholt auf meiner Entscheidung.

»Ja, du hast recht. Das hier sieht tatsächlich aus wie eine Aufforderung zum Tanz.«

»Zum Tanz?« Meine Stirn legte sich amüsiert in Falten. Carrie lächelte.

»Ja, das sage ich manchmal so. Aber du hast vollkommen recht. Hier ist wirklich viel zu tun.«

»Und sobald wir uns hier eingerichtet haben, bekommst du dein erstes Tattoo«, neckte ich sie.

Carrie fuhr herum und funkelte mich mit schmalen Lippen an. »Und wenn ich keins will?«

»Du wirst es wollen.«

»Was macht dich da so sicher?« Sie neigte ihren Kopf etwas und beäugte mich herausfordernd.

»Menschenkenntnis.« *Obwohl mir die eigentlich ziemlich abhandengekommen ist in letzter Zeit.* Carrie sah mich mit gerunzelter Stirn an. »Ich bin gut im Tätowieren«, lenkte ich ab.

»Das solltest du auch sein, wenn du das hier wieder zum Leben erwecken willst.«

»Wir.«

Sie schien kurz verwirrt über meine knappe Antwort, doch dann strahlte sie mich an und klatschte aufgeregt in die Hände, als versuchte sie, einen Kolibri zu fangen, der vor ihrer Brust herumflatterte. »Ich hab den Job?«

»Wenn du ihn willst. Allerdings ... Ich muss übermorgen für ein paar Tage weg. Wäre es okay, wenn du – statt dich nur um die Buchhaltung zu kümmern – in der Zeit auch die Handwerker beaufsichtigst?« Der Teufel wusste, woher ich das Vertrauen in sie nahm, aber in dem Moment war ich mir sicher, dass sie die Richtige für diesen Job war.

Sie blickte skeptisch drein. »Sind das die Kerle draußen im Lieferwagen?« Ich folgte ihrem Blick durch die offene Tür, dann nickte ich.

»Gibt's ein Problem mit den Jungs?«

»Nein! Die krieg ich schon in den Griff.«

Sie lachte, und ihre Begeisterung war ansteckend. Ich musste mir eingestehen, dass auch ich mich auf die Zeit mit ihr freute. Es würde sicher nicht leicht werden. Sie hatte ordentlich Feuer unterm Hintern, aber genau so jemanden brauchte ich. Ich war mir sicher, dass sie den Laden rocken würde. »Das heißt, du nimmst die Herausforderung zum Tanz an?«

Sie kam auf mich zu und streckte mir ihre schmale Hand entgegen. »Ja, Jake. Lass uns tanzen.«

Carrie

Als seine warmen Finger mit einem festen Händedruck die meinen umschlossen, wusste ich, dass ich verloren hatte. Jake ging mir nahe. Zu nahe. Ich musste mich irgendwie wappnen. Ich durfte nicht zulassen, dass ein Typ wie er mich für sich einnahm. Ein Macho, der vermutlich in jedem Hafen eine Braut sitzen hatte, die sehnsüchtig auf seine Rückkehr wartete. Und dass er genau so ein Typ Mann war, der mit Frauen nur spielte, war mir von der ersten Sekunde an klar. Ich musste mich unbedingt von ihm fernhalten. Zumindest auf emotionaler Ebene.

In diesem Moment klopfte es energisch gegen die offene Tür des Shops. Die einfallenden Sonnenstrahlen und Jake, der zwischen mir und der Tür stand, verhinderten, dass ich den Besucher erkennen konnte.

»Hallo, Jake! Wusste ich doch, dass ich dich hier finde.« Olivia. Hastig zog ich meine Hand zurück. Ich fühlte mich auf eine unangenehme Weise ertappt. »Carrie?« Olivia trat näher und ich zugleich aus Jakes Schatten heraus. Ich winkte ihr zu und versuchte vergeblich, eine unbeteiligte Miene aufzusetzen. Zu sehr spukten mir noch die Gedanken von eben durch den Kopf. Und prompt wurde ich so rot wie Olivias Kleid.

Ich trat einen Schritt zur Seite, um Abstand zwischen Jake und mich zu bringen.

»Olivia, was gibt es?« Jake runzelte kurz die Stirn, als ich mich von ihm abwandte. Er zögerte, doch dann drehte er sich zu ihr um und ging auf sie zu. Ich blieb wie angewurzelt stehen, starrte auf seinen Rücken und versuchte, das schlechte Gewissen niederzukämpfen. Olivia hatte mir deutlich gesagt, dass sie an Jake interessiert war, und ihr ungewöhnlich anhängliches Verhalten signalisierte mir, dass es ihr eventuell sogar um mehr ging als nur um Sex. Die letzte halbe Stunde hatte mein Hirn ausgesetzt, doch das würde nicht noch einmal passieren. In San Francisco sah man ständig attraktive Typen auf der Straße, und als Tänzerin hatte ich mit so einigen zu tun gehabt. Ein heißer Tätowierer würde mich nicht aus dem Konzept bringen.

Ich spürte sofort, dass Olivia ihr Revier verteidigen wollte, als sie Jake zur Begrüßung einen Kuss auf die Wange gab und sich dabei näher an ihn schmiegte, als es mir gefiel. Ich schluckte und versuchte weiterhin unschuldig dreinzublicken.

»Ich wollte nur kurz vorbeischauen und hören, ob Pete schon angefangen hat. Aber wie ich sehe, ist ja schon alles in Arbeit«, erklärte sie, nachdem sie nun auch mich mit dem obligatorischen Küsschen begrüßt hatte. Bildete ich es mir nur ein, oder war es weniger herzlich als sonst? »Und ihr habt euch endlich zusammengerauft, wie ich sehe?« Sie blickte zwischen uns beiden hin und her.

»Ja, das haben wir.« Jake drehte sich zu mir um und sah mich nur kurz an. Doch dieser Augenblick reichte, um mich erneut völlig zu verwirren.

»Ich … Ich glaube, ich habe um die Ecke einen Coffeeshop gesehen. Hat noch jemand Lust auf Kaffee? Ich hol uns welchen.« Ich wusste, dass Liv niemals Nein zu einem Kaffee sagen würde.

»Reizende Idee.« Olivias Lächeln gefror zu Eis. Ein warnender Blick traf mich. *Lass die Finger von ihm* – ich hatte verstanden.

Mit gesenktem Kopf rannte ich fast zur Tür und war froh, als diese hinter mir ins Schloss fiel. Endlich war ich aus der Schusslinie.

Ich hatte wenig Lust auf Stress und flirtete daher lieber mit dem lustigen Typen hinter dem Tresen des Coffeeshops, um mich abzulenken. Außerdem streichelte es mein Ego, dass er sich darauf einließ, und das konnte ich jetzt gut brauchen, bevor ich mich wieder in die Höhle des Löwen zurück wagte.

Eine knappe Viertelstunde später trat ich gut gelaunt mit drei Bechern Kaffee durch die offene Tür – und beinahe wären sie mir aus der Hand geglitten und hätten sich als braune Lache zu meinen Füßen ausgebreitet. Wie erstarrt blieb ich in der Tür stehen und versuchte meine Gefühle unter Kontrolle zu bekommen, die bei dem Anblick der beiden in meiner Brust brannten: Jake und Olivia küssten sich. Und zwar ziemlich innig.

Sie standen mitten im Raum, seine Hände lagen auf ihrem Hintern und ihre waren in seinem Haar vergraben, lösten sich und fuhren an seinem Oberkörper hinunter. Ein verhaltenes Stöhnen war zu hören, und bevor ihre Finger seinen Schritt berühren konnten, öffnete ich meinen Mund. Mehr Kino konnte ich nicht vertragen.

»Jemand Kaffee?«

Jake zuckte ertappt zurück, seine Hände ließen Livs Hintern sofort los. Olivia kicherte, und ihr Blick sprach Bände. Sie hatte ihr Revier erfolgreich markiert.

Jake räusperte sich. »Ja … ich«, sagte er mit leicht belegter Stimme. Ich vermied es, ihn anzusehen, als ich ihm den Becher entgegenhielt.

»Okay, dann gehe ich mal wieder.« Olivia fuhr ihm mit ihren rot lackierten Nägeln über den Oberarm und strich ihm dann sanft über die Wange. »Wir sehen uns später. Und danke für den Kaffee, Carrie.« Ich bemerkte erst, dass ich die Luft angehalten hatte, als sie mir den Becher aus der Hand nahm und sich selbstsicher lächelnd an mir vorbeischob.

»Sorry …« Jake fuhr sich mit den Fingern durch die Haare. Er schien etwas verlegen zu sein.

»Wofür? Es ist dein Shop. Du kannst hier machen, was du willst und mit wem.« Ich merkte selbst, wie schnippisch meine Worte sich anhörten. Um das zu entschärfen, rang ich mir ein Lächeln ab, doch er sah mich nicht mal an.

»Heute brauche ich dich hier nicht mehr. Kannst du morgen um zehn hier sein?«, fragte er, ohne weiter auf den Vorfall einzugehen. Die Stimmung war komplett gekippt. Er war wieder ganz der Boss. Ich hoffte nur, dass es nicht jedes Mal so sein würde, wenn sie hier auftauchte. Auf dieses Hin und Her hatte ich keine Lust. Aber den Gedanken schob ich erst mal beiseite. Genauso wie sein gutes Aussehen. Er hatte Olivia. Und ich durfte diesen Job nicht auch noch verlieren.

»Kein Problem. Soll ich wieder Kaffee mitbringen?«, fragte ich versöhnlich. Ich rief mir in Erinnerung, dass Jake es sicher im Moment nicht leicht hatte. Der Tod seines Vaters, Familie und Freunde zurücklassen, die Verantwortung für einen neuen Laden … Und dann noch Olivia, die ihre Fühler nach ihm ausgestreckt hatte. Vielleicht half sie ihm, lenkte ihn ab.

Er hob den Blick und sah mich endlich an. Er hatte sich wieder im Griff. »Klar, bis morgen dann.«

Jake

Am nächsten Morgen hatten Pete und seine Männer bereits mit den Arbeiten im Shop begonnen, als ich um kurz vor zehn ankam. Der Lärm war ohrenbetäubend, als einer der Jungs im Bad die hässlichen Fliesen von der Wand abschlug. Ich dachte an Carries Reaktion auf die Toilette und schmunzelte. Die Radikalveränderung würde ihr gefallen. Der alte Tresen war der Brechstange zum Opfer gefallen, und die letzten Überreste des morschen Holzes wurden gerade in den Container geworfen, als Carrie durch die Tür trat.

»Guten Morgen! Hier ist ja schon richtig Action.« Sie kam mit zwei Bechern Kaffee in der Hand und einem erstaunten Ausdruck im Gesicht auf mich zu. In einem Ohr steckte noch ein Kopfhörer, wahrscheinlich lief irgendein Hip-Hop-Beat. Der andere baumelte locker über ihrer Schulter. In ihrem bunten weitschwingenden Rock, der ein bisschen nach Blumenkind aussah, dem weißen Top und mit dem süßen Lächeln auf den Lippen sah sie zum Anbeißen aus. Carrie hatte das gewisse Etwas, das selbst die Handwerker von ihrer Beschäftigung aufblicken ließ. Mir entgingen die gierigen Blicke der Männer nicht. Einer pfiff sogar anerkennend durch die Zähne, doch ein Stirnrunzeln in seine Richtung, und der Kerl zuckte entschuldigend mit den Schultern. Mit großen Schritten ging ich ihr entgegen und beugte mich zu ihr. Meine Lippen strichen über ihre Wange, und ich merkte, wie sie scharf die Luft einsog. Auf ihre Reaktion war ich nicht vorbereitet, doch die Jungs verhielten sich wie erwartet: Sie senkten ihre Köpfe und machten sich zügig wieder an ihre Arbeit. *Botschaft angekommen.*

Carrie murmelte etwas Unverständliches und runzelte leicht die Stirn. *Sie wird tatsächlich rot!*

»Ich wollte dich nur vor den gierigen Blicken beschützen«, erklärte ich schulterzuckend.

Sie schien sich schnell wieder gefangen zu haben und sah mich abschätzig an. »Ich brauche keinen Schutzhund. Ich kann ganz gut auf mich selbst aufpassen.«

»Davon gehe ich aus.«

Sie nickte. Dann hielt sie mir einen der Becher entgegen. »Hier. Für dich. Hätte ich gewusst, dass die Hütte schon voll ist, wäre ich mit mehr Kaffee hier aufgeschlagen. Für die *gierigen* Jungs.«

Ich widerstand dem Drang, ihr zu sagen, was Männern bei ihrem Anblick durch den Kopf ging. Mich eingeschlossen. Ich sehnte mich nach einem Eisbeutel, den ich mir zur Abkühlung in den Schritt packen konnte. »Pete war früh hier. Die Jungs haben einiges geschafft.«

»Das sehe ich. Und was kann ich nun tun?«

»Nichts, ich wollte nur einen Kaffee«, neckte ich sie.

Sie boxte mir mädchenhaft gegen den Oberarm. Ich jaulte gespielt schmerzhaft auf. Wider Erwarten genoss ich dieses Geplänkel zwischen uns. Es brachte Leichtigkeit in meinen Alltag, die ich lange vermisst hatte.

Sie hatte die dunklen Haare zu einem lockeren Dutt hochgebunden, mein Blick streifte ihren schlanken Hals. Wie es wohl wäre, ihre Haare zu lösen und die Hände darin zu vergraben? Fuck! Obwohl sie noch keine fünf Minuten hier war, brauchte ich eine Pause von ihr, um mich wieder in den Griff zu kriegen. Tief atmete ich durch und rief Pete zu uns.

Während der Bauleiter die Handschuhe auszog und auf uns zukam, sah Carrie mich fragend an: »Ist was?« Meinen plötzlichen Launenwechsel konnte ich offenbar nicht verbergen, und die Verblüffung darüber stand ihr ins Gesicht geschrieben.

»Nein, nein. Alles gut. Ich bin … gedanklich nur schon wieder einen Schritt weiter. Die Papiere können warten, es gibt noch was anderes für dich zu tun. Pete ist da für dich der bessere Ansprechpartner.« Mit einem gezwungenen Lächeln versuchte ich, meine Reserviertheit ihr gegenüber zu durchbrechen. Sie konnte schließlich nichts für meine schmutzigen Gedanken.

»Alles klar.« Bevor ich sie noch länger anstarren konnte, wandte ich mich endgültig ab und stürzte durch das Büro nach draußen in den Innenhof. Ich lenkte mich ab, indem ich versuchte, den richtigen Schlüssel an dem gigantischen Schlüsselbund zu finden, der in das kleine Vorhängeschloss der braunen Holztür des Schuppens passte. Ich wollte mich auf die Suche nach Gartenstühlen machen, die ich im Hof aufstellen konnte. Dann konnten die Handwerker ihre Pause im Freien abhalten, anstatt in ihren Autos. Die Tür des Schuppens öffnete sich knarrend. Dunkelheit schlug mir entgegen, und die staubige Luft kratzte in meinen Lungen. Ich wartete einen Moment, bis ich mich an die Schwärze gewöhnt hatte und wenigstens schemenhaft erkennen konnte, wo ich hintreten musste. Nach einer Weile fand ich auch einen Lichtschalter und kniff meine Augen zusammen, als die Neonlampe den schmalen Raum in ihr künstliches Licht tauchte.

Beim Eintreten stellte der Schuppen sich wie befürchtet als Rumpelkammer heraus. Er war vielleicht vier mal vier Meter groß, wirkte allerdings viel kleiner, so vollgestellt war er. Rechts und links sowie an der hinteren Wand stapelten sich Kisten, Kartons und anderer Kram. Vor den Kisten standen alte Stühle, Liegen und mehrere Metallschilder mit verblichenen Logos. Links von der Tür befand sich außerdem sowas wie eine Werkbank, auf der sich ebenfalls Kisten auftürmten. Im hinteren Teil lugte ein Metallregal wie ein Raumteiler hinter dem ganzen Kram hervor, das fast bis zur

Decke reichte und mit allerlei Schachteln und Metallkram vollgestopft war. Was dahinter lag, konnte ich nicht erkennen.

Na dann – Ich habe ja nichts anderes zu tun. Seufzend begann ich, die Schilder zur Seite zu stellen, als ich Schritte vernahm.

»Hier steckst du.« Ich drehte mich herum und konnte Olivias schlanke Silhouette im Türrahmen lehnen sehen. Mit einem aufreizenden Lächeln auf den wie immer rot geschminkten Lippen. Als sie eintrat und die Tür hinter sich zuzog, wusste ich sofort, was sie vorhatte. Aber das kam nicht infrage. Nicht hier. Nicht jetzt.

»Olivia, ich habe jetzt wirklich keine Zeit.« Ich fasste sie an den Schultern, als sie zu mir trat und mich küssen wollte.

»Nicht mal fünf Minuten?«, schnurrte sie dicht an meinem Ohr und ließ ihre manikürten Nägel über meinen Bizeps streichen.

»Nein. Nicht mal fünf Minuten«, sagte ich entschieden. »Pete wartet drinnen auf mich.«

»Der ist mit Carrie beschäftigt.« Ihr Mund kam näher, genau wie ihre Hand, die sich urplötzlich in meinem Schritt wiederfand.

Ich keuchte auf. »Was verstehst du an dem Wort Nein nicht?«

Verärgert schob ich sie von mir. Ihr Gesichtsausdruck veränderte sich schlagartig. »Schon gut, schon gut. Ich hatte gedacht, dich etwas ablenken zu können, aber wer nicht will, der hat anscheinend schon.« Sie reckte ihr Kinn und ordnete ihre Haare, die wie immer perfekt frisiert waren. Sie war sauer. Offensichtlich war sie es nicht gewöhnt, abgewiesen zu werden.

»Ein andermal, ja?«

»Wenn ich dann Zeit für dich finde …« Sie besah sich ihre roten Nägel. Nach einem halbherzigen Lächeln drehte sie sich um und verließ den Schuppen auf ihren High Heels so klappernd, wie sie gekommen war.

Ich verstand mich selbst nicht. Dieser Ort schrie förmlich nach einem heißen Quickie. Ich hätte sie auf den Kartons vögeln und mich damit von all dem Scheiß in meinem Kopf ablenken können. Niemand hätte uns gestört. Warum also hatte ich mich nicht darauf eingelassen? Ich seufzte, denn ich kannte die Antwort. Sie befand sich auf der anderen Seite des Hofes und arbeitete für mich.

Carrie

Mit meinem Notizbuch und einem Haufen Input im Gepäck machte ich mich auf die Suche nach Jake. Nachdem Liv mit raschen Schritten aus dem Shop gerauscht war, traute ich mich in den Innenhof. Ich hatte die beiden nicht erneut beim Knutschen oder anderen Aktivitäten erwischen wollen, darauf konnte ich verzichten. Mir hatte meine Freundin bei ihrer Ankunft deutlich zu verstehen gegeben, dass ich sie ja nicht noch einmal stören sollte. Aber wie es aussah, hatte Liv ihr Ziel nicht erreicht.

Langsam trat ich auf den Schuppen zu, aus dem ich scharrende Geräusche hörte, und warf einen Blick hinein. Unzählige Kisten stapelten sich in dem kleinen, staubigen Raum, und Jake kramte zwischendrin herum. Sein Schatten, der auf den nackten bloßen Betonboden geworfen wurde, war verzerrt und sah bedrohlich aus. Für den Bruchteil einer Sekunde überlegte ich, ob ich Angst vor ihm haben musste, doch das verneinte ich innerlich gleich wieder. Jake selbst machte mir keine Angst.

Einzig und allein meine Neugierde auf ihn jagte mir eine Heidenangst ein. Ich wollte diesem Mann nicht verfallen. Und schon gar nicht wollte ich eine weitere Kerbe in seinem Bettpfosten werden.

»Hey«, sagte ich leise und zuckte ebenso zusammen wie er, als sein Kopf hochruckte und gegen ein Brett knallte, das über ihm an der Wand hing. Dosen schepperten, und ein unterdrücktes Fluchen drang aus seinem Mund. »Tut mir leid«, stieß ich hervor.

»Kein Problem.« Jake rappelte sich auf und rieb sich den Kopf.

»Hat Olivia dich gefunden?«, fragte ich ihn und beobachtete aufmerksam seine Reaktion.

»Ja.« Seine Miene verdunkelte sich merklich. Er schien nicht begeistert über ihren Besuch zu sein. Mein Herz machte einen kleinen, dummem Hüpfer.

»Okay. Super. Das ist gut.« *Mann, was rede ich hier für einen Mist?* Ich räusperte mich und kam ein paar Schritte näher, war aber darauf bedacht, ihm nicht *zu* nahe zu kommen. »Ich hab mit Pete gesprochen und einen Plan für die nächsten Tage gemacht. Willst du mal sehen?«

Der Geruch seines herben Aftershaves lag in der Luft, als er auf mich zutrat. Sein Blick fand meinen, und sofort jagte ein heftiger Adrenalinstoß wie ein harter Rap durch meinen Körper. Mein Blick glitt über sein Kinn, dass von dunklen Schatten überzogen war. Rasiert hatte er sich heute Morgen definitiv nicht, aber das tat seinem Aussehen keinen Abbruch. Strähnen seiner Haare hingen ihm in die Stirn, und ich war versucht, sie ihm aus dem Gesicht zu streichen. Meine Finger umklammerten den Block fester und hielten ihn wie einen Schutzschild vor meiner Brust.

»Zeig mal her.«

So viel zum Thema Schutzschild. Er stellte sich dicht vor mich und hielt mir seine Hand entgegen. Ich hoffte, dass er mein Zittern nicht bemerkte, und überließ ihm zögernd die Notizen. Unweigerlich hielt ich den Atem an, was eher seinem Duft geschuldet war als der Angst, dass er meine Vorschläge in der Luft zerreißen würde. Pete hatte mich in Jakes Pläne eingeweiht, und ich hatte mir währenddessen überlegt, was ich Jake abnehmen konnte. Dazu gehörte der Einkauf von Shop-Inventar und Arbeitsmaterialien. Durch die Buchhaltung im Club war ich in Verhandlungen mit Geschäftspartnern geübt und wusste, wie ich ein paar Rabatte herausschlagen konnte. Ich würde verschiedene Großhändler anschreiben und vergleichen. Wenn der Laden in wenigen Monaten laufen sollte, musste alles rechtzeitig bestellt werden. Das sah Jake anscheinend genauso, denn nach einigen Augenblicken nickte er zufrieden.

»Das liest sich gut.«

»Danke. Es gibt hier außerdem jede Menge Flohmärkte in der Gegend, auf denen man verrücktes Zeug bekommt. In Chinatown gibt's genügend Kram. Im Mission Dolores Park findet auch regelmäßig einer statt. Oder, wenn du sonntags gerne früh aufstehst, könnte man rüber nach Treasure Island fahren.« Erstaunt über meinen eigenen Wortschwall lächelte ich verlegen und hob die Schultern.

»Du stehst auf alten Trödel?« Zuckte da etwa sein Mundwinkel?

»Ja, besonders faszinieren mich die Geschichten hinter den alten Sachen. Ich kann mir vorstellen, dass ein paar Antiquitäten die moderne Einrichtung gut ergänzen würden. Als Stilbruch, sozusagen.«

Eindringlich sah er mich an. »Du kennst meinen Geschmack?«

Ich erschauderte unter seinem Blick. *Verdammt, schon wieder zu weit aus dem Fenster gelehnt.* »Ich versuche ihn mir vorzustellen«, gab ich vorsichtig zurück. Pete hatte die ein oder andere Idee von ihm verlauten lassen. Wenn es stimmte, dann stand Jake auf alten Plunder. Und ich wusste, wo man ihn bekam.

Seine braunen Augen musterten mich neugierig. Wieder tanzten kleine leuchtende Punkte darin herum. Ich wollte einen Schritt zurücktreten, Raum zwischen uns schaffen. Doch meine Füße waren wie in Beton gegossen. Ich zwang mich, meinen Blick zu lösen, und lenkte ihn wieder auf die Schlange, die sich unter dem Kragen seines T-Shirts seinen Hals hochschlängelte. Ich fixierte die schwarzen Linien auf seiner Haut, um seinem Blick auszuweichen. Diese dunklen Augen machten mich schwach. Zu schwach.

»Ich bin gespannt.« Seine Stimme klang rau und war nicht mehr als ein Flüstern. Erst jetzt bemerkte ich, wie eng es in dem Raum eigentlich war und wie nahe wir uns gegenüberstanden. Ich spürte seine Wärme. In dem Schuppen war es angenehm kühl, trotzdem breitete sich eine unglaubliche Hitze in meinem Körper aus. Wie ein Schwelfeuer, dass kurz davor war auszubrechen.

Mein Hals kratzte, und mein Räuspern durchbrach die Stille, die sich wie ein Mantel um uns gelegt hatte. Ich löste meinen Blick von seinem Tattoo, ließ ihn über sein Kinn, seine Lippen, seine Nase bis hin zu seinen Augen hinaufwandern. Unsere Blicke fanden sich erneut. Er sah mich immer noch an. Ich ahnte, was gleich passieren würde.

Denk nicht mal dran, ermahnte ich mich stumm. *Tu es nicht.* Ich räusperte mich wieder, wollte mich abwenden, um das Knistern zwischen uns zu durchbrechen, aber Jake ließ das nicht zu. Er packte mich an den Schultern, hielt mich zurück, und seine Augen bohrten sich in mein Innerstes. Wie in Slowmotion wurde ich von ihm angezogen. Ich konnte mich nicht wehren, war wie erstarrt. Nur noch wenige Millimeter trennten unsere Gesichter voneinander.

Seine Lippen trafen hart auf meine, und ein unbändiges Verlagen nach ihm, seinen Berührungen, erfasste mich und jede Faser meines Körpers. Meine Arme schlangen sich wie von allein um seinen Hals, seine Hände lösten die Spange in meinen Haaren und vergruben sich darin. Er schob mich gegen eine Reihe von Kartons, bis seine Beine mich rechts und links gefangen hielten. Trotz der Kleidung brannten seine Finger auf meiner Haut. Ich erschauderte unter seiner Berührung. Seine Zunge drängte ungestüm in meinen Mund, tanzte wild mit meiner. Ich stöhnte leise auf. *Gott, kannst du küssen! Mehr davon.* Meine Vernunft war tot – es regierte mein Körper. Ich wollte nichts mehr als Jake zu fühlen, zu schmecken und ihn endlich in mir zu spüren.

Mein Unterleib schien explodieren zu wollen, als er meine Rippenbögen umfasste und mich noch enger an sich zog. Durch den dünnen Stoff meines Rocks spürte ich seine Erregung deutlich. Ich fühlte seine Hände auf meinem Rücken, seine rauen Finger auf meiner erhitzten Haut, als sie sich unter mein Top schoben, über meinen BH-Verschluss strichen und ihn in Sekundenschnelle öffneten. Er ließ seine Hände nach vorn streichen, nahm meine Brustwarzen zwischen Daumen und Zeigefinger und rieb sie in einem Rhythmus, der mich aufkeuchen ließ. Er küsste mich so stürmisch, dass mir schwindelig wurde. Meine Nippel brannten, streckten sich ihm entgegen, wollten mehr.

Seine Armmuskeln spannten sich unter meinen Fingern, als ich von seinen Schultern hinab über die Schlange strich. Ich ließ meine Hände unter sein Shirt wandern und fühlte das Piercing in seiner Brustwarze, das ich schon durch sein Shirt hatte erahnen können. Sein Oberkörper war hart wie Stahl, aber erzitterte, als ich sanft mit dem Ring in seiner Brust spielte. Seine Hüften drängten sich gegen meine. Das Pochen zwischen meinen Beinen wurde fast schmerzhaft.

»Du riechst so gut«, murmelte er an meinem Hals und leckte mir über die Haut. Ein erneuter Schauder überzog meinen Körper.

Er packte mich am Po und hob mich hoch, ohne meinen Mund freizugeben. Mein Hintern rutschte über etwas Hartes. Jake hatte mich auf der Werkbank abgesetzt und drängte sich zwischen meine Beine. Er zog mir das Top hoch, ließ seinen Mund über meine Brüste wandern, saugte an meinen Brustwarzen. Ich wollte schreien vor Lust, biss mir auf die Lippen, damit kein Laut meinen Mund verließ, als ich mich daran erinnerte, wo wir uns befanden. Immer tiefer glitten seine Hände an meinem Bauch hinunter, strichen über meine Oberschenkel zwischen meine Beine und schoben mir den Slip beiseite. *Schon praktisch, so ein Rock!*, schoss es mir durch den Kopf. Seine Finger erkundeten meine Mitte, und ich biss mir auf die Lippen, als er meine Perle fand und rhythmisch umkreiste.

»Du bist so heiß«, raunte er an meinem Ohr, bevor er seinen Mund wieder an meinem Hals hinuntergleiten ließ, über meine Brüste leckte und weiter zu meinem Bauch wanderte. Als er sich hinkniete, mir den Rock hochschob und seine Lippen auf meine nasse Spalte drückte, stöhnte ich auf.

Meine Hände krallten sich in sein Haar, hielten seinen Kopf in Position, während seine Zunge meine nassen Schamlippen erkundete. Seine Lippen schlossen sich um meinen empfindlichsten Punkt, und er saugte daran, sodass ich laut aufkeuchte und meinen Rücken durchbog. Seine rechte Hand hielt meinen Hintern fest. Mit zwei Fingern seiner linken drang er tief in mich ein und stimulierte mich an genau der richtigen Stelle. Seine Zunge umkreiste meine Klit, er schob seine Finger vor und zurück, brachte mich um den Verstand. Ich war heiß, ich war nass. Ich war kurz davor zu explodieren.

Bevor ich mich verlieren konnte, erhob Jake sich und vergrub seine Hände in meinem Haar. Er sagte nichts, und seine dunklen Augen musterten mich, als hätte er mich noch nie gesehen. Seine Lippen glänzten, und ich schmeckte mich selbst, als er seinen Mund erneut auf meinen presste.

Ich nestelte an dem Verschluss seiner Jeans herum, bis ich endlich fand, wonach ich suchte. Jake half mir, seine Hose hinunterzuschieben. Sein Stöhnen erklang nahe an meinem Ohr, als ich seine Erektion in die Hand nahm. Er war mehr als gut bestückt. Ich ließ meine zittrigen Finger über seine samtige Eichel kreisen, fühlte die Tropfen, die er verlor. Seine Zunge fuhr über meinen Hals, seine Hände lösten sich aus meinen Haaren. Etwas knisterte. Kondom. Klar. Fast hätte ich es vergessen.

Seine Hände schoben meine Beine weiter auseinander, rissen mir den String zur Seite.

»Oh Gott … Carrie …«, stöhnte er, als er mit einer einzigen Bewegung in mich eindrang. Ich klammerte mich an seine Schultern, passte mich seinem Rhythmus an und spürte seine Härte stoßweise in mir. Ich schob ihm meine Hüften stärker entgegen, wollte ihn ganz und gar in mir aufnehmen. Seine Finger rieben über meine nassen Schamlippen, während er sich ganz in mir versenkte.

»Scheiße, bist du eng«, hörte ich ihn krächzen. Ich spannte meine Beckenmuskeln an, um ihn noch intensiver zu fühlen.

»Jake?«

Petes lautes Rufen ließ uns auseinanderfahren wie zwei Kinder, die von ihren Eltern beim Doktorspiel erwischt worden waren. Jakes Körper, der sich eben noch lustvoll an meinem gerieben hatte, stoppte und versteifte sich. Meine Erregung verflüchtigte sich so schnell, wie sie gekommen war. Ich vernahm das laute Pochen unserer Herzen, das durch die plötzliche Stille drang wie Kanonenschläge.

»Still«, zischte er mir ins Ohr. *Witzbold. Als würde ich mich hier zu erkennen geben wollen.*

»Jake, bist du hier?«, rief Pete erneut. Jakes Kiefer malmte, als er seine Zähne aufeinanderbiss. Ich hörte Schritte. Sie kamen näher. Ich hielt die Luft an.

Hastig rutschte ich nach hinten, während er sich aus mir herauszog, zurücktrat und mit fahrigen Fingern seine Hose schloss. Ich richtete meinen Rock und mein Top und starrte auf meine Fußspitzen. Vorwurfsvoll starrten sie zurück. Mein Schoß pochte. Ich war mir sicher, dass meine Wangen noch immer glühten, und mein Atem wollte sich kaum beruhigen. Die Schritte stoppten irgendwo draußen. Wahrscheinlich horchte Pete, ob er Jake hörte, dann – endlich – zog er sich zurück. Kurz darauf hörte ich Petes Stimme im Shop nach Jake rufen. Ich atmete geräuschvoll aus.

»Ich …« Jake räusperte sich, diesmal mied sein Blick meinen. »Ich geh dann mal …«

166

»Klar.«

»Okay ...«

Ich erwiderte nichts. Erst als er den Schuppen verlassen hatte, traute ich mich, wieder Luft zu holen. Und darüber nachzudenken, was eben passiert war.

Kopf vs. Herz.

Ein Teil von mir war erschrocken darüber, dass ich es überhaupt so weit hatte kommen lassen. Aber der andere Teil ... sehnte sich nach Jakes Fingern auf meiner Haut, nach dem Orgasmus, der so nah gewesen war und der noch heiß in mir pochte und auf Erlösung wartete. Vor allem *damit* war ich so gar nicht einverstanden ...

Carrie

Ich schnappte laut nach Luft. Gerade hatte ich mich eine Stunde lang an der Stange verausgabt und neue Figuren einstudiert. Meine Wut im Bauch stachelte mich zusätzlich an, die Bewegungen zu trainieren, die ich mir am Abend bei den Mädchen abgeguckt hatte. Carlos hatte mich für die Primetime-Schicht ab zwanzig Uhr eingetragen. Vorher würde ich noch im Shop vorbeischauen, um einige Fragen mit Pete zu klären. Ich hoffte inständig, Jake nicht über den Weg zu laufen.

Ich konnte immer noch nicht fassen, dass ich gestern mit ihm geschlafen – *Nein!* – einen verdammten Quickie geschoben hatte. Mit *ihm*! Und das, obwohl ich mir noch Sekunden vorher geschworen hatte, niemals eine seiner Errungenschaften zu werden.

Im ersten Moment hatte ich Pete für die Unterbrechung erwürgen wollen, im Nachhinein war ich froh darum. Aber hatte Jake mich einfach so stehen lassen müssen? Ich fühlte mich benutzt, auch wenn ich es mindestens genauso gewollt hatte wie er. *Wie sollte ich ihm jemals wieder in die Augen sehen?*

Meine bisherigen Partner konnte ich an einer Hand abzählen, und einen One-Night-Stand hatte ich erst einmal gehabt. Mit Matt. Danach nie wieder. Das war definitiv nicht mein Ding. Gefühle und Sex gehörten für mich zusammen. Das eine funktionierte nicht ohne das andere. Mir fehlten dabei Vertrauen und Geborgenheit. Umso weniger verstand ich, dass ich mich Jake ohne nachzudenken hingegeben, mich ihm an den Hals geworfen hatte. Das sah mir gar nicht ähnlich. *Verdammt!*

Ich hatte die halbe Nacht nicht schlafen können. Zum einen wegen meiner Gewissensbisse, zum anderen weil ich unbefriedigt aus dem Schuppen geflohen war. Letztendlich hatte ich mir mit drei Gläsern Rotwein die nötige Bettschwere angetrunken. Die Auswirkungen des Alkohols spürte ich jetzt im Training. Und das frustrierte mich noch mehr.

Wie ich mit diesem Ohne-Abschluss-Quickie umgehen sollte, war mir auch noch nicht klar. Ich wusste nur, dass ich, bevor ich ihm erneut gegenübertreten konnte, mein dummes Herz zum Schweigen bringen musste. Denn es hämmerte unaufhörlich gegen meine Brust und klopfte seinen Namen.

»Hey, Carrie-Schatz. Was läuft?« Nolan holte mich aus meinen missmutigen Grübeleien und entlockte mir ein gefrustetes Schnauben, als er mir fröhlich seine neuen Ballettschläppchen unter die Nase hielt. »Ich will sie endlich ausprobieren. Lust auf einen Battle?«

Ich schüttelte den Kopf. »Sorry, No, aber ich bin nicht in Stimmung. Und außerdem muss ich gleich noch mal in den Shop und von da aus dann in den Club. Hast du eigentlich was von Darren gehört?«, lenkte ich ab.

»Nein, nichts«, sagte er leise. Ich trat näher und umarmte ihn.

»Wie geht's dir damit?«

»Wie soll es mir schon gehen? Ein gebrochenes Herz braucht Zeit zum Heilen.« Es tat mir in der Seele weh, ihn so gebrochen zu sehen. »Du schiebst jetzt tatsächlich Schichten im Club und wedelst mit deinem Knackpopo vor sabbernden Männern herum?«, fragte er, und schon klang seine Stimme belustigt wie immer. Mir war klar, dass er nur vom Thema ablenken wollte. Genau wie ich.

Ich warf ihm einen genervten Blick zu. »Wenn es nicht so traurig wäre, könnte ich drüber lachen.«

Nolan drückte mich. »Sorry, Schatz. Aber … Jetzt erzähl doch mal von deinem neuen Job. Du hast echt in einem Tattoostudio angeheuert?« Seine Stimme kiekste vor Neugier.

»Da gibt es nicht viel zu erzählen. Der Job ist okay. Ich mache die Buchhaltung und helfe diesem Typen beim Einkauf und dem organisatorischen Kram.«

»Und was hat dieser Typ dir angetan?«

»Was? Wer?« Ich sah ihn verblüfft an.

»Na komm, ich kenne dich lange genug. Ich sehe an der Art, wie du tanzt, wenn dich etwas bedrückt. Ich weiß, dass dir das mit Phil nahegeht, aber das ist nicht alles. Dieser Typ … Erzähl mir von ihm.«

»Wird das jetzt ein Verhör, oder was?« Unwillig löste ich mich aus seiner Umarmung, doch anstatt getroffen zu sein, verzog Nolan seine Lippen zu einem dicken Grinsen.

»Volltreffer. Du stehst auf ihn!«

»So ein Quatsch! Du spinnst ja total«, widersprach ich schnell. Zu schnell. Er kannte mich einfach zu gut. Ihm konnte ich nichts vormachen.

»Lüg dir nur selbst in die Tasche. Mal sehen, wie lange das gut geht. Also? Spuck's aus. Was hat er mit dir gemacht?«

»Ich … wir …«, ich rollte mit den Augen, dann knickte ich ein. »Wir haben uns erst ein paar Mal gesehen. Eigentlich kenne ich ihn überhaupt nicht. Und die meiste Zeit streiten wir uns oder versuchen, uns nicht misszuverstehen. Das ist echt anstrengend. Er ist ziemlich bossy, mürrisch und sollte wegen seiner Stimmungsschwankungen mal einen Therapeuten aufsuchen. Aber du hast ihn auf der Party ja kurz gesehen – er war mit Olivia da. Unattraktiv ist er nicht gerade. Na ja, irgendwas ist da zwischen uns, obwohl ich ihn nicht ausstehen kann. Und gestern, da ist es irgendwie über uns gekommen. Wir … haben miteinander … also fast. Aber ich wollte das gar nicht! Er ist ein Macho. Ein

Frauen-um-den-Finger-Wickler. Einer, den ich so gar nicht brauchen kann. Aber …« Ich stockte.

Nolan hatte die Hände an seine Wangen gelegt und sah mich verträumt an. Er schien geradezu entzückt zu sein von meiner Geschichte. Hatte er nicht verstanden, was für ein Aufreißer Jake war? In welchen Schwierigkeiten ich jetzt steckte, weil ich mit meinem Boss geschlafen hatte? Er seufzte theatralisch. »Ach, Carrie, es tut mir leid, dass ich dir das sagen muss, aber ich fürchte, du stehst nicht nur auf ihn, du hast dich sogar verknallt!«

»Nein! So ist es nicht. Er hat mich einfach in einem schwachen Moment erwischt. Und jetzt weiß ich nicht, wie ich ihm wieder unter die Augen treten soll. Außerdem steht Olivia auf ihn. Da will ich nicht dazwischenfunken.«

»Hat sie ihn denn *angeleckt*, dass er jetzt ihr Eigentum ist?«, fragte Nolan mit einem Augenzwinkern und markierte Gänsefüßchen mit den Fingern in der Luft. Ich schnaubte.

»Aber darum geht's doch gar nicht.«

»Worum dann?«

»Sie ist meine Freundin, und ich hintergehe sie, wenn ich etwas mit Jake anfange.«

»So wie es sich anhört, will er aber dich und nicht Olivia.«

»Blödsinn! Es kommt nicht darauf an, *wen* er will, sondern *was* er will. Nämlich nur Sex. Mit ihr hat er doch auch rumgemacht.«

»Autsch.«

»Er ist ein Player. Ich habe ihn mit ihr erwischt. Kurz darauf macht er mich an, und ich blöde Kuh fall auch noch darauf rein. Scheiße! Ich wollte nie nur Nummer 23 auf seiner Strichliste sein. Das hab ich wohl gehörig verbockt.«

Nolan hob die Hände, als wollte er irgendeinen schlauen Spruch erwidern, doch ich stoppte ihn sofort. Ich hatte nicht die Nerven, mit ihm darüber zu diskutieren.

»Ich muss unter die Dusche.« Ich drückte ihm einen Kuss auf die Wange und löste mich von ihm.

»Carrie?«, rief er mir hinterher, als ich schon fast aus der Tür des kleinen Spiegelsaals war.

»Was?« Ich drehte mich herum und sah ihn an. Er grinste.

»Gib ihm eine Chance.«

* * *

Nach einer ausgiebigen Dusche schlüpfte ich in meine Jeans und das T-Shirt, das ich am Morgen achtlos aus dem Schrank gezogen hatte. Es war alt, schlabberig und verwaschen, definitiv nichts, womit man Männerherzen erfreute. Aber das war auch nicht meine Absicht. Ich hoffte immer noch, Jake nicht zu begegnen, als ich durch die Tür des Shops trat.

Der übliche Baulärm dröhnte mir entgegen, die Handwerker hoben kurz die Köpfe, aber niemand beachtete mich weiter. Jakes Ansage von gestern hatte anscheinend gewirkt. Ich musste unwillkürlich grinsen – und verfing mich in ein paar achtlos rumliegenden Kabeln.

»Mist!« Ich fluchte, doch das konnte den Sturz nicht abwenden. Bevor ich auf dem Boden aufschlug, hielten mich zwei kräftige Arme fest und verhinderten, dass ich kopfüber in einen Bretterhaufen stürzte. Ich richtete mich auf und blickte direkt in Jakes dunkle Augen.

»Carrie ...« Er klang, als sei er ebenso überrascht, mich zu sehen. Ungläubig und irgendwie ... verlegen. Mir ging es ähnlich, nur dass ich dazu noch sauer war. Sauer auf ihn, dass er mich in eine solch unerträgliche Situation gebracht hatte, und auf mich selbst, weil ich mich darauf eingelassen hatte und damit nicht klarkam.

»Hey.«

»Alles okay? Hast du dir was getan?«

Ich schüttelte den Kopf. »Nein, alles gut. Danke. Du kannst mich wieder loslassen.« Es war unerträglich, seine Hände auf meiner Haut zu spüren, doch als sie meine Taille losließen, fehlte mir was. Mein Herz klopfte bis zum Hals, und ich war mir sicher, dass er es hören konnte. Ich musste hier weg. Schnell.

»Okay ...« Er fuhr sich mit den Fingern durch seine Haare, wie wenn er frustriert oder unzufrieden war. Mehr noch als die Geste selbst beunruhigte mich die Tatsache, dass ich sie deuten konnte, weil sie mir schon derart vertraut vorkam. Sein Blick fiel auf meine Sporttasche, die ich mir über die Schulter geworfen hatte. »Training?«

Ich mied seinen Blick. »Ja. Ich ... ist Pete da?«

»Er ist gerade weg. Kann ich dir vielleicht helfen?«

Nein!

»Ich wollte nur ein paar Dinge mit ihm besprechen. Dann mache ich das eben morgen.« Nur raus hier. Weg von ihm.

»Carrie?« Er hielt mich zurück, als ich im Begriff war, mich umzudrehen. Mein Name aus seinem Mund brachte mein Herz zum Stolpern. Ich erschauderte, als ich mich erinnerte, wie er ihn gestern gestöhnt hatte.

»Ja?«

»Ich fahre morgen für ein paar Tage weg. Ist es okay, wenn ich dich hier alleinlasse?«

Stimmt. Daran hatte ich gar nicht mehr gedacht. Wie schön, dass meine Gebete so schnell erhört worden waren. »Sicher. Ich komm klar«, sagte ich betont geschäftlich. Ich wollte gar nicht wissen, wohin er fuhr. Wahrscheinlich zu einer seiner zahlreichen Affären. Oder ein Kurzurlaub mit Olivia? Ich spürte, wie ich mich verkrampfte.

»Ich fliege für ein paar Tage nach L.A., um alte Kontakte zu reaktivieren. Für den Shop«, setzte er hinterher.

Ob er mir meine Skepsis angesehen hatte? Ich bemühte mich um ein Lächeln. »Das ist toll. Ich krieg das hier schon hin.«

»Davon gehe ich aus. Und wenn was ist – ich bin jederzeit über Handy erreichbar.« Sein Blick war intensiv und, trotz des Trubels um uns herum, unbeirrt auf mich gerichtet. Als studierte er jeden Gesichtsausdruck, jede Kurve und Bewegung.

»Alles klar«, stieß ich atemlos aus. »Ich … einen guten Flug und viel Erfolg.«

»Carrie?« Wieder strauchelte mein Herz. Wie sollte das nur weitergehen? Es war gut, wenn er ein paar Tage wegfuhr. Das würde mir Zeit geben, mich zu besinnen. *Etwas, das mir in seiner Gegenwart ganz offensichtlich nicht möglich ist.*

Jake berührte meine Schulter, als ich nicht antwortete. Ich zuckte unwillkürlich zurück. »Hm?« Ich begutachtete weiter meine Chucks. Sie könnten auch mal eine Wäsche vertragen. Aber mussten Chucks nicht so aussehen? *Verdammt! Reiß dich zusammen, Carrie!*

»Kann ich … kurz mit dir reden?«

Reden war nicht gut. Wenn er reden wollte, konnte er mir kündigen oder mir sagen, wie sehr er den Ausrutscher von gestern bereute. Oder eröffnen, dass er eigentlich mit Oliva zusammen war. Reden wollte ich unbedingt vermeiden. »Ich habe eigentlich gar keine Zeit …« *Lügnerin.*

»Es ist wichtig.«

»Muss das jetzt sein?«

Jake ließ nicht locker. »Es dauert nicht lange.«

Ich gab mich geschlagen. Er war mein Chef, er gab den Ton an. *Bring es hinter dich. Und dann geh und schlag ihn dir endlich aus dem Kopf …*

Ich folgte ihm durch den Shop, in dem zwei Arbeiter sorgfältig Rohre an einer Wand stapelten. Erst jetzt fiel mir auf, dass der alte Fußboden bereits komplett herausgerissen worden war. Die neuen Wasser- und Stromleitungen wurden gerade verlegt. Die gaben wirklich Gas.

Jake trat durch die Hintertür hinaus in den Innenhof. Ich folgte ihm mit etwas Abstand, und als ich eine kleine Sitzgruppe unter dem Baum im Schatten erspähte, hüpfte mein Herz. Er hatte tatsächlich meine Idee aufgegriffen und angefangen, den Hof zu verschönern. Wenn auch nur mit alten Möbeln, aber es war ein Anfang. *Freu dich nicht zu früh – es wird vielleicht das letzte Mal sein, dass du dich hier aufhältst.*

»Gefällt es dir?« Ich nickte, und er schien erleichtert zu sein.

Er setzte sich auf einen der Stühle und streckte seine langen Beine aus. Abwartend sah er zu mir auf. Mit einem stillen Seufzer setzte ich mich zu ihm und ließ meinen Blick durch den Innenhof schweifen. Er hatte noch viel zu tun, wenn er diese kleine Oase zum Leben erwecken wollte. Schade, ich hätte ihm gern dabei geholfen. Krampfhaft vermied ich es, ihn anzusehen, als er das Wort ergriff.

»Carrie ... Wegen gestern ... Also ...«

»Schon gut, Jake. Es war ... es ist ja nichts passiert. Keine Ahnung, was das war, aber glaub mir, ich bereue es ebenso wie du. Ein ... dummer Ausrutscher.« Ich wollte nicht darüber sprechen, wollte es zu gerne vergessen. Und vor allem wollte ich ihm zuvorkommen. Ihm zeigen, dass es mir nichts ausmachte. Dass es nichts weiter als Sex gewesen war und es auch mir nichts bedeutet hatte. Es hatte mir gereicht, dass er mich gestern einfach hatte stehen lassen. Noch mehr Demütigung verkraftete ich nicht.

Ich hatte mit tosendem Beifall gerechnet, damit, dass er mir erleichtert zustimmen würde. Doch nichts von dem geschah.

Ich atmete durch und brachte all meinen Mut auf, um ihn anzusehen. Der neutrale Ausdruck in meinem Gesicht strafte die überschäumenden Gefühle in meinem Inneren Lügen. Was sich in diesem Moment auf seinem Gesicht abzeichnete, konnte ich nicht deuten. Erst nach einigen Sekunden, die mir unendlich lang vorkamen, straffte er die Schultern, erhob sich und sah auf mich hinab. Seine Miene war undurchdringlich, und seine Augen hatten jegliche Wärme verloren.

»Na, dann ist ja alles geklärt. Wir sehen uns in ein paar Tagen.« Bevor ich noch etwas erwidern konnte, hatte er schon mit schnellen Schritten den Hof überquert und war im Haus verschwunden. Ich blieb völlig geplättet sitzen. Was war das denn gewesen?

Zumindest keine Kündigung. Was es für die Zukunft aber auch nicht leichter machen würde.

Jake

Die Sonne brannte vom Himmel herab, als ich in L.A. aus dem Terminal heraustrat. Anders als in San Francisco war die Luft hier weniger schwül, was der Hitze aber keinen Abbruch tat. Nach knapp eineinhalb Stunden Flug sehnte ich mich danach, mir die Beine zu vertreten. Aber Hank wohnte zu weit entfernt, und so wollte ich die Strecke nicht zu Fuß bewältigen. Also stieg ich in das nächstbeste Taxi und nannte dem Fahrer die Adresse in Santa Monica, die Hank mir am Telefon durchgegeben hatte.

Keine halbe Stunde später stand ich vor einem grün angestrichenen Gebäude, an dessen rechter Seite sich der Eingang zu Hanks Shop befand. *H. S. Tattoo* prangte in schwarzen Lettern über der alten Holztür, von der die Farbe bereits abblätterte. Der Laden wirkte von außen ziemlich heruntergekommen. Eigentlich hatte ich auf ein bisschen Inspiration gehofft, doch nach diesem ersten Anblick machte ich mir da keine Hoffnungen mehr.

Als ich durch die klingelnde Ladentür eintrat, wurde ich jedoch eines Besseren belehrt. Der Innenbereich wirkte einladend hell und freundlich. Eingangs befand sich gleich rechts ein Wartebereich mit einer Sitzgruppe aus schwarzem Leder. Ein Wasserspender und ein alter Bosch-Kühlschrank rundeten das Bild ab. Auf dem dunklen Fußboden standen in einer Ecke mehrere rote Sessel, an den verputzten Wänden hingen Fotos von Kunden, Künstlern und Celebrities, die sich hier hatten stechen lassen. Sogar ein paar Gitarren und Geigen hingen an den Wänden, was dem Ganzen einen gewissen Charme verlieh. An beiden Seiten des

Raums waren Arbeitsplätze mit schwarzen Liegen und Stühlen eingerichtet, an denen ebenfalls rote Schreibtische und Schränke standen. Ich trat näher an den Tresen, der in demselben leuchtenden Rot gehalten war und hinter dem auch noch eine Rothaarige kaugummikauend am Telefon hing. Ich schmunzelte. Hank schien eine Lieblingsfarbe zu haben.

Der Rotschopf grinste mich an und zeigte mir mit einem vielsagenden Augenrollen, dass sie gleich für mich da wäre. Unwillkürlich stellte ich mir Carrie hinter meinem neuen Tresen vor, wie sie die Kunden begrüßte. Und ich würde ausrasten, wenn sie dabei Kaugummi kaute und mit den Augen rollte. Sofort erhöhte sich mein Pulsschlag. Wie sollte ich jemals normal mit ihr zusammenarbeiten, wenn ich nicht mal an sie denken konnte, ohne dass ich eine Latte bekam? Es schien *ihn* überhaupt nicht zu interessieren, dass Carrie mich eiskalt abserviert hatte und das kleine Intermezzo eindeutig bereute.

Ich seufzte innerlich und fragte das Mädchen, das mittlerweile das Gespräch beendet hatte, nach Hank. Einen Augenblick später hörte ich ein Rascheln hinter dem Tresen, und dabei fiel mir auf, dass ich kaum Erinnerungen an Hank hatte. Würde ich ihn sofort wiedererkennen? Durch einen Vorhang trat ein älterer Mann heraus. Das Erste, was mir ins Auge fiel, waren die unzähligen Tattoos, die fast jeden Fleck seiner Haut zierten. Ein schwarzer Cowboyhut auf seinem Kopf, unter dem seine weißen Haare zu einem Zopf gebunden waren, und die wachen Augen, die mich neugierig musterten, machten ihn mir sofort sympathisch. Durch seinen langen, ebenfalls weißen Bart war die Ähnlichkeit mit den Sängern von ZZ Top nicht von der Hand zu weisen.

»Jake?« Er kam um den Tresen herum. »Ich fass es nicht. Aus dir ist ja ein richtiger Kerl geworden.« Seine Lippen entblößten zwei Reihen weißer Zähne, die in krassem Gegensatz zu der kalifornischen Bräune seiner Haut standen.

»Ich habe mein Bestes gegeben«, antwortete ich und schüttelte ihm seine tätowierte Pranke. Hank überragte mich noch um wenige Zentimeter. Ich hatte ihn riesig in Erinnerung, aber damals war ich ein Zwerg gewesen.

»Schön, dass du gekommen bist. Ich freue mich wirklich sehr, dich zu sehen.« Wenn ich ehrlich war, freute ich mich ebenso, ihn endlich richtig kennenzulernen. Er führte mich aus der Hintertür in einen kleinen Hof, der meinem ähnelte, allerdings wesentlich besser in Schuss war. Das Mädchen vom Empfang brachte uns zwei eisgekühlte Biere. Wir ließen uns in gemütliche Stühle fallen und prosteten uns zu.

»Es tut mir leid um deinen Dad«, begann er das Gespräch. »Tom und ich hatten noch engen Kontakt, auch in den letzten Wochen seiner Krankheit hatte sich das nicht geändert. Leider waren wir beide nicht mehr in der Lage gewesen, viel zu reisen, deswegen haben wir uns drei Jahre vor seinem Tod das letzte Mal gesehen. Aber das Telefon war unser bester Freund.« Er nahm einen weiteren Schluck aus der Flasche, ich schwieg und hörte ihm zu. »Der Krebs hat ihn aufgefressen. Von innen heraus. Das war echt scheiße. Aber er hat sich nie beschwert. Und er hat oft von dir gesprochen.«

Damit hatte ich nicht gerechnet, skeptisch runzelte ich die Stirn. »Er hätte sich bei mir melden können. Wenn er gewollt hätte.«

Hank schüttelte langsam den Kopf. »Glaub mir, Jake, das hat er oft versucht. So einfach war das nicht. Ich mochte deine Mutter nicht sonderlich, aber das ist nicht der Grund für meine Worte. Nachdem Susann ihn verlassen hatte, hat sie Tom keinen Kontakt zu dir erlaubt. Er hat dir Briefe geschrieben, Pakete zu deinen Geburtstagen geschickt und in der ersten Zeit nach eurem Auszug auch angerufen. Sie hat sogar ihre Nummer geändert, als sie damals ging, doch mit ein paar Kontakten ... Na ja, du weißt ja, wie das ist. Aber sie hat immer aufgelegt. Die Geschenke kamen ungeöffnet zurück, genau wie die Briefe. Irgendwann hat Tom aufgegeben.«

Das saß. Ich wusste nicht, wie ich mit dieser Information umgehen sollte. Meine Mom hatte die Trennung anders dargestellt. Sie hatte mir weisgemacht, dass er uns verlassen hatte. Wie es aussah, war das gelogen. Auch davon, dass er Kontakt mit mir halten wollte, hatte sie mir nie etwas erzählt. Nie waren Briefe meines Vaters bei mir angekommen, geschweige denn Geschenke. War sie wirklich so fies gewesen, mir meinen Vater vorzuenthalten? Den wahren Grund ihrer Trennung kannte ich anscheinend auch nicht. Ich konnte mir jetzt nicht mehr vorstellen, dass es nur daran gelegen hatte, dass sie verletzt gewesen war, weil ihm das Studio wichtiger gewesen war als sie. Als ich. Aber war sie wirklich so herzlos?

Mom und ich hatten auch schon lange keinen Kontakt mehr. Ihr Neuer und ich waren nicht miteinander klargekommen. Ich war mit siebzehn ausgezogen. Die Besuche zu Hause seitdem konnte ich an einer Hand abzählen. Als ich Mitglied im Motorradclub wurde, war es damit ganz vorbei. Ob ich jemals Antworten auf die Fragen bekommen würde, die durch Hanks Worte in mir aufkamen? Wollte ich überhaupt wissen, warum meine ganze Kindheit offensichtlich nur eine einzige Lüge gewesen war? Hatte das wirklich nur an meiner Mutter gelegen?

Anscheinend sah Hank mir meine Zweifel an, denn er versuchte gleich, sie mir zu nehmen: »Tom hat viel falsch gemacht in seinem Leben, das stimmt. Aber wenn du ihm eines nicht vorwerfen kannst, dann, dass er kein guter Vater gewesen war. Er hat dich geliebt, Jake, und er hätte alles getan, um sich um dich kümmern zu dürfen. Aber er durfte nicht. Es tut mir leid, Jake, aber es lag nicht allein an deinem Dad.«

Blitze der Erinnerung zuckten auf und spülten einzelne Bilder in meinen Kopf, die jahrelang irgendwo vergraben gewesen waren.

Mein Vater und ich im Garten, im Pool, beim Baseball und ich auf seinem Schoß im Shop. Er war verschlossen, aber nie grob gewesen. Wenn ich darüber nachdachte, hatten wir tatsächlich einiges zusammen unternommen, er hatte sich Zeit für mich und meine Fragen genommen. Welchen Grund hätte Hank haben sollen, mich anzulügen? Keinen. Wie also hatte ich jemals glauben können, dass mein Vater mich nicht mehr gewollt hatte? Jetzt fühlte ich mich schlecht. Ich wollte zu Hause darüber nachdenken. Nicht jetzt.

Als der Gedankenkreisel in meinem Kopf sich beruhigt hatte, richtete ich das Wort an Hank. »Warum hast du mich gebeten zu kommen, Hank?«

»Du verlierst nicht viele Worte, was? Das hast du von deinem Vater. Der kam auch immer gleich auf den Punkt. Deswegen habe ich auch gerne mit ihm zusammengearbeitet, bis er nach San Francisco gegangen ist.« Hank schmunzelte, als erinnerte er sich an etwas. »Ich habe deinen Vater sehr geschätzt, und es freut mich, dass du sein Erbe antreten willst. Das willst du doch, oder?«

Ich nickte langsam. »Das will ich, ja.«

»Du bleibst also in San Francisco?« Wieder nickte ich. »Das freut mich sehr, Jake. Ich möchte dir dabei unter die Arme greifen.«

Ich lehnte mich vor und verzog meine Mundwinkel zu einem gezwungenen Lächeln. »Danke. Aber ich brauche keine Hilfe. Er hat mir genügend Geld-«

»Ich rede nicht von Geld, Junge. Davon könnte ich selbst etwas gebrauchen«, unterbrach er mich mit einem Augenzwinkern. Mir fielen die Lachfalten auf, die seine Augenwinkel umgaben. Seine Haut sah aus wie gegerbtes Leder.

»Wovon dann?«

»Hast du schon Mitarbeiter für den Shop? Gute Tätowierer?«

»Nein, ich habe noch niemanden. Außer Carrie. Sie ist keine Tätowiererin. Sie macht die Buchhaltung und beaufsichtigt die Handwerker, während ich hier bin.«

»Carrie?« Er zog fragend eine seiner buschigen Augenbrauen nach oben.

»Sie ist … Ich habe sie eingestellt, weil ich jemanden brauche, der mir den Rücken freihält, während ich mich um eine Crew kümmere. Sie ist meine Shop-Managerin.« Ich schwenkte schnell um. »Worauf willst du hinaus? Hast du jemanden im Sinn?« Hank räusperte sich, grinste. Dann nannte er mir einen Namen.

»Eric Mazzone, die Tattoo Gun.«

»Tattoo Gun?« Ich beugte mich neugierig vor.

»Sein Spitzname ist Gun. Er ist der beste Tätowierer, den ich je hatte.«

»Warum willst du ihn dann loswerden? Sucht er einen neuen Shop?«

»Ich will ihn nicht loswerden, Jake. Er hat vor drei Jahren als Gast-Tätowierer bei mir angefangen. Und ist geblieben. Aber ich glaube, es wird allmählich Zeit für ihn, sein Können zu erweitern. Ich kann ihm nichts mehr beibringen.«

»Wenn du das sagst. Was ist sein Spezialgebiet?«

»Porträts. Farbe und Grey. Was hältst du davon: Ich lade dich auf einen Drink ins Hot Chocolate ein. Eine Bar hier um die Ecke, die einem alten Freund von mir gehört, Freddy. Er lässt dort ständig Musiker auftreten, und Eric hat heute Abend einen Gig. Dann kannst du ihn kennenlernen. Außerdem gibt es dort die besten Burger der Stadt.«

»Einen Gig?«

»In seiner spärlichen Freizeit versucht Eric sich als Musiker. Und er ist gut. Und ein absolut verrückter Kerl. Ich glaube, ihr beiden werdet euch gut verstehen.«

Jake

Rockiger Sound dröhnte uns entgegen, als wir Hanks alten Camaro am Straßenrand gegenüber dem Hot Chocolate parkten.

Als wir ausstiegen und die Straßenseite wechselten, fiel mir als Erstes eine Wandmalerei auf, die sich über die komplette Fassade der Bar zog. Allerdings war sie noch nicht ganz fertig. Ein Mädchen mit schwarzen Haaren, die sie unter einer Baseballcap zu einem Pferdeschwanz zusammengebunden hatte, saß in zerrissenen Jeans inmitten mehrerer Farbtöpfe am Boden und schien völlig versunken in ihre Arbeit zu sein. Mit einem Pinsel in der Hand zog sie einen Strich nach dem anderen über die Wand, auf der bereits verschiedene Szenen aus alten Filmen zu erkennen waren: Marilyn Monroe in ihrem weißen Kleid, Ingrid Bergman und Humphrey Bogart in *Casablanca*, Charly Chaplin mit seinem Stock und noch viele weitere bekannte Hollywoodstars. Angesichts der Detailtreue konnte ich nur staunen. Und es wirkte nahezu dreidimensional. Über den Köpfen der Stars prangte in Knallrot der Schriftzug: Hot Chocolate.

»Das sieht klasse aus.« Ich blieb stehen und ließ das Gesamtkunstwerk auf mich wirken. Das Mädchen drehte sich zögernd zu mir herum. Ein schüchternes Lächeln legte sich auf ihr Gesicht.

»Du meinst hoffentlich das Bild?«

Ich grinste und trat näher. »Das ist wirklich genial!«

»Danke.« Sie packte den Pinsel beiseite und widmete mir ihre Aufmerksamkeit.

»Machst du das beruflich?« Wenn sie professionelle Streetart-Künstlerin war, nahm sie mit Sicherheit ein sattes Honorar. Aber sie hatte genau den Stil, den ich mir für mein Studio vorstellte. Ich hatte vor, die Außenfassade sowie eine Wand im Shop mit ähnlichen Motiven bemalen zu lassen. Die Stimmung, die dieses Mädchen mit seinem Pinsel einfing, war wirklich besonders. Genau das, was ich suchte.

Sie zuckte mit den Schultern. »Ich mach das, weil es mir Spaß macht«, antwortete sie.

»Malst du auch gegen Bezahlung?«

Sie zögerte und blickte mich kritisch an. »Kommt darauf an. Ich lege mich ungern fest. Und ich arbeite nicht für jeden.«

»Das verstehe ich. Mir gefällt deine Arbeit. Genau das, was ich für meinen Shop suche.«

»Was für einen Shop?« Sie erhob sich und griff nach einer Flasche Cola, die neben ihr stand. Ich erklärte ihr in kurzen Worten, was ich vorhatte. »Hättest du Lust, nach San Francisco zu kommen? Ich übernehme auch deine Kosten für die Anreise plus Übernachtungen. Und ich zahle gut«, setzte ich hinterher, als ihr Blick immer skeptischer wurde.

»Ich ... weiß nicht ...« Sie traute mir nicht.

»Ich verbürge mich für den Jungen hier.« Hank legte mir seine Hand auf die Schulter und lachte. Ihre Augen weiteten sich. Kein Wunder. Jetzt hatte sie es gleich mit zwei tätowierten Kerlen zu tun, die beide nicht gerade vertrauenerweckend aussahen. »Er sieht nur so wild aus, im Grund ist er ein netter Kerl. Außerdem bin ich ein Freund von Freddy.«

Ihr Gesicht hellte sich auf. »Und wer bist du?«

Hank löste sich von mir und streckte ihr seine Hand entgegen. »Ich bin Hank, vom Tattooshop am Venice Boulevard. Haben wir uns nicht schon mal gesehen? Du bist doch Joyce, oder?«

»Hey, klar!« Sie ergriff seine Hand, danach drehte sie ihren Arm, sodass ein Tattoo an ihrem Unterarm zum Vorschein kam. Es zeigte eine Uhr, eingefasst in einen Totenschädel, deren Uhrwerk von Rosen, Ranken und Schmetterlingen umgeben war. »Wenn ich mich recht erinnere, hast du das hier gemacht. Dass du dich noch an meinen Namen erinnerst ...«

»Stimmt. Das war ich. An dich erinnere ich mich besonders gut. Das war letzten Sommer, aber da hattest du noch rote Haare.« Er zwinkerte ihr zu.

Sie lachte. »Richtig. Gutes Gedächtnis.«

Ich war versucht, das Kunstwerk anzufassen, mit meinen Fingern über die feinen Schattierungen zu fahren. Jeder Künstler hatte seine eigene Handschrift. Selbst, wenn die Vorlage dieselbe war, würde das fertige Bild immer anders aussehen. Die Art und Weise, wie dieses Tattoo gestochen worden war, zeigte eindeutig Hanks Stil. Ich hatte mir am Nachmittag nach unserem Gespräch noch seine Mappen durchgesehen, und in seinem Laden hingen zahlreiche Fotos seiner Werke.

Joyce lächelte verlegen und drehte ihren Arm wieder zurück. »Ich finde es auch gut gelungen. Ich wollte darstellen, wie eng Tod und Leben doch miteinander verbunden sind. Wie schnell alles vorbei sein kann und so ...«

Ich nickte nachdenklich, immer noch fasziniert. »Und die Vorlage hast du selbst gezeichnet?« Sie bejahte. Ich musste dieses Mädchen für meinen Shop gewinnen. Sie war perfekt.

»Ich muss jetzt weitermachen. War nett, dich wiedergetroffen zu haben, Hank.« Ihr Lächeln war zuckersüß, und jetzt fielen mir auch die Sommersprossen auf ihrer Nase auf.

»Denk drüber nach, ja?«, erinnerte ich sie noch mal an mein Angebot, nachdem wir uns voneinander verabschiedet hatten.

»Ich überleg es mir, okay?« Sie grinste hilflos, dann wandte sie sich wieder ihren Farbtöpfen zu. Schnell griff ich nach einem Pinsel, tunkte ihn in schwarze Farbe und versuchte halbwegs leserlich ein paar Zahlen auf den Betonboden zu kritzeln.

»Was wird das?« Sie zog die Augenbrauen so hoch, dass sie fast unter ihrer Cap verschwanden.

»Ruf mich an, wenn du es dir überlegt hast«, sagte ich, als ich nach einer gefühlten Ewigkeit meine Handynummer auf dem Boden verewigt hatte und den Pinsel zurücklegte. »Ich bin übrigens Jake. Jake Burnett. Und ich hätte dich wirklich gerne in meinem Team.« Ihr verdutzter Gesichtsausdruck verfolgte mich, bis ich um die Ecke zum Eingang verschwunden war.

Ich hoffte sehr, dass sie auf mein Angebot eingehen würde. Da ich nicht wusste, was sie hier in L.A. für Verpflichtungen hatte, konnte ich nicht mehr tun, als ein Stoßgebet gen Himmel zu schicken. Vielleicht half es ja.

»Du bist ein verrückter Hund.« Hank stieß mir lachend in die Rippen. Wir waren fast vor dem Eingang der Bar angekommen.

Ich zuckte nur mit den Schultern. »Gute Künstler sind schwer zu finden. Und sie ist der Hammer.«

»Du kommst ganz nach deinem Dad. Das gefällt mir.« Er grinste mich an, und wieder gruben sich die Lachfalten in seine Lederhaut. Hank gehörte mit seinen fast sechzig Jahren noch lange nicht zum alten Eisen. Dafür war er zu agil. Ich konnte mir ihn und meinen Vater gut als Team vorstellen. Zwar war ihre gemeinsame Zeit schon einige Jahre her, und sie waren sehr unterschiedlich – mein Vater verschlossen und wortkarg, Hank offen und herzlich –, aber Gegensätze zogen sich an. Damals mussten sie das Dreamteam der Tattooszene in L.A. gewesen sein. Schmunzelnd folgte ich ihm in die Bar.

Die Tür war geöffnet, vereinzelt standen die Leute vor dem Eingang und wippten im Takt der Musik mit. Als wir eintraten, fanden wir kaum Platz, um einen weiteren Schritt hineinzumachen. Es war gerammelt voll. Dicht an dicht drängten sich Männer und Frauen, die ihre Augen auf die kleine Bühne gerichtet hatten. Dank meiner Größe konnte ich über die Menge hinweg einen Blick auf den Sänger werfen.

»Das ist Eric.« Hanks Augen leuchteten. Eric saß mit einer Gitarre auf einem Barhocker, hinter ihm ein Keyboarder, ein Schlagzeuger und ein weiterer Gitarrist. Der Sound der Band war rockig und erinnerte mich ein wenig an Kings of Leon. Eric coverte mit einer tiefen, rauen Stimme gerade einen Song von den Red Hot Chili Peppers.

Er hatte lange Haare, die im Nacken zusammengebunden waren, und einen Vollbart. Er schien die Meute im Griff zu haben, sie feierten und grölten den Chorus mit. Die Stimmung war ausgelassen, und vor allem die Frauen schienen auf ihn abzufahren. Ein ganzer Schwarm junger Mädels himmelte ihn aus der ersten Reihe an, und mitten aus dem Gedränge ertönten immer wieder vereinzelte Rufe. Ich fragte mich, warum er hier wegwollte. Das hier schien das Paradies zu sein: Musik, Alkohol und heiße Mädels.

»Hey, was kann ich euch bringen?« Eine Kellnerin mit wilden Locken, deren enges T-Shirt den Schriftzug der Bar trug, lächelte mich an.

»Ich nehm ein Bier. Hank?« Ich sah meinen Begleiter fragend an.

»Ich auch, schöne Lady. Danke sehr.«

Die Bedienung zwinkerte ihm zu. »Gerne, junger Mann.«

Grinsend kehrte sie uns den Rücken zu und zwängte sich in Richtung des Tresens durch die Menge. Ich lachte auf und schüttelte ungläubig den Kopf. Wie schaffte der alte Mann es bloß immer noch, die Mädels um den Finger zu wickeln? Seinem Charme konnte sich offenbar niemand entziehen. Außerdem hatte er Stil und machte auch mit fast sechzig noch eine gute Figur. Er hatte keinen Bierbauch, ging aufrecht, und aus seinen Augen sprühte die pure Lebensfreude. Er erweckte eher den Eindruck, als würde er täglich eine Joggingrunde am Venice Beach drehen. Vermutlich sogar mit hübschen, durchtrainierten Damen an seiner Seite. Natürlich gab es kaum einen Flecken Haut, der nicht mit Tattoos bedeckt war. Manche wirkten düster, andere dafür fast schon feminin, aber das passte auch zu Hank. Er trug, was ihm gefiel. Nicht, was anderen gefallen sollte.

Wenige Minuten später kam durch die Enge der Bar ein großer, farbiger Mann mit Bart auf uns zu. In seiner Hand hielt er zwei Flaschen Bier. »Hank, altes Haus! Dass du dich hier mal wieder blicken lässt. Nichts mehr los in Santa Monica, dass du dich hierher verirrst?« Die beiden begrüßten sich laut lachend wie alte Freunde. Hank stellte uns einander vor – es war Freddy, der Besitzer des Hot Chocolate –, und mir fiel sofort das Tattoo an seinem Unterarm auf. In einem anatomisch detailliert dargestellten Herz hockte eng umschlungen ein Pärchen und küsste sich. Das Tattoo war im Black-and-Grey-Stil gestochen, die Umrisse des Herzens waren schattiert, sodass es aussah, als pulsierte es noch. Drumherum waren mit feinen Linien mehrere Daten gestochen. »Ich wollte es mir nicht nehmen lassen, euch persönlich zu begrüßen. Zwar muss ich gleich wieder hinter die Bar, aber ich hoffe, ihr bleibt noch ein bisschen?«

»Für einen guten Freund ist mir kein Weg zu weit, das solltest du wissen.«

Nach einem kurzen Geplänkel verschwand Freddy wieder hinterm Tresen, und ich fragte Hank nach dem außergewöhnlichen Bild auf Freddys Arm. »Kurz nachdem seine Frau vor etlichen Jahren gestorben ist, kam er zu mir in den Shop. Er war auf der Suche nach etwas, dass ihn für immer an seine große Liebe erinnern würde. Und so kam es zu seinem ersten und einzigen Tattoo. Und zu unserer Freundschaft.«

Wir tranken unser kühles Bier und hörten der Band zu. Das Hot Chocolate war nicht nur eine Bar, wie Hank mir berichtete. Freddy öffnete bereits morgens und servierte ein feudales Frühstück. Mittags trafen sich hier die Geschäftsleute der Umgebung zum Lunch und nachmittags die Muttis mit ihren Kindern auf einen Kaffee und ein Stück selbstgebackenen Kuchen. Abends wurde die Lokalität dann zur Bar. Einmal im Monat fand eine große Motto-Party statt, und an den anderen Wochenenden spielte meistens eine der kleinen Bands aus der Nähe.

»Und? Was meinst du?« Hank nickte mit dem Kinn in Erics Richtung.

»Was soll ich sagen. Singen kann er. Wenn er nur halb so gut tätowiert, kann er bei mir anfangen.«

»Besser, mein Junge. Du wirst dich noch wundern, was Eric alles kann.« Ich wurde das Gefühl nicht los, das Hank in Eric mehr sah als nur einen Mitarbeiter. Er sprach von ihm wie von einem Sohn.

Als die Band eine Pause machte, bahnte Hank sich einen Weg, um den Musiker zu uns zu holen. Währenddessen blickte ich mich in der Bar um. Der Besitzer dieses Ladens schien eine Vorliebe für dunkles Holz und Filmgeschichte zu haben. Wie uns draußen an der Fassade schon die Kinostars entgegengeblickt hatten, so fanden sie sich auch hier auf Unmengen alter Schwarz-Weiß-Fotos wieder, die eingerahmt hinter Glas an den Wänden hingen. Ich fragte mich, ob das tatsächlich Originale waren.

Mein Blick blieb an einem Mädchen hängen, das an dem Holztresen lehnte. Wohlgeformte Beine steckten in knappen Hotpants, und dunkle Haare fielen ihr über die schmalen Schultern. *Carrie.* Doch dann wandte sie mir ihr Gesicht zu, und ich erkannte meinen Irrtum. Mein Herz schien das

Memo nicht bekommen zu haben und wummerte noch immer in meiner Brust. Als die Fremde meinen Blick bemerkte, verzog sich ihr Mund zu einem aufreizenden Lächeln. Sie hatte für meinen Geschmack zu viel Schminke im Gesicht und zu grellen Lack auf den Nägeln. Hübsch war sie, ja, aber nicht atemberaubend. Es war unheimlich, wie Carrie, die ich erst so kurze Zeit kannte, meine Gedanken – und meinen Körper – beeinflusste. *Vergiss sie endlich!*

Ich hob wie mechanisch meine Flasche und prostete der Brünetten zu. Auch wenn sie nicht Carrie war, heiß war sie allemal.

Doch bevor ich über den weiteren Ablauf dieses Abends nachdenken konnte, klopfte Hank mir auf den Rücken. »Jake, das ist Eric.«

Ich beendete mit einem Schulterzucken den Blickkontakt mit der Brünetten und drehte mich um. »Hey, Eric, wie geht's?«

»Hey, schön dich kennenzulernen. Ich habe gehört, du bist dabei, ein Team zusammenzustellen?«

»Genau. Ich baue mir gerade einen Shop auf und suche noch Tätowierer. Ich könnte mir gut vorstellen, dass du in mein Team passt.«

Er legte den Kopf schief und durchbohrte mich mit seinen stahlblauen Augen. »Du weißt doch gar nicht, wie ich arbeite.«

»Hank hat mich überzeugt. Wenn er von dir begeistert ist, dann bin ich es auch. Aber ich guck dir gerne morgen noch mal über die Schulter.«

Eric lachte und nickte. »Okay, wenn das so einfach ist … Wann soll ich loslegen?« Ich erklärte ihm, wie lange ich noch für den Umbau plante, und wir einigten uns, dass er in etwa vier Wochen zu mir kommen sollte.

»Wenn du schon früher Zeit hast, lass dich nicht abhalten. Arbeit ist genug vorhanden.«

»Ich sehe mal, wie ich hier noch gebraucht werde. Will Hank ja nicht hängenlassen, und zwei Gigs sind in den nächsten Wochen noch geplant. Aber jetzt muss ich wieder auf die Bühne. Wir haben noch ein Set zu spielen. Sehen wir uns danach noch auf ein Bier?«

»Klar.«

Hank und ich schoben uns zum Tresen durch, damit er noch einen Plausch mit seinem alten Freund halten konnte. Die Brünette stand noch immer am gleichen Platz, doch diesmal mit dem Rücken zu mir. Ich postierte mich neben ihr und bestellte mir noch ein Bier. Als sie sich herumdrehte und mich ansah, fiel mir zuerst ihr Piercing in der Unterlippe auf. Aus der Nähe betrachtet hatte sie keinen Deut Ähnlichkeit mit Carrie, und ich war froh darum.

»Hey, Fremder.« Sie zog einen Mundwinkel nach oben und senkte ihre Lider auf halbmast. Wie lange sie wohl für diesen Blick geübt hatte? Eigentlich war mir das auch egal, denn ich wollte nur eines: Mit ihr nach draußen verschwinden und Carrie, die es sich in meinem Kopf gemütlich gemacht hatte, endlich vergessen. Und ihrem eindeutigen Grinsen nach zu urteilen, wollte sie genau dasselbe …

192

Carrie

Jakes Dad hatte offensichtlich nichts von ordentlicher Buchführung gehalten. Die Geschäftspapiere von diesem Jahr lagen alle zusammen in dem großen Pappkarton, den Jake mir überlassen hatte. Im Büro standen noch mehr von den Kartons. In ihnen fand ich Unterlagen von vor fünf Jahren. Zumindest fein säuberlich abgeheftet und quittiert. Die Steuererklärungen waren immerhin gemacht worden. Nur der Box vom letzten Jahr lag kein Bescheid bei. Da ich keine Rechnungen für einen Steuerberater finden konnte, ging ich davon aus, dass Jakes Dad das selbst in die Hand genommen hatte. Ich rechnete nach. Wenn sein Dad keine Verlängerung für die Abgabe beantragt hatte, würde es eine saftige Strafe samt Steuernachzahlung hageln. Ich musste Jake unbedingt nach Post vom Finanzamt fragen. Ich überlegte, ihn anzurufen, aber auf ein paar Tage würde es nun auch nicht mehr ankommen. Daher fing ich vorsichtshalber an, die Papiere des letzten Jahres zu ordnen, Zahlen zu notieren und für einen Bescheid vorzubereiten. Zumindest hatte der Shop bis zuletzt schwarze Zahlen geschrieben. Das Haus war abbezahlt und schuldenfrei. Jake hatte somit keine Schulden geerbt. Gut für ihn.

In den nächsten Tagen würde ich mir die Großhändler vornehmen und Preise vergleichen. Bevor er abgeflogen war, hatte Jake mir eine Liste von Dingen gegeben, die ich während seiner Abwesenheit erledigen konnte. Ich war fest entschlossen, bis zu seiner Rückkehr alles abzuhaken.

Von Jake hatte ich noch nichts gehört. Warum auch? Alles Wichtige besprach er mit Pete, soweit ich es mitbekam.

Es wäre schön gewesen, seine Stimme zu hören, aber natürlich war das Wunschdenken. Es war besser so. Seit er durch Abwesenheit glänzte, blühte ich auf. Zumindest redete ich mir das ein. Seit vier Tagen war er nun bereits in L.A. und ließ uns alleine machen. Allerdings hatten wir alles im Griff. Er würde Augen machen, wenn er wiederkam. Pete und seine Jungs hatten viel geschafft, und der Shop näherte sich langsam dem an, was er einmal werden sollte.

Nachdem ich alle Papiere geordnet hatte, machte ich mich auf den Heimweg. Den ganzen Tag hatte ich mit gesenktem Kopf über dem Schreibtisch in dem kleinen Büro des Shops verbracht, während Petes Jungs die neuen Rohrleitungen verlegt und gleichzeitig die Toilette saniert hatten. Jetzt hämmerte mein Kopf. Er hatte den Rhythmus der Bohrmaschine übernommen.

Ich sah auf die Uhr. Gleich war es achtzehn Uhr, und in zwei Stunden musste ich schon wieder im Blue String parat stehen. Die Nächte im Club schlauchten mich.

Nach Phils Abtauchen war auch noch Sonja abgehauen. Ich hatte nicht den Eindruck, dass Carlos intensiv nach neuen Tänzerinnen suchte, aber es wurde höchste Zeit, dass wir Verstärkung bekamen. Durch die Urlaubszeit war der Club voll mit Touristen, die sich vergnügen wollten. Das brachte Geld ein, aber mit dem wenigen Personal wurde es langsam eng. Jetzt waren wir nur noch zu zehnt, weswegen ich seitdem wirklich jeden Abend auf der Bühne stand und eine Privatshow nach der anderen gab. Hier ein Junggesellenabschied, dort ein Geburtstag, dann eine Gruppe Touris, die sich mal was gönnen wollten.

»Alles für Phil« war Carlos' Spruch, doch ich glaubte nicht mehr daran, dass es ihm nur darum ging. Irgendetwas ging hinter den Kulissen vor, doch ich wusste nicht, was. Mir erzählte er nichts, und Melissa wurde mir gegenüber auch immer distanzierter.

Carlos nahm mich in die Pflicht und verlangte jeden Abend meinen vollen Einsatz, noch dazu ließ er dabei ziemlich den Chef raushängen. Phil hätte das niemals so gewollt. Aber was sollte ich tun? Es war noch immer Phils Club, und ich konnte ihn nicht hängen lassen, selbst wenn ich nicht einmal wusste, wo er sich aufhielt. Als ich noch einmal versucht hatte, mit Carlos zu reden, und ihn gebeten hatte, endlich neue Mädels einzustellen, hatte er auf Durchzug geschaltet. Doch gegen seine Argumentation, dass der Club Geld einsparen musste, kam ich nicht an. Ich war Tänzerin, kam mir durch die Privatvorstellungen, die ich geben musste, aber vor wie eine Nutte. Auch wenn ich nicht mit den Männern nach oben ging. Das ständige Begaffen und Betatschenlassen aus nächster Nähe machte mich fertig. Wie war ich da nur hineingeraten? Und vor allem – wie kam ich da jemals wieder raus ohne Phils Hilfe?

Warum meldete er sich nicht wenigstens mal bei mir, damit ich beruhigt war? Das würde mir schon helfen. Aber so machte ich mir Tag ein, Tag aus Gedanken, und das belastete mich zusätzlich.

Mit Olivia hatte ich auch schon seit Tagen kein Wort mehr gewechselt. Ich wusste nicht, ob sie zu beschäftigt war, um mich anzurufen, oder ob sie mich mied. Ermattet wollte ich die Haustür der Villa aufschließen und bemerkte verwundert, dass nicht abgeschlossen war. Ich öffnete vorsichtig die Tür. Hatte ich vergessen abzusperren, als ich am Morgen das Haus verlassen hatte? Nein, es brannte Licht in der großen Eingangshalle, und aus dem Wohnzimmer hörte ich Gelächter.

»Phil? Bist du das?« Voller Hoffnung stürmte ich durch den Flur, doch dann blieb ich wie angewurzelt in der Tür stehen. Ich glaubte zu träumen. Carlos und Melissa saßen leichtbekleidet auf der großen ledernen Couch und tranken irgendwelche Cocktails. Die Tür zur Terrasse stand offen, und nasse Fußpuren zeigten, dass sie vor nicht allzu langer Zeit ein erfrischendes Bad im Pool genommen hatten.

»Was ist denn hier los?«, fragte ich und hatte damit die volle Aufmerksamkeit der beiden.

Während Melissa mich wie ertappt ansah, sprang Carlos auf und kam mit einem breiten Grinsen auf mich zu. »Carrie, Süße, da bist du ja. Wir haben schon auf dich gewartet.«

»Das kann ich mir kaum vorstellen.« Was hatte er im Sinn? Einen flotten Dreier? »Was macht ihr hier? Wo ist Phil?«

»Phil ist nicht hier, Schätzchen«, erwiderte Carlos. Ich stutzte.

»Und was macht ihr dann hier? Das ist mein Zuhause. Wie seid ihr hier hereingekommen?«

»So viele Fragen auf einmal. Komm doch erst mal rein und setz dich zu uns. Trink was und werde locker. Du bist sowieso viel zu verkrampft in letzter Zeit.« Mit einer einladenden Geste streckte er die Hand nach mir aus.

Stocksteif blieb ich im Türrahmen stehen. »Was vielleicht an der Peitsche liegt, die du seit Phils Abtauchen über mir schwingst. Verdammt, Carlos, was tut ihr hier?« Was fiel ihm ein, sich mit seinem Bunny in unserem Haus zu vergnügen? Dazu hatte er kein Recht.

Er seufzte hörbar, und als er merkte, dass ich ihm nicht die Hand reichen würde, zog er sie zurück. Nachdem er sich wieder zu seiner Gespielin gesetzt hatte, die sich nicht traute, mich anzusehen, ließ er die Bombe platzen. »Wir wohnen jetzt hier.«

Mir entglitten komplett meine Gesichtszüge. Was hatte er gesagt? »Ich habe mich ja wohl verhört.« Doch Carlos schüttelte den Kopf. Das blöde Grinsen in seinem Gesicht schien festgewachsen zu sein.

»Ich bin heute Nachmittag hier eingezogen. Und Melissa ist natürlich mein Gast. So wie du.«

Meine Beine drohten ihren Dienst zu versagen, und ich lehnte mich an den Türrahmen, um Halt zu finden.

»Bei allem Respekt, Carlos. Das kannst du nicht machen!«

Er lachte laut auf. Meine Worte schienen ihn zu amüsieren. »Nein, Schätzchen, und weil ich weiß, dass dich die ganze Situation verwirrt, verzeihe ich dir deinen Ausbruch. Ich lade dich noch einmal ein, mein Gast in diesem wundervollen Haus zu sein. Ansonsten ... Pack deine Sachen und verschwinde.« Sein Tonfall hatte sich um 180 Grad gedreht.

Ich konnte nicht glauben, was hier gerade passierte. Carlos schmiss mich aus meinem und Phils Haus? Ich schüttelte den Kopf, öffnete den Mund, schloss ihn wieder. Es brauchte eine Weile, bis ich ihm antworten konnte: »Wie um alles in der Welt kommst du auf die abstruse Idee, dass du hier einfach einziehen und mich rausschmeißen kannst? Das Haus gehört dir nicht. Du bist nichts weiter als Phils Angestellter. Und das sollte dir bewusst sein. Also spiel dich hier nicht so auf.« Ich schrie fast.

Carlos sprang auf und kam mit großen Schritten und wutverzerrter Miene auf mich zu. Bevor ich reagieren konnte, klatschte mir auch schon seine rechte Hand ins Gesicht.

»Du hast mir gar nichts zu sagen, Carrie. Du nicht. Wenn du nicht spurst, wirst du sehen, zu was ich fähig bin. Hast du das verstanden?« Ich konnte nicht mehr klar denken. Viel zu sehr brannte meine Wange, und mein Kopf, der durch die enorme Kraft seines Schlags gegen den Türrahmen geflogen war, brummte wie die Hölle. Ich konnte Carlos nur noch verschwommen vor mir erkennen. Seine eisblauen Augen fixierten mich. Angst schwappte wie eine Welle durch meinen Körper. Diesem Mann hatte ich nichts entgegenzusetzen. So sehr mein Herz auch vor Wut und Ungerechtigkeit gegen meine Brust hämmerte, ich musste mich für diesen Moment geschlagen geben.

»Verstanden«, hauchte ich leise, und mein Kiefer lehnte sich schmerzhaft gegen die Bewegung auf.

Er nickte, seine Miene wurde wieder beherrscht und glatt. Wären seine kalten Augen nicht gewesen, hätte er fast freundlich ausgesehen. »Gut. Dann zisch ab und überleg dir, ob du bleiben oder ausziehen willst. Aber damit eins klar ist: Deine Schichten im Club wirst du nicht sausen lassen.« Er trat noch einen Schritt näher und packte mein Kinn mit Daumen und Zeigefinger. Mein Kiefer knirschte, aber ich ließ mir die Schmerzen nicht anmerken. »Ich finde dich, und gegen das, was ich dann mit dir mache, ist das hier ein Kindergarten. Und deine kleine Freundin Olivia kann dann auch gleich mitspielen. Sie würde wunderbar in meinen Club passen. Du wolltest doch unbedingt neue Tänzerinnen. Und einen Schwulen könnten wir hier vielleicht auch noch gebrauchen, was meinst du?« Mit einem Ruck ließ er mich los, und mein Hinterkopf knallte erneut gegen den Holzrahmen der Tür.

Olivia? Nolan? In *seinen* Club passen? Mit verschwommenen Blick erkannte ich die Feindseligkeit in seinen Augen. Mit ihm diskutieren zu wollen war zwecklos. Nichts von dem Respekt, den wir uns einmal entgegengebracht hatten, war mehr darin zu sehen. Abraham Lincoln hatte einst gesagt: *Willst du den Charakter eines Menschen kennenlernen, dann gib ihm Macht.* Keine Worte erschienen mir in dieser Situation passender.

Ich nickte schwach, und erst als er sich zurückzog und Anstalten machte, sich wieder zu Melissa aufs Sofa zu setzen, traute ich mich aufzusehen.

»Du kannst jetzt gehen«, erlaubte er mir mit einer lässigen Handbewegung. Melissa hielt ihren Blick gesenkt. Ich schätzte, sie hatte Angst, die Nächste zu sein, die seine Faust zu spüren bekam. Als er seine Aufmerksamkeit von mir abwandte, beeilte ich mich, den Raum zu verlassen, und stürmte so schnell mir es das Schwindelgefühl erlaubte, die Treppen zu meinem Zimmer hinauf. Erst als ich abgeschlossen und zur Sicherheit einen Stuhl unter die Türklinke gestellt hatte, legte ich mich aufs Bett und versuchte, einen klaren Gedanken zu fassen. *Ich muss hier weg!*

Jake

»Jake, willkommen im Chaos!« Pete trat mit einem breiten Lächeln aus dem Büro heraus. Ich war erst vor einer Stunde aus dem Flugzeug gestiegen und hatte mich so schnell es ging zum Shop bringen lassen. Ich war froh, wieder hier zu sein.

In den nächsten Minuten brachte er mich auf den neuesten Stand. »Wenn es weiter so gut vorangeht, dann kriegen wir bis morgen die Rohre komplett verlegt. Danach sind die Wände dran, und wir können bald mit dem Fußboden anfangen. Als Nächstes kommt dann schon die Inneneinrichtung. Der Tresen ist eine Sonderanfertigung. Das wird noch einige Zeit dauern, aber ich mach dem Tischler Druck, okay?«

Dass alles so schnell klappte, verblüffte mich. Ich hatte mit einem viel längeren Zeitraum gerechnet, aber Pete beschäftigte auch eine Menge Leute. Ich hatte wegen der Umbaumaßnahmen mehrmals mit ihm telefoniert. Von Carries Nummer hatte ich die Finger gelassen, und auch sie hatte sich nicht bei mir gemeldet. Es war vermutlich nur ein Zeichen, dass sie klarkam, doch ich hatte den leisen Verdacht, dass sie mich nicht sprechen wollte.

»Wie weit ist Carrie mit der Bestellung des Inventars gekommen?«, fragte ich Pete nun.

»Alles fertig und auf Abruf bereit.« Carrie stand wie aus dem Nichts neben mir, und sofort beschleunigte sich mein Puls.

»Hey«, krächzte ich, als ich mich ihr zögernd zuwandte. Sie sah wie immer bezaubernd aus. Die engen Jeans betonten ihre durchtrainierten Beine, das Top ihre zarten Kurven. Sie trug eine große Sonnenbrille, und ich war froh darum, ihr nicht direkt in die Augen sehen zu müssen, wenn ich mich auch über die Sonnenbrille hier im Studio wunderte. Denn ich spürte das fast unbändige Verlangen, sie einfach an mich zu ziehen und zu küssen. Fuck! Ich hatte sie wirklich vermisst.

Es ist ja nichts passiert. Keine Ahnung, was das war, aber glaub mir, ich bereue es ebenso wie du. Ein … dummer Ausrutscher – ihre Worte. Es hatte ihr nichts bedeutet. Es war für sie nicht mehr als eine schnelle Nummer gewesen, wie ich es mir eigentlich erhofft hatte. Doch uneigentlich … passte mir das gar nicht.

Ich scannte sie ab. Ihr Kinn war gereckt, ihre Schultern gestrafft, ihre Miene unbeteiligt. Sie trug eine Baseballcap der Giants, und auf ihrem Wangenknochen prangte ein Schmutzfleck. Nein. Das war kein Schmutzfleck. Das war ein Bluterguss. Ich runzelte die Stirn. Unbehagen machte sich in mir breit. Bevor ich nachfragen konnte, hielt sie mir ein Klemmbrett unter die Nase, das ich zögernd entgegennahm.

»Die Liste ist abgearbeitet. Ich habe mir Angebote kommen lassen, Lieferanten verglichen und gute Preise ausgehandelt. Sobald wir hier so weit sind, muss ich nur noch bestellen, dann wird geliefert. Schau dir alles in Ruhe durch, und wenn du Fragen hast, kann Pete dir auch weiterhelfen.«

»Was ist mit dir?« Ich ließ sie nicht aus den Augen. Wer oder was hatte ihr wehgetan? Mein Kiefer malmte, meine freie Hand ballte sich zu einer Faust.

»Ich muss gleich gehen. Hab noch einen wichtigen Termin.« Die Antwort klang einstudiert. Es war erst früher Mittag. Vielleicht hatte sie gleich Training, aber warum sagte sie das dann nicht?

»Aha.« Ich konnte ihre Augen nicht sehen, aber allein wie sie meinen Blick mied, sagte mir, dass sie etwas verbarg.

»Kann ich dich kurz sprechen?« Ich musste herausfinden, was los war. Und das nicht vor Pete. Fast hoffte ich auf eine Abfuhr, damit ich sie mit mir ziehen und sie drängen konnte, mir die Wahrheit zu sagen. Doch sie nickte zögernd. Pete verstand und zog sich zurück.

Ich dirigierte Carrie in den Hinterhof. Als wir allein waren, drehte ich mich zu ihr herum und fixierte ihre Wange. »Was ist passiert?« Ich hob meine Hand, doch bevor ich sie berühren konnte, zuckte sie zurück.

»Nichts. Alles gut.« Sie verschränkte die Arme vor der Brust. Ich schüttelte den Kopf. Ich hatte genügend Kerle kennengelernt, die ihre Mädchen verprügelten. Ich erkannte einen Handabdruck auf der Haut, wenn ich ihn sah.

»Carrie, wenn du Hilfe brauchst -«

»Ich brauche weder Hilfe, noch ist irgendetwas passiert. Ich habe einen der Balken ins Gesicht bekommen. Nichts weiter.« Viel zu schnell hatte sie eine mehr oder weniger glaubwürdige Ausrede parat. Und das, obwohl ich sie nicht einmal direkt auf die Verletzung angesprochen hatte. *Wer's glaubt!* »Du hast meine Nummer. Wenn du … noch mal gegen einen Balken läufst, ruf mich an. Okay?« Ich hatte das Bedürfnis, sie in meine Arme zu ziehen und an mich zu drücken. Sie zu beschützen. Doch sie ließ mich nicht. Ihre verschlossene Miene machte mir klar, dass ich mich gefälligst aus ihren Angelegenheiten raushalten sollte. Klar hätte ich sie bedrängen können, mir die Wahrheit zu sagen, aber das hätte sie nur noch mehr in die Enge getrieben. Also würgte ich meine Wut herunter und wechselte das Thema: »Wann sehen wir uns wieder?«

Sie schluckte. »Pete sagte, es sei erst mal nichts für mich zu tun, bis die Möbel geliefert werden. Die Buchhaltung ist fürs Erste abgeschlossen. Ach – gibt es irgendwelche Briefe vom Finanzamt, die ich sehen sollte?« Sie erklärte mir in kurzen Worten, dass noch eine Steuererklärung für das letzte Jahr ausstand.

»Muss ich nachgucken.«

»Okay. Sag mir Bescheid, dann setze ich mich gleich dran. Falls du sonst noch Arbeit für mich -« Ihre Stimme zitterte.

»Nein, schon gut. Ist okay.« Sie nickte. Dann drehte sie sich um und ging.

Ich vergrub meine Hände in den Taschen meiner Jeans. Bevor ich sie doch noch festhielt. Die Freude über das Wiedersehen war einem miesen Gefühl gewichen. Carrie hatte Probleme. Und wie es aussah, hatte sie nicht vor, sich von mir helfen zu lassen.

Carrie

»Tut mir wirklich leid, No. Ich mach's wieder gut. Versprochen.« Mit erstickter Stimme beendete ich den Anruf, der auf der Mailbox meines Freundes gelandet war. Ich wusste, dass Nolan sich jetzt im Unterricht befand, und hatte den Zeitpunkt für die Absage meiner Trainingskurse entsprechend abgepasst. Es fiel mir unglaublich schwer, ihn hängenzulassen, aber anders als Jake konnte ich meinen besten Freund nicht belügen. Er würde bei meinem Anblick mit Sicherheit die Polizei verständigen oder – noch schlimmer -im Club auftauchen und Carlos zur Rede stellen.

Die Szene wollte ich mir lieber nicht vorstellen. Eine perfektere Einladung, um seine Drohung wahrzumachen, würde es für Carlos gar nicht geben.

Nein, das durfte ich nicht zulassen. Also musste ich warten, bis zumindest die äußerlichen Verletzungen abgeklungen waren, die Carlos mir zugefügt hatte.

Ich fuhr den Maserati aus der Garage der Villa und schlängelte mich durch den Verkehr zum Club. Die letzten zwei Blocks war die Straße dicht. Zu Fuß wäre ich schneller gewesen, aber es war nicht mehr daran zu denken zu laufen. Meine Kraft hatte ich aufgebraucht, als ich Jake anlügen musste. Meine Wange tat noch immer höllisch weh, aber ich biss die Zähne zusammen. Etwas anderes blieb mir auch gar nicht übrig. Jake durfte von dem Vorfall nichts erfahren. Er war der Letzte, dem ich erzählen wollte, in welchem Milieu ich mich bewegte und was seit unzähligen Nächten meine Aufgabe war. Das würde er nicht verstehen und mich hochkant rauswerfen. Und das konnte ich mir erst recht nicht erlauben. Nicht jetzt, wo Carlos mein Zuhause besetzte.

Als ich nach einer gefühlten Ewigkeit endlich am Ziel war, parkte ich den Wagen in der Tiefgarage gegenüber und betrat schweren Herzens den Club. Es war erst früher Abend, aber um acht begann meine Schicht und das Überschminken des Blutergusses würde einige Zeit in Anspruch nehmen. Carlos wäre sicher nicht erfreut, wenn ich mit einem Veilchen auf die Bühne ging. Und dass ich tanzen musste, stand außer Frage. Er hatte mir unmissverständlich klargemacht, was passieren würde, wenn ich nicht spurte. Ich hatte noch keinen Plan B.

Dass er sich nun mit Melissa in Phils Haus breitgemacht hatte, bereitete mir aber die größte Sorge. Ich konnte nicht dortbleiben. Nicht, solange er darin hauste. Aber wo sollte ich hin? Für ein Hotel reichte mein Geld nicht. Liv meldete sich nicht zurück – die Chance, bei ihr unterzukriechen, stand wohl eher schlecht. Aber vielleicht – nein, ganz sicher sogar konnte ich bei Nolan unterkommen, wenn ich ihn darum bat. Doch wenn ich daran dachte, dass ich die beiden – oder einen von ihnen – Carlos damit auf dem Silbertablett servierte, wurde mir schlecht. Ich durfte meine Freunde nicht da hineinziehen, mir war klar, dass Carlos nicht bluffte. Das hatte er mir bereits bewiesen. Es blieb mir nichts anderes übrig, als vorerst dortzubleiben. Wie Carlos auf die Idee gekommen war, sich in der Villa einzunisten, war mir schleierhaft. Aber vermutlich machte eine Villa in Nob Hill mehr her als ein lausiges Apartment irgendwo am Uninon Square.

Und wenn ich die Polizei einschaltete? Kurz dachte ich darüber nach, verwarf den Gedanken aber gleich wieder. Damit würde ich Phil nur in Schwierigkeiten bringen. Prostitution war – auch wenn die Mädchen dies freiwillig, auf eigene Rechnung taten – verboten und wurde bestraft. Ich wollte Phil nicht noch tiefer in die Scheiße reiten. Dann würde ich lieber die Arschbacken zusammenkneifen und durchhalten. Ich konnte mir nur eine Sache vorstellen, die schlimmer war als das: zurück auf die Straße.

Nein. Ich musste durchhalten. Ich würde den beiden so gut es ging aus dem Weg gehen, nur noch zum Schlafen dort auftauchen und währenddessen sehen, ob ich mehr über Phils Verbleib herausfinden konnte. Vielleicht konnte ich zu ihm? Er würde mich nicht abweisen, da war ich mir sicher. Wenn ich nur wüsste, wo er steckte.

Melissa empfing mich mit betretener Miene. »Carrie …«

»Halt den Mund, Melissa. Halt einfach den Mund.« Ich wollte schnurstracks an ihr vorbeigehen, als Schritte im Flur erklangen. Die Tür öffnete sich, und Carlos trat energisch in den Clubraum. In seinem schwarzen Maßanzug und mit der verspiegelten Sonnenbrille sah er aus wie immer. Doch als er vor mir stand und die Brille abnahm, erkannte ich an seinem Blick, dass nichts wie immer war. Er hatte sich verändert. Stahlblaue Augen funkelten mich eisig an, durchdrangen mich, bis ich mich nackt fühlte, den Blick abwandte und zu Boden sah. Warum ließ ich mich von ihm derart einschüchtern? Das Pochen auf meiner Wange rief mir den Grund in Erinnerung.

»Carrie. Du bist pünktlich. Gut. Ich hoffe sehr, dass du heute eine gute Show ablieferst. Wir haben besondere Gäste zu Besuch, und ich möchte, dass du sie glücklich machst. Und überschmink dir die Blessuren. Ich will keine Fragen beantworten müssen.« Als ich nicht antwortete, fasste er mir unter das Kinn und hob es hoch, sodass ich ihn ansehen musste. »Haben wir uns verstanden?«

»Haben wir.«

»Gut. Ich möchte dir nicht noch einmal wehtun müssen.« Er ließ mich los und drehte sich zu Melissa um, die sich krampfhaft unbeteiligt um das Bestücken ihres Tresens kümmerte.

»Carlos, was für ein Spiel wird hier gespielt?«, platzte es aus mir heraus. Er riss den Kopf wieder zu mir herum und verzog seine Mundwinkel leicht nach oben. Fast sah es sympathisch aus, doch seine Augen blieben eisig.

»Das geht dich einen Scheißdreck an! Also kümmere dich nicht darum. Du wirst tanzen, Baby. Und nicht nur das. Du bist jung, du bist hübsch und unverbraucht. Du wirst den Männern hier den Kopf verdrehen und uns eine Menge Kohle einbringen.«

»Phil hätte nie gewollt, dass ich -«

»Phil ist nicht hier«, schnitt er mir das Wort ab.

»Aber er kommt wieder. Und dann wird er ziemlich sauer sein, wenn er hört, wie du hier waltest. Er wird dich -«

Wieder packten seine massigen Hände mein Kinn und pressten es fest zusammen. »Er kommt nicht wieder. Nie wieder. Und jetzt zieh dich um!«

Das gesamte Blut schien mit einem Mal aus meinem Kopf zu weichen. »Wwwwas meinst du damit?«, stotterte ich, als er mein Gesicht von sich stieß wie ein lästiges Insekt.

»Das geht dich nichts an.«

»Das geht mich sehr wohl etwas an«, forderte ich. Auch auf die Gefahr hin, eine erneute Ohrfeige oder Schlimmeres zu kassieren, konnte ich nicht den Mund halten.

Er knurrte, und seine Augen verengten sich zu Schlitzen. »Hör mal zu, Schätzchen. Ich werde dir hier nichts erklären und bin auch nur so geduldig, weil ich dich schon lange kenne, glaub mir. Also, entweder du arbeitest freiwillig für mich, oder ich ziehe andere Seiten auf. Hast du das jetzt in dein kleines hübsches Köpfchen gekriegt?«

»Und wenn ich das nicht mache? Wenn ich abhaue und dich mit diesem ganzen Scheiß sitzen lasse?« Carlos sah aus, als würde er gleich platzen. Sein Kopf war hochrot und von seiner sonstigen Gelassenheit war keine Spur mehr. Mein Blick huschte kurz an ihm vorbei, Melissa hatte sich schon unauffällig aus dem Staub gemacht. Wenn er mir also etwas antun wollte, gäbe es keine Zeugen.

Ich schluckte und wappnete mich gegen das, was jetzt kommen würde. Und richtig, er hob seinen Arm und holte aus. Ich zuckte zusammen, doch im letzten Moment stoppte ihn ein lauter Ruf.

»Carlos, nicht!« Mit schnellen Schritten kam Phils Bodyguard Balu auf uns zu und schob sich dazwischen. Nie war ich so froh gewesen, ihn zu sehen, wie in diesem Moment. »Wie soll sie tanzen, wenn du sie zu Brei schlägst?« Carlos brummte etwas Unverständliches, seine Hand sank zu Boden, und ein letztes Mal richtete er sein Wort an mich.

»Tu, was ich sage, Carrie. Sonst wird es ungemütlich für dich und deine Freunde.« Dann machte er auf dem Absatz kehrt und verschwand polternd aus dem Raum. Ich blieb zitternd zurück, und auch Balu starrte ihm kopfschüttelnd hinterher.

»Was ist denn hier los?«, fragte er mich, als die Tür hinter Carlos zufiel. Ich biss mir auf die Lippe. Balu war mir immer sympathisch gewesen, aber wem konnte ich hier noch trauen? Ich erkannte echte Verwirrung in seinen Augen.

»Wenn ich das wüsste«, erwiderte ich leise. Allmählich verschwand meine aufgesetzte Selbstsicherheit. Wie gerne hätte ich mich in Balus Arme gekuschelt. Seine breite Brust und sein dicker Bauch boten sich förmlich dafür an. Ich konnte mir nur schwer vorstellen, dass er auf Carlos' Seite stand.

»Mädchen ... geh. Hau ab hier, solange du noch kannst. Das ist kein Ort mehr für dich.«

»Was weißt du, Balu? Wo ist Phil?« Horrorszenarien spielten sich in meinem Kopf ab. *Phil kommt nicht wieder. Nie wieder.* »Sag mir endlich, was hier los ist!«, schrie ich und boxte Balu gegen die Brust.

Er griff nach meinen Händen und hielt sie fest. »Geh ihm aus dem Weg.«

»Wie kann ich das? Phil ist verschwunden und ...«, schluchzte ich auf.

Er legte mir seine Hand auf die Schulter. Schwer lag sie auf meiner Haut, als er mich eindringlich ansah. »Leg dich nicht mit ihm an, Carrie. Du ziehst den Kürzeren.«

Seine Miene war undurchdringlich. Aus ihm würde ich nichts herauskriegen. Aber seine Warnung ließ die Alarmglocken in meinem Kopf noch schriller läuten. Hatte sogar Balu Angst vor Carlos? Wurde auch er bedroht?

Wenn mein Gefühl nicht trog und Carlos der Dreh- und Angelpunkt hier war, dann lag auch die Vermutung nahe, dass er mit den Morettis unter einer Decke steckte oder – noch schlimmer – dass er etwas mit Phils Verschwinden zu tun hatte ...

Jake

Petes Jungs hatten sich vor einer halben Stunde ins Wochenende verabschiedet. Die Rohre waren alle verlegt, die Wände verputzt. Nach deren Anstrich war noch der neue Boden dran. Ich fegte den Müll zusammen und trat dann mit einem Becher Kaffee in den Hof.

Seit zwei Tagen hatte ich nichts mehr von Carrie gehört, und langsam fing ich an, mir Sorgen zu machen. Ich ließ mich im Innenhof auf einen der Stühle fallen und wählte ihre Nummer.

Es tutete mehrmals, und als ich gerade befürchtete, dass sie nicht abnehmen würde, hörte ich ihre Stimme.

»Hey, Jake«, begrüßte sie mich. Sie klang müde.

»Wie geht es dir?« *Ich mach mir Sorgen um dich.*

»Danke, gut. Was gibt's?«

Ich schluckte und musterte das immer größer werdende Loch in meinen Jeans. »Ich brauche dich hier.« *Du fehlst mir.*

Es hatte keinen Zweck mehr, das zu verleugnen. In L.A. hatte ich sie vermisst, und seit ich ihre Verletzung gesehen hatte, war es mit klarem Denken sowieso vorbei. Ich machte mir Vorwürfe, dass ich sie überhaupt mit dem ganzen Kram hier allein gelassen hatte. Vielleicht wäre das nicht passiert, wenn ich hiergeblieben wäre und ein Auge auf sie gehabt hätte.

»Ich … es ist gerade ungünstig. Du sagtest doch, es gäbe erst mal nichts für mich zu tun.«

»Die Lage hat sich geändert. Es gibt wieder Arbeit für dich«, sagte ich schroffer als beabsichtigt. Ich würde schon eine Aufgabe für sie finden. Vor allem wollte ich sie in meiner Nähe wissen. Die Vorstellung, dass sie vielleicht wieder von irgendwem angefasst worden war, machte mich rasend! Sie bevorzugte es, sich in ihr Schneckenhaus zurückzuziehen, doch das würde ich nicht zulassen. Ich hatte die letzten achtundvierzig Stunden hinreichend Zeit gehabt, darüber nachzudenken, während ich durch mein Hotelzimmer getigert war, und hatte mich entschieden: Ich würde ihr helfen. Wie auch immer. Wobei auch immer. Ob sie wollte oder nicht.

»Wenn das so ist …« Von ihrer anfänglichen Motivation war nichts mehr zu spüren. Ihre Stimme klang kraftlos und leise. Shit! Was hatte man ihr angetan?

»Soll ich dich abholen?« Ich wusste gar nicht, wo sie wohnte. Um ein Auto hatte ich mich auch immer noch nicht gekümmert, aber ich würde sie auch mit einem Taxi abholen. Hauptsache, sie käme heil bei mir an.

»Nein. Ich bin in einer Stunde da. Ist das okay?«

»Sicher. Bis dann.«

* * *

Als sie eine Stunde später mit nassen Haaren, in engen Leggins und mit ihrer großen, verspiegelten Sonnenbrille vor mir stand, hatte ich auch endlich eine Idee, wie ich sie aus der Reserve locken könnte. Ihr Bluterguss im Gesicht war abgeschwollen, und wie ich sehen konnte, hatte sie die Reste mit Make-up überdeckt. Ich musste mich wirklich arg zusammenreißen, sie nicht erneut mit Fragen zu bombardieren.

»Kaffee in einer echten Tasse?«, fragte sie mich, als ich ihr einen dampfenden Becher reichte.

»Bei den unzähligen Pappbechern im Müll hat sich mein ökologisches Gewissen gemeldet. Also hab ich eine Maschine besorgt.«

»Sorry, das waren meine.«

»Das dachte ich mir.«

»Und? Was gibt es zu tun?«

»Ich brauche einen Fahrer. Jemanden mit Ortskenntnis.«

Sie legte erstaunt die Stin in Falten. »Und deswegen rufst du mich an? Da hätte es doch auch ein Taxi getan.«

»Du hast bestimmt bessere Ideen als irgendein Taxifahrer. Ich will ein Sofa und ein paar Sessel aussuchen. Du weißt doch sicher, wo man dafür hinfahren kann, oder?«

Carrie runzelte die Stirn, dann hellte sich ihre Miene auf. »Ich hätte da eine Idee …«

Die Kaffeebecher blieben halb gefüllt auf dem klapprigen Tisch stehen, der den Handwerkern als Ablage für ihr Werkzeug diente. Ich schloss den Laden ab und blieb überrascht vor dem schwarzen Sportwagen stehen, auf den Carrie zusteuerte.

»Dein Auto?«

»Nein, Phils. Aber ich fahre ihn die meiste Zeit. Was ist? Willst du jetzt einsteigen oder hier Wurzeln schlagen?«

Ohne eine Antwort ließ ich mich auf den Beifahrersitz fallen. Ich vermied es, auf ihre nackten Beine zu starren, während sie uns durch die Stadt lenkte, sondern blickte angestrengt aus dem Fenster. *Wer zur Hölle ist Phil?* War das der Typ, der sie so zugerichtet hatte? Ich presste meine Lippen zusammen, um nicht in Versuchung zu geraten, sie danach zu fragen.

»Ich kenne da einen guten Laden in der Nähe vom AT&T Park. Das könnte was für dich sein.«

»Hm.«

»Wie war es eigentlich in L.A.? Alles erledigt?«

»Yep.«

»Hast du schon nach dem Brief vom Finanzamt gesucht?«

»Nein.« Endlich hielt sie die Klappe. Eigentlich war meine Absicht eine andere gewesen, als sie einsilbig abzufertigen.

Aber der Gedanke an diesen Phil machte mich rasend. Und ich schaffte es nur mit Mühe, sie nicht darauf anzusprechen.

»Da sind wir.« Carrie bog auf den ziemlich überfüllten Parkplatz eines großen Möbelhauses ein. Als ich ausstieg, konnte ich das Meer riechen. Das Stadion der Giants erhob sich rechts von uns gen Himmel, und die Schlachtrufe der Fans drangen zu uns herüber. Es war wohl gerade ein Spiel im Gange.

»Kommst du?« Carrie war bereits ein paar Schritte vorgegangen und drehte sich erwartungsvoll zu mir um. Ich schloss zu ihr auf und betrat an ihrer Seite das klimatisierte Gebäude. »Was genau suchst du?«

»Möbel.«

»Geht's ein bisschen genauer?«

»Ein Sofa.«

Abrupt blieb sie stehen. »Jake, was soll das? Du hast mich angerufen, du wolltest meine Hilfe, und jetzt tust du so, als wäre ich eine lästige Fliege, die du durch deine Einsilbigkeit verscheuchen kannst?« Sie stemmte ihre Hände in die Hüften und funkelte mich herausfordernd an.

»Ich antworte dir nur.«

Sie schüttelte resigniert den Kopf und wandte den Blick ab. »Weißt du was? Die Sofaabteilung ist da hinten. Verkäufer laufen hier auch genügend herum. Viel Spaß.« Bevor sie sich umdrehen und von mir davonlaufen konnte, hielt ich sie am Arm fest. »Spinnst du? Lass mich!«, zischte sie mich an.

Sofort tat es mir leid, dass ich sie angefasst hatte. Ich lockerte meinen Griff und ließ sie los. Ihre Reaktion überraschte mich nicht, schließlich schimmerte auf ihrer Wange noch immer das Andenken daran, dass sie erst kürzlich ungefragt berührt worden war.

»Reiß dich gefälligst mal zusammen, Jake. Es gibt Umgangsformen, die ja wohl auch an dir nicht spurlos vorübergegangen sein dürften. Und eine Frau anzupacken gehört definitiv nicht dazu.«

»Du musst es ja wissen«, gab ich eisig zurück.

»Was soll das denn heißen?«

»Dass ich dir die Geschichte mit dem Balken nicht abkaufe. Wer war das? Phil?«

Sekundenlang starrte sie mich fassungslos an. Dann lachte sie plötzlich los. »Phil? Mich schlagen? Du hast Fantasie. Mann, Phil ist … Nein, wirklich … Er würde mich nie schlagen. Das hier …«, sie zeigte auf ihre Wange, »… war ein Balken. Ehrlich.« Ich glaubte ihr nach wie vor nicht.

»Lass uns jetzt ein Sofa aussuchen, okay?« Sie sah mich versöhnlich an – fast ein wenig traurig. Für sie war das Thema abgeschlossen. In mir brodelte es noch.

Ich folgte ihr über den blauen Teppich durch den Laden. Es war nicht viel los. Der volle Parkplatz war also offensichtlich dem Spiel der Giants gegenüber geschuldet. Ein älterer Verkäufer in Anzug und mit Brille kam mit einem falschen Lächeln auf uns zu.

»Kann ich Ihnen helfen?«, fragte er, während seine Augen meine Tattoos unter die Lupe nahmen.

Carrie übernahm die Konversation. »Wir suchen ein Sofa.«

»Ich glaube nicht, dass wir etwas Passendes für Sie in unserem Geschäft haben.« Der Verkäufer – sein Namensschild wies ihn als Mr. McCaroll aus – musterte uns von oben bis unten über den Rand seiner rahmenlosen Brille. Meine Wut hatte ein Ventil gefunden.

»Das lassen Sie mal unsere Sorge sein.« Ich trat einen Schritt auf ihn zu, um meinen Worten Nachdruck zu verleihen.

Er wich zurück und schluckte. »In welcher Preislage darf es sich denn bewegen?«

»Geld spielt keine Rolle.« *Ja, ich kann es mir leisten, Arschloch.*

»Wie Sie meinen. Was für ein Sofa darf es denn sein? Ein großes, ein kleines, ein Schlafsofa, oder … Was stellt sich das junge Paar denn genau vor? Haben Sie bestimmte Vorlieben?« *Das junge Paar?*

Carrie wandte sich zu mir um, sodass Mr. McArschloch ihr Gesicht nicht sehen konnte, und zwinkerte mir zu. Fragend zog sie die Augenbrauen nach oben. Was hatte sie vor?

»Vorlieben? Ja – die haben wir definitiv. Wir suchen etwas, das für uns in allen Lagen bequem ist und allen Belastungen standhält. Was würden Sie uns denn empfehlen?«, fragte Carrie mit einem unschuldigen Lächeln. *Verrücktes Weib.* Sie hielt McCaroll ihr Dekolleté unter die Nase. Er wand sich unter ihrem Blick, Schweißtropfen zeigten sich auf seiner Stirn. Ich trat näher. So nah, dass ich ihre Körperwärme neben mir wahrnahm, obwohl es im Laden ziemlich kühl war.

»Abwischbar sollte es auf jeden Fall sein«, brummte ich und legte demonstrativ meinen Arm um Carries Schulter. Sie ließ es sich gefallen, drückte sich sogar an mich und blinzelte McCaroll an.

»Ja, genau. Ab und an gibt es ja Flecken, wenn wir zu sehr … Na ja, Sie wissen schon …« McCaroll riss die Augen auf, räusperte sich und starrte dann auf den Fußboden. Seine Gesichtsfarbe wechselte von weiß zu knallrot. Ich biss mir auf die Lippe, um nicht zu grinsen. An Carrie war eine Schauspielerin verloren gegangen.

»Ja, ja … Ähm … Leder haben wir dort …« Er zeigte mit dem Finger in die Richtung hinter uns und spurtete, ohne uns noch einmal anzusehen, an uns vorbei. Mit ernster Miene liefen wir ihm hinterher, bis wir in die Abteilung mit den Ledergarnituren kamen. Auf den ersten Blick fand ich nichts, was auch nur annähernd meinen Geschmack traf. Spießige Sofas und Sessel in allen Farben und Formen. Schade. Aber um nun einfach wieder kehrtzumachen, gefiel mir das Spielchen mit dem arroganten Sack zu gut.

215

»Dürfen wir …?« Carrie zeigte auf ein riesiges Sofa, das bequem einer ganzen Crew Platz geboten hätte. McCaroll nickte stumm. Carrie ließ sich auf das schwarze Leder fallen, rutschte zurück, sodass ihr Kopf auf der Rückenlehne lag und stellte die Füße auf die Kante des Sofas. Sie sah aus, als wartete sie nur darauf, dass ich mich zwischen ihren Beinen niederließ.

Der Verkäufer zog ein Taschentuch aus seiner adretten Anzugjacke und tupfte sich damit die Stirn ab, als ich mich dazulegte.

»Gibt es das auch mit Latex bezogen?«, fragte sie ihn. Seiner geschockten Miene nach zu urteilen nicht.

»Vielleicht reicht Leder ja auch für unsere Zwecke, oder was meinst du, Baby?« Ich legte meine Hand auf ihren Oberschenkel. Ein Stromschlag durchzuckte mich, als ich sie berührte. Warum tat ich das? Warum konnte ich diesem Spielchen nicht widerstehen? Warum quälte ich mich so? Ich sah sie an, doch sie ignorierte mich und lächelte eisern McCaroll an. Ihm quollen fast die Augen aus dem Kopf. Ich biss die Zähne fest aufeinander.

»Wenn wir nicht zu wild sind, könnte es gehen … Haben Sie Erfahrung damit?«

»Äh … Ich … nein, also … ich schicke Ihnen eine Kollegin.« Mit hochrotem Kopf wandte er sich ab und stürzte davon. Wir hatten McCaroll in die Flucht geschlagen.

Carrie giggelte vor Vergnügen.

»Den sind wir dann wohl los, was? Der wird so schnell keine *jungen Pärchen* mehr bedienen.« Sie drehte ihren Kopf zu mir herum und lachte. Ihre Augen funkelten, ihre Lippen glänzten, und auf ihren Wangen zeichnete sich ein Hauch Rot ab. *Was nun?*, schien sie stumm zu fragen. Ich wusste keine Antwort darauf. Ich wusste nur, dass ich sie gleich küssen würde, wenn ich nicht sofort aus ihrer Nähe floh.

»Komm, lass uns abhauen.« Ich sprang auf und streckte ihr meine Hand entgegen, um ihr aufzuhelfen. Nach kurzem Zögern legten sie ihre Finger in meine. Tausend Volt schossen durch meinen Körper. Ich rechnete damit, dass sie mir ihre Finger sofort wieder entziehen würde – aber das tat sie nicht. Ich sah sie an, doch sie mied meinen Blick.

Wovor hast du Angst? Die Frage vom Strand verfolgte uns.

Ich schluckte, dann zog ich sie mit mir zwischen den Sofas hindurch, und Hand in Hand verließen wir den Laden.

***

Nach dieser Aktion war mir die Lust auf Möbelsuche vergangen. Vermutlich würde man uns auch in den anderen Möbelhäusern behandeln wie Mr. McArschloch eben, und so beschlossen wir zurückzufahren. Auf dem Weg hielten wir an, um uns Sandwiches zu holen. Wir hatten nicht weiter über die kleine Showeinlage gesprochen. Eigentlich hatten wir kaum gesprochen, seit ich sie aus dem Laden geführt und ihr die Fahrertür geöffnet hatte. Erstaunlicherweise war es nicht unangenehm, mit ihr zu schweigen. Sie schien ihren eigenen Gedanken nachzuhängen, und ich war sicher, dass sie meine nicht hören wollte. Der Anblick, wie sie auf die Ledercouch gerutscht war und ihre Beine einladend gespreizt hatte, verfolgte mich noch immer und schien meine Hose unangenehm eng werden zu lassen. Sie hatte mir zwar zu verstehen gegeben, dass sie unseren ›Ausrutscher‹ bereute und Privates von Beruflichem trennen wollte, wahrscheinlich stand sie nicht mal auf mich, doch meinen Körper schien das alles nicht zu interessieren. Und wenn ich ehrlich zu mir war, bereute ich es nicht – ganz im Gegenteil. Ich konnte mich nicht an ihr sattsehen, aber das lag nicht nur an ihrem Hammerkörper oder ihren vollen Haaren, die wie gemacht waren, um meine Finger darin zu vergraben. Nein, ich bekam nicht genug von ihr, weil sie mich faszinierte – die Hingabe, mit der sie jede Aufgabe annahm, die Leidenschaft, mit der sie tanzte, das Selbstbewusstsein und die Leichtigkeit, mit denen sie sich unbekannten Situationen stellte. Sie war nachsichtig und großzügig, obwohl ich mittlerweile sicher war, dass ihr das Leben auch schon ziemlich übel mitgespielt hatte. Die zurückhaltende Tänzerin vom Strand war klug und zielstrebig, und sie hatte sich tief in meinen Gedanken eingenistet.

»Hast du nicht doch Lust, mir ein bisschen von L.A. zu erzählen?«, wagte Carrie einen neuen Versuch, als wir hinten im Hof saßen und unseren Snack aßen.

Das Gesicht der Brünetten aus dem Hot Chocolate blitzte vor meinem inneren Auge auf, und sofort regte sich in mir das schlechte Gewissen. Auch wenn der Aufenthalt in L.A. geschäftlich gesehen ein voller Erfolg gewesen war, kam es mir vor, als hätte ich auf ganzer Linie versagt. Während ich mit dem Mädchen, dessen Namen ich nicht mal wusste, herumgemacht hatte, hatte ich nur an Carrie denken können. Ich war nicht bei der Sache gewesen und hatte nach wenigen Minuten das Interesse verloren. Ich hatte sie zum Orgasmus gebracht und war dann zurück ins Hotel gefahren. Diese Frau konnte mir nichts geben. Sie war nicht Carrie.

Nicht mal mehr auf einen harmlosen Fick hatte ich Bock. Dass mein Herz plötzlich schmerzhaft anschlug, wenn ich mir ihre Abfuhr in Erinnerung rief – das brachte mich mehr durcheinander, als es gut für mich war.

Wenn man es genau nahm, hatte ich mir nichts vorzuwerfen, tat es aber dennoch. Und deswegen bemühte ich mich, den Abend im Hot Chocolate zu umschiffen. Ich erzählte von Hank, dessen Studio, von der talentierten Malerin Joyce und von Eric, der hoffentlich bald zu uns stoßen würde.

»Eric ist auch Musiker«, erklärte ich.

»Was für Musik macht er denn?«

»Meist covert er Rocksongs. Red Hot Chili Peppers, LinkinPark zum Beispiel. Aber er hat auch einige eigene Songs.«

»Wie cool. Vielleicht könnte man im Innenhof hier mal eine Jam Session veranstalten, wenn er hier ist. Das wäre doch eine super Promo für den Shop, meinst du nicht?«

Der Gedanke gefiel mir. Tattoos und Rockmusik. »Hm … keine schlechte Idee.«

»Pete ist schon ziemlich weit gekommen«, bemerkte Carrie zwischen zwei Bissen.

»Ja, es fehlt nur noch die Wandfarbe, dann kommt der Fußboden rein.«

»An welche Farbe für die Wände hattest du denn gedacht?«

Ich schluckte den letzten Happen meines Sandwichs runter und stand auf. »Komm mit, dann zeig ich's dir. Ich könnte deine Hilfe gebrauchen.«

»Du weißt schon, dass ich für sowas gänzlich ungeeignet bin«, sagte sie, aber ihr Widerstand war eher halbherzig. Ich griff nach ihrer Hand, zog sie vom Stuhl hoch und mit mir durchs Büro in den vorderen Shopraum, der durch die eingezogene Wand nun vom hinteren Bereich abgetrennt war. Ich spürte die Berührung unserer Finger, ihre Wärme und widerstand dem Drang, mit meinem Daumen über ihren Handrücken zu fahren. Ich liebte das Gefühl, sie festzuhalten, auch wenn ich dabei tausend Tode starb. Bevor ich mich verbrannte, löste ich meine Hand aus ihrer und deutete auf die Farbeimer. Zwei Stück hatte Pete mir zur Auswahl bereitgestellt. »Ich kann mich nicht entscheiden«, sagte ich.

»Flaschengrün oder Puffrot? Das ist nicht dein Ernst?« Meine Schultern hoben sich unschuldig nach oben. Sie blinkte ein paar Mal ungläubig. »Das ist dein Ernst. Okay …«

»Welche Farbe magst du?«

»Ich wäre ja für das Grün.«

Ich drückte ihr einen Pinsel in die Hand. »Dann wollen wir mal.«

Ergeben stopfte sie sich den Rest ihres Sandwiches in den Mund, setzte ihre Sonnenbrille ab und machte sich mit mir zusammen an die Arbeit. Es dauerte nicht lange, da landete der erste grüne Farbklecks auf ihrem T-Shirt.

»O Mist«, fluchte sie, lachte dann aber über ihr Missgeschick.

»Vielleicht solltest du es ausziehen.« Sie streckte mir die Zunge heraus und rollte mit den Augen. Zwei Macken, die meinen Puls zum Rasen brachten.

»Vielleicht sollte ich dir auch so ein schickes Tattoo verpassen«, konterte sie, und ehe ich es mich versah, malte sie mir einen dicken grünen Strich über mein Schlangentattoo.

»Was soll das darstellen?«, fragte ich gespielt ernst und besah mir das Kunstwerk genau.

»Ich dachte, die Schlange war zum Ausmalen gedacht.« Ihre großen Augen funkelten mich belustigt an.

Mein Ziel, sie zum Lachen zu bringen, hatte ich erreicht. Sogar mehrfach. *Und wer Phil ist, werde ich auch noch herausfinden.* Aber nicht jetzt. Schnell lenkte ich mich ab, tunkte meinen Pinsel in den Eimer und verzierte ihre Nase mit einem grünen Punkt.

»Jetzt siehst du aus wie ein Clown. Aber dafür hätte ich wohl doch lieber Puffrot nehmen sollen …« Ich verzog entschuldigend das Gesicht und lachte auf, als sie zu schielen begann, um sich ihre Nase anzusehen.

Das war ein Fehler, denn keine zwei Sekunden später spürte ich einen feuchten Pinsel an meiner Wange. »Na warte!«, raunzte ich.

Carrie quietschte auf, als ich mich auf sie stürzte, und hüpfte geschickt außer Reichweite. Sie war schnell, das musste ich ihr lassen.

Wir lieferten uns eine Farbschlacht wie zwei kleine Kinder, und ich war dankbar, dass uns niemand zusah. Es war Freitag, die Handwerker längst im Wochenende, die Fensterscheiben mit undurchsichtiger Folie versehen und die Tür zum Laden geschlossen. Carrie kicherte albern und quietschte auf, als ich mit meinem Pinsel bewaffnet quer durch den Raum hinter ihr herlief. Ich schnitt ihr den Weg ab, packte sie an den Hüften, und unabsichtlich gerieten wir ins Taumeln. Einen Sturz konnte ich nicht mehr aufhalten, aber ich drehte mich so, dass ich sie auf mich zog, als wir zu Boden gingen. Japsend lag sie auf mir, ihr Gesicht nur Millimeter von meinem entfernt. Ich fühlte ihren rasenden Puls an meiner Brust, meine Hände lagen auf ihren Hüften. Ich wagte nicht, mich zu bewegen.

»Du siehst gut aus«, raunte sie mir unter leisem Kichern zu.

»Und du … du hast da was.«

Wie von allein hob sich meine Hand, und vorsichtig berührten meine Finger ihr Gesicht. Meine Fingerspitzen schoben sich behutsam weiter über ihre farbverschmierte Haut. Unverwandt sah sie mich an. Und die Welt schien einen Moment still zu stehen. Das Schokobraun ihrer Augen zog mich an, unsere Blicke verhakten sich ineinander, und wieder spürte ich die Anziehung, die sie auf mich ausübte.

Die Wärme in meinem Bauch entwickelte sich zu einem Feuerball. Ohne zu überlegen, wanderte meine andere Hand an ihrem Rücken hinauf und zog sie fast unmerklich zu mir hinunter, bis unsere Lippen nur noch einen Hauch voneinander entfernt waren. Ihr heißer Atem streifte meine Haut. Gott, ich wollte sie. So sehr, dass es wehtat.

Wir lagen in dieser Farblache und waren kurz davor, uns endlich zu küssen. Stumm bat ich sie um ihre Einwilligung, und als Antwort schloss sie ihre Lider. Im selben Moment, in dem unsere Lippen aufeinandertrafen, verdunkelte sich

221

mein Blick, und ich ließ mich auf diesen Kuss ein, der besser schmeckte als alles, was ich bisher gekostet hatte …

Carrie

Bereits als Jake im Möbelgeschäft seine Hand auf mein Bein gelegt hatte, hatte ich gewusst, dass ich ihm nicht mehr lange würde widerstehen können. Meine Haut, die er mit seinen Fingern berührt hatte, brannte wie Feuer, mein Puls tanzte Limbo, und ich merkte, wie mir seine Nähe die Luft abschnürte. Ich hatte mich nicht getraut, ihn anzusehen, und mir doch nichts mehr gewünscht, als noch einmal auf die Art von ihm berührt zu werden, wie er es in der Garage getan hatte.

Mein Unterleib hatte sich sehnsuchtsvoll zusammengezogen, als ich – während des Flirtversuchs mit dem Verkäufer – seine eisige Miene bemerkt hatte. Ich war überrascht gewesen, dass ich mich überhaupt zu einer solchen Show hatte hinreißen lassen, aber insgeheim wollte ich Jake wohl damit herausfordern und sehen, wie er darauf reagierte. Und als er seinen Arm um mich gelegt und das Spiel mitgespielt hatte, waren seine Einsilbigkeit und seine Reserviertheit vergessen.

Jetzt wurde mir klar, dass das Ganze nur das Vorspiel gewesen war.

Die Berührung seiner Lippen in diesem Moment haute mich um. In meinem Bauch zog ein Wirbelsturm auf, und zwischen meinen Schenkeln entfachte sein Kuss einen Feuersturm. Wild, heiß und gefährlich. Noch niemals hatte ich einen Kuss so intensiv erlebt wie diesen.

Als wir im Schuppen übereinander hergefallen waren, hatte es sich anders angefühlt. Da war nur die pure Gier nach seinem Körper gewesen, sonst nichts. *Verdammt!*

Mittlerweile war da mehr zwischen uns als rein körperliche Anziehung, die mich durcheinanderbrachte. Sein Körper war heiß, seine Berührungen brachten mich zum Glühen, sein Blick ging mir unter die Haut. Seine Zunge kitzelte an meinen Lippen, und mit einem verhaltenen Stöhnen öffnete ich willig meinen Mund. Ich ließ den Pinsel fallen, den meine Hand noch krampfhaft umklammert hielt, und legte meine Arme vorsichtig um seinen Hals. Die Angst, wieder zurückgelassen zu werden, war da. Aber meinem Verlangen war das egal.

Die Folie auf der wir lagen knisterte, als Jake sich unter mir bewegte. Seine Hand wühlte in meinem Haar, die andere umfasste behutsam meine Wange, während er nicht aufhörte, mich zu küssen. *Wie können Lippen, über die so viele harte Worte kommen, so weich sein?*

Unsere Zungen tanzten miteinander. Das Tempo steigerte sich nach und nach. Einem zaghaften Intro folgte ein rhythmischer Blues, der sich immer mehr zu einem Rock 'n' Roll steigerte. Seine Zähne bissen behutsam in meine Unterlippe, sein heißer Atem streifte meine Wange, als sein Mund sich löste und zu meinem Ohrläppchen wanderte, um daran zu knabbern. Meine Hände wühlten in seinem Haar, stumm rief ich seinen Namen. Durch meine dünnen Jeggins spürte ich seine Erektion mehr als deutlich an meiner pochenden, heißen Scham. Ich erzitterte unter seinen Berührungen, während seine Finger unter mein Top glitten, um dann an meinen Rippen entlangzuwandern. Die Farbe klebte mir kalt an der Haut, aber das störte mich nicht. Es machte den Moment so real, zeigte mir, dass ich nicht träumte.

Ich ließ meine Hand unter sein T-Shirt wandern, über seine stahlharten Muskeln, die unter der Berührung meiner Fingerspitzen zuckten, spielte mit seinem Piercing und entlockte ihm damit ein leises Aufstöhnen. Ich öffnete die Augen, als sein Mund an meinem Hals entlang zu meinem

Schlüsselbein glitt. Ich wollte alles sehen, alles spüren, nichts verpassen. Vor allem wollte ich jeden Quadratzentimeter seiner erhitzten Haut erkunden und all seine Tattoos mit Küssen bedecken, endlich die Schlange im Ganzen betrachten, deren listige Augen mich bisher nur aus dem Kragen seines T-Shirts angeblinzelt hatten. Ich wollte den Jake berühren, der sich unter den Bildern versteckte.

Als meine Finger über seinen Bauchnabel und tiefer in Richtung Hosenbund strichen, fasste Jake mich an den Hüften und schob mich ein Stück weiter hinunter. Ich setzte mich auf und legte den Kopf in den Nacken. Mein Unterleib rieb über seinen. Er stöhnte auf, seine Hände schoben sich unter mein Top, hinauf zu meinen Brüsten und hinterließen glühend heiße Haut auf ihrem Weg. Ich beugte mich vor, und als ich aufsah, begegnete ich seinem Blick.

In seinen Augen brannte das gleiche Feuer, das ich selbst spürte. Doch er sah auch fragend aus, fast unsicher. Als wisse er nicht, wie weit er gehen durfte. Als Antwort zog ich mir mein Top über den Kopf und warf es achtlos zur Seite. Kurz schloss er die Augen, dann wanderten seine Hände langsam weiter über meine Haut, bis sie an meinem BH angekommen waren. Sanft strich er mit den Fingern über die weiße Spitze, fuhr den Rand an meinem Dekolleté entlang und ließ sie unter die Träger gleiten, die er sachte von meinen Schultern schob. Unsere Blicke fanden eineinander, während er die Finger auf meinen Rücken wandern ließ und geschickt den Verschluss des BH öffnete. Als meine Brüste entblößt waren, weiteten sich seine Augen, und er betrachtete intensiv meine nackte Haut. Ich hörte ihn aufkeuchen, sah, wie sein Brustkorb sich hob und senkte. Mit den Fingerspitzen griff ich nach dem Saum seines T-Shirts und schob ihn nur ein kleines Stück über den Bauchnabel nach oben. Ich wollte alles auskosten, langsam auf Erkundungstour gehen, jede Sekunde genießen und jeden Quadratzentimeter seiner Haut in mich aufsaugen. Die Haut darunter war glatt, nur ein einziges Tattoo war dort zu erkennen. Es sah aus wie der Griff eines Revolvers, der aus seinem Hosenbund hervorlugte.

»Nicht nur ein Tattookünstler, sondern auch noch ein Revolverheld«, neckte ich ihn leise.

»Bei dir bin ich immer schwer bewaffnet.«

Meine Fingerspitzen wanderten über den Bund seiner Jeans, unter dem sich der Rest des Tattoos befand. »Und was versteckt sich noch darunter?«

»Finde es heraus«, raunte er mir heiser zu.

Ich fuhr die feinen schwarzen Linien mit meinem Zeigefinger nach, konnte mich nicht sattsehen an dem Bild, das so viel von Jake zeigte und doch so viel mehr von ihm versteckte. War ich bereit, noch mehr Jake zu entdecken? Ich wusste es nicht. Ich wusste nur, dass ich verdammt bereit war, mit ihm zu schlafen. Und diesmal würde uns kein Pete stören.

Ich war begierig darauf, das Tattoo freizulegen und mit meinen Lippen zu erkunden. Ich machte mich an seinem Jeansknopf zu schaffen, doch bevor ich ihn mit fahrigen Fingern öffnen konnte, packte Jake meine Hand und schüttelte langsam den Kopf.

Ich sog scharf die Luft ein und sah ihn verwirrt und auch etwas verunsichert an. Hatte er es sich wieder anders überlegt? Würde er wieder aufstehen und gehen? Ich lehnte mich zurück und versteifte mich.

»Carrie … Nicht so schnell«, keuchte er. Ich traute mich nicht, ihn anzusehen, fixierte stattdessen das Tattoo und seine Hüftknochen, die sich unter seiner Haut abzeichneten. Seine Hand legte sich in meinen Nacken, und sanft zog er mich zu sich. »Diesmal will ich das genießen«, flüsterte er mir zu, während er meinen Mund mit unzähligen kleinen Küssen bedeckte. »Ich will *dich* genießen.«

Er strich über meine Wangen, meinen Hals, über meine Schultern und zog mich ganz zu sich hinunter. Mein Herz schlug noch lauter und beschleunigte sich wie ein Tänzer auf Speed, als ich seine erhitzte Haut an meiner spürte.

Seine Hände hielten meinen Kopf und meine Hüften gefangen, während er den Kuss noch vertiefte. Er wirkte so sicher und erfahren, dass ich mir plötzlich vorkam wie ein Teenager bei seinem allerersten Mal. Ich war unsicher, fühlte mich unerfahren unter Jakes Händen, traute mich nicht mehr, ihn anzufassen. Doch Jake bemerkte meine Verlegenheit sofort.

»Hey, sieh mich an«, forderte er mit rauer Stimme. Sein Finger stupste behutsam gegen mein Kinn, als ich nicht reagierte. Ich hob den Kopf. Seine dunklen Augen bohrten sich in mein Innerstes. »Bist du dir ganz sicher, dass du es willst?«

Ich biss mir auf die Unterlippe, nickte zaghaft.

»Ich bin mir sicher, Jake.« In seinem Blick lag Erleichterung, als ich die Worte aussprach.

Sein Gesicht kam näher, ich versank erneut in seinem Blick, bevor ich die Lider schloss, als seine Lippen sich behutsam auf meine legten.

Nach nur wenigen Strichen mit seiner begabten Zunge legte ich meine Befangenheit ab. Er fasste meinen Rücken, hielt mich fest, und mit einer erneuten Drehung lag ich unter ihm. Langsam löste sein Mund sich von meinem, strich heiß über mein Kinn, den Hals hinunter, über das Schlüsselbein zu meiner Brust. Ich zog ihm sein Shirt über den Kopf, und endlich konnte ich ihn ganz ansehen. Sofort blickte ich auf die Schlange. Sie schlängelte sich um seinen Oberarm, über seine Schulter, hinauf zu seinem Hals und endete kurz unter seinem Ohr. Ungefähr in der Mitte waren die Buchstaben *B. R.* eintätowiert. Was das wohl bedeutete? Ich ließ meine Hände weiterwandern und musste grinsen, als ich das Piercing in seiner Brustwarze zum ersten Mal sehen konnte. Ich nahm den kleinen Ring zwischen Daumen und Zeigefinger und zog ganz leicht daran.

Jake wandte sich und bäumte sich lustvoll auf. Ich ließ das kühle Metall los und meine Finger über die glatte Brust wandern. Meine Augen saugten die Bilder auf, die darauf gestochen waren. Auf der linken Seite erkannte ich zwei Masken. Eine lachende, eine weinende. Die rechte zeigte einen Spruch: »*In the end, it's not the years in your life that count. It's the life in your years.*« Gänsehaut überzog meine Arme. Dieses Zitat passte zu dem Jake, den ich mittlerweile kennengelernt hatte. Er machte, was ihm gefiel. Er verwirklichte seine Träume, nahm sich, was er wollte. Er lebte, wie er leben wollte – nicht, wie andere es von ihm erwarteten. Einschließlich mir.

Meine Hand wanderte zu seinem Brustbein, auf das eine Uhr tätowiert war. Die Zeiger standen auf fünf vor zwölf. Wie ein Mahnmal. Meine Finger glitten darüber hinweg weiter nach oben, und mir fiel eine kleine, halbmondförmige Narbe unter seinem linken Schlüsselbein auf. Darunter, im gestochenen Schatten der obersten Maske seines Tattoos, fast so, als würde er sich darunter verstecken, zeichneten feine Linien einen Namen: *Charlotte*.

Mir wurde eiskalt. Ich wusste, dass Jake kein unbeschriebenes Blatt war. Die Geschichte mit Olivia war Beweis genug, dass er vermutlich selten alleine schlief. Doch das Gefühl, dass ihm eine Frau so nahe gestanden hatte, dass er ihren Namen auf seinem Körper verewigt hatte, war … beunruhigend.

Jake beugte sich vor und nahm meinen rechten Nippel zwischen die Lippen. Begierig saugte er daran. Ich schloss leise seufzend die Augen, meine Finger verließen das Territorium der fremden Frau und wanderten hinauf zu seinen Schultern. Charlotte war nicht hier – *ich* war hier. Außerdem war das hier keine Liebeserklärung, sondern guter – wahnsinnig guter – Sex. Mir war klar, dass aus uns nicht mehr werden würde, selbst wenn ich es mir insgeheim wünschte. Also verbannte ich den Namen aus meinem Kopf und konzentrierte mich auf Jakes Berührungen.

Behutsam rutschte er an mir herunter, bedeckte jeden noch so kleinen Fleck meiner nackten Haut mit zarten Küssen, bis er an dem Hosenbund ankam. Ich kicherte leise, als seine Finger daran entlangfuhren, weil es kitzelte.

»Du lachst mich aus?«

Ich erzitterte, als er den Stoff mit den Zähnen erfasste und ein Stück hinunterzog. »Niemals«, gab ich mit bebender Stimme zurück.

»Gut. Sonst müsste ich dich nämlich bestrafen ...«

»Und wie?«

Jake hob den Kopf und warf mir einen Blick zu, den ich nicht einordnen konnte. Ohne die Augen von mir abzuwenden, legte er sich neben mich und schob seine Hand über meinem Bauch in die Hose. Die pochende Hitze in meiner Mitte wurde zu einem Feuer, als er seine Finger an meine Schamlippen führte und sanft darüberstrich. Ich stöhnte leise.

Als er spürte, wie nass ich war, keuchte er ebenfalls auf. Aber er ließ nicht von mir ab. Ich bog meinen Rücken durch, hob mich ihm entgegen, zog mich wieder zurück – Jake *bestrafte* mich ohne Erbarmen. Ich wollte mehr. Wollte ihn. In mir. Doch Jake schüttelte den Kopf, als ich ihn zu mir ziehen wollte.

»Nein. Jetzt bin ich dran ...« Jake nahm seine Hand zurück und zog mir mit wenigen Handgriffen die Hose samt Slip aus. Jetzt lag ich nackt und feucht neben ihm. Ich betete, dass er zu mir kommen und mich endlich nehmen würde, aber daran dachte er anscheinend noch nicht. Stattdessen spreizte er meine Schenkel weiter auseinander, rutschte zwischen meine Beine und senkte seinen Kopf.

229

Ein Schrei stockte in meiner Kehle, als seine Zunge meine geschwollene Klit fand und erst langsam, dann immer schneller über sie leckte . Meine Mitte pulsierte immer stärker. Verdammt, er war gut. *Hast du was anderes erwartet, Carrie?*

Meine Oberschenkel begannen zu zittern, und ich spürte, wie sich alles in meinem Unterleib zusammenzog, doch bevor ich so weit war, ließ Jake von mir ab und sah mich mit dunklen Augen an. »Was willst du?«, murmelte er.

»Komm zu mir«, presste ich hervor.

Er grinste nur vielsagend, bevor er sein Gesicht wieder zwischen meinen Schenkeln versenkte. Ich schrie tatsächlich auf – es war unbeschreiblich, wie er seine Zunge kreisen ließ und mich damit an den Rand des Wahnsinns brachte. Er saugte fest an meiner Klit, und ich krallte meine Finger in seine Schultern, als die Welle kam und mich mit sich riss.

Ich brauchte eine Weile, um wieder zu Atem zu kommen. Jake rutschte zu mir hoch und legte sich neben mich, zog mich zu sich und bettete meinen Kopf in seine Armbeuge. Mit glänzenden Augen sah er mich an.

»Wie schön du bist, wenn du kommst«, flüsterte er und ließ seine Hand über mein Dekolleté zu meinen Brüsten wandern. Verlegen senkte ich die Augen. Ich hatte keine Probleme damit, beim Sex zu reden, aber Jakes Worte gingen tiefer, brachten meine Gefühle in Wallung – stärker, als es je ein Mann zuvor geschafft hatte.

Seine Finger strichen weiter über meinen Bauch bis hin zu meinem Hügel. Als sie meine nasse Spalte erreichten, setzte sofort das heiße Pochen wieder ein. Auch wenn er mir gerade einen der besten Orgasmen meines Lebens verschafft hatte, wollte ich ihn mehr denn je. Ich stöhnte auf und legte meine Hand auf seine Brust. Zitternd strich ich über seinen Bauch hinunter zu seinem Hosenbund, legte meine Finger auf das Revolver-Tattoo.

»Revolverheld«, flüsterte ich.

»Soll ich dir zeigen, wie er schießen kann?«

Ich grinste. »Ist er treffsicher?«

»Finde es heraus«, forderte er mich auf.

Meine Hand wanderte zum Verschluss seiner Jeans. Diesmal würde er mich nicht aufhalten. Ich öffnete die Knöpfe und zog den Stoff auseinander, schob meine Hand in seine Boxershorts und legte meine Finger auf sein pralles Glied. Hart und samtig streckte es sich mir entgegen, als ich es von dem dünnen Stoff befreite. *Gott, fühlt sich das gut an!* Sanft strich ich über seine Eichel. Ein Zucken und ein paar feuchte Tropfen waren die Antwort auf meine Berührung.

Ich löste mich aus seiner Umarmung und setzte mich auf. Jake half mir dabei, ihm die Jeans abzustreifen. Als er endlich nackt neben mir lag, kniete ich mich über ihn und setzte mich auf seine Oberschenkel. Ich fühlte die Nässe, die aus mir heraustropfte.

Ich wollte diesen Mann in mir. Jetzt. Und hier.

Auf der farbbefleckten Folie, auf dem harten Betonboden, mitten in einer Bauruine, zwischen den Leitern und Werkzeugen, die uns vorwurfsvoll anzusehen schienen. Ich beugte mich über seinen Schwanz und nahm ihn in den Mund.

Hm ... er schmeckt so gut ...

Ich saugte und rieb seinen Schaft und brachte Jake zum Stöhnen. Sein Blick bohrte sich in meinen, während er nach seinen Jeans tastete und ein Kondom hervorzog. Ich wollte gar nicht wissen, ob er die immer bei sich trug oder ob er den Ausgang des Abends so geplant hatte. Der Ausdruck in seinen Augen war weich und nahbar, er hatte nichts mehr mit dem harten Mann gemein, für den ich ihn gehalten hatte.

»Lass mich das machen.« Ich riss die Verpackung vorsichtig auf, sie knisterte wie die Luft um uns herum. Mit sanften Bewegungen rollte ich ihm das Gummi über.

»Bist du dir sicher?«, fragte er nochmals und ließ mich dabei nicht aus den Augen. Seine Frage jagte einen weiteren Schauer durch meinen Körper. Ich hätte nie gedacht, dass dieser Mann so unsicher und besorgt sein könnte.

Ich beugte mich über ihn, küsste ihn leidenschaftlich und hoffte, dass ihm das als Antwort genügte.

Das tat es. Er erwiderte den Kuss, hielt mich fest umschlungen. Ich spreizte die Beine noch etwas weiter und senkte mich auf ihn. Endlich. Die Nässe zwischen meinen Beinen machte es einfach. Ich war mehr als bereit. Für ihn.

Jake riss die Augen auf und stöhnte, als ich ihn in mir aufnahm. Seine Hände lagen auf meinen Hüften, meine auf seiner Brust, während ich mich langsam auf ihm bewegte. Gemeinsam fanden wir unseren Rhythmus, sahen uns dabei in die Augen. Seine Wangen waren gerötet, Strähnen seiner Haare klebten ihm auf der Stirn.

Ich biss mir auf die Lippe. In dieser Position konnte ich mein Becken so kreisen, dass meine Klit bei jedem Stoß stimuliert wurde. Ich spürte das Zittern seiner Muskeln unter meinen Händen und das Pulsieren seines Schwanzes tief in mir drin. Er füllte mich aus, wie es noch kein Mann zuvor geschafft hatte. Stieß in mich hinein, bis er in mir versank. Ich neckte ihn, hielt inne, nur um dann unvermittelt aufs Neue meine Hüften zu bewegen, wenn er gerade zu Atem gekommen war. Doch irgendwann konnte ich nicht mehr an mich halten. Meine Bewegungen wurden fahriger und schneller – ich ritt auf ihm, ließ mich führen und führte ihn. Als ich seine Fingerspitzen an meiner Scham spürte, wie sie über meine geschwollene Klitoris strichen, konnte ich kaum mehr an mich halten. Ich beugte mich nach hinten, ließ ihm Platz, um mich weiter zu verwöhnen. Dabei spürte ich ihn so tief in mir, so tief.

Seine Hände verließen meine Mitte, packten meine Hüften fester, Fingernägel gruben sich in mein Fleisch. Ich schrie auf, als er sich mit einem gewaltigen Stoß in mir versenkte. Blitze durchzuckten die Dunkelheit um mich herum, ich fühlte, wie sich etwas in mir löste, als er uns mit einem letzten Stoß und einem langgezogenen Stöhnen zum gemeinsamen Orgasmus brachte.

* * *

Zitternd und außer Atem kam ich langsam zu mir. Ich lag mit rasendem Puls und völlig verschwitzt auf Jakes Brust. Er hatte seine Arme um mich geschlungen und hielt mich fest. Sein Mund bedeckte meine Schulter mit kleinen, müden Küssen.

»Wow«, schnaufte ich leise. Ich wusste nicht, wie ich dieses Erlebnis sonst in Worte fassen sollte.

»Ja. Wow …«, hauchte er in mein Ohr, das er gleich darauf mit seinen Lippen liebkoste. Ich fühlte mich in seinen Armen unglaublich geborgen. Erst jetzt wurde mir richtig bewusst, was wir hier taten oder getan hatten: Wir hatten Sex gehabt, der tausendmal schöner und intensiver gewesen war als das, was wir im Schuppen miteinander angestellt hatten. Und noch lag er bei mir und hielt mich fest, anstatt aufzuspringen, sich anzuziehen und wieder fortzulaufen. Ich wollte nicht darüber nachdenken, aber das Gedankenkarussell wollte einfach keine Ruhe geben. Die Zärtlichkeit würde jeden Moment vorbei sein, und deshalb genoss ich die letzten Sekunden mit ihm, bevor er diesen perfekten Moment beendete.

Zaghaft hob ich meinen Kopf, um ihn anzusehen. Ein warmes Lächeln umspielte seine Lippen, als er mich aus halb offenen Augen anblickte. Seine Hand löste sich von meinem Rücken und strich sanft über meine Wange. Die Berührung zwang mich, erneut die Augen zu schließen, und ich lehnte mich in seine Hand.

»Ja. Wow! Ganz großes Kino!« Wir fuhren auseinander und mein Kopf schnellte zur Seite. In der geöffneten Tür stand Liv.

Jake

»Scheiße!« Es war alles so schnell gegangen, natürlich hatten wir nicht daran gedacht, die Tür abzuschließen.

Olivia hatte nichts weiter gesagt und war mit wütender Miene abgerauscht. Ich rappelte mich auf, zog mir das Kondom ab und sprintete zur Tür. Während ich den Schlüssel gleich zweimal herumdrehte, hatte Carrie sich ihr Top übergezogen und war konzentriert damit beschäftigt, das Knäuel aus ihren Klamotten zu entwirren. Ich trat zu ihr und suchte ihren Blick. Ihr Verhalten zeigte eindeutig, dass sie gehen wollte. Am liebsten wäre sie wahrscheinlich schon weg, rausgerannt. Von mir fort und ihrer Freundin hinterher. Das durfte ich nicht zulassen. Nicht nachdem unser letztes Mal so abrupt geendet hatte. Warum wurden wir auch immer unterbrochen? Ich musste mich endlich zusammenreißen, und nicht immer auf der Baustelle über sie herfallen. Diese Frau strapazierte meine Selbstbeherrschung. Ach, was. Ich hatte keine Selbstbeherrschung, wenn es um Carrie ging. Ich wollte nicht, dass unser Zusammensein so endete. Dafür war es zu schön gewesen. Und hatte mir zu viel bedeutet.

Carrie rief Gefühle in mir wach, die ich lange Zeit tief in mir vergraben hatte. Ich hatte nicht gedacht, dass sie jemals wieder zum Vorschein kommen würden. Zu sehr war ich verletzt gewesen, hatte mich abgeschottet und nach Charlotte nichts und niemanden mehr an mich herangelassen.

Es war wie ein Herzstillstand gewesen. Aus und vorbei. Ich war innerlich zerbrochen. Um mich herum hatte ich Stein für Stein eine Mauer aufgebaut, durch die Empfindungen weder ein- noch ausdringen konnten. Ich war die perfekte Maschine geworden, hatte alles getan, was nötig gewesen war, um zu vergessen. Nein! Vergessen hatte ich nie. Nur verdrängt.

Doch seit ich Carrie im Arm gehalten hatte, brodelten Emotionen in meiner Brust, die unkontrollierbar an die Oberfläche drangen. Ihr Blick gab mir Geborgenheit, ihre samtweichen Fingerspitzen lockten mein Vertrauen aus seinem Gefängnis, und ihre Lippen küssten die letzten Mauerreste hinfort. Ich wollte mir einreden, dass es *nur* Sex gewesen war, *nur* körperliche Faszination, doch damit würde ich mich nur selbst verarschen. Ich musste aufhören, mich selbst zu belügen. Jetzt war die Gelegenheit dafür.

Ich setzte mich, nackt wie ich war, zu ihr auf den Boden und griff ihre Hand, mit der sie sich gerade die Hose anziehen wollte. Ihre Finger waren so schmal, dass sie in meiner Handfläche verschwanden.

Sie hielt inne und hob zögerlich den Kopf. Ich legte meine Hand auf ihre Wange. »Wo willst du hin?« Ich spürte ihr Zögern, drückte sanft ihre Hand und ließ meinen Daumen über ihren Handrücken streichen. Sie zuckte nicht zurück – immerhin ein Anfang.

»Ich kann Liv nie mehr in die Augen sehen. Sie hat mich gewarnt, dass ich die Finger von dir lassen soll. Wie konnte ich nur so unsensibel sein und meine Freundin derart verletzen?« Ihre Stimme brach.

»Sie wird darüber hinwegkommen.«

Sie verzog das Gesicht, und ihre Miene wurde noch düsterer. »Worüber? Darüber, dass sie uns beim Sex erwischt hat, oder darüber, dass nicht sie diejenige war, die hier mit dir gelegen hat?« Ihr Ton war kalt geworden, und ihre anklagenden Worte bohrten sich mitten in mein offenes Herz. Doch ich war entschlossen, dass dieser dumme Fehler mit Olivia nicht zwischen uns stehen würde.

Es lag auf der Hand, was ihre nächste Frage sein würde, und ich entschied mich, ihr zuvorzukommen. Doch vorher umfasste ich ihr Gesicht mit beiden Händen. Dann holte ich tief Luft und versuchte, ihr mit meinem Blick zu zeigen, wie ernst ich es meinte. »Ja, ich habe mit ihr geschlafen. Einmal. Und es wird nicht wieder passieren.«

Carrie biss sich auf die Unterlippe und mied meinen Blick. Sie war verunsichert, glaubte vielleicht, dass sie nur eine von Vielen war. Doch das war sie nicht. Deshalb musste ich ihr die Wahrheit sagen, wenn ich sie halten wollte. Und das wollte ich. Mehr als alles andere.

»Sie ist meine Freundin.«

»Ich weiß. Und es war ein Fehler. Das mit Olivia«, setzte ich schnell hinterher.

Ich konnte sehen, dass sie nicht vollends überzeugt war, aber immerhin machte sie keine Anstalten aufzustehen. Sie sah mich zweifelnd an und nestelte an dem Stoff ihrer Hose herum, die vor ihr auf dem Boden lag. »Und was machen wir nun?«

Ich betrachtete sie eingehend. Sie war das Schönste, was ich je gesehen hatte. Behutsam streichelten meine Finger über ihre Wangen, hinunter über ihren Hals, ihre Schlüsselbeine zu ihren Brüsten. Auf dem Ansatz ihrer linken Brust befand sich ein herzförmiges Muttermal, das mir so vertraut vorkam, als hätte ich sie schon unzählige Male nackt gesehen.

»Ich regle das, okay? Vertrau mir. Bitte.« Ich hatte noch nie so oft das Wort *Bitte* benutzt, wenn ich mit einer Frau gesprochen hatte. Normalerweise kam mir das nicht so einfach über die Lippen, doch diesmal fiel es mir spielend leicht. »Carrie, das mit uns hier, das ist *kein* Fehler. Ich bin niemand, der viel redet, schon gar nicht über seine Gefühle. Aber ich möchte, dass du das weißt. Kein Fehler, verstehst du?«

Carrie

Nachdem ich fast ein Jahr lang keinen Sex mehr gehabt hatte, tat mir nun tatsächlich alles weh. Und obwohl ich geduscht hatte, roch ich immer noch nach ihm.

Auf dem Weg zum Tanzstudio versuchte ich, meine Gedanken zu ordnen. Wie es nun weitergehen sollte, wusste ich nicht. Jake war mein Boss, und ich war eine Stripperin, die sich nachts halbnackt an der Stange räkelte, um gaffenden Männern damit ein Vergnügen zu bereiten. Das war etwas, was Jake auf keinen Fall erfahren durfte. Vielleicht machte ich mir auch umsonst Sorgen, denn nur weil wir – zugegeben fantastischen – Sex miteinander gehabt hatten, hieß das ja nicht, dass wir jetzt in einer Beziehung waren und uns alles erzählten. Zumindest glaubte ich nicht, dass er das so sah.

Doch das Kribbeln in meinem Bauch wurde stärker, sobald ich mir sein Gesicht vor Augen rief. Seine Hände auf meiner Haut, seine Lippen auf meinen – wir waren eins gewesen in diesen Minuten, und nichts konnte mir diese Zeit des Glücks jemals wieder nehmen. Ich spürte ihn immer noch in mir, obwohl wir uns seit gestern Abend nicht mehr gesehen hatten. Er war in sein Hotel und ich in die Villa zurückgefahren. Ich hatte kurz gezögert, als er mich zum Auto gebracht und sich verabschiedet hatte, aber nur weil ich den Abend noch nicht beenden wollte, hieß es nicht, dass es ihm auch so ging.

Zu Hause angekommen, hatte ich rastlos im Bett gelegen, zu aufgewühlt, um einzuschlafen. Und als wäre es Jake genauso gegangen, hatte er mir eine Nachricht geschickt.

Gute Nacht, Baby. Schlaf gut und träum von mir …

Wieder nannte er mich Baby – so wie Phil es tat –, aber bei ihm jagte mir der Kosename einen heißen Schauer über den Körper. Ich antwortete nicht, aber schlief mit dem Handy an meine Brust gedrückt ein.

Am Morgen war ich mit einem Glücksgefühl aufgewacht, wie ich es noch nie verspürt hatte. Selbst dass Carlos sich im Haus aufhielt und in der Küche rumorte, machte mir nichts mehr aus.

Nach der Dusche fand ich eine neue Nachricht von Jake auf meinem Handy.

Guten Morgen, Baby. Ich habe von dir geträumt …

In meinem Unterleib kribbelte es unaufhörlich.

Guten Morgen, Revolverheld. Ich hoffe, es war kein unanständiger Traum?

Worauf du wetten kannst …

Ich grinste. Die Vorstellung, dass er von mir geträumt hatte, ließ die Schmetterlinge übermütig herumtoben, aber für die nächsten Stunden musste ich mich auf meine Arbeit konzentrieren. Ich hatte gleich einen Kurs, den ich auf keinen Fall sausen lassen konnte. Nolan hatte auf meine Krankmeldung bisher nicht reagiert, und das schlechte Gewissen wegen meiner Lüge begleitete mich.

»Auch mal wieder da?«, herrschte er mich auch gleich an, kaum, dass ich in der Tür war.

»No, es tut mir leid.«

»Was genau? Dass du krank warst und nicht arbeiten konntest oder … dass ich dich gestern zusammen mit diesem Typen gesehen habe?«

»Was?«

»Ich hatte für gestern alle Kurse gestrichen, weil ich zum Spiel der Giants wollte. Aber dann bekam ich einen Anruf. Leroy stand vor der verschlossenen Tür des Studios. Also bin ich aus dem Stadion raus und – da habe ich Phils Wagen auf dem Parkplatz gesehen – und dich Hand in Hand mit diesem Typen. Sehr krank sahst du ja nicht gerade aus.«

»No, es … ich …« Mist. Schlimm genug, dass ich meinen besten Freund angelogen hatte. Ich musste mich auch noch dabei erwischen lassen.

»Weißt du, Carrie … Wenn du gerade andere Dinge im Kopf hast, kann ich das verstehen. Ich bin der Letzte, der dir deswegen Vorhaltungen macht. Aber dass du mich anlügst …« Er schüttelte den Kopf. Seine Augen blickten mich traurig an, seine Schultern sackten nach vorne. Ich wollte im Boden versinken.

»Ich hab Mist gebaut.«

»Sehe ich auch so.«

»Ich habe dich angelogen.«

»Sag mir nichts, was ich nicht schon weiß. Erzähl mir lieber, warum? Warum vertraust du mir so wenig, dass du … Ach, scheiße!« Ich zuckte zusammen. Nolan fluchte so gut wie nie, aber diesmal war es irgendwie angebracht. Ich nickte betreten und ließ mich auf die Bank fallen, die an der Seite des Flurs stand. Ich wollte Nolan nichts von meiner Auseinandersetzung mit Carlos erzählen. Er würde sich nur Sorgen machen, ich kannte ihn. Er würde loslaufen, Carlos zur Rede stellen und sich selbst damit in Gefahr bringen.

»Die Sache mit Jake bringt mich einfach tierisch durcheinander«, sagte ich zögernd. Und das war nicht einmal gelogen.

»Was läuft denn jetzt zwischen dir und diesem Tätowierer? Habe ich die Wette gewonnen?« Das Thema hatte er nicht abgehakt. Mit einem amüsierten Zwinkern grinste er mich an. Er war wieder ganz der Alte.

Ich seufzte. »Ich weiß es nicht genau, No. Wir haben … gestern den Tag miteinander verbracht. Und abends … im Shop … ist es dann passiert. Dann stand Liv plötzlich in der Tür. Du hättest ihr Gesicht sehen sollen …« Der Gedanke an den Ausdruck im Gesicht meiner Freundin brachte das schlechte Gefühl zurück. Immer wieder hatte ich seitdem versucht, sie anzurufen, um ihr etwas zu erklären, was ich mir selbst nicht erklären konnte. Aber natürlich ging sie nicht an ihr Telefon. Es muss furchtbar für sie gewesen sein, mit anzusehen, wie ich das Objekt ihrer Begierde vögelte. So muss es zumindest für sie ausgesehen haben. Dass es für mich viel mehr war als das, konnte sie nicht wissen, und ich war nicht mal sicher, ob es das besser machen würde.

»Ich habe dir schon mal gesagt – nur weil sie ihn angeleckt hat, gehört er ihr nicht.«

»Trotzdem fühle ich mich mies.«

Nolan tätschelte meine Schulter. »Das solltest du nicht. Sie wird darüber hinwegkommen. Aber was ist mit dir?« Forschend sah er mich an, als könnte er allein in meiner Mimik erkennen, was ich fühlte. Und möglicherweise tat er das sogar. »Du hast dich verliebt«, sagte er mir auf den Kopf zu. Ich stritt es nicht ab.

Wahrscheinlich war es schon vorher passiert, aber ausschlaggebend war gestern der Moment gewesen, in dem er mich zurückgehalten hatte, als ich Olivia hinterherlaufen wollte. Vielleicht war es dumm, darauf zu hoffen, dass er ebenso empfand wie ich, aber das war der Strohhalm, an den ich mich klammerte.

Nolan schwieg, als ich nicht antwortete. Er wusste auch so, dass er ins Schwarze getroffen hatte. Sanft zog er mich näher an seine stahlharte Brust, und ich ließ es nur zu gern geschehen. Denn wo sonst konnte man sich besser aufgehoben fühlen als in den Armen seines besten Freundes, wenn

die Welt um einen herum plötzlich aus den Fugen geriet?
»Ach, No. Ich hab dich lieb.«

»Ich dich auch, Süße. Und wenn Jake dir jemals wehtun sollte, werde ich mich mit ihm duellieren.«

»Er hat einen Revolver …«, platzte ich heraus und konnte mir mein dämliches Grinsen nicht verkneifen.

Nolans Augenbrauen schnellten in die Höhe. »So genau wollte ich seine Qualitäten gar nicht unter die Lupe nehmen …«

***

Zwei Stunden später klatschte ich in die Hände und bedankte mich bei meiner Truppe für ihre Aufmerksamkeit. Ich war wieder einmal begeistert, wie schnell die Kids Fortschritte machten.

Jenna hatte herausragend getanzt. Ich hatte mit Stolz bemerkt, dass sie in den letzten Wochen einige meiner Angewohnheiten – die Haltung ihrer Hände, die Neigung ihres Kopfes, bevor die Musik losging – übernommen hatte. Normalerweise waren Kids in ihrem Alter vor allem damit beschäftigt, die richtige Reihenfolge der Schritte zu behalten und einigermaßen gut dabei auszusehen. Dass Jenna bereits auf Details achtete und mich offenbar als Vorbild nahm, schmeichelte mir sehr.

Sie war die Letzte, die leichtfüßig, noch mit dem Takt des letzten Songs im Blut, aus dem Raum schwebte, doch bevor sie durch die Tür verschwand, drehte sie sich zu mir herum. »Carrie?«

»Ja?«

»Darf ich dich was fragen?«

»Klar, schieß los«, sagte ich mit einem Lächeln. Sie zögerte, nagte an ihrer Unterlippe. Ich sah, wie sich ihre Hände ineinander verhakten. »Hey, ich beiße nicht. Was hast du auf dem Herzen, Jenna?«

»Meinst du, ich kann irgendwann mal so gut werden wie du?« Ihre großen blauen Augen sahen mich an. Ich bemerkte ihre Befangenheit. Wie konnte dieses Mädchen, von dem ich immer gedacht hatte, dass es vor Selbstbewusstsein nur so strotzte, so unsicher vor mir stehen und mir eine solche Frage stellen? Sie tanzte die Jungs und alle anderen Mädchen hier an die Wand. Wusste sie das denn nicht?

»Warum fragst du?«

»Meine Mom sagt, ich würde hier nur meine Zeit verschwenden. Sie hält nichts vom Tanzen.«

Langsam schüttelte ich den Kopf. *Deine Mutter hat keine Ahnung, was in dir steckt!* Ich schluckte den Kloß in meinem Hals herunter.

»Ich glaube nicht, dass du einmal so gut wirst wie ich.« Sie wurde blass, ihre Unterlippe zitterte. Ich legte ihr meine Hand auf die Schulter und fuhr fort: »Du wirst besser sein als ich, Süße. Du hast es nämlich verdammt noch mal richtig drauf!«

Sie stieß die Luft, die sie angehalten hatte, mit einem geräuschvollen Seufzer aus. »Wirklich?«

Ich nickte. »Du hast die Musik im Blut, und das ist das Wichtigste beim Tanzen. Schritte kann man lernen, Gefühl für die Musik nicht. Das hat man, oder man hat es nicht. Und du hast es. Ich hab erst viel später mit dem Unterricht angefangen als du. Ohne Frage wirst du mich irgendwann überholen. Aber bitte noch nicht so schnell. Sonst verliere ich meinen Job.« Ich zwinkerte ihr zu.

Mit roten Wangen und einem glücklichen Lächeln im Gesicht ließ sie sich in meine Arme fallen. »Danke, Carrie.«

Nachdem Jenna den Saal verlassen hatte, blieb ich einen Moment nachdenklich im Raum stehen. Wie konnte Jennas Mutter nur so gefühlskalt zu ihrem kleinen Mädchen sein? Jenna hatte einen Traum. Und sie konnte ihn verwirklichen – wenn sie an sich glaubte und hart arbeitete. Sie hatte sich mir anvertraut, und ich würde alles dafür tun, damit sie ihr Ziel nicht aus den Augen verlor.

Momente wie diese waren es, warum ich meinen Job hier so liebte. Ich brauchte keine große Bühne, um glücklich zu sein. Ich hatte hier alles, was mich ausfüllte. Wieder einmal war ich Phil dankbar dafür, dass er meine Leidenschaft für das Tanzen gefördert hatte. *Wenn ich nur wüsste, ob es ihm gut geht ...*

Eine halbe Stunde später schloss ich das Studio und nutzte meine freie Zeit, um noch etwas an meiner Choreo zu arbeiten. Dabei fiel mir ein, dass Nolan etwas von Leroy erzählt hatte. Mist! Ich hatte ganz vergessen, ihn danach zu fragen. Aber eigentlich war es auch egal. Ich war zufrieden mit dem, was ich tat. Und die Kids zählten auf mich. Ich würde sie nicht im Stich lassen.

Da Nolan schon längst weg war, hatte ich das Studio jetzt für mich. Ich stellte mir *Don't Be So Shy* von Imany auf meiner Playlist ein, und als die ersten Takte in ohrenbetäubender Lautstärke durch den großen Saal tönten, überließ ich mich ganz der Musik. Ich vertraute ihr – wo sie mich auch hinschickte, es würde richtig sein. Dieses bedingungslose Vertrauen machte die Faszination des Tanzens für mich aus. Es war egal, was um mich herum passierte, wenn die Melodie mich packte, ein Rhythmus meinen Körper zum Beben brachte, dann vergaß ich alles.

Ich schloss alle Gedanken, die unaufhörlich in meinem Kopf kreisten, aus. Ich vergaß Phils Verschwinden, Carlos' widerliches Benehmen, meine heutige Schicht im Club, Olivias eisige Miene und Jakes heiße Lippen auf meiner Haut. Ich spürte nur noch den Beat, der mich abholte und ganz von mir Besitz ergriff, und tanzte mich davon ...

Carrie

Der Club war voll, wie immer an einem Samstagabend. Wenn nicht noch ein Wunder geschah, dann würde ich niemals pünktlich Feierabend machen können. Um Jake zu sehen, war es dann sowieso zu spät, aber ich war neugierig, ob er sich vielleicht noch mal gemeldet hatte.

In Sachen Phil hatte ich auch nichts weiter rausbekommen. Nachdem Carlos und Melissa das Haus verlassen hatten, hatte ich herumtelefoniert. Phil hatte nicht viele private Kontakte, aber einige waren in unserem Telefon gespeichert, und ich rief die Nummern über mein Handy an. Doch weder Theresa noch Ben oder William wussten etwas von Phils Verbleib. Mir gingen Carlos' Worte nicht aus dem Kopf. Phil würde nicht wiederkommen, hatte er gesagt. Hatte er mir das nur an den Kopf geworfen, um mich zu verunsichern, oder steckte mehr dahinter? Ich befragte vor und während meiner Schicht die Mädchen im Club, doch auch sie konnten mir keine Antworten auf meine Frage geben. Balu ermahnte mich wiederholt, Carlos aus dem Weg zu gehen, und ich fragte mich, was genau er wusste und warum er es mir nicht einfach erzählte.

Noch immer konnte ich mich nicht mit dem Gedanken anfreunden, dass Phil mit Drogen gedealt und Morettis Geld in seine eigene Tasche gesteckt haben sollte. Ich glaubte eher daran, dass Carlos das nur erfunden hatte, um sich selbst reinzuwaschen. Ihm würde ich eine Unterschlagung zutrauen – nicht Phil. Vielleicht gab es wirklich Schwankungen in den Bilanzen, und Carlos wollte das vertuschen, indem er mich von den Papieren fernhielt. Wie dem auch war – etwas war faul an der Geschichte, und ich würde schon noch herausfinden, was es war.

Ich tanzte leichtbekleidet meine Show an der Stange, als eine Gruppe Männer hereinkam. Es waren vier, einer war breiter als der andere, und sie schienen schon recht gut angetrunken zu sein. Die neuen Gäste schlenderten in meine Richtung, setzten sich laut grölend an meinen Tisch und vertrieben damit die drei Stammgäste, die sich regelmäßig im Club herumdrückten, ihr Bier tranken und stumm meine Tanzeinlagen bewunderten. Sie bestellten Bier und Gin bei Melissa, die heute auch für den Service außerhalb der Bar zuständig war. Nach Sonja hatte sich auch noch Tania verabschiedet. Letzten Mittwoch nach ihrer Schicht war sie gegangen und seitdem nicht wieder aufgetaucht. Langsam nahm das Verschwinden von Mitarbeitern des Clubs überhand. Ein Grund mehr, sich Sorgen zu machen.

An diesem Abend hielten sich auch zwei der Moretti-Brüder im Club auf. Verwundert beobachtete ich, wie vertraut Carlos mit ihnen umging, mit ihnen scherzte und am Tresen trank. Was hatte das zu bedeuten?

Ich warf Melissa einen eisigen Blick zu. Seit ihrer knappen Entschuldigung und Carlos' Drohung hatten wir kein Wort mehr miteinander gewechselt. Ich war mir sicher, dass sie genau wusste, wovon Carlos geredet hatte, und nichts sagte, weil sie mit ihm unter einer Decke steckte.

Das Lachen der Jungs drang durch meine Gedanken, und ich widmete ihnen meine ganze Aufmerksamkeit. Gespielt lasziv ließ ich meinen Blick über die Männer schweifen, die es sich auf dem Sofa zu meinen Füßen gemütlich gemacht hatten. Drei von ihnen sahen schon ziemlich hinüber aus. Aus blutunterlaufenen Augen starrten sie zu mir auf. Das Blue String war mit Sicherheit nicht der erste Club, in den sie heute eingekehrt waren.

Nummer vier sah ganz niedlich aus. Er hatte halblange blonde Haare, ein verschmitztes Lächeln und sah noch einiger-

maßen nüchtern aus. Sein T-Shirt hatte die Aufschrift:
»Theoretisch kann ich praktisch alles.«

Melissa brachte den Jungs ihre Getränke. Nummer vier
zog sie zu sich heran und flüsterte ihr etwas ins Ohr. Sie
lachte auf, erwiderte etwas und nickte. Er zog ein Bündel
Scheine aus seiner Hosentasche und reichte ihr ein paar davon. Melissa nickte erneut, bevor sie die Runde wieder verließ. Die Musik war zu laut, als dass ich ihrem Gespräch
hätte folgen können, aber er schien mit ihrer Antwort zufrieden zu sein, denn sein Grinsen wurde breiter. Er legte
seine Arme auf die Sofalehne und beobachtete mich. Seine
Kumpels unterhielten sich, alberten herum, wie Betrunkene
es gerne taten. Sie standen nacheinander auf, steckten mir
ihre Dollarscheine in den Slip und in den BH, klatschten
sich gegenseitig Beifall und schlugen sich grölend auf die
Schultern. Doch Nummer vier hielt sich raus. Er hatte nur
Augen für mich.

Ich spulte mechanisch meine Show ab, schenkte den
Männern mein einstudiertes Lächeln und bedankte mich mit
Luftküssen für ihre Aufmerksamkeit, als es an der Zeit war,
die kleine Bühne einer Kollegin zu überlassen.

Wie aus dem Nichts stand Carlos vor mir, als ich mich
davonstehlen wollte. »Na? Wo wollen wir denn hin?«

*Wo du hinwillst, weiß ich nicht, aber ich will jetzt in
mein Bett.* »Ich mache Feierabend.«

Carlos schüttelte den Kopf. »Vergiss es. Die Jungs wollen
noch Spaß haben.«

O nein, nicht schon wieder eine Privatvorstellung ...

»Carlos, ich bin seit sechs Stunden hier. Ich bin fertig.«

»Wann du fertig bist, bestimme ich.« Er packte mich
grob am Handgelenk und drehte es herum, sodass ich vor
Schmerz aufjaulte. »Einer der Typen hat schon für dich bezahlt. Und du gehst jetzt mit ihm nach oben und machst ihn
glücklich.«

»Was?« *Shit!* Das war doch wohl nicht sein Ernst?

»Du hast mich schon verstanden. Die Morettis sind hier, sie beobachten uns. Und wenn du dich weigerst …« Statt den Satz zu vollenden, verdrehte er mein Handgelenk noch ein Stück weiter, bevor er es abrupt losließ. Ich biss die Zähne zusammen, damit nicht noch ein Jammerlaut meinen Mund verließ. »Und jetzt zurück zu den Jungs.« Unsanft schubste er mich in die Richtung der Gäste, von denen einer bereits aufgestanden war und mich erwartungsvoll angrinste. Nummer vier. Er hatte mich geordert. *Heilige Scheiße!* Panik überkam mich, doch ich zwang mich, Ruhe zu bewahren. Mein erster Impuls war fortzulaufen. Raus aus dem Club und abhauen. Irgendwohin, wo Carlos mich nicht finden würde.

Und deine kleine Freundin Olivia kann dann auch gleich mitspielen. Sie würde wunderbar in meinen Club passen. Du wolltest doch unbedingt neue Tänzerinnen. Carlos Worte echoten in meinem Ohr, und die Sorge um meine Freundin hielt mich davon ab.

Ich ballte vor Wut die Fäuste und warf noch einen Blick zurück auf Carlos, der mit verschränkten Armen am Rand der kleinen Bühne stand und mich nicht aus den Augen ließ. *Okay, erst mal das Spielchen mitspielen, solange Carlos noch in der Nähe ist. Vielleicht habe ich Glück und der Typ ist schon so betrunken, dass er gar keinen mehr hochkriegt.*

Mit zitternden Knien und einem schmerzenden Handgelenk strauchelte ich alles andere als anmutig auf Nummer vier zu.

Seine Hand legte sich sofort besitzergreifend um meine Taille, als ich vor ihm stand. »Hallo, Prinzessin«, raunte er mir ins Ohr. Sein Atem roch nach einer Mischung aus Gin und Pfefferminz. Ich drehte meinen Kopf weg, rang mich zu einem Lächeln durch und steuerte mit ihm an meiner Seite in Richtung Tresen. Dorthin, wo sich die Tür zu den Privaträumen befand.

Nummer vier war einen guten Kopf größer als ich – trotz der hohen Absätze, die ich trug. Ich spürte seine Hand auf meiner nackten Haut.

»Vivian, richtig?«, fragte Nummer vier nach meinem Namen. Ich nickte stumm und war dankbar, dass Phil mir eine zweite Identität für die Arbeit im Club auferlegt hatte. »Ich bin Mike.« Lieber hätte ich ihn weiter ›Nummer vier‹ genannt. Jetzt hatte das Grauen einen Namen.

Als wir den Tresen erreichten, ließ ich mir von Melissa den Schlüssel für ein Zimmer geben. Sie sagte nichts und schaffte es nicht, mir in die Augen zu sehen. *Miststück!* Ich dirigierte Mike ohne ein Wort an der Bar vorbei zur Tür, die nach oben führte. Carlos stand ungerührt am anderen Ende des Raums. Sein Blick bohrte sich in meinen Rücken.

Mike war dicht hinter mir, als wir die enge Treppe hinaufstiegen. Immer wieder betatschte er meinen Hintern. Ich schüttelte mich innerlich vor Ekel, aber ließ ihn gewähren. Erst aufs Zimmer, dann musste ich ihn irgendwie ablenken. Irgendwas würde mir schon einfallen, um nicht mit ihm in die Kiste hüpfen zu müssen. Sollte er mir zu nahe kommen, würde ich eben die Notklingel nutzen. Jedes Zimmer besaß einen Notruf-Knopf, mit dem die Mädchen Hilfe holen konnten, sollte jemand ihrer Kunden Schwierigkeiten machen.

Ich schloss Zimmer sieben auf und trat in das rote Reich ein. Schwere Vorhänge aus Samt verdeckten das Fenster, die ausladende Liebesinsel in der Mitte dominierte den Raum. Schummeriges Licht und leise Musik aus versteckten Lautsprechern sollten für die richtige Atmosphäre sorgen. Ich war froh, dass an jedem Zimmer ein Bad mit einem kleinen Whirlpool angrenzte.

»Mach es dir schon mal im Pool bequem. Ich hole uns noch etwas zu trinken. Schließlich haben wir doch was zu feiern, oder?« Er nickte enthusiastisch. Mir wurde schlecht.

Als er begann, sich die Hose aufzuknöpfen, schlüpfte ich schnell aus dem Raum. Ich sank erschöpft aufs Bett und vergrub mein Gesicht in meinen Händen. Ich hätte heulen können – wenn es denn geholfen hätte. Aber das würde es nicht. Ich atmete ein paar Mal ein und aus, streifte mir die hohen Stiefel von den Füßen und massierte mir die schmerzenden Sohlen. Sechs Stunden auf diesen Mörderdingern waren reine Folter.

Die Minibar war ausreichend bestückt. Von Champagner bis hartem Alkohol gab es alles, was das Gästeherz begehrte. Ich schnappte mir zwei Gläser und eine Flasche Schampus, die ich mit einem lauten Knall öffnete. Dann griff ich mir eine der kleinen Schnapsflaschen und stürzte sie mit einem Zug meine ausgedörrte Kehle herunter. Das tat gut. Noch einen! Auf einem Bein konnte man schließlich nicht stehen. Ich kippte auch eine zweite Flasche in mich hinein.

»Vivian? Wo bleibst du?«

»Ich komme sofort«, flötete ich zurück. Schnell schnappte ich mir den Schampus und die zwei Gläser und tapste mit nackten Füßen ins Bad.

»Da bist du ja. Komm her zu mir.« Mike hatte es sich bereits gemütlich gemacht. Er hatte sich in das warme, sprudelnde Wasser gleiten lassen, den Kopf zurückgelehnt und die Augen geschlossen. Seinen Ständer hielt er mit beiden Händen umklammert. Ich stellte die Flasche samt Gläsern auf der Kommode ab, setzte mich hinter ihn auf den Wannenrand und wühlte mit meinen Händen durch seine blonden Haare. Ich strich hinunter über seinen Nacken, seine Schultern bis hin zu seiner behaarten Brust. Er war trainiert, aber nicht tätowiert und fühlte sich nicht ansatzweise so gut an wie Jake. Ich schloss meine Augen und verfluchte mich für den Gedanken. Auf keinen Fall wollte ich jetzt an ihn denken. Es kam mir ohnehin schon vor wie Betrug. Langsam ließ ich meine Finger über Mikes Brust in Richtung Bauch fahren und unterdrückte dabei den Würgereiz, der in mir aufkam. Seine Hand bewegte sich mit immer schnelleren Bewegungen auf und ab, und als ich die Spitze seiner prallen Erektion nur leicht berührte, spritzte er schon lautstark stöhnend ab. Das war ja einfacher als gedacht.

Ich zog meine Hände langsam über seinen Bauch, die Brust, am Hals hinauf bis auf die Schultern zurück, die ich dann mit sanftem Druck massierte.

»Du bist ja schon fertig.«

Er stöhnte und sah mich mit halb geöffneten Lidern an. »Ich konnte nicht mehr warten …«

Ich lachte leise und stand langsam auf, um ihm eines der großen flauschigen Handtücher zu reichen. »Hier, trockne dich ab.«

Ohne zu warten, bis er aus dem Wasser gestiegen war, verließ ich das Bad und zog die Tür hinter mir zu. Nichts wie raus hier. Ich griff nach den am Boden liegenden Stiefeln. *Nein, euch werde ich heute ganz bestimmt nicht mehr anziehen.* Meine Fußsohlen brannten, und ich freute mich nur noch auf mein Bett. Ich war froh, dass alles so glimpflich ausgegangen war.

Die Badezimmertür öffnete sich, bevor ich an der Tür war, und Mike kam heraus, das Handtuch lässig um seine Hüften geschlungen. Selbstsicher grinste er mich an.

»Du hast vergessen, dich anzuziehen.« Mike schüttelte den Kopf und kam wie in Zeitlupe auf mich zu.

»Für meine Hände habe ich nicht bezahlt, sondern für dich«, antwortete er mit vor Erregung zitternder Stimme. Und das Handtuch verbarg nicht, dass er schon wieder bereit war.

Ich schluckte, als er sich mir in den Weg stellte und seine Finger unter die dünnen Träger meines BH schob. »Du bist aber schon zum Abschuss gekommen, mein Lieber. Und dafür hast du bezahlt. Wie, zählt nicht.« Ich wollte seine Hände beiseiteschieben und an ihm vorbei nach unten. Nur noch zwei Schritte bis zur Tür, doch er packte mich unsanft am Arm, drehte mich herum und stieß mich zurück, sodass ich rücklings aufs Bett fiel.

»Nein, nein, kleine Prinzessin. Wir beide werden jetzt noch eine Runde Spaß miteinander haben.«

Ein Adrenalinstoß jagte durch meine Eingeweide. Er meinte es ernst. Ich versuchte aufzustehen, aber Mike stellte sich vor mich, packte mich grob an den Hüften und zog mich zu sich. Dann grapschten seine Finger nach meinem Hauch von Slip und rissen ihn herunter. Das Handtuch löste sich wie von selbst von seinem noch nassen Körper. Sein Schwanz war riesig, und ich bekam es jetzt wirklich mit der Angst zu tun.

»Verdammt! Lass mich los!«, fuhr ich ihn an, doch er schob sich auf mich, packte meine Arme, mit denen ich versuchte, ihn mir vom Leib zu halten, und presste sie über meinem Kopf fest auf das Bett. Ich hatte keine Chance.

»Nein. Du entkommst mir nicht.« Er hielt meine Handgelenke mit einer Hand zusammen, während er meine Schenkel mit seinem Knie auseinanderdrückte und es mir dann gegen die Scham rammte.

»Scheiße, das tut weh! Lass mich los!«, schrie ich und versuchte verzweifelt, meine Knie zwischen uns zu bringen, um ihn von mir zu stoßen. Aber er war zu kräftig. Er lachte mich nur aus.

Shit! Shit! Shit! Warum war ich überhaupt mit hier hoch gegangen? Nichts erinnerte mehr an den smarten Typen, bei dem ich gedacht hatte, ein leichtes Spiel zu haben. Er war wie von Sinnen und rücksichtslos, schlug mir mit der Hand ins Gesicht, als ich meinen Kopf hin- und herwarf. »Hör auf dich zu zieren, du Schlampe!«

Ich wimmerte. Schwer atmend lag er auf mir, biss mir in die Lippen, um mich zum Schweigen zu bringen. Grob drängte er sich zwischen meine Beine, und ich spürte seinen harten Schwanz an der Innenseite meiner Oberschenkel. Heiße Tränen stiegen mir in die Augen, und ich registrierte, was hier gerade passierte: Ich wurde vergewaltigt.

Jake

Die letzten Tage schon hatte ich diese innere Unruhe verspürt. Carries Nähe hatte mich abgelenkt, doch jetzt, nachdem ich mitten in der Nacht schweißgebadet aufgewacht war, wusste ich, dass ich nicht länger davonlaufen konnte.

Die Vergangenheit warf Schatten auf die Gegenwart, mein Leben lag immer noch in tausend Scherben vor mir. Und solange ich sie nicht aufgekehrt und vergraben hatte, würde ich keine Ruhe finden. Und weil Carrie mir gezeigt hatte, dass das Leben weiterging, wollte ich mein altes Leben endlich hinter mir lassen.

Ich hatte mich nach unserem Zusammensein schweren Herzens von ihr verabschiedet und mich nach meinen Nachrichten den ganzen Tag bewusst nicht bei ihr gemeldet. Ich musste sichergehen, dass das Gefühl, das sie in mir wachgerufen hatte, auch anhielt, wenn sie nicht bei mir war. Jetzt, nachdem die Jagd vorbei und wir miteinander im Bett gewesen waren.

Am Abend hatte ich es nicht mehr ausgehalten und sie angerufen, doch es ging nur die Mailbox dran. Enttäuscht wünschte ich ihr eine gute Nacht und war sicher: Ich wollte sie immer noch. Nicht nur körperlich.

Charlottes Name war auf meiner Brust verewigt, aber Carries Name brannte sich in mein Herz. In diesem Moment begriff ich, dass ich Charlotte nicht so geliebt haben konnte, wie ich geglaubt hatte.

Ein weiteres Stück meiner Mauer brach, fiel in den Abgrund und zerbarst in tausend Stücke. Es war befreiend, aber auch schmerzhaft. Noch nie war ich so unsicher gewesen, und niemals zuvor hatte ich solche Angst davor, verletzt zu werden. Aber ich hatte auch nie vorher in meinem Leben eine solche Liebe empfunden wie für dieses Mädchen.

Es hatte mir einen Stich versetzt, sie nicht zu erreichen. Sofort war der Gedanke an ihre Blessuren wieder hochgekocht, und es hatte mich fast wahnsinnig gemacht, nicht zu wissen, wo sie steckte. Und mit wem. Doch mir war auch klar, dass Carrie eine selbstbewusste Frau war, die sich nicht kontrollieren ließ. Das hatte sie mir bereits zu verstehen gegeben. Ich würde lernen müssen, damit klarzukommen. Doch vorher musste ich reinen Tisch machen.

Ich sprang aus dem Bett und riss wahllos ein paar Klamotten aus dem Schrank, die ich in eine Sporttasche schmiss. Dann stieg ich in meine Jeans, zog mir ein Shirt über und schlüpfte in meine Chucks. Nachdem ich noch eine Zahnbürste und was zum Duschen und Rasieren eingepackt hatte, verließ ich eilig das Hotel.

Mit einem Taxi ließ ich mich zum Flughafen bringen und suchte auf der Anzeigetafel nach dem nächsten Flug. Ich hatte Glück. In einer Stunde ging eine Maschine, und es waren noch Plätze frei, wie die Frau am Schalter mir mitteilte. Ich zahlte mit Kreditkarte und wartete im Boardingbereich auf den Aufruf. Von dort aus schickte ich Carrie eine Nachricht.

Ich muss geschäftlich für ein paar Tage weg. Ich melde mich, sobald ich zurück bin. Kuss, J.

Erst als der Flieger in der Luft war und mich meinem Vorhaben näherbrachte, wurde ich ruhiger.

Ich dachte an Carrie und hoffte, dass sie mir mein plötzliches Verschwinden verzeihen würde. Doch ich konnte ihr kaum sagen, wohin ich unterwegs war. Zumindest nicht am Telefon. Sie würde es nicht verstehen. Nicht ohne die ganze

Geschichte zu kennen. Und die konnte ich ihr unmöglich erzählen. Jetzt noch nicht.

Carrie

Jeder Knochen meines Körpers tat mir weh. Die Innenseiten meiner Oberschenkel brannten wie Feuer, und meine Handgelenke liefen bereits blau an. Meine Unterlippe war aufgeplatzt und mein rechtes Auge blutunterlaufen. Mike hatte sich wirklich Mühe gegeben. Auch wenn er nicht zum Abschluss gekommen war. Ich konnte mir vorstellen, dass er nicht besser aussah als ich, nachdem Balu ihn in die Mangel genommen hatte.

Als ich ihn in die Lippe gebissen und er sich endlich von meinem Mund gelöst hatte, hatte ich laut um Hilfe geschrien. Den verdammten Notknopf hatte ich nicht erreichen können. Er hatte versucht, mir mit der Faust das Maul zu stopfen, und ich hatte für einige Sekunden das Bewusstsein verloren.

Das Erste, was ich danach wahrgenommen hatte, war eine aufgeregte Stimme, die auf mich einredete. Das Gewicht von Mikes Körper lag nicht länger auf mir; als ich die Augen öffnete, sah ich ihn nur noch von hinten, eingeklemmt zwischen Balus Armen, der ihn mit Gewalt aus dem Zimmer schliff. Kurz darauf hatte ich Melissa erkannt, die neben mir auf dem Bett gesessen, mich im Arm gehalten und versucht hatte, mich zu beruhigen. Ich war zu schwach gewesen, um mich aus ihrer Umarmung zu befreien. Eigentlich war sie die Letzte, die ich in dieser Situation sehen wollte, doch es war immer noch besser, als in diesem Moment allein zu sein.

Wie in Trance hatte ich den Weg zurück in die Villa erlebt – der Ort, der einmal mein Zuhause gewesen war, wohin ich jetzt am liebsten nicht mehr zurückkehren wollte. Aber ich war zu erschöpft, mich dagegen zu wehren. »Schlaf dich aus, wir kümmern uns um alles.« Mit diesen Worten hatte sie mich zurückgelassen, als ich mich nach einer stundenlangen Dusche zitternd unter meiner Bettdecke vergraben hatte.

Ich lag die Nacht über wach, manchmal fiel ich für wenige Minuten in einen Dämmerschlaf, aber sobald die Dunkelheit Mikes Fratze vor meine Augen zerrte, schreckte ich auf.

Er hat es nicht geschafft. Es ist nicht passiert. Alles ist gut. Doch meine eigenen Aufmunterungsversuche waren vergeblich. Ich war ein nervliches Wrack. Bei jedem ungewohnten Geräusch schreckte ich hoch; als das Licht eines vorbeifahrenden Autos durch mein Fenster huschte, stockte mir der Atem – ich hatte eine Scheißangst, und ich fühlte mich benutzt.

Gegen Mittag kroch ich aus dem Bett, stellte mich erneut unter die Dusche und versuchte, mir den Schmutz vom Körper zu waschen.

Als mir mein geschundenes Spiegelbild entgegenblickte, erschrak ich vor mir selbst. Das Bühnen-Make-up war noch immer nicht ganz von meinem Gesicht verschwunden. Dunkle Ränder umgaben neben dem Veilchen meine Augen, und die Lippe sah aus, als hätte mich ein Vampir gebissen. Ich gab einen armseligen Anblick ab und hoffte, dass meine Sonnenbrille und eine dicke Schicht Make-up die Spuren von letzter Nacht vertuschen konnten. Nur bei meinem linken Handgelenk, das ich vor lauter Schmerzen kaum bewegen konnte, würde kein Make-up helfen. Ich musste damit in die Ambulanz.

In den Club würde ich nie mehr zurückkehren. Ich war mir sicher, dass jetzt auch Carlos begriffen hatte, dass ich dort völlig fehl am Platz war. Ich musste hier weg. Je schneller, desto besser.

Als ich meine Blessuren mehr oder weniger gut kaschiert hatte, schlüpfte ich in eine ausgeleierte Jogginghose und ein ebenso schlabberiges Sweatshirt. Mein Bühnenfummel lag zerknüllt auf dem Boden und starrte mich vorwurfsvoll an. Daneben lag meine Handtasche. *Mein Handy. Jake!*

Ich kniete mich auf den Fußboden und wühlte in der Tasche nach meinem Telefon. Das Display zeigte zwei neue Nachrichten. Ich hörte zuerst die Mailbox ab, auf der Jake mir eine gute Nacht wünschte. Genau zu dem Zeitpunkt, als Carlos mich gezwungen hatte …

Ich schüttelte mich und öffnete die Nachricht von Jake, die nur wenige Stunden später eingegangen war. Mein Herz blieb stehen, als ich las, dass er sich für einige Tage verabschiedete. Das Schicksal meinte es ironischerweise gut mit mir. Beim ersten Mal, nach Carlos' Übergriff, hatte ich mich gerade noch so herausreden und seinem Verhör standhalten können. Doch noch einmal würde er mir einen Zusammenprall mit einem Balken nicht abnehmen. Dass ich die Treppen heruntergefallen war erst recht nicht.

Nein. Es war besser so. Es war sowieso illusorisch gewesen, an eine gemeinsame Zukunft zu glauben. Mein Leben war zu kompliziert, zu kaputt. Ich schwor mir, einen weiteren Versuch zu starten, Phil zu finden, und wenn ich nichts erreichte, würde ich abhauen … weg aus San Francisco.

***

Es war bereits dunkel, als ein lautes Poltern mich aus dem Dämmerschlaf aufschrecken ließ. Sofort blitzten die Bilder des gestrigen Abends vor meinem inneren Auge auf. Doch dann fiel mir wieder ein, dass ich nicht im Club war, sondern in der Villa in meinem Bett lag. Ich atmete tief durch, um das Zittern meines Körpers in den Griff zu kriegen.

Schwaches Licht schien vom Flur aus unter der Tür hindurch, und mein Blick fiel auf den weißen Verband an meiner linken Hand. Ich hätte nicht wieder hierher zurückkommen sollen, aber ich hatte im Moment keine Alternative.

Ich war bereit gewesen, Nolan anzurufen, ihn um Hilfe zu bitten – doch er war übers Wochenende mit ein paar Freunden zum Surfen nach Santa Cruz gefahren und würde erst am nächsten Morgen wiederkommen. Auf Liv konnte ich auch nicht zählen, zwischen uns herrschte weiterhin Funkstille. Deswegen war ich allein ins Krankenhaus gefahren, hatte dem Doktor etwas von einem Unfall im Haushalt erzählt und seinem skeptischen Blick standgehalten. Er hatte mir nach dem Röntgen eine Verstauchung des Handgelenks attestiert. Ich musste mit zwei bis drei Wochen Ruhestellung rechnen. Als er mir mit ruhiger Stimme angeboten hatte, eine Psychologin zu holen, war ich so schnell ich konnte geflüchtet.

Der Lärm im Flur vor meinem Zimmer wurde lauter. Wahrscheinlich waren Carlos und Melissa gerade nach Hause gekommen. Wenige Sekunden später hörte ich Carlos schreien. Vielleicht hatte er Stress mit Melissa, oder es hatte wieder Ärger im Club gegeben. Oder er war sauer wegen mir.

Erschrocken fuhr ich auf, als plötzlich die Tür aufflog und mit einem lauten Knall gegen die Wand krachte. Es wurde hell um mich herum. Verwirrt setzte ich mich im Bett auf.

»Carlos? Was …?«

Seine eisige Miene verhieß nichts Gutes. Und das hinter ihm ein weiterer massiger Kerl mit ausdruckslosem Gesicht stand, den ich noch nie zuvor gesehen hatte, der mir aber eine Heidenangst einjagte, machte es nicht besser.

»Du Miststück! Weißt du eigentlich, wie viel Kohle mir heute durch die Lappen gegangen ist?«, schrie Carlos mich an. Seine Augen waren glasig, sein Gesicht puterrot. Die sonst so akkurat gebundene Krawatte hing schief um seinen Hals, die Ärmel seines Hemds waren hochgekrempelt, und die Sehnen seiner Unterarme traten hervor, als er seine Fäuste ballte.

Ich konnte ihn nur stumm anstarren, die Angst lähmte mich, und ich wusste in dieser Sekunde, dass ich diesmal nicht so glimpflich davonkommen würde.

»Du bist gestern nicht zu deiner Schicht erschienen. Und die Gruppe, die dich gebucht hatte, hat einen Riesenaufstand gemacht. Ich musste einiges springen lassen, um sie zu besänftigen. Fast hätten sie mir den ganzen Laden auseinandergenommen. Das wirst du mir alles wieder reinholen. Doppelt und dreifach. Ist das klar?« Er beugte sich zu mir herunter und stützte seine Hände auf der Matratze ab. Sein Gesicht war nur wenige Zentimeter von meinem entfernt. Er hatte eine ziemliche Fahne. Ich war bereits ganz an das Kopfende gerutscht, weiter ging es nicht. Ich zitterte am ganzen Körper, meine Zähne klapperten vor Angst. *Reiß dich zusammen! Zeig ihm nicht, wie sehr du dich vor ihm fürchtest.*

»Carlos, wie hätte ich so arbeiten sollen?«

»Was soll die Frage?« Seine Augen verengten sich.

»Sieh mich an! Er hat mir die Hand gebrochen«, schwindelte ich und hielt ihm den Verband unter die Nase. »Ich bin gestern fast vergewaltigt worden.«

Er zog sich keinen Millimeter zurück. »Er hat für den Sex bezahlt, Carrie, und du hast dich ihm verweigert. Es ist keine Vergewaltigung, denn du wusstest, worauf du dich einlässt.« Regungslos starrte er mich an, dann warf er einen kurzen Blick auf meine Hand. Ich wagte nicht zu atmen. Wie konnte er behaupten, dass es einvernehmlicher Sex gewesen wäre? Aber warum überraschte mich das noch? Carlos bastelte sich ganz offensichtlich seine eigene Realität zusammen, und das machte mir noch mehr Angst als die körperliche Überlegenheit. Wer wusste schon, wozu er fähig war. »Wie lange bleibt das Ding dran?«

»Der Arzt sagte, etwa sechs Wochen.« Wieder schwindelte ich, aber wer wollte das nachprüfen? Ich hoffte, dass er den Unterschied zwischen einer Schiene und einem Gips nicht kannte. Ich hatte gehofft, das würde ihn etwas besänftigen, aber weit gefehlt. Er riss mich an den Haaren zu sich hoch. Ich wimmerte.

»Sieh zu, dass du schneller wieder fit bist. Ich gebe dir genau zwei Wochen. Dann wirst du *allen* Männern ihre Wünsche erfüllen. Und wage es nicht, dich noch mal zu wehren.«

Carrie

Nolan nahm mich fest in den Arm. Nach dem nächtlichen Besuch hatte ich mich weinend im Bett verkrochen. Eigentlich hätte ich am Morgen zur Arbeit in den Shop gemusst, aber ich konnte mich nicht aufraffen. Jake war nicht da, und Pete kam auch ohne mich zurecht. Ich wollte ihm und seinen Jungs keinen Anlass zu Spekulationen geben und blieb dem Shop einfach fern.

Nachdem ich gehört hatte, wie Carlos und Melissa die Villa verließen, hatte ich ein paar Sachen gepackt, mich ins Auto gesetzt und war zu Nolan gefahren. Auch Olivia hatte ich versucht zu erreichen. Ich wollte sie warnen, ihr sagen, dass sie abhauen musste, weil Carlos es auf sie abgesehen hatte. Aber sie hatte jeden meiner Anrufe weggedrückt. Wie zuvor auch schon. Sie war immer noch sauer auf mich, aber unsere Querelen wegen Jake musste ich nun außer Acht lassen. Wie es aussah, würde ich ihn sowieso nie wiedersehen. Ich konnte nicht riskieren, dass er erfuhr, was in meinem Leben vor sich ging, oder womöglich auch noch da reingezogen wurde. Irgendwann hatte ich es aufgegeben und ihr eine Nachricht geschickt.

Liv, es tut mir leid. Es war ein Fehler. Ich werde ihn nicht wiedersehen. Bitte ruf mich an.

Doch bisher hatte sie nicht darauf reagiert.

Ich kuschelte mich tiefer in Nolans Umarmung und genoss seine Wärme. Ich konnte kaum in Worte fassen, wie dankbar ich war, dass er für mich da war.

Nach einer Weile dirigierte er mich in sein Wohnzimmer. »Was ist passiert?«, fragte er und drückte mich sanft auf das Sofa. Er strich über meine Wange und legte dann eine Hand auf meinen Verband am Arm. »Willst du mir erzählen, wer das getan hat?« Tränen brannten in meinen Augen, und meine Kehle schnürte sich zu. Ich hatte ihn einmal angelogen und verschwiegen, was wirklich vorgefallen war. Jetzt war der Punkt erreicht, wo ich nicht mehr konnte. Ich brauchte jemanden, dem ich mich anvertrauen konnte. Außerdem musste er wissen, dass ich San Francisco vermutlich bald verlassen würde. Das war ich meinem besten Freund schuldig. Also presste ich mit erstickter Stimme nach und nach hervor, was im Club und in der letzten Nacht in der Villa passiert war.

Nolan hörte schweigend, wenn auch mit schockierter Miene zu, ließ mich reden, unterbrach mich nicht. Ich war dankbar dafür, denn es fiel mir so schon schwer genug. Das Ganze noch einmal zu durchleben war entsetzlich.

Phil kommt nicht wieder. Nie wieder!, rief es in meinen Kopf.

»Du musst da raus«, entschied Nolan, als ich meinen Bericht beendete. »Sofort. Ich ... du bleibst erst mal hier, wirst zuallererst gesund. Alles Weitere sehen wir dann.« Er war verwirrt, überfordert mit der Situation, aber kümmerte sich um mich, und ich war erleichtert, dass ich nicht um ein Schlafquartier bitten musste. Und das obwohl er selbst genug Probleme hatte. Die Geschichte mit Darren war genauso wenig spurlos an ihm vorübergegangen wie die Geldsorgen, die er dadurch hatte. Und jetzt konnte ich auch noch eine Weile keine Kurse mehr geben. Wenn ich es nicht schaffte, Phil vor Ablauf der zwei Wochen zu finden, sogar nie wieder. »Was hat Jake dazu gesagt?«

Ich versteifte mich.

»Du hast es ihm nicht erzählt?« Ich schüttelte kaum merklich den Kopf. »Warum nicht?«

»Er ist für ein paar Tage fort. Keine Ahnung wohin. Was sollte ich ihm denn erzählen?«

Nolan sprang auf. »Wie wäre es mit der Wahrheit?«

»Glaubst du, dass er mir glauben würde? Mal ehrlich, No – wir sind nicht zusammen, wir haben nur miteinander geschlafen. Wenn er von meinem Job im Club erfährt, von meinem kaputten Leben – wie würde er wohl reagieren?«

»Wenn er dich liebt, würde er dich da rausholen.«

Ich lachte trocken auf. »Liebe … Wir haben miteinander gevögelt, No, wir kennen uns kaum! Außerdem ist es zu gefährlich, ihn da mit reinzuziehen. Carlos hat mir bereits gedroht, hat ein Exempel an mir statuiert. Glaubst du, er würde vor einem Typen haltmachen, der mich beschützen will? Ausgerechnet mich?«

»Aber -«

»Nichts aber. Was sollte ich ihm denn deiner Meinung nach sagen?«, fragte ich ihn aufgewühlt. »Sieh mich doch an! Meinst du wirklich, er würde mich noch wollen, wenn er wüsste, was ich mache? Wo ich arbeite? Was ich getan habe? Ich war mit einem fremden Kerl auf einem Zimmer. Er nackt, ich halbnackt. Ich habe seinen Schwanz angefasst, er hätte mich fast vergewaltigt, verdammt! Glaubst du ernsthaft, ein Mann würde darüber einfach so hinwegsehen?«

»Ich würde es«, sagte Nolan leise.

»Ich weiß.«

»Aber du kannst dir doch dein Leben nicht von Carlos kaputtmachen lassen«, versuchte es Nolan mit einem letzten Einwand.

Ich sah ihm in die Augen und schluckte. »Das werde ich auch nicht, No, verlass dich drauf. Carlos hat mir zwei Wochen Schonfrist zugestanden. Wenn ich Phil in dieser Zeit nicht aufspüre und auch sonst keine Lösung finde, bin ich weg hier.«

Jake

Pete und seine Jungs waren während meiner Abwesenheit gut vorangekommen. Das WC war bereits gefliest und die neue Keramik angebracht. Alle Rohrleitungen waren verlegt, der Estrich trocknete und wartete darauf, vom neuen Fußboden abgedeckt zu werden. Deswegen war auch außer dem Maler niemand hier, als ich den Shop betrat. Die grüne Wand war mittlerweile komplett gestrichen. Ich wollte gar nicht wissen, was sie beim Anblick der halbfertigen Wand gedacht hatten. Die gegenüberliegendende Wand wollte ich für Joyce freihalten. Dank Hanks gutem Zureden würde sie in weniger als zwei Wochen in San Francisco eintreffen und für mich arbeiten. Ich war sehr auf ihre Ideen gespannt und darauf, ob sie sich mit meinen deckten.

Ich konnte es kaum erwarten, Carrie zu sehen. Seit ich gestern am späten Abend in San Francisco gelandet war, konnte ich an nichts anderes denken. Doch es war schon zu spät gewesen, um sie anzurufen, also hatte ich mich einige Stunden hin- und hergewälzt, bis endlich die Sonne aufgegangen war. Gleich nach dem Aufstehen hatte ich ihr eine Nachricht geschickt. Doch bisher hatte sie nicht reagiert. Ob sie sauer war, weil ich sie vorher nicht über meinen Trip informiert hatte?

Mittlerweile war die erste Euphorie verflogen. Nachdenklich goss ich mir einen Kaffee ein und setzte mich in den Innenhof. Seit fünf Tagen hatte ich nichts mehr von Carrie gehört. Jeden Tag hatte ich mir vorgenommen, mich aus Brooklyn bei ihr zu melden, und mit jeder Stunde, in der ich es nicht getan hatte, war es schwerer geworden. Was hätte ich ihr sagen sollen? Sie anzulügen war keine Option, aber bevor ich nicht alles geklärt hatte, konnte ich auch nicht darüber reden.

Ich versuchte, mich abzulenken, indem ich den Schuppen inspizierte. Es warteten unzählige Kartons darauf, durchsucht zu werden. Das Neonlicht blendete mich. Mein Blick fiel auf die Werkbank zu meiner Linken, und die Erinnerung ließ mich grinsen. Noch Stunden danach war ich so erregt gewesen wie noch nie zuvor. Doch darüber wollte ich mich nicht beschweren. Ich hätte dafür sorgen müssen, dass wir nicht gestört werden konnten. Wenn ich ehrlich zu mir war, hatte ich schon damals gewusst, dass ein Quickie im Schuppen mir nicht reichen würde, sondern ich mehr von dieser Frau wollte.

Ich drehte mich zur anderen Wand und öffnete Karton für Karton, doch außer alten Büchern und irgendwelchem Schnickschnack, der es nicht verdient hatte, ausgepackt zu werden, fand ich nichts. Als ich mich durch die ersten Kartons gewühlt hatte, stieß ich ganz hinten rechts in der Ecke auf eine in die Jahre gekommene Truhe. Sie war aus dunkelbraunem Holz gefertigt und mit schwarzen Beschlägen aus Eisen verziert. Auf dem gewölbten Deckel befanden sich schon einige tiefe Kratzer. Der Deckel war schwer, und die Scharniere quietschten, als ich ihn anhob.

Ich musste einen Schritt zur Seite treten, um das Licht in die Truhe scheinen zu lassen. Obenauf lag die alte Motorradkutte meines Vaters. Andächtig nahm ich das alte, aber immer noch geschmeidige Leder in die Hand. Behutsam fuhr ich mit der Hand über den mittlerweile vergilbten Patch. Der Schriftzug seines Chapters wölbte sich meinen Fingern entgegen. In der Mitte prangte ein Adler mit ausgebreiteten Flügeln, unter dem die Worte *Heaven can wait* eingestickt waren.

Der Himmel hätte ruhig noch länger warten können!

Ich setzte mich auf den staubigen Betonboden des schäbigen Schuppens und versenkte meine Nase in dem verblichenen Stoff. Er roch muffig und leicht säuerlich, doch der Geruch weckte so viele Erinnerungen in mir: Dad, wie er lächelnd auf seiner Harley saß. Sein Bart war lang, um seinen Kopf hatte er ein schwarzes Tuch gebunden, und in den Gläsern seiner Sonnenbrille sah ich mein Spiegelbild. Ich war noch ein Kind, ein kleiner Junge von sechs oder sieben Jahren, und hatte einen Heidenrespekt vor Dads Maschine. Besonders wenn er sie anwarf. Die Maschine war unglaublich laut, aber der satte Sound des Motors summte sofort wieder in meinen Ohren. Ich hatte es geliebt, wenn Dad mich hochgehoben und auf seinen Sozius gesetzt hatte, um mit mir ein paar Runden um den Block zu fahren. Dann fühlte ich mich groß, stark und erwachsen. Auch wenn meine Beine viel zu kurz waren, um die Fußstützen zu erreichen. Und Mom hatte Dad danach jedes Mal zur Sau gemacht, weil sie seinem Hobby nichts abgewinnen konnte. Vermutlich hatte sie sich um mich gesorgt. Dabei waren die anderen aus seinem Chapter, seine Brüder, immer nett zu mir gewesen. Als wäre ich einer von ihnen.

Warum ich die Erinnerung an diese innigen Momente mit meinem Dad so lange verdrängt hatte, konnte ich nicht sagen. Vermutlich war ich einfach zu klein gewesen, die Geschichte meiner Mutter zu hinterfragen; wollte ihr glauben, dass mein Vater ein nichtsnutziges Arschloch gewesen war und weder sie noch mich jemals wirklich geliebt hatte. Doch mittlerweile war mir klar, dass sie das nur gesagt hatte, um mich von ihm fernzuhalten.

Neben seinem Helm – einer schwarzen Nussschale –, einer Lederjacke und den alten Boots, die er immer getragen hatte, entdeckte ich ein paar gerahmte Bilder in der Truhe: Dad auf seiner Harley am Meer. Zusammen mit Brüdern seines Clubs in einer Bar. Das letzte Foto zeigte mich, wie ich mit stolzem Grinsen auf seiner Maschine saß und beide Daumen nach oben reckte, versunken in der riesigen Kutte meines Dads. Da musste ich acht Jahre alt gewesen sein. Ich erkannte es an den Chucks, die ich auf dem Bild trug. Sie hatte ich zum achten Geburtstag bekommen.

Ich wühlte weiter, und auf dem Boden der Truhe ertastete ich einen kleinen Pappkarton. Ich zog ihn heraus, öffnete ihn und schluckte schwer. Darin lagen stapelweise Briefe. Verschlossen und an unsere Wohnung in Brooklyn adressiert. Ein dicker Stempel mit der Aufschrift ›Annahme verweigert‹ prangte auf jedem von ihnen. Ich holte die Umschläge heraus und zählte mehr als fünfzig Stück. Anfangs hatte er mehrere im Monat geschickt, doch nach zwei Jahren waren sie nur noch um Weihnachten und meinen Geburtstag herum ab- und ungeöffnet zurückgeschickt worden.

Der Beweis, dass mein Dad mich geliebt hatte, lag hier in meiner Hand. Dad hatte mich nicht vergessen. Wie Hank gesagt hatte.

Vielleicht hatte ich diese innige Verbundenheit auch immer irgendwie gespürt. Schließlich war ich auf gewisse Art und Weise in seine Fußstapfen getreten. Ich war in Brooklyn aufgewachsen und hatte mich, als ich alt genug war, einer Motorradgang angeschlossen. Ich war sogar Tätowierer geworden, und wenn ich Hank glauben konnte, dann war mein Dad ähnlich direkt und wortkarg gewesen wie ich. Der Apfel fällt nicht weit vom Stamm. Hieß es nicht so? Ich vermisste ihn plötzlich und hoffte, dass er dort, wo er jetzt war, hören konnte, was ich ihm, verborgen in der Garage, seiner damaligen Zuflucht, zuflüsterte.

»Ich liebe dich, Dad.«

Bevor die Emotionen mir die Kehle zuschnürten, legte ich die Umschläge wieder in die Pappschachtel und zurück in die Truhe. Ich stapelte die Bilder und die Kutte darauf und schloss den Deckel. Bald würde ich sie wieder öffnen und jedem dieser Schätze einen würdigen Platz in dem Shop geben. Und die Briefe würde ich auch lesen. Irgendwann, wenn ich so weit war.

Ich rappelte mich auf und machte mich wieder an die Arbeit. An der Rückwand stand ein vollgepacktes Regal, das aus irgendeinem Grund meine Aufmerksamkeit erregte. Ich räumte die Liegen und Reklamebilder davor zur Seite, stapelte die Kisten rechts und links aufeinander und arbeitete mich systematisch zu dem klapprigen Stahlregal vor. Was ich davor stehen sah, ließ meinen Puls hochschnellen. Über eine große, kantige Form war eine staubige Decke geworfen worden. Mit zitternden Fingern griff ich nach dem verfilzten Stoff und zog ihn beiseite. Dann schnappte ich nach Luft. Vor mir stand Dads größter Schatz: seine Harley.

Andächtig ließ ich meine Hände über das schwarze, durchgesessene Leder der Sitzbank gleiten, weiter über den mit einem Airbrush verzierten Tank, auf dem sich derselbe Adler befand wie auf seiner Kutte, bis hin zu dem leicht rostigen, aber immer noch blitzenden Chrom des breiten Lenkers. Vorverlegte Fußrasten, kleine Spiegel und verchromte Armaturen. Ja, das war sie. Dieselbe Maschine, auf der ich schon als kleiner Junge gesessen hatte. Ich konnte die Tränen nun nicht mehr zurückhalten. Schnell wischte ich sie fort.

Wann hatte er aufgehört zu fahren? Hatte er auch mit seinem Chapter gebrochen, so wie ich?

Der Schlüssel steckte. Mir war klar, dass ich unbedingt ausprobieren wollte, ob sie noch fuhr. Voller Tatendrang fing ich an, die Kisten aus dem Schuppen in den Hof zu schleppen, bis ich einen Weg geschaffen hatte.

Nach einer halben Ewigkeit hatte ich die Harley endlich aus ihrem Versteck manövriert und in die Mitte des Innenhofs geschoben. Adrenalin schoss durch meine Adern, als ich den Startknopf betätigte. Nach ein paar spuckenden Lau-

270

ten erklang ein blechernes Knattern, dass sich Sekunden später in das geliebte Dröhnen verwandelte, dass schon als Kind Musik in meinen Ohren gewesen war. Sie lief tatsächlich noch. Es wunderte mich zwar, dass die Batterie nach der Standzeit nicht leer war, aber wer wusste schon genau, wann Dad sie eingemottet hatte. Vielleicht war er noch bis kurz vor seinem Tod damit gefahren. Ich konnte es mir gut vorstellen.

Ich stellte den Motor nach wenigen Minuten wieder aus und ging um die Maschine herum. Sie sah gut aus. Hier und da hatte sich Flugrost am Chrom angesetzt, aber das würde mit ein bisschen Politur schnell behoben sein. Der Lack sollte nach einer vernünftigen Behandlung auch wieder glänzen wie neu. Die Reifen waren kaum abgefahren. Ich kontrollierte den Ölstand, öffnete den Tankdeckel und schaukelte die Maschine hin und her, um zu hören, wie viel Sprit sich noch im Tank befand. Er klang mindestens noch halbvoll, was meine Vermutung bestätigte. Dad hätte die Harley nie für länger mit halbvollem Tank abgestellt. Ob er gewollt hat, dass ich sie finde?

Ich ließ mich auf einen Stuhl am Tisch fallen und schloss die Augen. »Danke, Dad.«

Wenige Augenblicke später griff ich nach meinem Handy. Carrie hatte noch immer nicht geantwortet. Mittlerweile waren über zwei Stunden seit meiner letzten Nachricht vergangen. Ich konnte mir vorstellen, dass sie sauer war, weil ich einfach verschwunden war, aber ich hätte nicht gedacht, dass sie gar nicht antwortete.

Mein Knie riss den Tisch fast um, als ich aufsprang. Die Tasse mit dem jetzt kalten Kaffee landete in Scherben auf den Pflastersteinen. Ich kümmerte mich nicht darum, sondern stürmte durch das Büro in den Laden.

»Pete?« Ich fand ihn draußen vor der Tür. »War Carrie die letzten Tage hier?«

»Nein. Sie hat sich hier nicht blicken lassen.«

Merkwürdig. Es war Mittwoch, und sie hätte gestern und Montag eigentlich im Shop vorbeischauen müssen. Arbeit gab es reichlich, daran konnte es nicht liegen. Ich hatte mich nur ein paar Tage nicht gemeldet – war das für sie schon Grund genug, mich zu ignorieren und ihren Job zu vernachlässigen? Nein, so schätzte ich sie nicht ein.

Mit einem Mal lief mir ein kalter Schauer die Wirbelsäule entlang. Mein Bauchgefühl war nicht gut, gar nicht gut.

Ich rannte zurück in den Hof, holte den alten Helm meines Vaters aus dem Schuppen und schob die Harley durch die schmale Seitentür auf die Straße. Als ich das Dröhnen des Motors hörte und die unglaubliche Kraft der Maschine unter mir spürte, gab ich Gas und machte mich auf den Weg, um Carrie zu suchen. Das Tanzstudio war die einzige Adresse, die ich kannte. Zur Not würde ich vor der Tür übernachten. Irgendwann würde sie schon auftauchen.

Jake

Ich raste mit 100 PS unter mir durch die Stadt, grüßte die Biker, die mir entgegenkamen, und hätte die Fahrt genossen, wenn ich nicht so aufgewühlt gewesen wäre. Ich wusste nicht, ob es Wut oder Verzweiflung war. Entweder Carrie war sauer auf mich und meldete sich aus Trotz nicht, oder ihr war etwas zugestoßen. Beide Szenarien brachten mein Blut zum Kochen und ließen mich den Gashahn stärker aufreißen.

Ich lenkte Dads Maschine durch Nob Hill, eine Gegend, in die ich freiwillig nicht einmal einen Fuß gesetzt hätte, weswegen ich auch Olivias Angebot für eine Wohnung in dem Viertel abgelehnt hatte. Ich wollte nicht Tür an Tür mit den Superreichen wohnen, auch wenn sich mein Kontostand seit Dads Vermächtnis sicher nicht zu verstecken brauchte. Ich fühlte mich wohl in Haight-Ashbury. Dort tobte das Leben, das auch bald in meinem Laden Einzug halten sollte. Wenn Pete mit seinen Jungs weiter so zackig arbeitete, würden wir in wenigen Wochen eröffnen können. Danach würde ich den Umbau der oberen Wohnung in Angriff nehmen.

Gestern nach meiner Rückkehr hatte ich aus dem Hotel ausgecheckt und war dort eingezogen. Ich hatte die Schnauze voll von einem Leben als Vagabund. Ich wollte endlich ankommen.

Fast wäre ich einem Müllwagen hinten drauf gefahren, weil ich zu sehr in meinen Gedanken versunken war. Am Ende des Blocks sah ich bereits das Studio. Ich reckte meinen Hals, vielleicht stand ihr Wagen schon auf dem Parkplatz. Dann erstarrte ich.

Ich hätte sie unter Tausenden erkannt, auch wenn ihr Aufzug eher einer Verkleidung glich. Sie hatte ihre Baseballcap tief in die Stirn gezogen, die überdimensionale Sonnenbrille verdeckte fast ihr halbes Gesicht. Das graue, unförmige Sweatshirt und die ausgebeulte Jogginghose zeigten nichts von ihrer anmutigen Figur. Aber das war nicht das einzig Auffällige an ihr.

Ich runzelte die Stirn. Irgendwas an ihrer Haltung gefiel mir nicht. Ihr Gang schien schwerfällig, die Schultern nach vorne gebeugt. Sie wirkte müde und kraftlos. Ihr Kinn, das sie mir immer so vorwitzig entgegengereckt hatte, war im Kragen ihres Sweaters verschwunden, ihre Hände in den Taschen ihrer Jogginghose vergraben.

Ich verfluchte den Müllwagen, der sich noch immer keinen Millimeter von der Stelle bewegte. Ich wollte aufspringen, zu ihr rennen, sie an mich reißen und küssen. Kurzentschlossen riss ich den Lenker herum und quetschte mich an der Müllabfuhr vorbei. Jemand hupte, ich ignorierte es. Meine Augen waren auf Carrie gerichtet. Ich setzte den Blinker, um auf den Parkplatz des Studios zu fahren, und wartete den engegenkommenden Verkehr ab.

Nur wenige Schritte vor dem Studio drehte sie den Kopf zur gegenüberliegenden Straßenseite in meine Richtung, doch sie nahm mich nicht wahr. Ich folgte ihrem Blick und sah Nolan, Olivias schwulen Freund, bei dessen Geburtstagsparty ich gewesen war. Er tänzelte direkt vor mir über die Straße. »Carrie!«, schrie ich über die fahrenden Autos hinweg. Ihr Kopf ruckte hoch. Sie schien irritiert die Fahrbahn abzusuchen, bis sie mich entdeckte. Trotz der Sonnenbrille sah ich, dass sie blass wurde.

Endlich konnte ich auf den Parkplatz abbiegen, doch sie löste sich aus Nolans Armen und verschwand im Gebäude, bevor ich bei ihr war.

Nolan zuckte mit den Schultern und lief ihr hinterher. Ich blieb handlungsunfähig auf dem Parkplatz zurück.

Was zum Henker war hier los?

Jake

Das Erste, an dem mein Blick hängen blieb, als ich zurück in den Laden kam, war die grüne Wand. Ich war versucht, sie mit dem Eimer Puffrot zu übermalen, damit sie mich nicht ständig an Carrie erinnerte. Doch das ganze Farbkonzept des Shops war auf das Flaschengrün ausgelegt. Ich würde damit leben müssen.

Mittlerweile war es später Nachmittag, Pete und seine Jungs bereits im Feierabend. Ich war die letzten zwei Stunden wie ein Idiot durch die Straßen gerast und hatte versucht, meinen Kopf frei zu kriegen. Warum war Carrie vor mir davongelaufen? Was war passiert? Ich war ihr hinterhergelaufen, aber die Studiotür blieb auch nach minutenlangem Klopfen verschlossen, ihr Handy war aus. Offensichtlich wollte sie mich nicht sehen. Wie sollte ich mich da entschuldigen? Ich war mir sicher, wenn ich nur mit ihr reden könnte, würde sich alles aufklären, aber die Chance hatte sie mir nicht gegeben. Nach einigen Minuten des Wartens hatte ich mich verzogen. Ich knallte den Helm auf den Boden und zog ein Bier aus dem bereits angeschlossenen Kühlschrank. Es zischte beim Öffnen. Ich rutschte an der Eingangstür auf den staubigen Fußboden hinunter und besah mir mein Erbe.

Die Malerarbeiten waren abgeschlossen, am hinteren Ende hatten sie schon angefangen, den dunklen Holzfußboden auf dem Estrich zu verlegen. Pete hatte wie besprochen eine Wand in das erste Drittel des Ladens eingezogen, um den Empfangsbereich abzugrenzen, und sie mit schwarzem Hochglanzlack streichen lassen. An den Seiten war je ein

Durchgang zum Arbeitsbereich gelassen worden. Ich plante drei Arbeitsplätze an der rechten und zwei an der linken Wand, weil von der Ecke aus noch die Türen zum WC und Büro abgingen. Carrie hatte bereits drei Liegen und zwei verstellbare Stühle bestellt, die man notfalls zu Liegen umbauen konnte. Die Einrichtung würde gut werden.

Das absolute Schmuckstück aber würde der gigantische Empfangstresen werden, der nach meinen Wünschen angefertigt und hoffentlich bald von der Tischlerei geliefert werden würde. Dunkles Holz mit Metallelementen – modern, aber gleichzeitig kühl und markant. Direkt über dem Tresen sollte das Metallschild mit dem Namen des Shops thronen: *SKINNEEDLES.*

Kurz verkrampfte ich mich, als ich mir Carrie hinter dem Tresen vorstellte, und zwang mich, ihr Bild beiseitezuwischen. Sie wollte nicht mit mir sprechen? Bitte. Sollte sie doch sehen, wie sie klarkam. *Ich* würde damit klarkommen. Zumindest redete ich mir das ein.

Die Möbel sollten Ende der Woche geliefert werden. Bis dahin war noch Zeit für die Feinarbeiten. Die Fußbodenleisten fehlten noch, die Tür brauchte noch einen neuen Anstrich und die Ladenfenster einen Sichtschutz. Die Malerplane konnte nicht ewig hängen bleiben. Ich hoffte, dass auch das Logo für die Fenster nächste Woche fertig wurde. Eigentlich waren wir fast durch, aber es gab trotzdem noch so viel zu tun.

Einen Augenblick später ruckelte die Tür in meinem Rücken. »Jake? Bist du da?« Ich stöhnte auf, doch dann erhob ich mich und öffnete.

Olivia stand mit einem unterkühlten Gesichtsausdruck vor mir. »Stör ich gerade?« Zwar hatte ich wenig Lust auf Gesellschaft, aber ich trat beiseite und ließ sie herein. Sie trug wieder eines ihrer Kostümchen, unter dessen Jacke ein spitzenbesetztes Top herausblitzte. Ihre Füße steckten wie immer in High Heels, und jedes einzelne Haar ihrer akkurat geschnittenen Frisur lag an seinem Platz.

Sie sah sich suchend um.

»Ich bin allein, du störst nicht«, brummte ich.

Sie zog ihre schmalen, perfekten Augenbrauen nach oben, dann entspannte sich ihr Lächeln. »Das freut mich zu hören.«

»Was kann ich für dich tun?«

»Du könntest eine Menge für mich tun, Jake.« Sie strich mir im Vorbeigehen über den Arm. Ich stöhnte innerlich auf. »Aber mir würde es auch erst mal reichen, wenn du mir noch ein paar Unterlagen unterzeichnest.« Sie holte eine Mappe aus ihrer Tasche und legte sie auf den Tisch, der als Werkzeugablage diente.

»Kennst du keinen Feierabend? Das hätte doch auch morgen gereicht, oder?«

Sie zuckte mit den Schultern und ordnete die Papiere. »Ich war gerade in der Gegend.«

Ich seufzte. Was konnte es so Wichtiges zu unterschreiben geben? Ich wollte mich gerade über den Tisch beugen, da drehte sie sich um und stellte sich mir in den Weg. Ihre wie immer rot geschminkten Lippen glänzten verheißungsvoll. Bevor ich einen Schritt zurückmachen konnte, hatte sie sich an mich gedrückt und mit beiden Händen meinen Hintern gepackt. Im nächsten Moment hatte ich ihre Zunge in meinem Mund.

Ich war überrumpelt, doch bevor ich sie von mir schieben konnte, hatte sie eine Hand unter meinem T-Shirt und die andere zwischen meinen Beinen. Ich spürte, wie ihre Finger sich in Windeseile an meinem Gürtel zu schaffen machten.

Fuck, was soll das werden? Hat sie gar keine Hemmungen?

Ich packte ihre Handgelenke und schob sie von mir. »Hör auf!«

»Jake, was …?« Olivia starrte mich verwirrt an. Ihre Augen glänzten vor Erregung, sie keuchte.

Ich beachtete sie nicht weiter und schloss meinen Gürtel, da hörte ich ein leises Zischen hinter mir. Mein Kopf fuhr herum, und ich blickte in ein Paar erschrocken aufgerissene Augen. »Carrie …« Meine Stimme war nicht mehr als ein Flüstern.

Sie sagte nichts. Ihr geschockter Blick wanderte von mir zu Olivia und wieder zurück. Bevor ich auch nur einen Schritt in ihre Richtung machen konnte oder eine Erklärung über meine Lippen brachte, trat sie den Rückzug an, und die offene Tür starrte mich vorwurfsvoll an.

»Autsch!« Olivias Stimme holte mich aus meiner Starre.

Ich rannte Carrie nach, sah aber nur noch die Rücklichter ihres Maserati, der gerade mit quietschenden Reifen vom Seitenstreifen wegfuhr. »Fuck!« Wieso war Carrie ausgerechnet in diesem Moment aufgetaucht? Hätte sie nicht eine halbe Stunde früher oder später durch die Ladentür treten können?

»Tja, das war's dann wohl«, hörte ich Olivia hinter mir murmeln.

»Das hätte niemals passieren dürfen«, fuhr ich sie an und rauschte an ihr vorbei in den Laden. »Es ist besser, wenn du jetzt gehst.«

Mit zusammengekniffenen Augenbrauen funkelte sie mich an. Dann stemmte sie ihre Hände in die Hüften. »Ach was, bin ich dem feinen Herrn nicht gut genug?«

»Halt den Mund, Olivia, bevor du etwas sagst, das du bereust.«

»Ich soll den Mund halten?« Sie lachte verbittert auf. »Du und Carrie … War es gut, sie zu vögeln, ja? Hat sie es dir ordentlich besorgt?«

»Halt. Den. Mund.« Ich war kurz davor auszurasten.

»Du flirtest seit Wochen mit mir, schläfst mit mir, meldest dich nicht mehr und bumst gleich die Nächste. Und ich soll den Mund halten?« In ihren Augen blitzte blanke Feindseligkeit auf.

»Lass Carrie aus dem Spiel«, gab ich genauso giftig zurück.

»Warum soll ich sie raushalten? Sag nicht, du hast dich verknallt ...« Als ich nicht reagierte, hörte sie abrupt auf zu gestikulieren und starrte mich an. »Das ist es, oder? Du hast dich verknallt.« Sie bohrte mir ihren spitzen Fingernagel in die Brust, doch ich schob ihre Hand weg. Sie lachte auf. »Ha! Du hast mit Carrie gevögelt und dich dabei verliebt. Wie romantisch. Verliebt in eine Nutte ...«

»Pass auf, was du sagst, sonst ...« Meine Fäuste zitterten, mein Kiefer knirschte. Ich zwang mich, ruhig zu bleiben und sie nicht an ihrem perfekt frisierten Bob zu packen und hochkant aus der Tür zu schmeißen.

»Sonst was, Jake? Sie *ist* eine Nutte. Oder was glaubst du, womit sie sich die Abende im Blue String Club vertreibt?« Sie zog eine Augenbraue nach oben und lehnte sich selbstgefällig an den Tresen.

Ich wandte mich ab und schüttelte den Kopf. »Ich glaube dir kein Wort. Keine Ahnung, was dich geritten hat, Olivia, aber das ist absolut unter aller Sau von dir. Und jetzt raus hier!«

»Ach, komm schon, Jake, öffne deine verträumten Augen! Warum sollte ich dich anlügen?«

Ich zwang mich, ruhig zu atmen. Carrie eine Nutte? *Bullshit!* Ich hatte in meiner Zeit in Brooklyn genug Prostituierte gesehen, um eine zu erkennen. Zudem war ich erst vor Kurzem im Blue String gewesen, als ich mich mit diesem Tätowierer hatte treffen wollen. Die Weiber dort hatten nichts mit Carrie gemein. Ich erinnerte mich an die Rothaarige, die –

Das herzförmige Muttermal ... Vivian ...

Ich drehte mich abrupt zu Olivia um, die gerade den Shop verlassen wollte. Ich packte sie am Arm und hielt sie zurück. »Wie kommst du darauf, dass Carrie sich verkauft?«

»Weil ich es weiß. Aua, lass mich los!« Sofort lockerte ich meinen Griff.

»Woher?«

»Sie ist meine Freundin, schon vergessen, Loverboy?«

Ich schluckte trocken. Konnte das wirklich sein?

»Es hat dich tatsächlich erwischt. Mein Gott, ich fasse es nicht. Der Typ, von dem ich es am wenigsten erwartet hätte, hat sich verknallt. Süß. Wirklich süß. Ich hatte nicht gedacht, dass es dir ernst ist. Doch ich hatte unrecht.«

»Halt die Klappe!«

»Ich sehe schon – dir ist nicht zu helfen. Ich wünsche dir noch ein schönes Leben, Jake«, schnauzte sie mich an, dann stürmte sie an mir vorbei aus dem Laden. Ich blieb zitternd zurück.

Das Muttermal. Daher war es mir so bekannt vorgekommen. Carrie war Vivian. Die ganze Zeit hatte sie mich belogen. Einen auf schüchtern gemacht, und ich hatte es ihr auch noch abgenommen. Ihre Blessuren stammten dann wohl von ihrem Zuhälter. Oder einem Kunden. Ich wusste nur zu gut, wie es in dem Milieu abging. Wenn die Mädchen ihre Arbeit nicht vernünftig machten, bekamen sie es zu spüren.

Ich hatte Carrie helfen wollen. Bei dem Gedanken, was sie dort wahrscheinlich durchmachen musste, wurde mir kotzübel. Aber ich konnte auch nicht ignorieren, dass sie mich belogen und verarscht hatte.

Kraftlos ließ ich mich auf den Fußboden sinken. Ich hatte mein Herz an eine Nutte verloren. Carrie hatte genau gewusst, was mir gefiel. Wie viele Männer sie wohl schon gevögelt hatte? Wollte ich es wirklich wissen? Nein!

Ich bin so ein Idiot! So ein blinder Idiot! Kein Wunder, dass Olivia mich belächelt hatte.

Ich griff mir die Bierflasche und schmiss sie mit aller Wucht gegen die grüne Wand. Das Glas zerbarst in tausend

Scherben, und als das Bier in Rinnsalen von der Wand lief, vor der wir uns geliebt hatten, brach zum zweiten Mal in meinem Leben meine Welt zusammen. Wie dämlich war ich gewesen, mich ihr zu öffnen, wie naiv? Wie hatte ich zulassen können, dass ich mich in sie verliebte?

Ich nahm mir ein neues Bier aus dem Kühlschrank und begann wieder einmal damit, die Scherben meiner Seele zusammenzuklauben.

Carrie

Ja, ich hatte Nolans Rat beherzigen und mit Jake reden wollen, den Lügen endlich ein Ende machen. Auch auf die Gefahr hin, dass ich danach ohne Job und ohne Jake dastand. Ich war so naiv gewesen.

Als ich ihn und Liv überrascht hatte, war mein Herz in eine Million kleine Splitter zerbrochen. Blind vor Zorn hatte ich mich zum Auto geschleppt und war wie ferngesteuert ins Tanzstudio gefahren. In Nolans Armen war ich dann endgültig zusammengebrochen. Doch bis jetzt hatte ich nicht eine Träne vergossen. Das verbot ich mir. Ich würde diesem Arschloch nicht auch noch hinterherheulen.

Leider lief gerade *I hate you, I love you* von Gnash feat. Olivia O'Brien auf meiner Playlist. Einen passenderen Song gab es wohl kaum: *Feeling used, but I'm still missing you and I can't see the end of this. Just wanna feel your kiss against my lips ...*

»Was für ein Dreckskerl!« Nolan saß neben mir auf seinem riesigen Designersofa und hielt meine gesunde Hand. In der gesamten Wohnung roch es nach Thai Curry. Dafür hatte er bestimmt stundenlang in der Küche gestanden. Es war lieb von ihm, dass er sich so um mich kümmerte, aber ich hatte absolut keinen Appetit. Allein beim Gedanken an Essen wurde mir übel.

»Ich verstehe nicht, was in Olivia gefahren ist«, zeterte er weiter. »Weiß sie denn nicht, dass du dich verliebt hast?«

Ich schüttelte schniefend den Kopf. »Nein, woher denn? Und selbst wenn – sie war nun mal zuerst da, ich meine, wenn sich jemand falsch verhalten hat, dann doch ich. Ich wollte mit ihr reden, aber seitdem sie uns beim … im Shop überrascht hat, ignoriert sie meine Anrufe. Ich habe ihr eine Nachricht geschickt, dass das mit Jake ein Fehler war und ich ihn nie wiedersehen will. Klar, dass sie daraufhin glaubt, sie hätte freie Bahn. Sie hat nur die Gunst der Stunde genutzt und sich genommen, was sie schon die ganze Zeit wollte …«

»Verstehe einer euch Frauen.« Nolan seufzte auf, doch er verkniff sich eine erneute Moralpredigt. Stattdessen zeichnete sich ein zaghaftes Lächeln auf seinem Gesicht ab. »Vielleicht kann ich dich aber trotzdem etwas aufmuntern.« Erwartungsvoll sah er mich an. Ich konnte mir zwar nicht vorstellen, welche von seinen meist aberwitzigen Ideen mich aus meinem Loch rausholen sollte, aber ich wollte ihm die Freude nicht verderben. Er meinte es ja nur gut.

»Womit denn?«, fragte ich nach und bemühte mich, interessiert zu klingen.

»Ich habe mit Leroy telefoniert. Leider habt ihr euch ja letzte Woche verpasst. Er hätte dich gerne tanzen sehen. Aber er hat gesagt – ich zitiere: ›Wenn sie wirklich so gut ist, wie du sagst, soll sie mich in New York besuchen kommen.‹«

Ich dachte kurz darüber nach. So schlecht war die Idee nicht. Wenn Phil nicht bald wieder auftauchte, hielt mich hier nichts mehr. New York wäre zumindest eine erste Anlaufstelle und vielleicht weit genug weg von Carlos.

»Ich muss erst herausfinden, wo Phil steckt …«

»Das verstehe ich. Wäre es nicht langsam an der Zeit, zur Polizei zu gehen?«

»Und was bitte soll ich denen erzählen?«

»Dass Carlos dich zur Prostitution zwingt, wäre ein Anfang.«

»Damit komme ich nicht durch, No. Ich habe nichts gegen ihn in der Hand. Und wenn Carlos davon Wind be-

kommt, dann … Nein, das ist im Moment keine Option.«
Ich brachte es nicht über mich, Nolan von Carlos' Drohungen gegen Olivia und ihn zu erzählen. Er machte sich schon Sorgen genug. Und die Polizei würde mir davon auch kein Sterbenswörtchen abnehmen. Ich arbeitete in einem einschlägigen Club – und im Großen und Ganzen hielten sich die Cops da raus.

Liebevoll sah er mich an. »Okay, wie du meinst. Wir werden schon einen Weg finden.«

Es gab drei Männer in meinem Leben. Einer von ihnen war einfach verschwunden, der zweite hatte mir mein Herz herausgerissen und war vor meinen Augen darauf herumgetrampelt, und der dritte versuchte alles, um mich wieder heil zu machen. Und das Schlimmste war, dass ich seine Hilfe nicht annehmen konnte. Was war nur mit meinem Leben passiert?

Jake ist passiert.

I hate you, I love you, I hate that I love you …

Nolan tätschelte noch mal meine Hand, bevor er sich erhob. »Tut mir leid, Sugar, aber ich muss wieder ins Studio. Ich habe noch einen Kurs, aber danach komme ich wieder und dann machen wir es uns auf dem Sofa gemütlich, okay?« Ich erwiderte seine Umarmung und bemühte mich um ein Lächeln.

Als die Tür hinter Nolan ins Schloss fiel, atmete ich durch und versuchte meine Gedanken zu ordnen. Nachdem die Sache mit Jake sich nun endgültig erledigt hatte, sollte ich mich auf Phil und den Club konzentrieren. Und darauf, Carlos heimzuzahlen, was er mir angetan hatte.

Jake

Ich wartete auf dem Parkplatz, bis alle Lichter ausgegangen waren und Nolan aus der Tür trat. Als er abgeschlossen hatte und sich herumdrehte, stellte ich mich ihm in den Weg.

»Jake! Hast du mich erschreckt.« Sein braungebranntes Gesicht verlor alle Farbe, und rote Flecken zeigten sich auf seinem Hals. Er wirkte nicht nur erschrocken, sondern nervös.

»Wo ist Carrie?«

»Ja, ich freu mich auch, dich zu sehen …«

»Hör auf zu schwafeln. Wo steckt mein Mädchen?«

»*Dein* Mädchen?«

»Mach mich nicht wütend.« Ich packte ihn am Kragen und zog ihn bis auf wenige Zentimeter an mich heran.

Nachdem ich letzte Nacht den Schock über Olivias Enthüllung in Alkohol ertränkt hatte, war ich heute Morgen aufgewacht und hatte sofort gewusst, dass es keine Rolle spielte. Es änderte nichts an meinen Gefühlen für Carrie. Es bestärkte mich eher noch darin, sie nicht aufzugeben. Sie war in Schwierigkeiten, und alles in mir schrie danach, sie da rauszuholen. Ich hasste es, dass sie sich mir nicht anvertraut hatte, aber ich verstand gut, warum nicht. Das würde sich ändern. Ich würde ihr zeigen, dass sie auf mich zählen konnte und ich sie nicht wieder gehen lassen würde. Ich hatte schon einmal eine Frau verloren, weil ich nicht schnell genug gehandelt hatte, noch einmal würde mir das nicht passieren. Besonders nicht mit Carrie. Ich hatte versprochen, ihr zu helfen – ob sie wollte oder nicht.

Da ich noch immer keinen blassen Schimmer hatte, wo sie wohnte, hatte ich Nolan aufgelauert. »Sie ist bei mir«, presste er schließlich heraus, als ich meinen Griff um seinen Kragen weiter verstärkte.

»Dann bring mich da hin.« Er nickte. Ich ließ ihn los.

Nolan zeigte auf ein Cabrio, das in einiger Entfernung zu meiner Harley stand. »Ich fahr dir hinterher. Und wag ja nicht, mich zu verarschen.«

Nolan sagte nichts. Er stieg in sein Auto, schmiss den Motor an und fuhr los. Ich blieb immer eine Wagenlänge hinter ihm.

Wir verließen den Stadtteil Nob Hill, bogen nach Südosten in Richtung Visitacion Valley ab und hielten nach etwa fünfzehn Minuten vor einem weißen Reihenhaus. Nolan parkte am Straßenrand, ich stellte meine Maschine direkt dahinter ab. Erst als er ausstieg und die Tür zuschlug, stieg ich vom Motorrad. Ich traute ihm nicht. Er schien Carrie gegenüber loyal zu sein, und dafür respektierte ich ihn, aber ich konnte nicht zulassen, dass er mich verarschte. Ich hatte schon genug Zeit verloren.

»Hier wohne ich.« Er zeigte auf einen der Hauseingänge – gepflegter Rasen vor der sauberen Hauswand, korrekt angelegtes Beet und ein kleiner Zaun: die perfekte Vorstadtidylle. Ich zog die Augenbrauen hoch und warf ihm einen fragenden Blick zu.

Nolan zuckte mit den Achseln und sagte: »Was? Ich mag es gepflegt und ordentlich.«

Ich schnaubte verächtlich und folgte ihm die Treppen hinauf. Als er aufschließen wollte, hielt ich ihn zurück. »Du wartest hier.«

»Spinnst du? Das ist mein Haus. Wenn hier einer wartet, dann du!«

Ein Blick brachte ihn zum Schweigen, und obwohl er nicht kleiner war als ich und durchaus trainiert, machte er einen Schritt zurück und hob kapitulierend die Hände. »Bitte versprich mir nur, dass du ihr nicht wehtust.«

»Was? Himmel, nein!« Ich schüttelte den Kopf und schämte mich sogar ein wenig, dass ich so aggressiv rübergekommen war. »Sie hat schon genug durchgemacht.«

Nolans Augenbrauen zuckten nach oben, dann entspannte sich seine Miene. »Gerade rein, dann rechts. Da ist das Wohnzimmer. Aber hör zu, Jake, Carrie hat wirklich eine Menge hinter sich. Sie spricht nicht viel darüber, was ihr vor Phil passiert ist, aber es war nicht alles gut. Phil ist ihr Ein und Alles. Du darfst sie nicht enttäuschen. Das hält sie nicht aus. Wenn du ihr doch wehtust, wenn sie nächste Woche wieder weinend auf meiner Couch liegt, dann wirst du mich kennenlernen, haben wir uns verstanden?«

Schon wieder dieser Phil. Mittlerweile glaubte ich, dass er nicht der war, für den ich ihn gehalten hatte, und hoffte, Carrie würde mir endlich von ihm erzählen.

Ich nickte. Seine Sorge um Carrie ließ meine Wut verrauchen. Nolan ließ den Schlüssel los, trat zurück und setzte sich auf die Treppenstufen. »Ich warte hier.«

Der schmale Flur war mit geschmackvollem Steinboden ausgelegt. An den weißen Wänden hingen einzelne Bilderrahmen. Nolan beim Tanzen, beim Surfen und mit Carrie zusammen am Meer. Auf dem Bild trug sie ihre Haare noch ein ganzes Stück kürzer. Wie lange kannten sich die beiden schon?

Ich ging weiter und bog am Ende des Flurs rechts in das geräumige Wohnzimmer ab. Lampen aus Edelstahl an der hohen Decke, dunkle Regale, ein grauer Teppich auf dem hellen Holzfußboden, in der Mitte eine gemütliche Sofalandschaft – und darauf, in einer roten Wolldecke vergraben, lag Carrie.

Mein Herz preschte los, meine Hände waren plötzlich schweißnass. Ich war nervös. Endlich hatte ich sie gefunden. Jetzt würde alles gut werden.

Leise ging ich näher und blieb kurz vor dem Sofa stehen. Carrie lag auf der Seite und schlief. Langsam hoben und senkten sich ihre Schultern, ein Arm war unter ihrem Kopf vergraben, der andere unter der Decke, und in ihren Ohren steckten Kopfhörer. Strähnen ihrer dunklen Haare hatten sich aus ihrem Zopf gelöst und fielen ihr ins Gesicht. Es war blass und – erneut von Blessuren gezeichnet. Ich begutachtete den Riss in ihren Lippen, die noch leicht geschwollen waren. Auf ihrer linken Wange und um ihr Auge herum schimmerte es grün, gelb und blau. Ein langer Kratzer zog sich über ihre Schläfe.

Unbändiger Zorn bäumte sich in mir auf. *Welches Schwein hat dir das angetan?* Ich würde ihn mir vorknöpfen. Und wenn es das Letzte war, was ich tat. Er würde bezahlen. Und bluten.

Ich zügelte den Drang, Carrie sofort zur Rede zu stellen, um einen Namen zu erfahren. Ich wollte sie nicht wecken. Vorsichtig setzte ich mich auf die Sofakante und passte meinen Atem ihren ruhigen Atemzügen an. Ihre unmittelbare Nähe beruhigte mich.

Sanft legte ich meine Hand auf ihre Schulter. Trotz der Decke fühlte ich ihre Wärme. Ich erinnerte mich daran, wie ich sie im Arm gehalten, ihre Haut unter meinen Fingern gespürt hatte. Vorsichtig fuhr ich über ihren Hals, strich sachte bis hinauf zu ihrer Schläfe und über ihr Haar.

Sie murmelte etwas, ihre Augenlider zuckten, dann öffneten sie sich. Verschlafen sah sie mich an. »Jake …« Sie lächelte sanft, schloss wieder die Augen und presste ihren Kopf gegen meine Hand.

»Jake?« Ihre Lider flogen nach oben, ihre braunen Augen starrten mich ungläubig an. »Wwwas machst du hier?«

Sie setzte sich ruckartig auf, riss sich die Stöpsel aus den Ohren und rutschte von mir weg, bis die Sofalehne sie daran hinderte. Hatte sie Angst vor mir? Sie wirkte auf mich wie ein verletztes Tier, das in die Ecke gedrängt wurde. Um sie nicht weiter zu verunsichern, zog ich meine Hand zurück und widerstand dem Drang, sie in meine Arme zu ziehen.

»Hey, ich tu dir doch nichts.«

»Wie bist du hier reingekommen?«

»Nolan.«

»Wo ist er?« Ihr Blick suchte das Wohnzimmer ab.

»Vor der Tür. Draußen.« Sie schien erleichtert zu sein. Was hatte sie gedacht? Dass ich ihn um die Ecke gebracht hatte? »Ich bin nicht hier, um dir wehzutun.«

»Keine Sorge, das hast du schon«, erwiderte sie eisig.

»Scheiße, Carrie. Es tut mir leid. Es war nicht -«

Ihr hartes Auflachen unterbrach mich mitten im Satz. »- so wie es aussah? Klar. Deine Zunge ist wohl *zufällig* in Liv reingerutscht, was? So wie in mich. Verdammt, wie konnte ich nur so blöd sein und auf dich reinfallen?« Sie schrie fast, wühlte sich dabei umständlich aus der Decke und sprang auf.

Ich sah den Verband an ihrer linken Hand. Mein Zorn steigerte sich ins Unermessliche.

»Ich habe sie nicht geküsst! Es ist nichts passiert«, antwortete ich und erhob ebenfalls meine Stimme. Nolan hämmerte von draußen gegen die Tür.

»Nein, natürlich nicht«, ihre Stimme triefte vor Sarkasmus. »Du bist so verlogen, Jake. Aber weißt du was, es ist mir auch egal. Ich bin ja selbst schuld. Ich war dumm genug zu glauben, dass es dir ernst mit mir sein könnte. Doch ich hätte es besser wissen sollen, nachdem ich dich kurz zuvor noch mit Olivia gesehen hatte. Also bitte, mach uns beiden hier nichts vor.«

»*Ich* soll dir nichts vormachen?«

Sie stemmte ihren gesunden Arm in die Hüfte und funkelte mich an. »Was soll das heißen?«

»*Du* bist es doch, die mich die ganze Zeit angelogen hat.«

»Was? Du tickst ja nicht mehr richtig! Sieh zu, dass du hier rauskommst!« Sie wollte sich umdrehen, den Raum verlassen, doch ich sprang auf und hielt sie an der Schulter fest. »Lass mich los!«

»Hast du das zu ihm auch gesagt? Oder durfte er dich so nehmen? Erst ficken und dann schlagen? Stehst du auf solche Spielchen?« Noch bevor die letzten Worte verhallt waren, schlug ihre flache Hand in mein Gesicht.

Okay, die hatte ich verdient.

»Verschwinde, Jake Burnett. Ich will dich nie wiedersehen. Nie wieder!« Ihre Miene war undurchdringlich.

Ich schüttelte den Kopf. »Ich weiß, dass du im Blue String arbeitest.«

»Wie kommst du darauf?« Ihre schrille Stimme verriet sie.

Ich löste meine Hand von ihrer Schulter und sah sie eindringlich an. »Das Muttermal auf deiner Brust. *Vivian* hat auch so eins.«

Carrie wurde leichenblass. Sie öffnete ihren Mund, aber es kam kein Ton heraus.

Ich strich ihr erneut über die Wange. »Welcher Balken war es diesmal?«, fragte ich jetzt beherrschter. Sie zuckte zurück, doch ich hielt sie fest. Sie schwieg beharrlich. Ich neigte den Kopf und sah sie eindringlich an. »Ich finde das auch ohne deine Hilfe raus. Vielleicht dauert es ein bisschen länger, aber der Kerl wird trotzdem bluten. Du kannst ihn nicht beschützen, Carrie.« Die Scheißwut brachte mich fast um den Verstand. Wenn sie mir nichts sagen wollte – bitte. Ich war mir sicher, dass Nolan Bescheid wusste. Dann würde ich mir eben ihn krallen.

Ihre Augen wurden groß, ihre Unterlippe zitterte und dann, ganz plötzlich, kullerte eine Träne über ihre Wange. *Scheiße!* Ich hatte sie zum Weinen gebracht. Das war schlimmer als das Klatschen ihrer Hand in meinem Gesicht.

Carries Schultern bebten, und sie versuchte sich abzuwenden, doch ich zog sie sanft an meine Brust. Sie wehrte sich nicht. Ich strich ihr über das Haar und ließ sie weinen. Ihr Körper wurde geschüttelt, sie schluchzte in mein T-

Shirt. Ich fühlte die Feuchtigkeit auf meiner Haut. Mein Herz zog sich zusammen, ich litt mit ihr. Ich wollte ihr den Schmerz abnehmen, ertrug es nicht, sie so leiden zu sehen.

Es dauerte eine ganze Weile, bis sie sich beruhigte. Nolans Rufe vor der Tür verstummten.

»Ich wollte nicht, dass du davon erfährst«, sagte sie mit zitternder Stimme.

»Warum nicht?«

»Du verstehst das nicht.«

»Das stimmt. Also erkläre es mir.«

»Ich kann nicht … Carlos würde dich -« Sie stoppte abrupt.

Carlos. Endlich hatte ich einen Namen.

»Ist er ein Kunde?«

»Ich habe keine Kunden, Jake. Ich bin da reingeraten, weil …« Sie schluchzte erneut.

»Weil?«

»Wegen Phil.«

»Wer ist Phil, gottverdammt? Hat er etwas damit zu tun?« Ich deutete auf ihr geschundenes Gesicht.

»Nein!« Sie hob den Kopf und sah mich mit rotgeweinten Augen an. »Phil ist mein Ziehvater. Er hat noch nie die Hand gegen mich erhoben. Im Gegenteil. Er ist das Beste, was mir je passiert ist. Aber seit vorletztem Sonntag ist er verschwunden.«

»Was? Was heißt das? Und keine Lügen mehr.«

Carrie atmete hörbar aus und deutete auf die Couch. »Setzen wir uns. Ich erzähle dir alles. Ist aber eine lange Geschichte.«

»Ich habe alle Zeit der Welt, Baby.«

Carrie verkroch sich wieder unter der Decke, ich setzte mich mit etwas Abstand neben sie.

»Ich hatte ein ziemlich beschissenes Elternhaus und bin von Heim zu Heim gereicht worden, nachdem man mich meiner Mutter weggenommen hatte. Irgendwann hab ich es nicht mehr ausgehalten und bin abgehauen. Einige Monate war ich in verschiedenen Städten an der Westküste unterwegs, hab auf der Straße gelebt. Mit vierzehn bin ich dann nach San Francisco gekommen und Phil in die Arme gelaufen. Er hat sich um mich gekümmert und bei sich aufgenommen. Seitdem lebe ich bei ihm, und er ist wie ein Vater für mich. Ihm gehört das Blue String, der Nachtclub, in dem du *Vivian* getroffen hast.«

»Ich erinnere mich.«

»In der letzten Zeit sind Phil nach und nach die Mädchen für die Shows weggelaufen. Nicht, weil er ein so schlechter Chef ist, sondern weil einige Konkurrenten die Tänzerinnen vergrault oder abgeworben hatten. Ich wollte Phil irgendwie helfen, den Laden zu retten, und ich bin Tänzerin. Was lag also näher, als Phil anzubieten, im Club für ihn zu tanzen?«

Es fühlte sich nicht gut an, die Geschichte zu hören. Es brodelte in mir bei dem Gedanken daran, wie Carrie sich halbnackt auf den kleinen Tischen gaffenden Kerlen präsentiert hatte, aber nun endlich konnte ich nachvollziehen, warum sie es getan hatte.

Ich hob die Hände, um ihr zu signalisieren, dass ich verstand und sie nicht dafür verurteilte, und lehnte mich zurück. Sie nickte. »Ich sollte nur vorübergehend tanzen, und Phil hätte nie zugelassen, dass mir etwas zustößt. Doch dann verschwand er vor knapp zwei Wochen ganz plötzlich.«

»Was meinst du mit ›verschwinden‹?«

»Phil ist öfter mal für einen oder mehrere Tage fort gewesen, aber bis dahin hatte er mir immer Bescheid gesagt. Diesmal nicht. Carlos, er ist Phils Stellvertreter, hat behauptet, dass Phil für eine Weile untertauchen musste und er selbst vorerst das Zepter in die Hand nehmen würde. Carlos sagte, dass Phil illegale Geschäfte gemacht hat und deswegen abhauen musste. Ich vermute aber mittlerweile, dass

Carlos selbst etwas mit seinem Verschwinden zu tun hat und selbst krumme Dinger dreht. Zusammen mit den Morettis. Vermutlich irgendwas mit Drogen.«

»Warte mal … Morettis?« Irgendwo hatte ich diesen Namen schon einmal gehört.

»Liviano Moretti, ein Italiener, der mit seinen vier oder fünf Söhnen ganz groß im Nachtclubgeschäft ist. Ihm soll Phil angeblich Geld schulden.«

»Und daran glaubst du nicht?«

»Nein! Phil hält nichts von Drogen. Niemals würde er sich auf sowas einlassen. Das passt nicht zu ihm. Und selbst Balu sagt, dass etwas faul ist.«

»Wer ist denn jetzt wieder Balu?«

»Phils Bodyguard. Er war Phil gegenüber immer loyal und hat mich vor Carlos gewarnt. Ich bin mir sicher, er weiß, was da vor sich geht, aber ich kriege nichts aus ihm raus.«

»Und dieser Carlos … Er hat dich geschlagen?« Ich ballte meine Fäuste, als sie nickte. »Warum hat er das getan?«, hakte ich nach. Nicht, dass irgendein Grund dieser Welt das rechtfertigen konnte – aber ich musste alles wissen.

Carrie senkte den Kopf. »Nachdem Phil so plötzlich verschwunden war, hat Carlos sich in unserer Villa breitgemacht. Ich habe mich gegen ihn aufgelehnt und mir dafür eine eingefangen. Das war … der *Balken*. Letzten Samstag hab ich dann meine Show getanzt, als ein paar Typen in den Club kamen. Der eine von ihnen wollte mit mir aufs Zimmer. Carlos hielt das für eine gute Idee. Ich nicht, aber das hat ihn nicht interessiert. Zuvor hatte ich nur getanzt und auch klargemacht, dass mehr niemals für mich in Frage kommen würde. Aber Carlos drohte mir, also bin ich mit dem Kerl nach oben gegangen. Dort …«

Mein Atem beschleunigte sich, mein Herz raste. »Hat das Schwein dich so zugerichtet?« Sie nickte stumm. Ich sprang auf. »Du wirst da nicht wieder hingehen. Nie wieder, hörst du? Dafür werde ich sorgen.«

»Vergiss es, Jake. Mit Carlos kannst du dich nicht anlegen. Es ist offensichtlich, wozu er fähig ist.« Sie hielt ihren Arm hoch und drehte das Gesicht, sodass ich ihre geschwollene Wange sehen konnte. »Außerdem ist Carlos nicht allein. Die Morettis stehen hinter ihm, davon bin ich überzeugt. Und sie haben irgendwas mit Phils Verschwinden zu tun. Ich muss herausfinden, was. Mach mir das nicht kaputt, Jake. Bitte.«

Dieser Phil war mir in diesem Moment scheißegal. Hier ging es um Carrie. Und ich würde den Teufel tun und tatenlos zusehen, wie sie vor die Hunde ging. Ich setzte mich zu ihr und vergrub meine Hände sanft in ihren Haaren. »Ich habe dir gesagt, dass ich dich da raushole. Und wer mein Mädchen schlägt, der kommt nicht ungeschoren davon.« Ihr Gesicht war meinem so nahe, dass ich ihren Atem an meinem Kinn spürte.

»Dein Mädchen?«, hauchte sie.

Ich nickte. Ein warmer Schauer überlief meine Haut. »Ja. Mein Mädchen.«

»Und was ist mit Liv?«

»Wie oft muss ich dir noch sagen, dass da nichts läuft?«

Sie zuckte mit den Schultern. »Ich weiß es nicht, Jake. Ich weiß es wirklich nicht.« Ich holte tief Luft und atmete geräuschvoll aus, bevor ich meine Lippen auf ihre senkte und sie sanft küsste. Sie wehrte sich nicht, sondern schmiegte sich näher an meine Brust und legte ihre Arme um meinen Hals.

»Spürst du das?«, fragte ich, nachdem unsere Lippen sich wieder voneinander gelöst hatten. »Das ist der Grund, warum keine Olivia der Welt zwischen uns kommen kann.«

Ich legte meine Stirn an ihre, sah ihr in die Augen, die verdächtig glänzten. Ich wusste jetzt, was ich zu tun hatte.

Wenn sie einen Beweis brauchte, dass sie mein Mädchen war, dann würde sie ihn kriegen. Koste es, was es wolle.

Carrie

Geh mit mir essen, bitte. Oder wenn du keinen Hunger hast, zumindest auf einen Drink. Und wenn du keinen Durst hast, dann wenigstens auf einen Kuss. J.

Perplex starrte ich die Worte auf meinem Display an. Den ganzen Tag hatte mich die Langeweile durch Nolans Wohnung getrieben. Normalerweise half mir das Tanzen, um auf andere Gedanken zu kommen, doch daran war noch immer nicht zu denken. Meine Rippen schmerzten, mein Kopf brummte, und mein Handgelenk pochte, aber am schlimmsten war, dass mir buchstäblich die Decke auf den Kopf fiel. Mit Jake essen zu gehen wäre eine willkommene Abwechslung. Mit zitternden Fingern tippte ich eine Antwort:

Ich bin bei Nolan und warte auf dich.

Ich bin schon unterwegs!

So schnell wie möglich machte ich mich fertig. Nach fünf Minuten wusste ich, dass es ein unmögliches Unterfangen war, sich mit nur einer Hand in eine Skinny Jeans zu quetschen. Frustriert schmiss ich die Hose in die Ecke und zog einen weitschwingenden langen Rock aus meiner Reisetasche. Denselben, den ich getragen hatte, als Jake und ich uns das erste Mal nahegekommen waren. Ich seufzte und spürte wieder das Kribbeln in meinem Bauch und zwischen meinen Schenkeln. Er hatte mir die Sache mit Olivia erklärt, und ich glaubte ihm, und meine Gefühle für ihn waren nach wie vor da. Vielleicht sogar stärker als zuvor, nachdem nun alles ausgesprochen war und er trotz der Scheiße, in der ich saß, nicht die Flucht ergriffen hatte.

Ich schmiss mir zwei Schmerztabletten ein, um einigermaßen fit zu werden. Ungefähr dreißig Minuten nach seiner Nachricht klingelte es.

»Baby!« Jake stand mit einem breiten Lächeln vor der Tür. Zwei Grübchen erschienen auf seinen Wangen. Seine braunen Augen funkelten, die hellen Punkte darin tanzten im Licht, und kleine Lachfältchen zeichneten die Haut drumherum. Etwas, das mir noch nie zuvor aufgefallen war. Aber vorher hatte er auch noch nie so gelächelt. Seine Füße steckten in schwarzen Chucks, die dunklen Jeans betonten seine langen Beine, und das schwarze, enge Shirt saß wie eine zweite Haut. Sein Haar glänzte feucht, vermutlich war er gerade erst aus der Dusche gekommen. Mir fiel ein, dass ich gar nicht wusste, wo er eigentlich wohnte. Es gab noch so viel an Jake zu entdecken.

Ich war nervös, weil ich nicht wusste, ob er vielleicht bei Carlos gewesen war. Verstohlen suchte ich sein Gesicht nach Blessuren und seine Hände nach blutigen Fingerknöcheln ab. Fehlanzeige. Gut. Ich hoffte inständig, dass er sich den Plan aus dem Kopf geschlagen hatte.

Er wartete nicht, bis ich auf ihn zukam, sondern zog mich gleich in seine Arme. Ein wenig überrumpelt erwiderte ich die Umarmung und stöhnte kurz auf, als er meine Rippen dabei etwas zu fest drückte.

»Oh, tut mir leid«, entschuldigte er sich sogleich und lockerte seinen Griff. Was war denn mit dem los? Noch nie hatte er so offen gelächelt und schon gar nicht um Entschuldigung gebeten. Nur einmal, als ich ihn mit der Nase darauf gestoßen hatte, und das auch nur widerwillig. *Wenn er jetzt Blumen aus dem Hut zaubert, werde ich misstrauisch.*

»Schon okay«, sagte ich und sah zu ihm auf. Als unsere Blicke sich erneut trafen, zog es mir den Boden unter den Füßen weg. Meine Knie zitterten, und ich schmiegte mich sicherheitshalber an seine Brust, schlang meine Arme um seine Taille und schloss die Augen. Er roch so unglaublich gut. Er roch nach Jake. Gierig sog ich alles in mir auf, was ich in der kurzen Zeit aufnehmen konnte. Das war definitiv besser als Blumen.

»Wie geht es dir?«

»Gut, jetzt wo du da bist. Und dir?« Ich hob den Blick.

»Könnte nicht besser sein.« Wieder lächelte er. An den Anblick würde ich mich wohl nicht so schnell gewöhnen. Hitze stieg in meine Wangen, und Gänsehaut kribbelte meine Arme herauf.

Jake schob mich an den Schultern ein Stück von sich, sodass er mich mustern konnte. Sein Blick war schwer zu deuten, aber ich schien die Inspektion zu bestehen, denn er stupste mir zärtlich gegen die Nase. »Hunger?« Ich nickte, und er griff nach meiner Hand. »Lass uns gehen.« Jake lief auf eine schwarze, sportliche Limousine zu, die direkt vor Nolans Haus geparkt war.

»Wo ist dein Motorrad?«

»Ein Motorrad ist nicht das passende Gefährt, um eine schöne Frau zum Essen auszuführen.« Er lachte und zwinkerte mir zu, öffnete die Beifahrertür, drehte sich zu mir herum und machte eine einladende Handbewegung. »Ihr Taxi steht bereit, Ma'm.«

»Ach, Sie sind nur der Chauffeur? Wo ist denn meine Begleitung?« Ich reckte meinen Hals und suchte rechts und links den Gehweg ab.

Jake wackelte mit den Augenbrauen. »Ich dachte, ich spiele heute beide Rollen.«

Ich kicherte. »Miss Daisy und ihr Chauffeur?«

»Miss Hotpants und ihr Revolverheld.«

»Das hört sich nach einer abenteuerlichen Story an.«

Mit einer Hand hielt er die geöffnete Tür, die andere lehnte er an den Rahmen, sodass ich ihm nicht mehr entkommen konnte. Ich fühlte mich gefangen und gleichzeitig so sicher wie noch nie. Sein Gesicht senkte sich zu mir herab. »So wie ich dich kennengelernt habe, stehst du auf Abenteuer. Wagst du das Abenteuer mit mir?«

»Mit dir?« Mein Herz klopfte bis zum Hals, als er langsam nickte. »Ich bin bereit«, flüsterte ich.

Wieder bohrte sich das Grübchen in eine Wange. Ich schloss die Augen und spürte schon seine Lippen auf meinen. Oh Gott, meine Knie wollten nachgeben, und ich klammerte mich an ihn wie eine Ertrinkende, als seine Zunge in meinen Mund eindrang, seine Hand sich auf meinen Hintern legte und mich sachte enger zu sich heranzog. Zu gerne hätte ich das Essen sausen lassen, ihn zurück ins Haus gelotst und die ganze Nacht nicht mehr gehen lassen. Die Tabletten schienen wahre Wunder zu bewirken. Oder die Endorphine senkten mein Schmerzempfinden. Statt der geprellten Rippen spürte ich nur noch seine weichen Lippen, die er noch inniger auf meine drückte. Statt in meinem Handgelenk pochte es nun zwischen meinen Schenkeln, und ich spürte seine kräftigen Hände langsam an meinem Hintern tiefer streichen.

Doch mein leerer Magen forderte unerbittlich Aufmerksamkeit. Laut knurrte er, und wir lösten uns lachend voneinander.

»Komm, bevor du noch verhungerst. Von Luft und Liebe allein kannst auch du nicht leben.« Er zwinkerte mir zu und drückte mich sanft auf den Beifahrersitz. Luft und ... *Liebe?* Hatte er das wirklich gesagt? Mein Herz hüpfte vor Freude.

Jake schloss meine Tür und setzte sich selbst hinters Steuer. »Hast du eine Idee, wohin wir fahren wollen?«

»Gut vorbereitet bist du aber nicht«, neckte ich ihn, während ich versuchte, meine Atmung zu beruhigen. Ein unverständliches Grummeln war die Antwort. »Lass uns zum Pier 43 fahren. Dort gibt es einen super Laden«, schlug ich vor. Das war weit genug weg vom Club. Auch wenn Carlos sich bisher nicht wieder bei mir gemeldet hatte – die zwei Wochen Schonfrist waren noch nicht um –, war ich lieber auf der sicheren Seite.

»Dann los.« Als er sich in den fließenden Verkehr eingefädelt hatte, legte er seine Hand auf meine. Immer wieder strich sein Daumen sanft über meinen Verband, doch er brachte das Thema nicht mehr zur Sprache.

»Ist das dein Auto?«, fragte ich, nur um etwas zu sagen.

»Ja, hab ich mir heute Morgen gekauft. Nachdem ich beschlossen hatte, dich zum Essen auszuführen.«

Jake drückte ein paar Knöpfe auf dem Radio, während wir nach Norden fuhren. Meine Anspannung verlor sich, sobald ich die Musik hörte. *Heathens* von Twenty One Pilots. Ich erkannte den Soundtrack zu dem Film *Suicide Squad* sofort und bewegte mich unbewusst im Takt mit. Jake schmunzelte und drückte sanft meine Hand.

Der Verkehr war mäßig, und wir verbrachten die Fahrt damit, über den Film, die Darsteller und Musik zu quatschen. Ich war überrascht, dass Jake sich auf diesen Gebieten so gut auskannte, ich hatte ihn nicht für einen Kinogänger gehalten. Schon wieder überraschte er mich – nicht zum ersten Mal.

Bei unserer ersten Begegnung am Strand hatte er mich verunsichert und verwirrt, jedoch auch neugierig gemacht, und seitdem war er mir nicht mehr aus dem Kopf gegangen. Auch Vivian hatte in ihm den geheimnisvollen Kerl gesehen, der etwas verbarg und sich deswegen distanziert gab. Doch während der letzten Wochen hatte ich viele Facetten von Jake kennengelernt. Von wortkarg über missmutig, humorvoll und sexy bis zu seinem Wutausbruch gestern war alles dabei gewesen. Doch dieser charmante, liebevolle Jake hier gefiel mir am besten von allen.

Nach etwa einer halben Stunde bogen wir ins Hafenviertel im Nordosten von San Francisco ein. Das letzte Mal war ich mit Phil hier gewesen, um Hummer zu essen. Wieder schnürte sich bei der Erinnerung an Phil meine Kehle zu, doch ich bemühte mich um Fassung.

»Da hinten«, sagte ich und zeigte auf ein großes Gebäude direkt am Wasser. In Weiß und Türkis gehalten, mit riesigen Fenstern und Bullaugen über dem Eingang erinnerte es an ein Schiff, dass vor Anker lag. Wir parkten, und Jake öffnete meine Tür, kaum dass ich mich abgeschnallt hatte. Ich fand es süß, wie sehr er sich Mühe gab, mich zu beeindrucken. Tat er das, weil ich *sein Mädchen* war? In meinem Bauch kribbelte es erneut.

Jake griff wieder nach meiner Hand, half mir heraus, und wir steuerten auf den Eingang des Fischrestaurants zu. Ich roch die salzige Meeresluft, hörte die Möwen am Himmel kreischen und sah, wie sie sich auf einem Poller um ein liegengelassenes Stück Brot zankten. Einige Spaziergänger standen am Pier und blickten auf die Bucht hinaus oder posierten vor der atemberaubenden Kulisse für Fotos. Die Insel Alcatraz in der Ferne und die Golden Gate Bridge zu unserer Rechten gaben erstklassige Motive für Urlaubsschnappschüsse ab.

Die frische Brise, die vom Wasser kam, vertrieb die Dunstglocke über der Stadt, und ich freute mich schon auf den Sonnenuntergang, den man von hier aus besonders gut genießen konnte. Und auf den Hummer.

Vor der Tür stoppte ich und sah ihn erschrocken an. »Du magst hoffentlich Fisch?«

Ein jungenhaftes Lachen erklang aus seinem Mund. Seine gute Laune an diesem Abend flashte mich aufs Neue. »Ich liebe Fisch.«

Vorsichtig zog er mich in seine Arme. Erneut sog ich seinen unverwechselbaren Duft ein und schloss erwartungsvoll die Augen, als er sich langsam zu mir herunterbeugte. Sanft berührten seine Lippen meinen Mund, und wieder einmal stand die Zeit still. Ich war mir sicher – nie mehr würde ich einen anderen Mann küssen wollen. Schließlich war ich *Jakes Mädchen.*

Jake

»Von dort oben ist der Blick auf Alcatraz gigantisch, und später können wir uns den Sonnenuntergang ansehen. Schau, da ist die Golden Gate Bridge«, rief sie aus, als sie mich leicht humpelnd in das obere Stockwerk führte. Ich war in San Francisco aufgewachsen, hatte Alcatraz bereits als Kind besucht und war schon dutzende Male über die Golden Gate Bridge gefahren. Aber ihre Begeisterung war so ansteckend, dass ich sie nicht bremsen wollte.

Der helle Teppichboden des zweigeschossigen Restaurants im Diner-Stil dämpfte unsere Schritte. Es waren nur wenige der Nischen besetzt, was mich verwunderte. Es war schließlich Samstagabend. Aber mir war es recht, so hatten Carrie und ich unsere Ruhe.

Wir suchten uns einen Tisch direkt am Fenster aus und hatten tatsächlich einen gigantischen Ausblick auf die Insel Alcatraz, die sich gerade mal einen Kilometer von uns entfernt aus dem Wasser erhob.

Ich ließ mich Carrie gegenüber auf die Bank aus rotem Kunstleder gleiten und legte meine Hände auf der weißen Tischplatte ab. Der Geruch von Knoblauch und Fisch zog mir in die Nase, und sofort fing auch mein Magen an zu knurren. Carrie kicherte und versteckte sich hinter einer Speisekarte.

Sie sah trotz ihrer Blessuren einfach zum Anbeißen aus. Ihre Haare trug sie offen, Strähnen umrahmten ihre erhitzten Wangen und verdeckten zum größten Teil das bunte Schillern auf ihrem Wangenknochen. Tiefschwarze Wimpern umrahmten ihre Augen und ließen sie noch dunkler

303

und geheimnisvoller aussehen. Ihre Lippen waren – bis auf den bereits verheilenden Kratzer – wunderschön wie immer. Voll und leicht geschwungen verzogen sie sich bei jedem Wort, das aus ihrem Mund kam. Ich bemühte mich, ihr zu folgen, doch der Anblick ihrer Lippen lenkte mich immer wieder ab. Ich sehnte mich danach, sie wieder zu küssen. Stattdessen wartete ich, bis sie die Karte aus der Hand legte, nahm dann ihre schlanken Finger in meine und streichelte mit meinen Daumen über ihre Handrücken. Den Verband um ihre Hand versuchte ich zu ignorieren, auch wenn es mir schwerfiel.

»Weißt du schon, was du essen möchtest?«, fragte sie.

»Ich nehme dasselbe wie du.«

»Du weißt doch gar nicht, was ich bestellen will.«

»Wird schon schmecken.«

»Sag mal … Hast du was geraucht oder so? Du bist so anders.«

Ich lachte auf. »Ist das gut oder schlecht?«

Carrie kam nicht mehr dazu, mir zu antworten. Eine ältere Kellnerin in einer türkisfarbenen Uniform stellte sich als Lucy vor und fragte nach unseren Wünschen. Carrie bestellte sich einen fruchtigen Cocktail und Taschenkrebs. Fragend sah sie mich an.

»Zweimal«, sagte ich und während sie mit Lucy noch über das Wetter plauderte, dachte ich über Carries Worte nach. Verhielt ich mich wirklich so anders als sonst?

Seit ich begriffen hatte, dass ich in Carrie verliebt war, roch alles besser, schmeckte intensiver und fühlte sich anders an. Wahrscheinlich sollte es mich nicht wundern, dass ich mich auch anders benahm. Das ganze Leben schien bunter zu sein. Heller, leuchtender und lebendiger. Noch nie hatte ich so empfunden, und es begeisterte und erschreckte mich gleichermaßen.

Nur die Sache mit Carlos lag wie ein gewaltiger Schatten über uns und drückte auf die gute Stimmung. Aber wir würden das regeln, irgendwie.

»Erde an Jake, Erde an Jake, es kommt eine Nachricht herein.« Carrie wedelte mit ihren Fingern vor meinem Gesicht herum und riss mich aus meinen Gedanken. Sie neigte den Kopf etwas zur Seite und musterte mich. »Was ist los?« Sie lehnte sich zurück und verschränkte die Arme vor ihrer wunderschönen Brust. Ihr tief ausgeschnittenes T-Shirt saß hauteng, und ihr BH zeichnete sich leicht unter dem dunkelgrünen Stoff ab. Ich biss mir auf die Lippe, meine Blicke ließen von ihren Brüsten ab, und ich sah ihr ins Gesicht. »Ach, nichts weiter. Ich war nur kurz in Gedanken. Der Shop und so«, redete ich mich raus.

Lucy trat mit einem Tablett an unseren Tisch. Sie reichte uns die Cocktails und stellte einen Korb voll mit warmem Brot und eine Schale Knoblauchbutter zwischen uns. »Schon mal guten Appetit.«

Ich war dankbar für diese Unterbrechung, hungrig griff ich mir ein Stück und bestrich es mit Butter. Carrie kicherte auf, als mir die Butter vom Kinn tropfte.

»Du hast da was«, murmelte sie und beugte sich leicht zu mir herüber. Mit ihrem Finger wischte sie mir die Butter von der Haut und leckte ihn dann ab. Die Berührung versetzte mir einen kleinen Stromstoß, und ich vergaß das Atmen. »Alles in Ordnung?«

Ich nickte. »Du weißt ja gar nicht, wie schön du eigentlich bist«, raunte ich ihr zu.

»Oh?« Ihre Wangen glühten. Sie wurde tatsächlich rot.

»Ja, *oh*.« Ihr war wirklich nicht bewusst, wie sie auf mich wirkte. Und ich war nicht der Einzige, der sie einfach anstarren *musste*. Die Blicke der beiden Typen am Tresen waren mir nicht entgangen. Sie hatte es nicht bemerkt – ich dagegen musste mich zusammenreißen, um ihnen keinen Spruch an den Kopf zu werfen. Diese besitzergreifenden Gedanken waren neu für mich, aber ganz und gar nicht unangenehm, wie ich feststellen musste.

Meine Finger bewegten sich über den Tisch auf ihre zu und drückten sie. »Erzähl mir von dir.«

»Ach, was soll ich da groß erzählen?«, wich sie aus.

O nein ... So schnell kommst du mir nicht davon.

»Lieblingsfarbe?«, fragte ich.

»Grün.«

Ich grinste. »Meine auch. Neben Schwarz. Lieblingsgetränk?«

»Kaffee.«

»Whisky. Essen?«

»Hummer.«

»Gut, dass wir hier sind. Lieblingsfilm?«

»*Dirty Dancing*.« Sie lächelte verlegen.

»*Mein Baby gehört zu mir*«, brummte ich. Ihre Augen weiteten sich erstaunt. Ich zwinkerte ihr zu.

»Und deiner?«

»The Crow.«

»*Es kann ja nicht immer regnen*«, zitierte sie aus meinem Lieblingsfilm.

»Du kennst den Film?«

»Klar. Den haben Phil und ich uns schon oft angesehen«, antwortete sie, und ein trauriger Zug legte sich auf ihr Gesicht. Ich drückte ihre Hand.

»Er wird schon wieder auftauchen.« Es war nur ein schwacher Trost, wenn es überhaupt einer war, doch sie nickte tapfer. *Ein Grund mehr, sich Carlos vorzunehmen.*

»Ich hoffe es.«

»Lieblingslied?«, versuchte ich, die Stimmung nicht ganz und gar kippen zu lassen.

»*Sex on Fire*«, antwortete sie ohne Zögern. »Zumindest im Moment.« Ich schmunzelte, sie wurde rot.

»Meins auch. Zumindest im Moment«, wiederholte ich ihre Worte.

Mit einem fast schüchternen Lächeln sah sie mich an. Der Augenblick, in dem ich sie bei genau diesem Lied hatte tanzen sehen, war sofort wieder da. Damals war ich geflüchtet. Das würde ich nie wieder tun.

»Lieblingsbuch?«, fragte sie mich diesmal, bevor ich mir eine neue Frage ausdenken konnte.

»Oje, da erwischst du mich auf dem falschen Fuß. Lesen …« Ich schüttelte grinsend den Kopf. In diesem Moment brachte Lucy unsere Bestellung und unterbrach mein Gestammel. Sie stellte zwei gut gefüllte Teller mit Taschenkrebsen vor uns auf den Tisch und wünschte uns erneut einen guten Appetit.

Skeptisch begutachtete ich das Tier auf meinem Teller. Ich mochte Fisch, das war nicht gelogen gewesen, aber ein solches Schalentier hatte ich in dieser Zubereitung noch nie gegessen. Ich beobachtete, wie Carrie das Tier geschickt zerlegte. Das sah einfach aus, also griff ich nach dem Krebsmesser und versuchte, es ihr nachzumachen. Als mir das Bein aus der Hand flutschte und auf ihrem Teller landete, brachen wir beide in schallendes Gelächter aus.

Es war fantastisch, mit ihr zusammen zu sein und sich über triviale Themen wie Baseball, die Giants, über den Shop und ihre Liebe zum Tanzen zu unterhalten. Das machte es so normal, und wir schafften es fast, das ganze Chaos um uns herum und die Bedrohung durch Carlos zu vergessen. Zumindest für den Moment. Carrie erzählte mir von ihrem längst verblassten Traum, einmal auf einer großen Bühne zu stehen, und der Chance, die sich durch Nolans Freund Leroy ergeben hatte.

»Das ist eine tolle Chance, aber ich weiß noch nicht, ob ich sie nutzen will. Eigentlich fühle ich mich wohl in San Francisco. Die Arbeit mit den Kids macht mir Spaß, und sie brauchen mich.« *Nicht nur sie.*

»Wo ist die Acadamy?«

»New York.«

»Wow.« Kurzzeitig blieb mir das Herz stehen.

»Na ja … Wir werden sehen. Tanzen kann ich im Moment sowieso noch nicht. Und ob ich gut genug wäre, dass Leroy mich dann überhaupt nehmen würde, ist ja auch nicht sicher.«

Ich wusste nicht, ob sie ihre eigenen Erwartungen niedrig halten wollte oder ob meine Mimik mich verraten hatte. Keine Ahnung, was ich machen würde, wenn sie in die andere Ecke des Landes ziehen sollte. Noch dazu in meine alte Heimat. Allein bei dem Gedanken daran verkrampfte sich mein Magen. Der Taschenkrebs verlor mit einem Mal an Geschmack.

»Was hast du gemacht, bevor du hierhergekommen bist?« Sie lenkte von sich ab. Clever. Nur blöd, dass sie mir damit jetzt den Ball zugespielt hatte. Ich legte das Besteck zur Seite und lehnte mich zurück.

»Ich bin aus Brooklyn abgehauen.« Ich hatte die Worte bewusst so gewählt. Es war an der Zeit, dass auch ich ihr ein Stück von meinem Leben offenbarte.

»Abgehauen?« Mit großen Augen sah sie mich an.

Ich hatte dieses Gespräch schon führen wollen, als ich am Mittwoch aus Brooklyn zurückgekommen war, aber da hatten andere Dinge Priorität gehabt. Jetzt war der Zeitpunkt da, und noch mal würde ich mich nicht davor drücken.

»Damals, am Strand … Erinnerst du dich daran, was ich zu dir gesagt habe?«

»Du hast Angst vor dem, der du einmal warst«, antwortete sie wie aus der Pistole geschossen. Mein Revolvergirl.

»Richtig.« Carrie schob ihren Teller beiseite und beugte sich vor. Sie legte ihre Hand auf meine.

»Was ist passiert?«

»Ist auch eine verdammt lange Geschichte.«

»Ich habe nichts weiter vor.«

Ich schloss kurz die Augen, holte tief Luft. »Meine Eltern haben sich getrennt, da war ich zehn Jahre alt. Ich hab die Welt nicht mehr verstanden, als mein Dad zu mir sagte, dass es besser so sei. Vielleicht lag es daran, vielleicht an dem beschissenen Verhältnis zu meiner Mutter oder einfach an der Langeweile, die mich umtrieb – jedenfalls habe ich mich dann später mit einem Motorradclub eingelassen. Ich war gerade volljährig, als ich mich in Brooklyn den *Riders* anschloss. Einer Motorradgang, in die nicht jeder reingelassen wurde. Für gewöhnlich kann man die Mitgliedschaft nur erben, doch weil sie meinen Vater von diversen Clubtreffen kannten, haben sie bei mir eine Ausnahme gemacht. Die meisten von ihnen haben einige schlimme Dinge auf dem Kerbholz. Von Geldwäsche über Erpressung bis zur Prostitution ist alles dabei. Von da an waren Prügeleien, Einbrüche oder Prostitution ein Teil meiner Welt.«

Carrie hielt weiter meine Hand, aber ihre weit aufgerissenen Augen zeigten mir, dass sie erschrocken war. Ich konnte es ihr nicht verübeln.

»Ich habe mich aus all diesem kranken Scheiß so gut es ging rausgehalten. Es gab ein paar Einbrüche, an denen ich beteiligt war, aber ich habe nie eine Waffe in die Hand genommen oder eine Frau geschlagen. Mir gefiel der Zusammenhalt des Clubs. Einer für alle – alle für einen. Die Jungs waren meine Familie. Als ich zweiundzwanzig war, lernte ich Charlotte kennen.« Carrie zuckte zusammen, ich runzelte die Stirn. »Was ist?«

Sie senkte den Kopf. »Ich habe ihren Namen auf deinem Schlüsselbein gesehen. Unter der Narbe.«

Ich stieß angestrengt die Luft aus und nickte langsam.

»Willst du darüber reden?«

»Wenn du es hören willst.«

Sie nickte betroffen. »Ich möchte wissen, wer du bist, Jake. Und wenn das der Weg ist, dich zu verstehen, dann will ich es hören, ja.«

309

Charlottes Gesicht blitzte vor meinen Augen auf, aber seit ich aus Brooklyn zurück war, verloren ihre Konturen an Deutlichkeit. Ihr hatte ich immer nur die harte Seite von mir gezeigt. Nie hatte ich mit ihr über meine Träume, meine Ziele oder Pläne gesprochen. Ich hatte alles vage gehalten, mich nicht festlegen wollen. Das wollte ich bei Carrie anders machen. Auch auf die Gefahr hin, dass sie mich danach nie wiedersehen wollte.

»Charlotte und ich sind uns in einem Diner begegnet. Wir hatten Blickkontakt, immer wieder. Als ich ging, ließ ich im Vorbeigehen eine Serviette mit meiner Nummer auf ihren Tisch fallen. Ich hatte eigentlich nicht damit gerechnet, dass sie sich melden würde. Sie sah nach Geld aus, nach viel Geld, aber sie gefiel mir.« Ich stockte und nahm mein Glas in die Hand, um meiner ausgedörrten Kehle eine Pause zu gönnen. Ich hatte diese Geschichte noch nie jemandem erzählt und sie bis heute tief in meiner Seele vergraben.

»Und dann hast du sie wiedergetroffen?« Carries Finger lagen warm auf meiner Hand, ihre Augen blickten mich ohne Vorwurf an.

»Sie hatte mich nicht angerufen, lief mir kurze Zeit später aber wie zufällig über den Weg und … Lange Rede, kurzer Sinn: Wir kamen zusammen. Aus dem Club hab ich sie rausgehalten, keiner der Jungs wusste von ihr. Bis …« Die Erinnerung an die Nacht bohrte sich mir wie ein Rammbock in den Magen. Ich zog meine Finger aus Carries, stützte die Ellenbogen auf den Tisch und verbarg meinen Kopf in meinen Händen. Ich hatte geahnt, dass es nicht einfach werden würde, ihr davon zu erzählen. Aber ich hatte nicht darüber nachgedacht, dass ich die Vorfälle der Nacht noch einmal durchleben würde. Mit all ihren Schmerzen.

»Sollen wir gehen?« Carries leise Frage drang an mein Ohr.

Guter Plan!

Ich sprang auf, durchquerte das Lokal und zahlte die Rechnung am Tresen. Lucy bedankte sich für das Trinkgeld und wünschte uns noch einen schönen Abend. Dass er das nach meinem Bericht werden würde, bezweifelte ich.

Wir verließen das Restaurant, Carrie war an meiner Seite. Ich war froh, dass sie nicht den Versuch machte, mich zu berühren. Ich hätte es nicht ertragen.

Carrie

Ohne ein Wort schlenderten wir den Pier entlang, dem Sonnenuntergang entgegen. Doch ich hatte für diese Schönheit der Natur diesmal keinen Blick übrig. Meine Gedanken kreisten um Jake und die Geschichte, die ihn so sehr geprägt hatte, und die Parallelen in unserer Kindheit. Er war ohne Vater und irgendwie auch ohne Mutter aufgewachsen – genau wie ich. Beide sind wir unseren Weg allein gegangen und auf die schiefe Bahn geraten. Wir hatten mehr gemeinsam, als ich gedacht hatte.

Mir blutete das Herz, ihn so zu sehen. Seine Züge waren hart geworden, sein Körper angespannt. Aber ich traute mich nicht, ihn zu berühren, sondern lief schweigend mit gesenktem Kopf neben ihm her. Die Yachten schaukelten im Wasser, als die Wellen eines Boots sie erreichten. Das Schlagen der Wellen gegen den Pier vernahm ich nur am Rande.

Wir ließen die noch gut besuchte Touristenmeile hinter uns und steuerten in schweigendem Einvernehmen auf einen leeren Steg zu. Er reichte vielleicht zwanzig Meter ins Wasser hinaus. Wir setzten uns auf das warme Holz und ließen die Beine baumeln. Hier war es so friedlich und still. Bis auf das sanfte Plätschern des Wassers und das entfernte Kreischen der Möwen war nichts zu hören.

Ich warf Jake einen verstohlenen Blick zu und konnte mir kaum vorstellen, wie er sich fühlte. Mittlerweile ahnte ich, dass die Geschichte um Charlotte kein gutes Ende genommen hatte, und die Angst vor der Wahrheit ließ mich zittern.

Plötzlich fuhr er fort: »Unser Club war schon lange verfeindet mit den Black Guys, einer Gang aus New Jersey. Ich weiß nicht, wie sie herausgefunden hatten, dass Charlotte zu mir gehörte … Aber eines Nachts bekam ich eine Nachricht von den Guys mit einem Bild von Charlotte. Sie hatten sie entführt und übel zugerichtet. Sie forderten Geld und dass wir uns aus ihrem Gebiet zurückzogen. Da meine Jungs nichts von mir und Charlotte wussten, vertraute ich mich Gary an. Er war der Vize des Chapters und mein Freund. Gary war in Jersey aufgewachsen, und anhand des Fotos, das man mir geschickt hatte, erkannte er, wo sie Charlotte gefangen hielten. Er beruhigte mich. Ich wäre am liebsten sofort hingefahren. Aber er nahm die Sache in die Hand, trommelte innerhalb einer Stunde die Jungs zusammen, und mit mehr als fünfzig Leuten rasten wir nach Jersey. Ich kann mich an Details nicht mehr erinnern, nur noch, dass irgendwann ein Typ unter mir lag und ich ihn würgte. Er knickte ein und verriet mir endlich, dass sie Charlotte im obersten Stockwerk der alten Fabrik versteckt hielten. Dort fand ich sie: Mit zerrissenen Kleidern lag sie auf dem nackten Betonboden. Sie hatten ihre Hände über ihrem Kopf an ein Rohr gefesselt und ihr Gesicht grün und blau geschlagen. Doch das Schlimmste …«

Ich hielt die Luft an. Alles war so surreal, aber ich ahnte bereits, was Jake gesehen hatte.

»Einer der Guys kniete mit irrem Blick zwischen ihren Beinen. Sie hatte keine Chance, sich zu wehren. Da habe ich rot gesehen.«

Mir traten die Tränen in die Augen, und ich konnte nicht anders, als seine Hand zwischen meine Finger zu nehmen und zu drücken. Jake wandte sein Gesicht kurz zu mir herum. Mittlerweile war die Sonne untergegangen, aber die Dämmerung spendete noch genug Licht, um die Qual in seinen Augen zu sehen.

»Er hat mich nicht kommen hören. Ich habe mich auf ihn gestürzt. Irgendwann hab ich einen brennenden

Schmerz in der Schulter gespürt, aber erst viel später registriert, dass er ein Messer dabeihatte.« *Daher kommt also die kleine Narbe unter seinem Schlüsselbein.* »Ich bin völlig durchgedreht, und erst als meine Jungs mich von ihm weggezogen haben, kam ich langsam zur Besinnung. Ich hätte ihn umgebracht, Carrie.« Ich wollte ihn trösten, ihn umarmen, die Finger auf seine Wunde pressen, bis es aufhörte zu bluten. Aber ich saß bewegungsunfähig neben ihm und wartete, bis er weitersprach.

»Wir haben Charlotte ins Krankenhaus gebracht. Victor und Gary haben sich um alles gekümmert. Es dauerte Wochen, bis Charlottes Wunden verheilt waren, Monate, die ich an ihrer Seite war und ihr durch die Therapie geholfen habe. Sie hatte quälende Albträume und Panikattacken. Oft genug schickte sie mich weg, wollte mich nicht mehr sehen, wollte nicht durch mich an all das erinnert werden. Wir haben alles versucht, aber es wurde nicht besser, und eines Tages öffnete mir ihre Mutter die Tür, blass und mit verweinten Augen. Charlotte hat das alles nicht verkraftet … und sich das Leben genommen. Sie ist gestorben, weil sie mit mir zusammen war.«

Ich hatte schon die ganze Zeit nicht gewusst, was ich sagen sollte. Keiner der Sätze, die sich in meinem Kopf geformt hatten, schienen mir passend. Mein Herz stockte, ich fühlte seinen Schmerz, als wäre es mein eigener. Ich spürte seine Verzweiflung, als wäre es meine. Unendliche Trauer überkam mich, weil ich nun wusste, warum er so war, wie er war. Weil er so Schreckliches hatte durchmachen müssen. Wie gerne hätte ich seine Qual gelindert. Doch das konnte ich nicht. Niemand konnte das. Die Vorwürfe, die er sich machte, waren in seiner Miene eingemeißelt, sein Blick war abwesend. »Wenn du jetzt gehen und mich nie wiedersehen möchtest … kann ich das verstehen.«

»Nein!«, fuhr ich auf. Ich griff nach seiner Hand, die angespannt auf seinem Oberschenkel lag. »Ich … Nein, Jake. Ich will nicht gehen.« Sein Blick veränderte sich. Überraschung stand ihm ins Gesicht geschrieben. Ich lächelte vorsichtig und sortierte die Worte in meinem Kopf, um sie über meine Lippen zu bringen. »Nichts, was ich sagen kann, könnte deinen Schmerz über das lindern, was geschehen ist. Kein Wort davon bringt dir Charlotte zurück. Deswegen versuche ich es gar nicht erst. Du sollst aber wissen, dass ich da bin, wenn … wenn du mich brauchst. Falls *du* jetzt aufstehen und gehen möchtest … Ich meine, du hast deine große Liebe verloren, und ich würde es verstehen.« *Und es würde mir das Herz brechen …*

Jake sah mich lange an, bevor er den Mund öffnete. »Ich werde den gleichen Fehler nicht noch einmal machen, Carrie. Wenn ich das wollte, hätte ich dir das alles nicht erzählt, sondern wäre gegangen. Letzte Woche … als ich für ein paar Tage weg war … ich war in Brooklyn. An Charlottes Grab. Ich habe Abschied genommen. Auf das, was ich getan habe, bin ich nicht stolz. Aber ich habe begriffen, dass ich nach vorne sehen muss. Seit ich dich kenne, will ich dir nah sein, deiner würdig sein. Dieses Gefühl hatte ich noch nie, und es hat etwas gedauert, bis ich es richtig verstanden habe. Doch da war immer die Erinnerung an Charlotte in meinem Hinterkopf, die Wut auf mich selbst, die Angst, dass ich jeden in meiner Nähe in Gefahr bringe. Ich bin nicht gut für dich, Carrie, ich hab zu viel Scheiße gebaut. Aber vor allem bin ich egoistisch und will dich trotzdem bei mir haben. Aber bevor ich mich auf irgendwas einlassen konnte, musste ich endlich abschließen. Also bin ich gegangen.« Seine Hand hob sich und legte sich sanft auf meine ramponierte Wange. Sein Daumen streichelte meine Haut. »Wäre ich hier gewesen, hätte ich auf dich aufpassen können. Aber ich verspreche dir – wenn du mich lässt, werde ich von nun an immer da sein. Ich passe auf dich auf, Carrie.«

Mir war klar, dass sich durch das Wissen über Jakes Taten an meinen Gefühlen für ihn nichts geändert hatte. Er hatte nichts Falsches getan, als er seine Freundin retten wollte. Was für einen Beweis brauchte es noch, dass er ein Mann mit Prinzipien war? Ich glaubte ihm, dass er mir niemals wehtun, sondern mich lieben würde. Wenn ich ihn ließ.

Ich hob meine Hand und legte sie ebenfalls auf seine Wange. Seine Haut fühlte sich kalt an, und ich spürte seine Anspannung unter meinen Fingern. Die harten Stoppel seines Barts kratzten in meiner Handfläche. Unmerklich näherten sich unsere Gesichter, mein Herz setzte einen kleinen Moment aus, bevor es in rasantem Tempo weitersprintete. *Bist du dir wirklich sicher?* Ja, ich war mir sicher.

»Ich bin *dein* Mädchen, Jake.«

Jake

Ich war unendlich erleichtert, dass Carrie sich nicht von mir abgewandt hatte. In meinem Herzen war so viel Raum für sie, dass ich den überschäumenden Gefühlen und der aufgestauten Anspannung ein Ventil geben musste. Wir fuhren zum Shop und fielen noch auf der Treppe zu der kleinen Wohnung übereinander her.

Ohne ein Wort zog ich ihr den Rock herunter und den Hauch von Slip gleich hinterher. Ich knöpfte mir die Jeans auf, mein Ständer drängte sich aus der Hose ihr entgegen. Hastig zog ich mir ein Gummi über und drückte sie gegen die Wand. Sie schlang ihre Beine um meine Hüften und schmiegte sich in meine Arme, als sei sie für mich gemacht worden. Mit beiden Händen packte ich ihren Hintern und drückte sie mit dem Rücken gegen die vergilbte Tapete.

Sofort fand ich ihren feuchten Eingang und glitt mit einem einzigen Stoß in sie hinein. »Oh, Carrie …«

Ihre Wärme, die kleinen Muskeln, die sich bei jeder Bewegung ihrer Hüften zusammenzogen. Das Gefühl war so überwältigend, dass ich nicht an mich halten konnte und immer härter in sie trieb.

Unsere Lippen schwebten übereinander, doch wir küssten uns nicht, sahen uns nur an. Ich kippte ihr Becken nach vorne, sodass ich tiefer in sie eindringen konnte, und sie stöhnte lustvoll auf. Nach wenigen Stößen merkte ich, wie ihre Muskeln stärker zuckten, ihre Oberschenkel zitterten – sie war nah dran, und auch ich konnte mich kaum mehr zurückhalten. Ich riss meine Augen auf, weil ich nichts von ihrem Orgasmus verpassen wollte. Das schummrige Licht der alten Glühbirne an der Decke flackerte.

»Ja, komm für mich, Baby«, flüsterte ich.

Sie biss sich auf die Lippen, nur um sie im nächsten Moment zu öffnen und laut aufzustöhnen. Ihre Finger krallten sich in meine Schultern, unsere Blicke verhakten sich fest ineinander, als wir gemeinsam explodierten. Ihre Wände zogen sich um meinen Schwanz zusammen, ich presste mich in sie, bis auch die letzten Tropfen versiegten.

Erschöpft blieben wir einen Moment unbeweglich stehen. Ihre Stirn ruhte auf meiner Schulter, ihr Herzschlag pochte nahe an meinem, unser Atem beruhigte sich nur langsam.

Was zum Teufel war das gewesen? Ich hatte wirklich schon einige Frauen gehabt, aber noch nie war es so intensiv gewesen wie mit Carrie.

Das liegt wohl daran, dass du sie liebst, Alter.

Carrie

Nach einer Weile hob ich den Kopf und lächelte verlegen, meine erhitzten Wangen wurden noch röter. Jake küsste meine Nasenspitze, zog sich behutsam aus mir heraus und setzte mich ab. Meine Rippen schmerzten ein wenig, und meine Oberschenkel brannten, aber es war ein süßer Schmerz, der meinen Körper durchzog, und das Adrenalin in meinen Adern ließ mich schweben.

»Komm, ich bring dich ins Bett«, raunte er. Jake bückte sich, zog das Kondom ab und hob meine Klamotten vom Boden auf. Mit dem Slip wischte er mir die nassen Spuren von den Oberschenkeln.

Hand in Hand stolperten wir die Treppen hoch. Jake hatte während des Essens nur am Rande erwähnt, dass er nach seiner Rückkehr aus Brooklyn die Wohnung seines Vaters bezogen hatte. Der Gedanke, mit ihm dort hinaufzugehen, war ein wenig merkwürdig, aber auch schnell wieder vergessen, als er mich alle paar Stufen immer wieder küsste. Wir kicherten wie kleine Kinder, als Jake zwischen zwei Stufen die Hose herunterrutschte und den Ansatz seines knackigen Hinterns entblößte. Obwohl ich eben erst gekommen war, ebbte meine Erregung kaum ab. Mein ganzer Körper verlangte nach einer Fortsetzung. Endlich konnte ich den Ballast, den ich die letzten Tage mit mir herumgeschleppt hatte, für ein paar Stunden vergessen. Bei Jake fühlte ich mich sicher vor Carlos. Ich wusste nicht wie, aber ich wusste, dass alles gut werden würde.

Im Halbdunkel öffnete er die quietschende Tür. Lächelnd drehte er sich zu mir herum, legte eine Hand auf meine

Taille und die andere unter meine Knie. Sanft hob er mich hoch, ich quiekte auf und schlang lachend die Arme um seinen Hals. Er trug mich über die Schwelle wie ein Bräutigam seine Braut in der Hochzeitsnacht. Die Tür fiel knallend hinter uns ins Schloss, und er ging mit mir durch einen dunklen Gang ins Schlafzimmer, wo er mich sanft auf dem Bett absetzte.

»Warte kurz«, bat er mich, und ich wartete, bis er die Jalousien am Fenster etwas gedreht hatte, sodass schummrige Straßenbeleuchtung ins Zimmer drang. »So ist es besser.«

Das war es in der Tat, denn nun konnte ich ihn und das Zimmer zumindest erkennen. Ein großer Holzschrank stand gegenüber dem breiten Bett an der Wand, und ein paar Klamotten lagen auf dem Fußboden herum. Eine Lampenfassung ohne Birne baumelte an der Decke. Einfach, aber sauber und gemütlich.

Jake stand vor dem Bett und sah auf mich herunter. Sein dunkles Haar hatte ich mit meinen Händen zerwühlt, sein T-Shirt schmiegte sich eng an seinen Oberkörper, ich konnte das Piercing darunter erkennen. Er beugte sich hinunter, streifte hastig seine Chucks von den Füßen.

Ich rutschte vor an die Bettkante, legte meine Hände auf den Bund seiner Jeans und schob sie ihm langsam über seine Hüften hinunter. Auch er war erneut bereit, sein Schwanz richtete sich vor mir auf, als ich ihn von den Shorts befreite. Ich hauchte ihm einen Kuss auf die Spitze, und er sog zischend die Luft ein. »Baby, ich bin sauber. Bitte sag mir, dass du dich hast testen lassen«, flehte er heiser.

Mein Herz hüpfte. »Ich lasse mich regelmäßig testen. Und ich habe seit einem Jahr mit keinem Mann geschlafen«, flüsterte ich. Ich vertraute ihm und wollte ihn endlich richtig spüren.

»Nimmst du die Pille?« Ich nickte stumm, mein Herz quoll über vor so viel Gefühl, das ich diesem Mann entgegenbrachte.

Jake kam zu mir, begierig küssten wir uns, ich stöhnte auf, drängte ihm meine Brüste entgegen, wühlte mit meinen Fingern in seinem Haar.

Er drückte mich in die Laken, riss sich das T-Shirt über den Kopf. Mein Blick fiel sofort auf das Charlotte-Tattoo, aber mit dem Wissen um ihre Vergangenheit fühlte ich keinen Stich mehr in meinem Herzen, sondern nur unermessliche Liebe für den Mann, der so gelitten und alles versucht hatte, um sie zu retten. Jakes Schale war hart, aber sein Kern war weich. Ich war dankbar, dass ich es geschafft hatte, zu ihm durchzudringen. Zögernd strich ich über die Buchstaben auf seiner Brust und spürte, wie Jake sich versteifte.

»Es ist okay, Jake, sie ist ein Teil von dir«, flüsterte ich und hauchte ihm einen Kuss auf den Mund. Er nickte unmerklich, bevor er den Kuss wild und ungestüm erwiderte. Dann befreite er mich von dem letzten störenden Stoff und knurrte tief und anerkennend, als meine nackten Brüste sich ihm entgegenreckten.

»Du bist so wunderschön«, flüsterte er, während er seinen Blick über meinen Körper schweifen ließ. Mir wurde heiß und kalt – wegen seiner Berührungen, aber mehr noch wegen seiner Worte.

Er beugte sich zu mir herunter, meine Nippel waren steinhart, und ich stöhnte auf, als er sie in den Mund nahm und daran knabberte. Er erkundete jeden Winkel meines Körpers mit seinen Lippen, neckte mich mit seinen Zähnen, rutschte an meinem Bauch tiefer, spreizte meine Schenkel und kniete sich dazwischen. Ich bog den Rücken durch und sah ihn mit halboffenen Lidern an, als er die Finger zwischen meine Schamlippen fahren ließ.

»Du bist so nass«, stöhnte er auf.

»Nur für dich ...«, gab ich heiser zurück. Es war unbeschreiblich, ihn zu spüren. Gerade erst war die erste Welle genommen, aber schon rollte die nächste heran und riss mich mit sich. Ich verlor all meine Hemmungen, dachte nicht mehr darüber nach, was ich tat. *Oh mein Gott!* Es war der pure Wahnsinn. *Er* war der pure Wahnsinn!

Sanft schob er seine Zunge in meine Spalte und umkreiste meine Klit, bis ich meine Hände ins Laken krallte und seinen Namen stöhnte. Seine Finger drängten sich in meine Mitte, massierten mein Innerstes, sein heißer Atem blies über meine Schamlippen. Ich konnte nicht an mich halten, stöhnte vor Lust. Jake saugte und lutschte, stieß die Finger immer wieder in mich, drückte seinen Mund fester auf meine nasse Scham. Er bearbeitete meine geschwollene Klit weiter, fand meine empfindlichste Stelle. Ich wimmerte und wusste, dass ich es nicht länger aushalten konnte. »Jake … Oh Gott!«

Er umfasste meinen Hintern und zog mich vorsichtig auf seinen Schoß. Langsam glitt er in mich hinein und brachte mein Innerstes zum Brennen. Ich krallte meine Finger in seine Schultern, er bewegte sich unter mir, genau wie ich es brauchte und wollte. Er knetete meine Brüste und saugte an den Nippeln. Unsere verschwitzten Körper rieben sich aneinander. »Jake … Ich komme gleich!«

Als ich kurz davor war, griff er meine Taille, hob mich von seinem Schoß und drehte mich herum, sodass ich vor ihm kniete. Er drang von hinten in mich ein, umfasste meine Hüften und versenkte sich mit jedem Stoß tiefer in mir.

»Ja, komm für mich, Baby«, keuchte er.

Und ich kam. So heftig, wie ich noch nie gekommen war. Er stieß härter zu, schneller, und explodierte in mir mit einem lauten Stöhnen. Ermattet brach er über mir zusammen, gemeinsam sanken wir aufs Bett. In mir pochte es, und er zog sich sachte aus mir heraus, bevor er sich von mir herunterrollte. Ich kuschelte mich in seinen Arm, drückte mich an seine Brust und schlang mein Bein über seines. Er hielt mich fest und streichelte zärtlich über meinen Rücken.

Unsere Herzschläge fanden einen gemeinsamen Rhythmus, und irgendwann wurde sein Atem gleichmäßiger und tiefer. Er war eingeschlafen.

Mein Herz öffnete sich noch ein Stück weiter, um seinen Anblick in mir aufzunehmen, und allmählich fielen auch mir die Lider zu.

Jake

Wie aus der Tiefe des Meeres wachte ich mit einem keuchenden Atemzug auf. Einige Sekunden war ich nicht sicher, ob ich tatsächlich wach war oder noch immer träumte. Ich hob meinen Kopf. Carrie kniete zwischen meinen Beinen und lächelte mich herausfordernd an.

»Endlich ausgeschlafen?« Mein Schwanz stand aufrecht. So wie es aussah, war er schon eine Weile länger wach als der Rest meines Körpers. Die Morgendämmerung brach durch die offenen Jalousien. Viel geschlafen hatten wir noch nicht.

»Baby, was machst du da?« Die Frage war überflüssig. Ich stöhnte auf, als sie ihre Zungenspitze über meine Eichel fahren ließ.

»Frühstücken«, raunte sie mir zu und sah mich unschuldig an, während sie mit ihren Lippen meinen Schwanz lutschte wie ein Eis.

Ich krallte meine Finger in die Decke, ließ meinen Kopf in die Kissen zurückfallen und schloss die Augen.

Ihre Zunge umkreiste meine Spitze, leckte am Eichelrand. Dann schloss sie beide Lippen um meinen Schaft, schob sie rauf und runter, und ich stöhnte laut auf. Ihre Hände strichen über die Innenseiten meiner Oberschenkel, kneteten behutsam meine Eier.

Ich packte ihre Arme und zog sie auf mich.

»Nein, Jake. Ich möchte dich verwöhnen.«

»Lass mich wenigstens mitmachen.« Ich öffnete meine Augen und sah sie an. Sie lächelte. Dann drehte sie sich auf mir herum und streckte mir ihren kleinen, festen Hintern entgegen. *Scheiße, ist das geil!*

»Carrie ...«, keuchte ich und und drückte mit meinen Fingern ihre Schamlippen auseinander. Rot und heiß lag ihre Klit vor meinem Gesicht. Ich konnte mich nicht sattsehen, neckte sie mit der Zunge, während sie stöhnend über meinen Ständer blies.

Wie automatisch hoben sich meine Hüften und beschleunigten den Takt, mit dem sie mich in ihrem Mund aufnahm. Ich presste meine Lippen auf ihre Mitte, reizte ihre Klit, bis sie über mir erzitterte. Sie keuchte, als ich sie mit der Zunge zum Höhepunkt trieb, und die Vibration ihrer Lippen stieß auch mich über die Klippe. Dennoch leckte ich sie weiter, bis sie wimmerte und von mir wegrutschte.

Carrie küsste meine schweißbedeckte Haut, drehte sich herum und legte sich in meinen Arm. Mein Puls raste noch immer, aber der schnelle Rhythmus unserer Herzen war Musik in meinen Ohren. Ich küsste ihre Lippen und schmeckte mich selbst.

»Da kann jemand wohl nicht genug bekommen«, flüsterte ich heiser. Sie lachte leise auf.

»Ich habe mir nur genommen, was schon längst überfällig war.«

Sie kuschelte sich fest an mich und legte ihren Arm über meine Brust. Ich tastete nach der Decke und zog sie über unsere verschwitzten Leiber.

Ich liebe dich, Carrie.

Mit der Gewissheit, dass ich sie nie wieder hergeben und von nun an mit meinem Leben beschützen würde, schloss ich die Augen und schlief erneut ein.

Jake

Jetzt wo Carrie mir ihre ganze Geschichte erzählt hatte – was man ihr angetan hatte, ihre Vemutung bezüglich der Drogen, warum Carlos so eine Macht auf sie ausüben konnte und die Sache mit Phil –, war mir klar, dass ich ihr helfen musste. Sie würde da nicht alleine wieder rauskommen. Phil war ihr wichtig, und ob er oder dieser Carlos in Drogengeschäfte verwickelt waren, ließ sich nur auf eine Art und Weise herausfinden. Mittlerweile wusste ich auch wieder, woher ich den Namen Moretti kannte. Die Morettis waren auch in Brooklyn keine Unbekannten und in mehrere Drogendeals verwickelt gewesen. Also hatte ich Vic, den Präsidenten der Riders, angerufen und ihn gebeten, sich umzuhören.

Vic hatte sich mit dem nächsten Flieger auf den Weg hierher gemacht. Als er vor mir stand, verzogen sich seine Mundwinkel langsam zu einem Grinsen. Breitbeinig kam er auf mich zu.

In seiner schwarzen Lederhose und dem verwaschenen T-Shirt sah er genauso aus, wie ich ihn in Erinnerung hatte. Noch immer flackerte die Abenteuerlust in seinen Augen auf, sein Bauch war wohlgenährt, sein Bart etwas länger geworden. An seinem rechten Oberarm trug er dasselbe Tattoo wie alle anderen Mitglieder des Chapters – mich eingeschlossen: die Schlange mit den Initialen des Clubs. Die Lederkutte war vorne wie hinten mit unzähligen Patches von befreundeten Clubs versehen, auf dem Rücken prangte das Logo der Riders.

»Jake! Komm her!« Unsere Hände schlugen ineinander, und wir umarmten uns fest. »Wie geht's dir?«, fragte er mich leise und sah mich ernst an.

»Jetzt besser.« Das war nicht mal gelogen. Es tat gut, ihn an meiner Seite zu wissen. *Scheiße, er hat mir echt gefehlt.*

»Hey – wir sind Brüder. Schon vergessen?« Nein. Das hatte ich nicht und fragte mich in eben diesem Moment, wie ich auch nur einen Moment an seiner Loyalität hatte zweifeln können.

Das Aufnahmeritual der Riders glich dem Blutschwur einer Jungs-Gang: Wenn man dem Club beitreten wollte, musste man sich langsam hocharbeiten. Putzen, einkaufen, die Maschinen der Mitglieder betanken – Arbeiten auf niedrigster Ranghöhe. Ich hatte all das monatelang ohne zu murren hinter mich gebracht, bevor Vic erst mir und dann sich selbst den Arm mit einem Messer aufgeritzt und die blutenden Stellen aufeinandergepresst hatte. Seitdem war ich ein vollwertiges Mitglied des Chapters.

Mein Ausstieg letztes Jahr war der erste in dieser Form gewesen. Bisher hatte sich niemand freiwillig vom Club gelöst. Aber es war okay gewesen. Durch das, was Charlotte zugestoßen war, verstanden die Jungs, dass ich dieses Kapitel in meinem Leben am liebsten ganz tief in meiner Erinnerung vergraben hätte.

»Hey Bro!« Gary stieg aus dem Taxi und wankte auf mich zu. »Mann, war das ein Höllenritt. So ein harter Sitz im Flieger ist eben doch was anderes als meine Harley oder eine weiche Pussy unter mir.« Er grinste schief, bevor er einschlug und mich ebenfalls mit einer kurzen Umarmung begrüßte. »Tut gut, dich zu sehen, Mann.«

Die Sache mit Charlotte war jetzt genau ein Jahr her. Gary war mein bester Freund gewesen, und ohne ihn hätte ich die Zeit nicht durchgestanden. Er hatte mich unterstützt und gedeckt, nachdem ich Charlottes Vergewaltiger zu Brei geschlagen hatte. Ohne ihn und Victor wäre ich nie so glimpflich aus der Sache rausgekommen, und eigentlich schuldete ich ihnen etwas.

»Danke, Gary.«

Ich hatte mich aus allem rausziehen, meine Vergangenheit hinter mich bringen wollen, aber ich merkte in diesen Momenten, dass ich noch immer ein Teil davon war. Gary hatte Recht behalten. Einmal Rider – immer Rider. Und dafür war ich dankbar.

Carrie wusste nichts von meinem Plan. Am liebsten hätte ich sie aus der Stadt gebracht, aber das hätte sie wohl noch skeptischer gemacht. Ich glaubte zudem nicht, dass sie mit meiner Methode, ihre Angelegenheiten zu regeln, einverstanden gewesen wäre. Aber sie war nun mal mein Mädchen, und da gab es keine Kompromisse.

Ich führte die beiden in den Shop und versorgte sie mit Bier. Vic hob seine Flasche und prostete mir zu. »So, Bruder, dann lass mal hören, weswegen wir hier sind.« Sie verfolgten jede meiner Bewegungen, als ich ihnen erklärte, was passiert war und warum ich dringend ihre Hilfe brauchte, was ich in der Zeit seit dem Telefonat mit Vic geregelt hatte und wie es ablaufen würde. Als ich endete, nickte Vic.

»Hört sich nach guter, ehrlicher Arbeit an.«

»Wir werden sehen.«

»Wann?«

»Heute Nacht.«

»Du verlierst keine Zeit.«

»Hab ich das jemals?«

Vic schüttelte den Kopf. Er stand auf und kam auf mich zu. Dann hielt er mir seine Hand entgegen. »Wir sind dabei. Die Riders stehen dir zur Seite.«

***

Die beiden Türsteher erinnerten mich an die Blues Brothers. In ihren schwarzen Anzügen und mit den verspiegelten Sonnenbrillen standen sie vor dem Eingang und musterten uns mit kritischem Blick, ließen uns aber hinein. Vermutlich waren wir für sie nur weitere Gäste, die dem Club Geld einbrachten. Vielleicht waren sie aber auch eingeweiht.

Vic kannte Balu und hatte ihn überzeugt, die Seiten zu wechseln. Sie hatten vor Jahren gemeinsam in einem Club in L.A. als Türsteher gearbeitet. Das kam uns jetzt zugute. Erst war er skeptisch gewesen, aber als Vic am Telefon auf ihn eingeredet und ihm klargemacht hatte, dass es um Carrie ging, erklärte er sich bereit, uns zu helfen. Er erzählte uns alles, was er wusste: Er bezweifelte ebenfalls, dass Phil einfach so abgetaucht war, und wusste, dass Carlos mit den Morettis seit geraumer Zeit Geschäfte machte. Er vermutete auch, dass Drogen im Spiel waren. Da er Phil gegenüber immer loyal gewesen war, wollte er uns helfen, Carlos zu überführen.

Als wir eintraten, bot sich mir das gleiche Bild wie vor wenigen Wochen: gedämpftes Licht, laute Musik, nackte Mädels und ungefähr zwei Dutzend Gäste, die den Tänzerinnen die Dollarscheine in die Slips steckten. Die Luft roch abgestanden und nach Schweiß.

Melissa hockte hinter ihrem Tresen, die Titten quollen ihr fast aus dem Dekolleté, als sie sich zu uns vorbeugte. »Guten Abend, ihr Süßen. Was kann ich für euch tun?«, spulte sie mit festgefrorenem Lächeln ihren üblichen Spruch ab. Ich bestellte Whisky, die anderen Bier.

»Ist Vivian hier?« Ich musste sichergehen, dass Carrie außer Gefahr war.

»Nein, sie macht eine Pause und ist in ein paar Tagen wieder für dich da. Ach, stimmt. Du warst doch schon einmal hier. Soll ich sie für dich buchen?«, fragte sie schnurrend. *Miststück!* Ich schüttelte den Kopf und biss die Zähne zusammen.

Melissa stellte uns die Getränke hin. Ich stürzte den Whisky in einem Zug hinunter. Ich musste meine Nerven beruhigen. Vic und Gary lehnten sich entspannt mit ihrem Bier in der Hand auf den Hockern zurück und besahen sich das Treiben im Club.

Nach einer Weile schob ich Melissa einen Schein über den Tresen, als sie sich erneut vertraulich zu mir herüberlehnte und mich einladend anlächelte. »Sag Phil, dass ich auf ihn warte.«

»Phil? Der ist nicht da«, antwortete sie mit skeptischem Blick. Sie musterte erst mich von oben bis unten, dann meine Brüder. »Was wollt ihr von ihm?«

»Ich habe noch eine Rechnung mit ihm offen.«

»Dann stell dich mal hinten an, Süßer. Offene Rechnungen gibt es hier viele«, antwortete sie und bedachte mich mit einem kalten Blick.

Ich nickte langsam, während sie mich weiterhin im Auge behielt. »Wann kommt er wieder?«

»Du stellst viele Fragen.«

»Das tut man in der Regel, wenn man Antworten will.« Ihre Augen zuckten unruhig an mir vorbei, ihre Hand fuhr langsam unter den Tresen. Vermutlich klingelte sie nun nach irgendwelchen Rausschmeißer-Typen.

Ich lehnte mich träge auf dem Barsessel zurück. Meine Finger spielten mit dem Glas, ich wartete, ließ es darauf ankommen. Die Jungs waren hier – es würde alles gut gehen, ich hatte keine Angst.

Melissa schnappte sich ein Handtuch und begann, einige Gläser zu polieren, ohne uns weiter Beachtung zu schenken. Nach wenigen Minuten hellte sich ihr Gesicht auf. »Carlos …« Im gleichen Moment legte sich eine Hand auf meine Schulter. *Geht doch!* Langsam wandte ich mich herum. In Sekundenschnelle scannte ich den Kerl vor mir ab. Meine Größe, kräftig, Anzugträger, Glatze, eiskalte Miene.

»Kann ich was für dich tun?«

Ich atmete tief durch, rutschte langsam vom Hocker und stellte mich vor ihn. Meine Brüder standen ebenfalls auf.

»Ich will zu Phil.«

»Der ist nicht da. Was willst du von ihm?«

»Können wir irgendwo in Ruhe reden?«

Carlos beäugte uns skeptisch. Dann winkte er drei der Typen zu sich, die ihm wie Schatten gefolgt waren. Hoch wie Schränke, breit wie Bären, aber ich war mir sicher – sollte es zu einem Kampf kommen, wären sie Vic und Gary unterlegen. Noch dazu war einer von ihnen Balu, den ich durch Vics Beschreibung sofort erkannte. Mit einem kaum merklichen Nicken signalisierte er uns, dass es ihm gelungen war, auch seine beiden Kollegen auf unsere Seite zu ziehen.

Carlos warf mir einen kurzen Blick zu. »Komm mit«, knurrte er. »Und ihr lasst ihn nicht aus den Augen«, wies er seine Türsteher an.

Gary und Vic traten an meine Seite. »Nicht ohne uns.« Carlos stutzte kurz, aber die Mienen meiner Brüder schienen deutlich zu machen, dass Widerspruch zwecklos war. Er nickte unwirsch und setzte sich in Bewegung. Wir folgten ihm, während die Schränke dicht hinter uns blieben. Carlos lotste uns Richtung Eingang in den Flur zurück, eine Treppe hinunter und in ein Büro. Ein großer Schreibtisch dominierte den kleinen Raum, an der Wand stand eine Reihe halbhoher Regale. Darüber hing ein gerahmtes Foto, das Carrie im Arm eines älteren Mannes zeigte – vermutlich Phil.

Carlos pflanzte seinen massigen Körper hinter den Schreibtisch. »Durchsucht sie.«

Balu packte mich von hinten, drückte mich an die Wand. Mit dem Fuß schob er meine Beine auseinander und begann mich abzutasten. Die anderen Wachmänner nahmen sich Vic und Gary vor. »Sie sind sauber.«

Carlos nickte, und ich setzte mich in den Sessel vor dem Schreibtisch. Meine Jungs blieben an der Tür stehen, während Balu und seine Kollegen sich einen Schritt hinter Carlos aufstellten und die Arme vor der Brust verschränkten. »Also – was willst du?«

»Wo ist Phil?«

Carlos funkelte mich eiskalt an. Meine Erfahrung mit solchen Typen sagte mir, dass ihm alles zuzutrauen war. »Was geht dich das an?« Ich antwortete nicht, sondern lehnte mich abwartend zurück und zog fragend die Stirn in Falten. Er schüttelte den Kopf und stand auf. »Dann kann ich dir nicht helfen. Ich habe Besseres zu tun, als mit dir Katz und Maus zu spielen.«

»Ich will eine Antwort auf meine Frage«, erwiderte ich.

Er wedelte mit der Hand, als würde er eine lästige Fliege verscheuchen wollen. »Veschwindet und lasst euch hier nicht mehr blicken, klar? Jungs, schmeißt sie raus.« Er drehte sich von mir weg und griff zum Telefon. Für ihn war das Gespräch offensichtlich beendet, doch weder Balu noch seine Kollegen regten sich.

Ich holte erneut aus. »Den Morettis wird es nicht gefallen, wenn sie erfahren, dass du sie beschissen hast.«

Carlos' Miene verwandelte sich schlagartig, seine Hand mit dem Telefonhörer schwebte in der Luft, dann ließ er sie wieder sinken. Seine Augen verengten sich, seine Halsschlagader pulsierte, und an den Unterarmen traten die Sehnen hervor, als er die Hände auf die Tischplatte presste. »Was willst du damit sagen?«, stieß er hervor.

»Glaub mir – ich habe keine Skrupel, dich den Morettis auszuliefern, wenn du nicht kooperativ bist.«

Er lehnte sich ebenfalls in seinem Sessel zurück, sein Blick war undurchdringlich. »Ich weiß nicht, wovon du redest.« Seine Finger zuckten, seine Stirn begann zu glänzen, und seine Augen wanderten unruhig zwischen mir und meinen Jungs hin und her.

»Ich habe genügend Beweise, um dich Stück für Stück zu vernichten.« Das war gelogen, aber ich musste pokern und alles auf eine Karte setzen.

»Warum glaube ich dir nicht?«

»Vermutlich weil du nicht weißt, wozu ich fähig bin.«

Carlos sprang auf, Vic und Gary machten ein paar Schritte in den Raum hinein. Mit zusammengekniffenen Augenbrauen verharrte Carlos, stützte seine Hände auf den Schreibtisch. »Red nicht um den heißen Brei rum. Sag endlich, was du zu sagen hast!«

»Ich will wissen, wo Phil ist. Ansonsten werde ich keine Sekunde zögern, um den Morettis eindeutige Beweise auf den Tisch zu legen, dass du nicht loyal ihnen gegenüber gewesen bist. War das deutlich genug?«

Carlos stutzte kurz, dann grinste er und lachte psychotisch. »Du wagst es, mir zu drohen? Solche Typen wie dich verspeise ich zum Frühstück, mein Kleiner. Und jetzt raus hier.« Er ließ sich zurück in den Sessel fallen, anscheinend sicher, dass seine Truppe sich um uns kümmern würde. Doch keiner der drei dachte daran. Anstatt sich auf uns zu stürzen, legte Balu die Hand um Carlos' Hals und nahm ihn so fest in den Würgegriff, dass es dem großen Glatzkopf nicht möglich war, sich daraus zu befreien. Die anderen beiden rührten sich nicht.

»Balu! Was …?«, krächzte er, und das Unverständnis über den Angriff aus den eigenen Reihen war ihm deutlich anzusehen.

Ich nickte Balu zu. Dankbar, dass er Wort gehalten hatte.

Gary und Vic positionierten sich neben Carlos, lösten Balu ab und drückten Carlos von beiden Seiten in den Sessel.

»Ist das der Typ, der sie vermöbelt hat?«, fragte Gary.

Ich nickte, und Gary zog einen Packen Kabelbinder aus seiner Kutte hervor. Sie hielten Carlos fest in den Sessel gedrückt, rissen seine Hände nach hinten und schnürten sie mit den Plastikstreifen fest zusammen.

Panik breitete sich in seinem Gesicht aus, wild versuchte er, sich zu befreien. »Verdammt, was soll das? Jungs, warum tut ihr nichts?«, rief er, als Balu zurücktrat und die anderen beiden wortlos den Raum verließen.

Carlos war ein Koloss, aber gegen den Griff von Vic und Gary hatte er keine Chance. Sie drehten ihn auf seinem Sessel etwas herum, sodass ich vor ihn treten konnte.

»Wer seid ihr und was wollt ihr, verdammt?«, fragte er und versuchte sich abermals loszumachen. Carries geschundenes Gesicht blitzte vor meinen Augen auf. Dieses Schwein würde bluten!

Adrenalin rauschte durch meinen Körper. Bevor er reagieren konnte, holte ich aus. Das Überraschungsmoment war auf meiner Seite. Meine Faust knallte mit voller Wucht in sein Gesicht. Es knackte, sein Kopf schlug zur Seite, und sofort lief Blut aus seiner Nase und tropfte auf sein weißes Hemd.

»Scheiße, was soll das?«, näselte er und kniff die Augen zusammen.

»Das war für Carrie.«

»Was? Wieso … Carrie?«

»Sie ist mein Mädchen, und du wirst sie nicht noch einmal anfassen.«

»Carrie? Dein Mädchen? Nein, ganz sicher nicht. Diese kleine Schlampe gehört mir! Such dir deine eigenen Nutten.« Ich holte noch einmal aus. Sein Kopf klatschte gegen die Lehne des Stuhls. Vic runzelte die Stirn. Ich hob die Hände und trat einen Schritt zurück. Meine letzte Schlägerei war über ein Jahr her. Ich hatte mir geschworen, mich nie wieder auf sowas einzulassen, aber ich hatte Mühe, mich unter Kontrolle zu halten.

»Sie arbeitet für mich. Glaub nicht, dass du sie abwerben kannst«, spie er aus. Er lachte mir ins Gesicht, was angesichts seiner anschwellenden Nase und dem blutverschmierten Kinn skurril aussah.

»Sie ist nicht dein Eigentum, du Drecksack. Und jetzt frage ich dich zum letzten Mal: Was hast du mit Phil gemacht?«

Er lachte laut auf, schüttelte den Kopf und grinste. »Das wirst du nie erfahren.«

Shit, der Typ war hartnäckiger, als ich gedacht hatte. Ich musste ihn zum Reden bringen und das Ganze hier beenden. Für Carrie. Er würde nie wieder die Gelegenheit bekommen, ihr wehzutun.

Carrie

Seit ich am Mittag aufgewacht war, wurde ich das Gefühl nicht los, dass etwas nicht stimmte. Ich war wie ein Tier in einem Käfig in Nolans Wohnung hin- und hergetigert, hatte versucht, mich zu beruhigen, und gezögert, Jake anzurufen. Doch irgendwann hatte ich es nicht mehr ausgehalten und seine Nummer gewählt. Mehrmals. Doch er ging nicht ran. Und am Abend fühlte ich mich bestätigt in meinem Verdacht, dass er sich für mich an Carlos rächen würde.

Ich habe dir gesagt, dass ich dich da raushole. Und wer mein Mädchen schlägt, der kommt nicht ungeschoren davon.

Das waren seine Worte gewesen. Und ich fürchtete, dass er sich erneut in Schwierigkeiten bringen würde. Das konnte ich auf keinen Fall zulassen, denn so würde ich nie erfahren, was mit Phil passiert war. Kurz überlegte ich, die Cops zu rufen, verwarf den Gedanken aber sofort wieder. Zum einen wollte ich Jake nicht in noch größere Gefahr bringen, und außerdem hatte ich keine Beweise, dass er etwas plante, nur ein Gefühl. Und das würde für die Polizei sicher nicht reichen.

Also sprang ich ins Auto mit der Hoffnung, dass sich meine Intuition als falsch herausstellen würde, und raste zum Club. Rote Ampeln ignorierte ich und entging nur um Haaresbreite einem Zusammenstoß mit einem anderen Wagen. Ich drückte das Gaspedal tiefer durch und bremste nach wenigen Minuten vor dem Eingang ab. Den Maserati ließ ich in zweiter Reihe stehen, alle Parkbuchten waren besetzt. Von außen war nichts zu erkennen. Die Tür war unbewacht, was für die späte Uhrzeit ungewöhnlich war. Als ich sie öffnete, hallte mir die laute Clubmusik wie gewohnt entgegen. Ich rannte den spärlich beleuchteten Flur entlang an den Toiletten vorbei zum Büro. Sie würden eine Auseinandersetzung niemals vor den Kunden austragen, sondern wenn dann dort. Mein Puls raste, und als ich die Tür schließlich aufstieß, wollte ich nicht glauben, was ich da sah.

Carlos saß mit schreckgeweiteten Augen auf dem Stuhl hinter dem Schreibtisch, Jake stand vor ihm, seine Faust raste gerade in Carlos' Gesicht. Zwei riesige Kerle in schwarzen Motorradklamotten drückten Carlos in den Sessel, Balu stand daneben, griff aber nicht ein. Gleichzeitig rissen alle ihre Köpfe zu mir herum. *Shit, shit shit!* Was wurde hier gespielt?

Jake fluchte, als er mich sah. Ich konnte seine Gedanken förmlich hören, während sich ein gequälter Ausdruck auf sein Gesicht legte.

»Jake! Nicht!«

Plötzlich packte mich jemand von hinten und stieß mich gegen die Wand. Mein Kopf knallte gegen den harten Tührrahmen, kurzeitig wurde mir schwarz vor Augen.

Als ich wieder zu mir kam, lag ich auf dem Fußboden und spürte die harten Fliesen unter meinem Gesicht. Ich öffnete die Augen und sah Melissa über mir, die mir ihr Knie auf die Schläfe stieß und meinen Kopf gewaltsam hinunterdrückte. Kaltes Metall presste sich gegen meine pochende Schläfe.

Scheiße! Sie musste gesehen haben, wie ich in den Club gestürmt war. Und sie hatte eine Waffe! »… und jetzt aufhören! Sonst blase ich der Schlampe das Gehirn raus.«

Aus dem Augenwinkel vernahm ich, wie Jake seine Hände zurückzog und sich langsam von Carlos enfernte. Die beiden Typen neben ihm zogen sich ebenfalls zurück. »Okay, schon gut. Lass sie los«, knurrte er heiser.

»Balu, mach ihn los. Sofort!«, wies Melissa ihn an. Doch der bewegte sich nicht einen Zentimeter.

Jake schüttelte den Kopf. »Vergiss es. Erst lässt du Carrie los. Sie hat nichts damit zu tun.«

»Jake, bitte …«, flehte ich tonlos. Ich wollte nicht, dass sich die Szenen seiner Vergangenheit wiederholten. Er durfte sich nicht hinreißen lassen, denselben Fehler noch mal zu machen. Ich ahnte, dass er nicht klein beigeben würde. Er war hier, um mich zu rächen. Und das würde er auch zu Ende bringen. *Warum hast du dich nicht einfach rausgehalten, verdammt?*

Melissa lachte auf. »Hältst du mich für so bescheuert? Komm schon, mach ihn los! Und ihr zwei – zurück! Oder ich drücke ab.« Sie drückte den Lauf der Waffe fester auf meine Schläfe. Ich hoffte, dass dieses Monstrum nicht losging, und biss die Zähne zusammen, als ich merkte, dass ich unkontrolliert zu zittern begann. Die Jungs traten zurück, jemand machte sich an der Rückenlehne des Bürostuhls zu schaffen. Ich konnte nicht viel sehen, aber ich hörte ein Ratschen, dann das Quietschen des Stuhls. »Ich habe die Morettis angerufen. Jeden Moment sind sie hier. Und dann seid ihr erledigt«, spie Melissa nahe an meinem Ohr aus.

»Gute Arbeit, Schätzchen.« Carlos ging um den Tisch herum, ich sah seine glänzenden schwarzen Schuhe dahinter hervortreten.

»Gut, dass du uns das abgenommen hast«, hörte ich Jake sagen. »Dann können wir ihnen gleich hier stecken, was für ein abgebrühter Dreckskerl Carlos ist. Bescheißt seine eigenen Leute. Ich vermute, dass sie nicht begeistert sein werden, wenn sie erfahren, dass -«

Ein dumpfer Schlag ließ mich zusammenzucken, gefolgt von einem unterdrückten Stöhnen, das eindeutig von Jake stammte.

Ich drehte meinen Kopf so weit es ging und sah ihn links neben dem Schreibtisch an der Wand kauern. Seine Muskeln waren zum Bersten angespannt, aus einem Cut über der rechten Augenbraue rann frisches Blut. Als seine Augen meine fanden, wurde mir klar, dass er keinen Plan B hatte. Doch sein intensiver Blick – voller Gefühl, Bedauern, aber auch Wut und Kalkül – zeugte davon, dass er zu allem bereit war. Ich hatte keine Zweifel daran, dass dieser Mann gewillt war, für mich zu töten.

Ich versuchte, Melissas Knie mit meinen Händen zu fassen zu bekommen. Es klickte. Sie hatte die Waffe entsichert. »Du bleibst schön, wo du bist, sonst ...«

Bevor sie den Satz beenden konnte, polterten Schritte durch den Flur. Und plötzlich war der Raum voller Leute.

Laute italienische Flüche drangen an mein Ohr, Melissas Knie verlor den Halt, sie rutschte von mir herunter und sprang auf die Beine. Ich wollte den Kopf heben, mich ebenfalls aufrichten, doch dann ließ mich ein ohrenbetäubender Knall meinen Versuch einstellen. Ich riss schützend die Hände über meinen Kopf, doch der Schmerz kam nicht.

Oh Gott, bitte nicht. Bitte nicht Jake!

Doch bevor ich erfassen konnte, was geschehen war, spürte ich einen harten Schlag auf meinem Kopf und verlor das Bewusstsein.

Jake

Bis auf ein paar blutige Kratzer im Gesicht, an Armen und Händen, schien sie unverletzt. Zumindest äußerlich. Ich atmete erleichtert aus. Bis jetzt hatte ich gar nicht bemerkt, wie schwer die Angst um sie auf mir gelastet hatte. Ich fühlte mich seltsam befangen. Zwar war alles glimpflich ausgegangen, aber wie würde sie mit all dem umgehen? Ich fürchtete ihre Reaktion mehr als jeden Schläger.

Sie zitterte, ihre Augen waren gerötet, die Haare hingen ihr wirr ins Gesicht. Und es klebte Blut an ihrer Stirn, das im krassen Gegensatz zu dem weißen Laken auf der Trage stand, auf die zwei Sanitäter sie im Krankenwagen gelegt hatten.

»Baby … Geht's dir gut?«, stieß ich hervor.

»Nur ein Kratzer. Im Gegensatz zu dir …« Ihre Finger hoben sich und berührten sanft meine Wange.

»Ich bin okay.«

Ich beugte mich zu ihr hinunter und hauchte ihr einen Kuss auf die Stirn. Mein Herz bäumte sich auf, ich wollte sie nie wieder hergeben. Sie sah zu mir auf, ihr Mund öffnete sich und – schloss sich wieder. Ich wartete, bis sie ihre Gedanken geordnet hatte.

»Was ist passiert?« Sie runzelte die Stirn. »Ich habe so Kopfschmerzen und kann mich an nichts erinnern.« Der Verband an ihrer Linken war dreckig und verrutscht, die Handfläche darunter aufgeschürft.

»Du hast einen Schlag auf den Kopf bekommen. Was ist das Letzte, an das du dich erinnerst?«

Sie überlegte. »Ich weiß nicht. Ich hatte irgendeine Vorahnung und bin in den Club gefahren. Aber ich … war ich da?«

Langsam nickte ich. Wahrscheinlich sollte ich froh sein, dass sie sich an die Szene nicht erinnerte. Ihren Anblick –auf dem Boden liegend mit einer Waffe an der Schläfe – würde ich wohl nie vergessen. Ein Schauer lief mir über die Wirbelsäule, aber ich versuchte, mir nichts anmerken zu lassen. Auf keinen Fall wollte ich ihr jetzt alles erzählen. Es war wichtiger, dass Carrie ins Krankenhaus gebracht und sich um sie gekümmert wurde. Außerdem musste ich mich selbst erst einmal sortieren. Von dem Moment an, in dem die Morettis in das Büro gerannt waren, war alles rasend schnell gegangen.

Zwei der Italiener waren auf Carlos zugestürmt und hatten ihn übernommen. Ich hatte nicht verstanden, was sie schrien, aber immer wieder waren die Worte »Soldi« und »traditore maledetto« gefallen. Anscheinend hatten sie auch ohne meine Hilfe bereits herausgefunden, dass Carlos sie beschissen hatte. Ich wollte nicht in seiner Haut stecken. Wer wusste schon, wozu diese Sippe fähig war? Ich hatte nur noch Carrie in Sicherheit bringen wollen.

Als Melissa beiseitegerissen wurde, hatte ich mich auf den Boden geworfen und Carrie mit mir zur Seite gezogen. Ich hatte Melissa kreischen gehört, Carlos brüllen und die Italiener fluchen. »Andate al diavolo, bastardi, figli di putana maledetti!« Ich hatte es nicht verstanden, aber es hatte sich ziemlich übel angehört.

Erst als die Morettis Carlos und Melissa aus dem Raum gezerrt hatten, war Ruhe eingekehrt. Die Frage, woher die Morettis gewusst hatten, was hier passierte, hatte Balu mir mit einem Grinsen beantwortet: »Ich habe viele Freunde, die mir einen Gefallen schulden, Jake.« Er hatte ihnen Beweise geliefert, dass Carlos die Italiener um ihr Geld betrogen und den Großteil der Einnahmen aus Drogengeschäften an ihnen vorbeigeschleust hatte. Woher Balu diese Info hatte, blieb sein Geheimnis, aber es interessierte mich auch nicht.

Ich war nur froh, dass alles so glimpflich ausgegangen war und Carlos hoffentlich nie wieder die Chance bekommen würde, sich an Carrie zu vergehen. Den Mienen der Morettis nach zu urteilen, würden sie dafür sorgen, dass er in San Francisco keinen Fuß mehr auf den Boden setzen konnte.

»Ich erzähle dir alles, Baby. Aber erst mal musst du dich ausruhen, okay?« Carrie sah mich wortlos an. Ihre Augen glänzten, und ich hoffte sehr, dass es Phil gut ging und man ihn bald finden würde. Ich würde alles dafür tun, ihr keine traurige Nachricht überbringen zu müssen. Aber im Moment war ich froh darüber, keine Fragen beantworten zu müssen.

»Jake?«

»Hm?«

»Komm her.« Ich beugte mich zu ihr hinunter, sie ließ ihre Finger in meinen Nacken gleiten, zog meinen Kopf sachte zu sich und lehnte ihre Stirn an meine. Ich hörte ihren Atem, spürte das Zittern ihres Körpers. »Danke, dass du bei mir bist.«

Ich schluckte. »Du bist mein Mädchen, schon vergessen?«

Sie hob den Kopf, sah mir in die Augen. Ein liebevolles Lächeln umspielte ihre Lippen, bevor sie ihren Mund öffnete. »Nein, das habe ich nicht vergessen. Ich liebe dich, Jake.«

Mein Kopf musste mehr abbekommen haben, als ich gedacht hatte. Was hatte sie gerade gesagt? *Sie liebt dich, du Idiot! Sie liebt mich!*

Ein heißes Kribbeln breitete sich in meinem Magen und Brustkorb aus. Ich schluckte und sammelte mich.

Vorsichtig nahm ich ihr Gesicht zwischen meine Hände und betrachtete sie ausgiebig, sog ihren Anblick in mich auf: Ihre Stirn, die sich immer leicht in Falten legte, wenn sie verärgert war; ihre großen Augen, die mich trotz der Erschöpfung, die sich auf ihrer Miene abzeichnete, anfunkelten; ihre schmale Nase, die ich schon so oft angestupst hatte, und ihre weichen Lippen, die ich jetzt mit meinen bedecken wollte. Noch nie war ich mir sicherer gewesen, das Richtige zu tun, als in diesem Moment.

»Ich liebe dich, Carrie.«

Ihre Augen weiteten sich für den Bruchteil einer Sekunde, dann lächelte sie und schlang ihre Arme um meinen Hals.

»Küss mich endlich, Jake.«

Nichts lieber als das.

Epilog – 3 Monate später

»Denk immer daran: Egal wer da sitzt – stell sie dir nackt vor. Nur mich nicht. Ich könnte dann für nichts garantieren.« Jake grinste, und ein spitzbübisches Funkeln in seinen Augen begleitete seine Worte. Ich kicherte und boxte ihm spielerisch gegen die Schulter. Er jaulte lachend auf. Dann wurde ich ernst, lehnte mich an seine Bust und gab ihm einen Kuss.

»Danke, Jake. Für alles.«

»Ich liebe dich, Baby. Und jetzt geh da rein und hau sie um.«

»Ich liebe dich auch.« Ein letzter Kuss, dann trennten sich unsere Wege. Ich stieg die Treppen hinunter, und Jake in die andere Richtung hinauf. Er würde im Saal auf mich warten und mir beistehen. Wie er es immer getan hat.

Drei Monate war es jetzt her, dass Melissa mir die Waffe an den Kopf gedrückt und die Morettis den Club gestürmt hatten. Jake hatte mich da rausgeholt, wie er es versprochen hatte.

Nachdem die Erinnerung einige Tage später zurückgekehrt war und die Lücken in meinem Gedächtnis sich geschlossen hatten, erzählte Jake mir die ganze Hintergrundgeschichte.

Carlos hatte wohl schon länger Geschäfte mit den Morettis gemacht und den Club als Drogenumschlagplatz genutzt. Hinter Phils Rücken. Aus Gier hatte er den Italienern Geld unterschlagen, es Phil angehängt und ihn verschwinden lassen. Die Morettis waren nicht so entgegenkommend, wie er gedacht hatte. Sie setzten Carlos wegen des fehlenden Geldes unter Druck, weswegen er die Hinterzimmer-Geschäfte verstärkte und auch meine Dienste anbot.

Kurz vor der dramatischen Begegnung im Blue String hatten die Morettis durch Balu von Carlos' Verrat erfahren. Sie stürmten den Laden, um sich das fehlende Geld wiederzuholen – gerade noch rechtzeitig. Wer weiß, wozu Melissa sonst fähig gewesen wäre. Den Druck des kalten Metalls an meinem Kopf glaubte ich noch immer zu spüren. Sie hatten Melissa und Carlos mitgenommen, und nur Gott weiß, was sie dann mit ihnen gemacht haben.

Wie sich herausstellte, waren meine schlimmsten Befürchtungen wahr geworden. Carlos hatte nicht nur im großen Stil gedealt, die Italiener um viel Geld betrogen – er hatte auch Phil aus dem Weg geräumt. Die Polizei hatte Phils Leiche wenige Tage nach dem Vorfall im Club im Golden Gate gefunden. Sie hatten ihn mit Betonfüßen von der Brücke geworfen.

Der Schmerz über seinen Verlust war unbeschreiblich. Tagelang war ich nicht ansprechbar gewesen, hatte mich zurückgezogen und niemanden hören oder sehen wollen. Mit viel Geduld und Beharrlichkeit hatten Jake, Nolan und Olivia es geschafft, mich aus meinem Loch herauszuholen.

Jake hatte mich im Arm gehalten, wenn ich weinte, mich gestützt, als wir gemeinsam mit Balu und einigen Mädchen aus dem Club an Phils Grab gestanden und ihn beerdigt hatten. Er hatte mich beruhigt, wenn ich durch Albträume aus dem Schlaf hochgeschreckt war, und so gut wie jeden meiner Schritte begleitet. Er war wie ein unsichtbarer Schatten gewesen, aber ich war dankbar, dass er für mich da war, ohne mich zu irgendetwas zu drängen.

Die Eröffnung des Shops hatte Jake verschoben. Er plante sie für nächsten Monat. Da der Club nach Phils Tod nicht mehr mein Zuhause war – er lag nun fest in der Hand von

Balu, der Phil ein würdiger Nachfolger war –, wollte ich ganz bei Jake einsteigen. Ich verließ schweren Herzens die Villa und zog bei ihm ein. Zu viel erinnerte mich an Phil, an unsere gemeinsame Zeit, an seine Hilfe, seine Fürsorge – an alles, was er für mich getan hatte –, als dass ich so hätte zur Ruhe kommen können. In seinem Testament, das bei unserem Anwalt hinterlegt gewesen war, hatte Phil mir seinen Besitz inklusive der Immobilie überschrieben. Vielleicht würde ich sie irgendwann verkaufen. Oder auch nicht. Das würde die Zeit bringen.

Olivia begriff, dass zwischen Jake und mir mehr war, als zwischen ihr und ihm je gewesen wäre, und war in der Zeit danach die Freundin, die ich brauchte. Sie trieb mich mit ihrer forschen Art manchmal an den Rand des Wahnsinns, aber genau das war es, was mir in dieser schweren Zeit guttat. Sie brachte mich zum Lachen, obwohl ich dachte, ich würde nie wieder Spaß haben können. Sie kitzelte die Wut aus mir heraus, die ich auf Phil hatte, weil er mich allein gelassen hatte. Sie sprach mit mir über das Geschehene und half mir, alles zu verarbeiten und mit anderen Augen zu sehen.

Nolan überredete mich nach einigen Wochen dazu, wieder zu tanzen. Nur für mich. Er meinte, es würde vielleicht helfen, den Schmerz zu verarbeiten. Und was sollte ich sagen – er hatte recht.

Zwar kostete es mehrere Trainingsstunden, einen zerbrochenen Spiegel im Tanzsaal und einige Schrammen und Kratzer an meinen Händen, bis ich wieder in der Lage war, mich darauf einzulassen, aber Nolan gab mir Raum und Zeit, um meine Emotionen im Tanzen zu verarbeiten. Ich hatte einfach das Gefühl, dass ich nicht glücklich sein, mein Leben nicht genießen durfte, während Phil seines hatte lassen müssen.

Das Abtauchen in die Musik, das Ausblenden meiner Unmwelt, wenn ich die Augen schloss und anfing, mich zu den Takten zu bewegen, halfen mir dabei, meine Gedanken los- und meinen Schmerz zuzulassen. Und Nolan war trotz seines eigenen Kummers immer da, wenn ich ihn brauchte.

Es würde dauern, bis ich wieder so weit war, ohne zu weinen an Phil denken zu können, aber es würde passieren. Irgendwann.

Ich versuchte, all diese Gedanken aus meinem Kopf zu verbannen, als ich die Katakomben hinter der Bühne entlanglief. In wenigen Minuten würde ich durch den Vorhang auf die Bühne treten und einem ausgesuchten Team von Choreografen gegenüberstehen. Leroy hatte mir diese Chance verschafft. Er verstand, dass ich nicht aus San Francisco wegwollte, und hatte mir einen Platz für ein Vortanzen hier in der Stadt organisiert. Ich hatte lange gehadert, ob ich diese Chance überhaupt ergreifen sollte, aber Jake hatte letztendlich mein ganzes Für und Wieder auf den Punkt gebracht: Phil hätte es so gewollt.

Ich betrat die Bühne, und sofort fand ich Jake in den Zuschauerrängen. Und Nolan. Beide saßen einige Reihen hinter der Jury, grinsten und reckten beide Daumen nach oben. Trotz meiner Aufregung musste ich schmunzeln, und nach einer kurzen Vorstellung bei der Jury bat ich um Musik.

Ich ahnte, dass weder die Songauswahl noch die Choreo, die ich dazu tanzen wollte, das waren, was die Jury erwarten würde, aber dieser Tanz war nur für Phil. Die ersten Töne von Breaking Benjamins *The Diary of Jane* ertönten, und ich schloss die Augen.

Ich liebe dich Phil. Für immer.

If I had to
I would put myself right beside you
So let me ask
Would you like that?

Dauke

Ein schlauer Mann – Johannes Gross – hat einmal gesagt: »Der Applaus ist ja das Brot des Künstlers.« Und damit hatte er recht. Denn ihr Leser seid meine Motivation, mich jeden Tag wieder aufs Neue auf meine Figuren und deren Leben einzulassen. Dafür und dass ihr meine Bücher kauft, lest, rezensiert und weiterempfehlt, kann ich mich gar nicht oft genug bei euch bedanken!

Danke an meine liebe Kollegin Carin Müller, denn hättest du mich auf der Frankfurter Buchmesse 2015 nicht beiseitegenommen und mir von dem neuen Verlagsprogramm von Bastei Lübbe erzählt, dann würde ich diese Danksagung jetzt nicht schreiben. Danke für deine Unterstützung und dein Feedback!

Bei meiner Lektorin Eileen Sprenger möchte ich mich ganz besonders bedanken. Ich weiß, dass ich Dir so manches Mal den letzten Nerv geraubt habe (ich gelobe Besserung), aber trotzdem hast Du durchgehalten und es geschafft, dass wir Jake & Carrie auf den Weg gebracht haben. Danke für deine unermüdliche Geduld!

Und wenn ich schon dabei bin, möchte ich mich ganz herzlich bei dem ganzen Verlagsteam für die wundervolle Zusammenarbeit bedanken! Ich freue mich so sehr, dass meine Geschichte nun ein Teil von eurem Programm ist, dass ihr Zeit und Mühe in mein Manuskript gesteckt und der Geschichte ein so wundervolles und passendes Cover gestaltet habt.

Danke auch an meine Lektorin Clarissa, die Jake & Carrie noch mal genau unter die Lupe genommen und die Geschichte damit noch stimmiger gemacht hat. Danke für das tolle Teamwork.

Und zu guter Letzt möchte ich mich bei Daniel für die Insiderinformationen über San Francisco bedanken, bei Judith für Einblicke in die Tattoo-Szene und bei meinen Mädels Sina, Tanja, Pea und Karina, die mich immer wieder motiviert haben weiterzumachen, auch wenn ich ab und an den Kopf in den Sand stecken wollte. Und bei meiner Familie – denn ohne eure Unterstützung wäre es mir nie möglich, die Geschichten in meinem Kopf aufzuschreiben. Ich liebe euch!